口伝和歌釈抄注解

口伝和歌釈抄研究会　著

和泉書院

目次

口伝和歌釈抄注解

凡　例

本文の翻刻を示し、【本文覚書】【解釈本文】【注】の順に示す。

本文の翻刻

・底本は冷泉家時雨亭文庫所蔵本とし、冷泉家時雨亭叢書第三十八巻『和歌初学抄　口伝和歌釈抄』（朝日新聞社、二〇〇五年）の影印より翻刻する。書誌については、同書解題（赤瀬信吾氏執筆）にゆずる。
・目次の前のちらし書き部分については同書解題にゆずる。
・和歌は二字上げで示す。
・用字は通行の字体とする。ただし、「謌」「哥」など一部底本の表記を残した箇所もある。
・見セ消チは文字の上に取り消し線を引いて示す。
・判読困難な文字は文字数分を□で示す。
・墨消されている文字は文字数分を■で示す。
・傍書は、右傍の場合は右傍に、左傍の場合は左傍に底本どおりに示す。
・踊り字は底本どおりに表記する。
・平仮名文脈中のテニヲハが片仮名で表記されている場合は、平仮名で翻刻する。
・本文中に空白がある場合、文字数分を空ける。
・補入記号は。で示す。
・丁うつり箇所、丁数は」80オのように示す。

【本文覚書】

・底本は、墨消や重書の箇所が散見される。可能な限り翻刻に反映した上で、墨消されている文字が判読できる場合や、空白がある場合などは【本文覚書】にその旨を記し、原形を窺えるようにする。

・右記の処理を行った場合本文の翻刻に①②のように右ルビを付し、【本文覚書】と対応させる。

【解釈本文】

・墨消箇所は除き、重書箇所は上から書かれた文字を用いる等、【本文覚書】を反映した本文とする。また、口伝和歌釈抄には、前掲解題で指摘されるように、仮名遣いの不統一（とくにハ行とワ行との混乱）が見られる。【解釈本文】では、「をいにせる」を「おびにせる」（六　まがねふく）、「はかせこ」を「わがせこ」（七　わがせこ）、「ゑしのたくい」を「ゑじのたくひ」（百六十八　ゑじのたくひ）などのように歴史的仮名遣いにあらためる。また、誤りも散見されるため、明らかな箇所については【本文覚書】で指摘した上で【解釈本文】では訂正して示す。

・仮名遣いは、歴史的仮名遣いにあらためる。

・清濁と句読点とを付す。

・和歌は二字上げで示す。

・和歌に算用数字で通番を付す。

【注】

・【解釈本文】に基づき、項目題、引用和歌、注説部分の注を【解釈本文】の掲出順に示す。必要に応じて【補説】を示す。口伝和歌釈抄（被注見出しを含む）の引用は、【解釈本文】による。

〔項目題について〕

項目題についての注は、当該項目が他の歌学書に見えるか否かを注するものである。

・被注歌、項目ともに一致する場合。

→　項目題の箇所に、書名を記す。

・被注歌が一致し、類語をもって項目題とする場合。一例をあげれば、「龍門仙室」の被注歌「あしたづにのりてかよふるやどなれや」は、奥義抄でも被注歌とされるが、奥義抄では「まなづるのあしげ」という項目題である。

→「龍門仙室」、奥義抄「まなづるのあしげ」

・被注歌は異なる、あるいは注のみで、同一の項目題を有する場合。一例をあげれば、「みたやもり」の被注歌「みたやもり今日は五月になりにけり」を「みたやもり」題で被注歌とするものはないが、別の歌を被注歌として「みたやもり」題を置く。

→　この語を項目とする歌学書は、綺語抄、袖中抄。

・同一の項目が見出せない場合。

→　この語を項目とする歌学書未見。

・隆源口伝については、巻末の対照表により、口伝和歌釈抄と異なる場合のみ項目題を明記する。

〔和歌の他出について〕

・太字で**〇1やすみしるわがおほきみの…**のように口伝和歌釈抄内での通番を付した上で二句引用をし、歌集名、新編国歌大観番号の順に他出を掲出する。他出に示す範囲は、鎌倉期頃までとする。勅撰集所収の場合は冒頭に掲げ、以降はおおむね時代順に示す。

・歌番号及び本文は、原則的には新編国歌大観に拠る。新編国歌大観巻七にのみ該当歌が所収されている私家集は、歌集名の前に☆を付す。

・『古今和歌集』に関しては、原則的には新編国歌大観の本文を掲出し、必要に応じて諸本異同を記載する。諸本の異同に関しては、久曽神昇氏『古今集成立論』（風間書房、一九六〇〜一九六一年）、西下経一氏・滝沢貞夫氏『古今集校本』（笠間書院、一九七七年）、片桐洋一氏『古今集全評釈』（講談社、一九九八年）に拠り、諸本名については『古今集全評釈』の略称にしたがう。

・『万葉集』に関しては、原則的には新編国歌大観の本文（歌番号は旧番号）を掲出し、必要に応じて諸本の訓を記載する。諸本の訓に関しては、『校本萬葉集』（岩波書店）に拠り、諸本名についても同書の略称にしたがう。ただし、神田本については紀と表記する。

・『別本童蒙抄』に関しては、本文、歌番号ともに巻末の翻刻に拠る。

・『疑開抄』など歌番号の無いものについては、書名と異同のみを示す。

・歌書名は『和歌大事典』（古典ライブラリー、二〇一四年）に拠る。ただし、勅撰集は『古今和歌集』→古今集、『後撰和

歌集』→後撰集、などのように表記し、『古今和歌六帖』は古今六帖と表記する。

・口伝和歌釈抄との異同がある場合のみ、異同がある句が何句目かを漢数字で示した上で、異同を「　」に入れて示す。他出における異同本文が他出間で同一の場合は、時代順に書名と歌番号を読点で区切って列記した上で、「以上〜」としてまとめて異同を掲出する。異同本文が一致していない場合は、句点で区切る（下記の（例）参照）。「いかにまちみむ」「いかにまちみん」「いかにまち見む」のように、表記のみが異なる場合は異同ナシとする。作者名は、勅撰集と歌合のみ歌番号の次に示す。作者名表記は新編国歌大観に拠る。

（例）

○43**三輪の山いかゞまちみむ…**　古今集七八〇伊勢、新撰和歌集三五八、伊勢集三、古今六帖八七八・二八七〇、金玉和歌集六三、三十六人撰三七、俊頼髄脳六六、袖中抄三一一・三六〇、以上すべて二句「いかにまちみん」

→　口伝和歌釈抄と同一本文の他出は見られない。掲出の他出すべての第二句が「いかにまちみん」であることを示す。

○88**わかやどのもとあらのさくら…**　好忠集四五、別本童蒙抄三〇四、五句「ミルハタノモシ」

→　好忠集は口伝和歌釈抄と異同ナシ、別本童蒙抄は五句にのみ異同アリであることを示す。

○96**たづのすむ沢べのあしの…**　後拾遺集九大中臣能宣朝臣、能宣集一一六、麗花集二、難後拾遺抄一、和歌童蒙抄一〇八、袋草紙五六五、別本童蒙抄、二八九初句「タツノイル」、御裳濯和歌集一〇、以上四句「みぎはもえいづる」

→　掲出の他出すべて、口伝和歌釈抄と四句に異同アリ。別本童蒙抄のみ、初句にも異同アリであることを示す。

○110**みちのくのとふのすがごも…**　俊頼髄脳一三四、綺語抄五四九、和歌童蒙抄五〇一、袖中抄六二〇、四句「君をねさして」。千五百番歌合千二百五十四番判詞（顕昭）、別本童蒙抄一九一、色葉和難集一九八、以上すべて四句「君をねさせて」

→　俊頼髄脳、綺語抄、和歌童蒙抄は口伝和歌釈抄と異同ナシ。袖中抄は四句に「君をねさして」の異同アリ。千五百番歌合判詞、別本童蒙抄、色葉和難集には四句に「君をねさせて」の異同アリであることを示す。

〔注説部分について〕

・口伝和歌釈抄の注釈と類似する鎌倉期頃までの歌学書を掲げる。必要に応じて、説話等の散文資料や漢籍等も掲げる。

・注で引用する論文については、以下の略称を用いる。
＊解題　↓　冷泉家時雨亭叢書　第三十八巻『和歌初学抄・口伝和歌釈抄』（朝日新聞社、二〇〇五年、赤瀬信吾氏）
＊濵中論文　↓　濵中祐子「『口伝和歌釈抄』から『綺語抄』へ―初期歌語注釈書の生成―」（『和歌文学研究』九十四、二〇〇七年六月）

・注で引用する資料は以下に拠る。
能因歌枕　校本「能因歌枕」（能因歌枕研究会、『三田国文』5、一九八六年六月）
俊頼髄脳　冷泉家時雨亭文庫蔵本『時雨亭文庫二　俊頼髄脳』（和泉書院、二〇一八年）　ただし必要に応じて、俊頼髄脳研究会『顕昭本俊頼髄脳』本文を〈顕〉（顕昭本）として引用する。
類聚証　天理図書館善本叢書　和書之部　第三五巻　（平安時代歌論集、天理大学出版部、一九七七年）
隆源口伝　尊経閣蔵本（三五四・三）
綺語抄　徳川黎明会叢書　和歌篇四『桐火桶・詠歌一躰・綺語抄』（一九八九年）
難後拾遺集　和泉古典叢書5『後拾遺和歌集』（和泉書院、一九九一年）
松か浦嶋（綺語抄・疑開抄）　宮城県図書館伊達文庫蔵本（伊・九一一・二〇一・七六）
疑開抄　村山識氏「願得寺蔵『疑開和歌抄』解題と翻刻」（『詞林』四十四号、二〇〇八年十月）
和歌童蒙抄　原装影印版古辞書叢刊（古辞書叢刊刊行会（雄松堂）、一九七五年）
奥義抄　『奥義抄古鈔本集成』（和泉書院、二〇二〇年）所収慶應義塾図書館本
和歌初学抄　冷泉家時雨亭叢書　第三十八巻『和歌初学抄・口伝和歌釈抄』（朝日新聞社、二〇〇五年）
教長古今集注　『古今集註―京都大学蔵』（京都大学国語国文資料叢書48、臨川書店、一九八四年）
別本童蒙抄　書陵部蔵本（五〇一・八四六）。書名は「童蒙鈔」だが、和歌童蒙抄との混乱を避けるため「別本童蒙抄」とする。
袖中抄　歌論歌学集成『袖中抄』四、五（三弥井書店、二〇〇〇年）
古来風体抄　冷泉家時雨亭叢書　第一巻（朝日新聞社、一九九二年）
和歌色葉　『校本和歌色葉』（平成二十七年度研究成果報告書、二〇一六年）

八雲御抄　『八雲御抄　伝伏見院筆本』（和泉書院、二〇〇五年）
色葉和難集　静嘉堂文庫蔵片仮名本（二二一九五一・一・五一八・五）、誤写などは静嘉堂文庫蔵平仮名本本文を右傍に付す。
長明文字鎖　鴨長明全集（貴重本刊行会、二〇〇〇年）
万葉集抄　冷泉家時雨亭叢書　第三十九巻（朝日新聞社、一九九四年）
高良玉垂宮神秘書紙背和歌　『高良玉垂宮神秘書同紙背』（高良大社、一九七二年）
釈日本紀　新訂増補国史大系（吉川弘文館、二〇〇七年）
十二月事　樋口芳麻呂氏「『十二月事』とその考察」（『平安文学研究』48、一九七二年六月）
雅亮装束抄　国立国会図書館デジタルコレクション（八四八・九五）
文選　新釈漢文大系14、15、79～83、93（明治書院）
文子　四庫全書
倭名類聚抄　『諸本集成　倭名類聚抄〔本文篇〕』収録元和古活字本（臨川書店、一九九三年）
類聚名義抄　観智院本（『類聚名義抄』風間書房、一九五四年）
色葉字類抄　『色葉字類抄研究並びに索引』（風間書房、一九六四年）
その他の歌学書は歌学大系、散文は新日本古典文学大系（岩波書店）に拠る。字体は通行のものにあらため、句読点や清濁はわたくしに付したところがある。小書は大書にして〈　〉で括った。
〔補説について〕
・関連する事項について、注説に収まらない場合に立項する。末尾に執筆者名を記す場合がある。

口傳和詞釋抄

奥義抄之類也」（前表紙）

【注】

前表紙の記述については、解題参照。

口伝《クテム》　和詞釈抄《シヤクセウ》

①万葉《□ムエウ》　古今　後撰　拾遺《シウイ》

後《コ》拾遺《シウヰ》　六帖　玄《ケム》々集《シウ》諸

家集

一　かすみしる
二　あさもよひ《ぃ》
三　いなふね
四　うらしまのこ
五　しなかとり
六　まかねふく」2オ
七　わかせこ
八　うないこ
九　たむけ
十　しのふすり
十一　さをしか
十二　さむしろ
十三　りようもんせんしち
十四　やまとりのお
十五　ねらい
十六　すきのしるし
十七　やまのゐ
十八　たるひ

十九　すたく
廿　ふちはかま
廿一　いわかき
廿二　いさゝめ」2ウ
廿三　あしろ
廿四　みたやもり
廿五　ますらを
廿六　あしのやへ②ふき
廿七　はすれ水
廿八　もとあらのはき
廿九　あさな〱
卅　あさち
卅一　さゝなみ
卅二　あしのね
卅三　やまのかひ
卅四　くれない
卅五　とふのすかこも
卅六　ははゝ③きゝ
卅七　そとも
卅八　いわはし」3オ
卅九　しをり
四十
四十一　かすみのころも
四十二　たまつさ
四十三　つま
四十四　きのまろとの
四十五　まゆねかく
四十六　いそのかみ
四十七　すゝのしのや
四十八　やまひこ
四十九　あをやき
五十　すかのね
五十一　やまかつ
五十二　あしはけおふね
五十三　たみ
五十四　ひまをあらみ」3ウ
五十五　やつはし
五十六　くす
五十七　はるしも
五十八　はまゆふ
五十九　みとり
六十　にしきをさらす
六十一　ゆるきのもり
六十二　あま
六十三　うくいす
六十四　なつのさくら
六十五　みやまきのこのくれ
六十六　きゝす

六十七　むなしきふね
六十八　みやまき
六十九　くたらの
七十　やまゆき」4オ
七十一　ぬま
七十二　つくはね
七十三　たくなわ
七十四　むくら
七十五　あつまち
七十六　さいたつま
七十[redacted]④七　ゆふつくよ
七十八　たまくしけ
七十九　みそき
八十　こま
八十一　ふちころも
八十二　あまのはら
八十三　さくらのか
八十四　あたちのまゆみ
八十五　ちとり
八十六　ふち
八十七　のもせ
八十八　しくれ」4ウ
八十九　うわたま
九十一⑤　いわま
九十一　たかさこ
九十二　ふせや
九十三　ますかゝみ
九十四　ゆふつけとり
九十五　あけのたまかき
九十六　みもすそ河
九十七　いゝ
九十八　たこのうら
九十九　くさのとさし
百　しつはた
百一
百二　おほいかわ
百三　きよみかせき
百四　すくろのすゝき」5オ
百五　おはすて山
百六　むらさきのねすりころも
百七　ころもうつ
百八　みなれさを
百九　なてしこ
百十　しかすかのわたり
百十一　のもりのかゝみ
百十二　とふひ
百十三　へみのみまき
百十四　はなたちはな

百十五　あさきぬ
百十六　あをはの山
百十七　しろたへのそて
百十八　たこ
百十九　はきのはなすり
百廿　たか」5ウ
百廿一　なつかり
百廿二　にしきゝ
百廿三　たまゆら⑥
百廿四　わくらは
百廿五　たま水
百廿六　ちはやふる
百廿七　ふねのかち
百廿八　いわね
百廿九　うつろう月
百卅　まし水
百卅一　すけのかさ
百卅二　みこもり
百卅三　まなつる
百卅四　こよい
百卅五　みをつくし
百卅六　しのすゝき」6オ
百卅七　つまき
百卅八　おちこち
百卅九　とまや
百四十　さくさめ
百四十一　みのしろころも
百四十二　くれはとり
百四十三　そふ
百四十四　しつり
百四十五　わかな
百四十六　いゐをしをれは
百四十七　こたりぬ
百四十八　まきのと
百四十九　かるもくさ
百五十　たゆゝめる
百五十一　しきし
百五十二　たまきはる」6ウ
百五十三　かるもかく
百五十四　をくるま
百五十五　をしてるや
百五十六　みさこ
百五十七　さつを
百五十八　しきしま
百五十九　したひも
百六十　そはきく
百六十一　たなゝしおふね
百六二　よもきかその

百六三　しき
百六十四　いほ
百六十五　しのゝめ
百六十六　うきくさ
百六十七　そうもく
百六十八　えしのたくい
百六十九　はなちとり
百七十　やまのい」7オ
百七一　つなて
百七十二　わすれくさ
百七十三　くさまくら
百七四　あしひき
百七十五　しめゆふ
百七六　かたそき
百七十七　つくまのまいり
百七八　すかる
百七十九　このもかのも
百八十　いてゆ
百八十一　くものかけはし
百八十二　たまかつら⑦
百八十三　かゝみやま
百八十四　すゝか山
百八十五　ふしの山
百八十六　かしらのゆき
百八十七　しらくも
百八十八　あしたつ」7ウ
百八十九　すみかま
百九十　みなむしろ
百九十一　かけろふ
百九十二　したりをひ
百九十三　ありあけ
百九十四　むもれき
百九十五　むらさめ
百九十六　つゆ
百九十七　をくらきのもり
百九十八　わたつうみ
百九十九　なみたかは
二百　くれたけ
二百一　きり〳〵す

【本文覚書】①「マ」か、虫損。②く（久）字にも似る。③「ゝ」衍か。④判読不明文字を墨消。⑤「一」衍か。⑥「し」を墨消して重書。⑦重書。

【解釈本文】

口伝　和謌釈抄
万葉　古今　後撰　拾遺
後拾遺　六帖　玄々集
諸家集

一　かすみしる　二　あさもよひ　三　いなふね
四　うらしまのこ　五　しながどり　六　まがねふく
七　わがせこ　八　うなゐご　九　たむけ
十　しのぶずり　十一　さをしか　十二　さむしろ
十三　りようもんせんしつ　十四　やまどりのを　十五　ねらひ
十六　すぎのしるし　十七　やまのゐ　十八　たるひ
十九　すだく　二十　ふぢばかま　二十一　いはがき
二十二　いさゝめ　二十三　あじろ　二十四　みたやもり
二十五　ますらを　二十六　あしのやへぶき　二十七　わすれ水
二十八　もとあらのはぎ　二十九　あさな〳〵　三十　あさぢ
三十一　さゝなみ　三十二　あしのね　三十三　やまのかひ
三十四　くれなゐ　三十五　とふのすがごも　三十六　はゝきゞ
三十七　そとも　三十八　いははし　三十九　しをり
四十　四十一　かすみのころも　四十二　たまづさ

四十三　つま
四十六　いそのかみ
四十九　あをやぎ
五十二　あしわけをぶね
五十五　やつはし
五十八　はまゆふ
六十一　ゆるぎのもり
六十四　なつのさくら
六十七　むなしきふね
七十　やまゆき
七十三　たくなは
七十六　さいたづま
七十九　みそぎ
八十二　あまのはら
八十五　ちどり
八十八　しぐれ
九十一　たかさご
九十四　ゆふつけどり
九十七　いひ

四十四　きのまろどの
四十七　すゞのしのや
五十　すがのね
五十三　たみ
五十六　くず
五十九　みとり
六十二　あま
六十五　みやまぎのこのくれ
六十八　みやまぎ
七十一　ぬま
七十四　むぐら
七十七　ゆふづくよ
八十　こま
八十三　さくらのか
八十六　ふぢ
八十九　うわたま
九十二　ふせや
九十五　あけのたまがき
九十八　たごのうら

四十五　まゆねかく
四十八　やまびこ
五十一　やまがつ
五十四　ひまをあらみ
五十七　はるしも
六十　にしきをさらす
六十三　うぐひす
六十六　きゞす
六十九　くだらの
七十二　つくばね
七十五　あづまぢ
七十八　たまくしげ
八十一　ふぢごろも
八十四　あだちのまゆみ
八十七　のもせ
九十　いはま
九十三　ますかゞみ
九十六　みもすそ河
九十九　くさのとざし

百　しづはた
百一
百二　おほゐがは
百三　きよみがせき
百四　すぐろのすゝき
百五　をばすて山
百六　むらさきのねずりころも
百七　ころもうつ
百八　みなれざを
百九　なでしこ
百十　しかすがのわたり
百十一　のもりのかゞみ
百十二　とぶひ
百十三　へみのみまき
百十四　はなたはな
百十五　あさぎぬ
百十六　あをばの山
百十七　しろたへのそで
百十八　たご
百十九　はぎのはなずり
百二十　たか
百二十一　なつかり
百二十二　にしきゞ
百二十三　たまゆら
百二十四　わくらば
百二十五　たま水
百二十六　ちはやぶる
百二十七　ふねのかぢ
百二十八　いはね
百二十九　うつろふ月
百三十　まし水
百三十一　すげのかさ
百三十二　みごもり
百三十三　まなづる
百三十四　こよひ
百三十五　みをつくし
百三十六　しのすゝき
百三十七　つまぎ
百三十八　をちこち
百三十九　とまや
百四十　さくさめ
百四十一　みのしろごろも
百四十二　くれはとり
百四十三　そふ
百四十四　しづり
百四十五　わかな
百四十六　いへをしをれば
百四十七　こだりぬ
百四十八　まきのと
百四十九　かるもくさ
百五十　たゆゝめる
百五十一　しきし
百五十二　たまきはる
百五十三　かるもかく
百五十四　をぐるま
百五十五　をしてるや
百五十六　みさご

百五十七　さつを
百五十八　しきしま
百五十九　したひも
百六十　そわぎく
百六十一　たな〻しをぶね
百六十二　よもぎがその
百六十三　しぎ
百六十四　いほ
百六十五　しの〻め
百六十六　うきくさ
百六十七　そうもく
百六十八　ゑじのたくひ
百六十九　はなちどり
百七十　やまのゐ
百七十一　つなで
百七十二　わすれぐさ
百七十三　くさまくら
百七十四　あしひき
百七十五　しめゆふ
百七十六　かたそぎ
百七十七　つくまのまゐり
百七十八　すがる
百七十九　このもかのも
百八十　いでゆ
百八十一　くものかけはし
百八十二　たまかづら
百八十三　かゞみやま
百八十四　すゞか山
百八十五　ふじの山
百八十六　かしらのゆき
百八十七　しらくも
百八十八　あしたづ
百八十九　すみがま
百九十　みなむしろ
百九十一　かげろふ
百九十二　しだりをび
百九十三　ありあけ
百九十四　むもれぎ
百九十五　むらさめ
百九十六　つゆ
百九十七　をぐらきのもり
百九十八　わたつうみ
百九十九　なみだがは
二百　くれたけ
二百一　きり〴〵す

【注】

○口伝　和謌釈抄…　前表紙には「口伝和謌釈抄」とあるが、当該箇所である目録冒頭の題では「口伝」と「和謌釈抄」との間に空白が見られる。解題によると、口伝和歌釈抄は、目録部分と本体部分とに分かれるとされ、本体部分の冒頭にも「口伝集」という題以下、証歌の出典が記載される。　**○万葉…**　以下証歌の出典注記。本体部分

の前にも出典注記が見られるが、「玄々集」「拾遺」があげられていない点、出典注記の最後に「和謌等」の記載がある点、書名をあげる順（本体部分の前の証歌出典では、六帖を万葉集の次、勅撰集の前にあげる）に相違が見られる。

○三　いなふね…　本文は「もかみかは」　**○十　しのぶずり…**　本文は「しのふもちすり」　**○十一　さをしか…**　本文では「十一はおちたり」とし、注文を欠く。　**○二十三　あじろ…**　本文は「あしろき」　**○三十七　そとも…**　本文では「卅七そとも　これより四十四まではをちたり」として、三十七から四十四を欠く。　**○五十九　みとり…**　本文は「みもり」　**○七十　やまゆき…**　本文は「やまふき」　**○八十九　うわたま…**　本文は「うはたま」。「わ」と「は」の混乱は極めて多い。　**○百一…**　本文によれば「しつのをたまき」か。　**○百二　おほゐがは…**　本文は「をほい河のくれ」。　**○百十四　はなたはな…**　本文は「はなたちはな」　**○百三十一　すげのかさ…**　本文では百三十の次に「こゝはきれてをちたり」とし、百三十一から百三十六を欠く。　**○百四十九　かるもくさ…**　本文は「かるもかく　くさとも」　**○百五十　たゆゝめる…**　本文は「ふゝめる」　**○百五十一　しきし…**　本文は「しき〱」　**○百五十三　かるもかく…**　本文は「かくら」　**○百五十七　さつを…**　本文は「さつを　さちをとも」　**○百六十　そわぎく…**　本文は「そはきく　そかきくとも」　**○百六十二　よもぎがその…**　本文は「よもきかそま」　**○百六十四　いほ…**　本文は「いほ　いゑとも」　**○百七十　やまのゐ…**　本文は「やまあい」　**○百七十七　つくまのまゐり…**　本文は「つくまのまつり」　**○百九十七　をぐらきのもり…**　本文は「おほあらきのもり」　**○百九十八　わたつうみ…**　本文では「百九十八　わたつみ」以下を欠く。

万葉　六帖　古今　後撰　後拾■①遺」8オ
諸家集　和謌等

【本文覚書】①判読不明文字（「遺」を書き止すか）を墨消。

【解釈本文】

口伝集
万葉　六帖　古今　後撰　後拾遺
諸家集　和謌等

【注】

○口伝集…　解題によると、口伝和歌釈抄は、目録部分と本体部分とに分かれるとされる。本体部分は当該箇所「口伝集」からとされ、また本書の書名について「内題には「口伝集」とあって、本来の書名は「口伝」とか「口伝集」といったもので、副題として「和歌釈抄」が書き添えられていた可能性も考えられる」とされる。　**○万葉**…　目録の前にもある証歌の出典とは「玄々集」「拾遺」があげられていない点、「和謌等」の記載がある点、書名をあげる順（目録の前の証歌出典では、六帖を勅撰集の後にあげる）に相違が見られる。

一　か①すみしる
おほやけは八方おしろしめす

古万葉集云
②かすみしるわかおほきみのおほくにはやまところもあらしとそ思

【本文覚書】①「や」の誤か。　②「や」の誤か。

【解釈本文】

一　やすみしる

　おほやけは八方をしろしめす。古万葉集云、

[1]やすみしるわがおほきみのおほくにはやまところ（ママ）もあらじとぞ思ふ

【注】

○やすみしる…　綺語抄（無注）。但し項目のみ。口伝和歌釈抄では目録、本文ともに「かすみしる」とあるが、内容的には「八方《やも》」の隅々に至るまで「領《し》る」の意であり、項目としては、「やすみしる」とあるべき。「八隅知トハ、ヲホヤケノ八方ヲシロシメストイフナルヘシ」（和歌童蒙抄）、「やすみしる、八方自在故也」（和歌色葉）、「帝王　やすみしる」（八雲御抄）。「ヤスミシルトハ、コレモ御門ヲ申。オホケ（ママ）ハ四方四角ニ自在ヲ明給故也」（別本童蒙抄）。「カスミシル」とするのは、片仮名表記をした場合に字形が類似しているためか。解題参照。　**○おほやけは…**　和歌童蒙抄（前掲）に類似した注がみえる。　**○古万葉集…**　補説参照。口伝和歌釈抄で、「古万葉集云」と注記されるのは六箇所（1、2、14、15、18、29）、「古万云」は九箇所（49、57、62、88、93、119、129、145、152）、「同万云（古万云）」は、一箇所（89）。「万葉集」と注記されるのは、五箇所（25、31、79、126、128）、「万葉集云」は、四箇所（6、52、57、77）、「万葉云」は、二箇所（126、156）、「万云」は一箇所（127）　**○[1]やすみしるわがおほきみの…**　万葉集九五六「八隅知之《やすみしし》　吾大王乃《わがおほきみの》　御食国者《をすくには》　日本毛此間毛《やまともここも》　同登曽念《おなじとぞおもふ》」、人麿集Ⅱ二四八初句「やゝ

ましる」下句「やまとへかともおなしとそおもふ」、和歌童蒙抄二八五、三四五句「みけ国は都もひなも同じとぞ思ふ」

【補説】

古万葉集…　「古万葉集」の略。「古万葉集」は主に平安・鎌倉期に見られる表現で、それ以後はほとんど見出せない。「古万葉集、新万葉集」（『新猿楽記』）の例をふまえると、『新撰万葉集』の対の表現として現れたと考えられる。けれども、「古万葉集」と「万葉集」が併用されていること、『万葉集』自体が古い歌集であること、歌合・歌学書・物語の例に『新撰万葉集』への意識は感じないことから、「古万葉集」は『新撰万葉集』から離れ、「万葉集」と同じように使われていたと推測される。

さて、「古万葉集」が『新撰万葉集』の対として生じたと考えられるならば、「古」は「コ」と読むと思われる。『口伝和歌釈抄』の「古万」も「コマン」と考えられ、その他の「古万葉集」（例えば「集は　古万葉　古今」〈『枕草子』〉など）も「コマンエフシフ」と読むのだろう。一方、『内大臣家歌合』（元永元年十月二日）の基俊判（残菊・二番）に「古の万葉集に侍るめり」とあるが、平安・鎌倉期における「古の万葉集（イニシヘノマンエフシフ）」は当該例のみである。

また、現存する文献の中で最も早い「古万葉集」は『順集』の「古万葉集よみときえらばしめたまふ」と考えられるが、源順ら梨壺の五人が読み解いたのは『万葉集』と考えられ、「古万葉集」という書名ではなかったはずである。このように、「古万葉集」は「万葉集」と同義で使われる例ばかりで、「古万葉集」の書名は見出せない（『類聚古集』や『古葉略類聚鈔』の例はある）。なお、『万葉集』の紀州本の巻一巻末や内閣文庫蔵『和歌集序』には「古万葉集序」なるものが見出せるけれども、勝命著とされる『古今和歌集』の真名序注（『序注』〈陽明文庫蔵〉）に「万葉集仮名序云」として同文の引用がある。したがって、「古万葉集序」は平安期に『万葉集』の巻一に書き

加えられた仮名書きの序文であって、この「古万葉集」も書名ではないと考えられる。

一方、『口伝和歌釈抄』の場合、冒頭の目録に見える歌書名列挙のところに「万葉」とあるものの、出典注では「古万葉集・古万」＝十五例、「万葉集」＝十例、注釈内部では「古万葉集」＝〇例、「万葉集」＝五例、という結果がでる。「古万葉集」が、出典注に限るかたちで、「万葉集」よりも上まわる数で認められることは留意される。『口伝和歌釈抄』所引の万葉歌は『人麿集』四類本との関係から、「仮名書き万葉集」からの引用が想定される。あるいはその「仮名書き万葉集」は「古万葉集」の書名であったかもしれない。

（景井詳雅）

二　あさもいひ

古万葉集云

あさもよいきのせきもりかゆみゆるすときなくわがおもふきみ」8ウ

あさもよいきとはたきゝなりきをもていゝするをいふとそ人丸は申けるある説にいわくあさもよいきとはあしたのくいものするをいふなり又説に云人のめのあいをもいてありけるかゆみになりてありけるをあさましとおもひてありけるほとにしろきとりになりてゆきけれはたつねゆくとてよめるうたともあり」9オ

【解釈本文】

二　あさもいひ

古万葉集云、
2 あさもよひきのせきもりが弓（ママ）ゆるすときなくわが思ふ君
あさもよひきとは、薪なり。木をもて飯するをいふとぞ人丸は申しける。ある説に云はく、あさもよひきとは、朝の食ひ物するをいふなり。又説に云、人の女の相思ひてありけるが、弓になりてありけるを、あさましと思ひてありけるほどに、白き鳥になりて行きければ、たづね行くとて詠める歌ともあり。

【注】
○あさもいひ…　目録は「あさもよひ《い》」。綺語抄、奥義抄、袖中抄、色葉和難集の項目は、いずれも「あさもよひ」。同音の和歌色葉「あさもよひき」。本来は「麻裳よし」で、麻裳が紀の国の名産であるところから、「紀」の枕詞。同音の「城」にもかかる。「よ」「し」は詠嘆の助詞。万葉集五〇五「朝毛吉《あさもよし》　木人乏母《きひとともしも》」、同一六八〇「朝裳吉《あさもよし》　木方往《きへゆく》君我《きみが》」などがある。現訓では「あさもよし」。歌学書などでは「朝」と「木」とを結び付けようとした結果か、「薪」「朝食時」などの解釈を示していることから「朝催ひ」の意となる。口伝和歌釈抄でも「薪なり。木をもて飯するを云ふ」とする。「あさもよひ　薪をいふ也。いひかしく木なりとぞ人丸はいひける」（綺語抄）、「あさもよひとは、つとめてものくふおりをいふなり」（俊頼髄脳）、「「アサモヨヒ」トハ、朝《つと》メテ物食フ時ヲ云フ也」（今昔物語集）、「或物には、あさもよひとはつとめて物くふ時也とはへり……ふるき物には、あさもよひとは木を云也とかけり」（奥義抄）、「人丸か集云、天平勝宝五年春二月、於左大臣橘卿之家饗諸大夫等之時、家主大臣このあさもよひきのかはの哥をきくに、式部卿石川卿説云、あさもよひは朝に炊飯也。木は薪也。これをたきて飯を炊なりと云々。或云、あさもよひきとは朝夕に人のくひものする薪也といへり」（和歌色葉）　**○2あさもよひきのせきもりが…**　袖中抄三句「たづか」脱か。綺語抄七一四下句「はづすゆるすときなくがおもふ」。俊頼髄脳二一四、奥義抄三七九、袖中抄二一五、和歌色葉一四七、色葉和難集七三八、以上五句「まづゐめる君」。奥義抄三八一、五句「安我幣流伎《あがゑめるき》」

美《み》」、今鏡一五一「あが思へる君」、袖中抄二一六、五句「あがもへるきみ」。以上三句「たづかゆみ」**○人丸は申しける…**　前掲綺語抄、和歌色葉に人丸との関連を示唆する解釈を示す。但し、袋草紙の「人丸大同の朝に及び難き事」には、「また世間に万葉集序なる物作者を知らず、件《くだん》の序に云はく、「柿本朝臣人丸《かきのもとのあそんひとまる》歌集に云はく、「天平勝宝五年春二月、左大臣 橘《たちばな》卿の東の家において諸卿大夫等を宴饗す。時に主人の大臣これを問ふ」」と。かくの如きは件の大臣は橘諸兄《もろえ》卿なり。年号はまた孝謙の時なり。人丸この時に至るか。天武より天平勝宝に至るまで八十二年なり。以前の年を相ひ加へて百歳ばかりなり」とあり、ここでは和歌の引用はないが、袖中抄では「于レ時主人大臣問テ曰ク、古歌云、あさもよひ如前あがもへる君。其情奈何者、式部卿石川卿説テ云、あさもよひき、所以《ユヘ》然《シカル》者、古俗ノ語《コトバニ》称ク、朝ニ炊グレ飯ヲ、イ謂之あさもよひ也。は薪也。以燎《モヤシナヲ》之炊飯ヲ、因テ是将曰《イハム》二紀伊国ノ一発ト《ハツスル》レ哥言以為ニスあさもよひと一耳云々」としており（柿本朝臣人麻呂勘文も同一内容、今鏡では同一歌を引用する）、このような文言が誤伝された結果か。　**○人の女の相思ひてありけるが…**　「むかしおことありけり（ママ）。女を思てふかくこめてあいしけるほとに、ゆめにこの女、我はゝるかなるところにゆきなんとす。たゝしかたみをはとゝめむとす。我かゝはりにあはれにすへきなりといひけるほとに、ゆめさめおとろきてみるに、女はなくてまくらにゆみたてり。あさましと思て、さりとてはいかゝせんとて、そのゆみをちかくかたはらにたてゝ、あけくれにとりのこひなとして、身をはなつ事なし。月日ふるほとに、又しろきとりになりてとひいてゝ、はるかにみなみのかたに、くもにつきてゆくをたつねゆきてみれは、紀伊国にいたりてひとに又なりにけり」（俊頼髄脳）、「其ノ弓前《まへ》ニ立《たて》タルガ、俄《にはか》ニ白キ鳥ト成《なり》テ飛ビ出《いで》テ、遥《はるか》ニ南ヲ指《さし》テ行ク。男、奇異《あさまし》ト思テ出テ見ルニ、雲ニ付《つき》テ行クヲ、男、尋ネ行テ見レバ、紀伊《きい》ノ国ニ至《いたり》ヌ」（今昔物語集）、「又女のゆみになりてのちにはしろき鳥に成てよめる哥也なとあれと、させる証文も見えす」（奥義抄）、「昔男ありけり。女を思て深くこめて愛しける程に、夢にこの女の、我は遥かなる所に行きなむとす。但かたみをばとゞめむとす。我が代りに哀れにすべきなりといひける程に、夢さめぬ。驚きて見るに、女はなくて、枕がみに

弓立てり。あさましと思ひて、さりとてはいかゞせむとて、その弓をかたはらに立てゝあけくれ手に取りのごひなどして、身をはなつ事なし。月日ふる程に、白鳥になりて飛び出でゝ、はるかに南の方に雲につきて行く。尋ね行きて見れば紀伊国に至りて、人に又なりにけり」（袖中抄）、「女ゆみになりて後にはしろきとりになりてよめる哥也」（和歌色葉）

三　もかみかわ

六帖哥云

もかみかわのほれはくたるいなふねのいなにはあらてしはしはかりそ

もかみかわゝてはのくにゝたちのまへよりなかれてある。《かは》なりそれにこほり〳〵よりいねをふねにつみてたちへもてゆくにそのかはあまりはやくてかまへてさしのほせたれは又くたらんとするなりされともついにはのほれはいなふねのしはしはかりそとは」9ウ　いふなり

後《コ》撰《セム》哥《ノウタ》云《ニイハク》

なかれくるせゝのしらなみはやけれはとまるいなふねかへるなるへし

①もかみかわゝ②ふかきにあらすいなふねの心かろくもかへるなる③へし

【本文覚書】①この歌底本一字下げ。②「ゝ」衍か。③重書。

【解釈本文】

三　もがみがは

六帖哥云、

3最上川のぼればくだるいな舟のいなにはあらでしばしばかりぞ

最上川は、出羽の国に、館の前より流れてある川なり。それにこほり〴〵より稲を舟につみて館へもてゆくに、その川あまりはやくて、かまへてさしのぼせたれば、又くだらむとするなり。されども、つひにはのぼれば、いな舟のしばしばかりぞとはいふなり。後撰歌云、

4流れくるせゞの白波はやければとまるいな舟かへるなるべし

5最上川ふかきにあらずいな舟の心かろくもかへるなるべし

【注】

○もがみがは…　目録には、「いなふね」とある。綺語抄「もがみがは」、「いなふね」（無注）。奥義抄「もがみがは」、袖中抄「いなふね　もがみがは」、和歌色葉、色葉和難集「いなふね」　**○六帖歌云…**　口伝和歌釈抄で、古今六帖歌として掲出される歌は、三十三首。当該箇所のように「六帖哥云」の注記は四箇所、「同云」の注記は一箇所、残りの箇所は、「六帖云」。目録には「六帖」と書名が掲出される。　**○3最上川のぼればくだる…**　綺語抄五六二、俊頼髄脳四二〇、和歌童蒙抄二三四、五代集歌枕一三七四、和歌色葉三〇五、定家八代抄一七三八、別本童蒙抄六〇、色葉和難集二一、以上四句「いなにはあらず」。古今集一〇九二、古今六帖三〇一二、奥義抄五九九、袖中抄四九九、万物部類倭歌抄、教長古今集注、以上下句「いなにはあらずこの月ばかり」　**○最上川は、出羽の国に…**　「いてはにあり……もかみ河は出羽国のたちのまへよりなかれたるかはなり。それにたちへもいくに河のあまりはやくてかまへてさしのほりたれはかくよめるなり」（綺語抄）、「このかはゝ、いつものくにゝあるかはな

り」（俊頼髄脳）、「もかみ川はたくひなくはやくてのほる舟のかしらをふりて下り〱すれは、いな舟とは云也。終にはのほりぬれはしはしはかりとはよめり」（奥義抄）、「このかはいてはの国のたちのまへになかれたり。それより郡々のふねのいねをつみてのほるに、かはのはやくしてのほりてはくたり〱すれとも、つゐにはのほれはかくよめり」（和歌色葉）　**〇後撰歌云…**　口伝和歌釈抄で後撰集の歌と掲出されるものは十七首。うち、当該箇所のように「後撰歌云」の注記は二箇所、残りは「後撰云」　**〇4流れくるせゞの白波…**　後撰集八三八よみ人しらず、三条右大臣集一九、三句「あさければ」。袖中抄五〇二、初句「流れよる」三句「あさければ」　**〇5最上川ふかきにあらず…**　後撰集八三九、三条右大臣・二句「ふかきにもあへず」下句「心かるくも帰るなるかな」。三条右大臣集二〇、二句「ふかきにあへず」五句「かへるなみかな」、奥義抄六〇〇、顕注密勘、以上二句「ふかきにあへず」下句「心かるくもかへりけるかな」。五代集歌枕一三七五、二句「ふかきにあへず」五句「かへるなるかな」、袖中抄五〇一、二句「ふかきにあへず」五句を「かへりけるかな」。五句「かへるなるべし」とするもの未見。

四　うらしまのこ

拾遺《シウイ》抄《セウ》云

なつの夜はうらしまのこかはこなれや[1]はかなくあけてくやし[2]とを■もへは《かるらん》」10オ

つたへていわくうらしまのこといふは昔さぬきのくにゝつりしけるあまのなゝりかめをつりあけてありけるか女になりてありけるをめにしてすくるほとにほうらいにくしてゆきたりまことにかしこめてたきところにてはあれともふるさとのこひしくなりておほえけるをこの女こゝろへてはこを」10ウ　かた

みにとらせて又あはんとおもはゝこのはこをあくなとていとおもちてからけてとらせてんけりさてまほろしのことくにてふるさとにかへりたるにむかし見しさとにもしれるもの一人もなかりけるにほうらいのしん女こひしくおほえけれはこのはこをほつかなかりてあけてみれはむらさきのくもはこよりいてゝほうらいおさして」11オ のほりゆきぬるのちをいかゝまりていたつらになりにけりとしをこめたりけるはこなりけりされはあけてくやしとはいふなり

六帖云

みつのえのうらしまのこかたまのはこあけさらませはいもにあいなまし

みつのえのかたみとおもへはうくいすのはなのくしけをあけてたに見す

後撰云」11ウ

あけてたになにゝかはせんみつのえのうらしまのこをゝもいやりつゝ

いにしへのうらしまのこかつりふねはをなしうらにやみとせゆく覧

【本文覚書】①判読不明文字に重書。　②■は「も」を墨消するか。

【解釈本文】

四　うらしまのこ

拾遺抄云、

6夏の夜はうらしまのこが箱なれやはかなくあけてくやしかるらむ

伝へて云はく、うらしまのことといふは、昔、讃岐の国に釣りしけるあまの名なり。亀を釣りあげてありけるが、女になりてありけるを、妻にしてすぐるほどに、蓬莱に具してゆきたり。まことにかしこ、めでたきところにてはあれども、古里の恋ひしくなりておぼえけるを、この女こゝろえて箱を形見にとらせて、又あはむと思はゞ、この箱をあくなとて、糸をもちてからげてとらせてんげり。さてまぼろしのごとくにて古里にかへりたるに、昔みし里にもしれるもの一人もなかりけるに、蓬莱の神女恋ひしくおぼえければ、この箱をおぼつかながりてあけてみれば、紫の雲、箱より出でゝ蓬莱をさしてのぼりゆきぬるのち、老いかゞまりていたづらになりにけり。年をこめたりける箱なり。されば、あけてくやしとはいふなり。六帖云、

7 みづのえのうらしまのこがたまの箱あけざらませばいもにあひなまし

8 みづのえのかたみと思へばうぐひすの花のくしげをあけてだに見ず

後撰云、

9 あけてだに何にかはせむみづのえのうらしまのこを思ひやりつゝ

10 いにしへのうらしまのこがつり舟はおなじうらにやみとせゆくらむ

【注】

○うらしまのこ…　奥義抄、和歌色葉、色葉和難集。綺語抄「浦嶋子玉筐」「うらしまのこがはこ」　**○拾遺抄云…**　口伝和歌釈抄で拾遺集、あるいは抄に関わる出典注記を有する歌は七首であるが（6、20、97、133、165、177、335）、そのうち133歌は、現行の拾遺集、抄いずれにも見えない。残る六首のうち、集、抄を明確にしているのは三例のみで（6、20、97）、「拾遺集云」と注される20歌は、拾遺抄に未見である。他の三首のうち、165歌は抄に見えない。

○6夏の夜はうらしまのこが…　拾遺集一二二中務、拾遺抄八一、綺語抄二九一・五四一、俊頼髄脳二九〇初句「みづの江の」、新撰朗詠集一四四、五句「くやしかるらし」、和歌童蒙抄一二六、五句「くやしとおもへば《かるらむ》」、色葉

和難集五二五、二句「うらしまがこの」 **○うらしまのことといふは…** 「雄略天皇時に、丹後国余社郡水江のことといふもの、大なるかめをつれりける、女になりにけり。それをめにして蓬莱に至れりけるに、古郷をこひてかへりなむといひけれは、女封たるはこを、是をかたみにせよ、ゆめ〳〵あくなといひてとらせたりけるを、ゆかしさにあけてみれは、紫雲在て空にのほりにけり。此おとこのよはひをこめたりけれは、おとこおひかゝまりにけり。くやしと思へとかひなし。是よりあけてくやしきことによむ也」（奥義抄） **○昔、讃岐の国に…** 浦嶋譚の舞台を讃岐とするもの未見。「秋七月、丹波国余社郡管川人瑞江浦嶋子、乗レ舟而釣。遂得二大亀一。便化二為女一。於是、浦嶋子感以為レ婦。相逐入レ海。到二蓬莱山一、歴二睹仙衆一。語在二別巻一」（日本書紀雄略天皇廿二年条）。「水江《みづのえ》之《の》　浦嶋児《うらのしまこ》之《が》　堅魚《かつを》釣《つり》」（万葉集一七四〇）、「うらしまのことは、すみの江につりしけるあまなり」（能因歌枕）、「みつのえのうらしまのこ」「またみつのえといふ事たつぬへしとある、いかに。つのくになにはにみつのほりえといふところにてもありなん。すみのえのうらしまのこともいひためり」（綺語抄）、「これは水の江のうらしまのこといへるひとのありけるなり。みつのえのうらしまとは、ところのなゝり」（俊頼髄脳）、「ムカシミツノエノウラニツリヲコノムヒト《ア》・リケリ」（和歌童蒙抄） **○蓬莱の神女恋ひしく…** 「神女ヲコヒテ」（和歌童蒙抄） **○紫の雲…** 「ムラサキノ雲クシケノウチヨリタチノホリテ、ニシヲサシテサリキ」（和歌童蒙抄）、和歌色葉、色葉和難集も紫雲とする。「白雲《しらくも》之《の》　自レ箱出《はこよりいでて》而」（万葉集一七四〇）、「あかき雲のやうなるものそたちのほりにける」（綺語抄）、「けふりいてゝそらにのほりぬ」（俊頼髄脳） **○年をこめたりける…** 「みのをいをこめたりけるにやあらん」（綺語抄）、「はやこの人のよはひをこめたりけるなり」（俊頼髄脳）、「このよはひをこめたりけれは」（和歌色葉） **○7みづのえのうらしまのこが…** 風土記一五、三四五句「多麻久志義《たまくしげ》　阿気受阿理世波《あけずありせば》　麻多母阿波麻志遠《またもあはましを》」。古今六帖三一四九、綺語抄五四二、以上三句「たまくしげ」。和歌童蒙抄四九二、三四五句「玉くしげあけて後ぞくやしかりける」、別本童蒙抄二〇三、二三句「ウラシマカコノ玉クシケ」 **○8みづのえのかたみと思へば…** 伊勢集三五八、四句「はな

のくしげも」、古今六帖三一五一、二句「かたみとおもへど」四句「花のくしげは」、綺語抄五四三、四句「はなのくしげは」 **○9あけてだに何にかはせむ…** 後撰集一一〇四中務、綺語抄五四四、和歌色葉三四〇。五代集歌枕九九二、万物部類倭歌抄、色葉和難集五二四、以上二句「何にかはみむ」。奥義抄三二五、四句「うらしまがこを」

○10いにしへのうらしまのこが… 古今六帖一八一九、初句「みづのえの」三四五句「つりふねもおなじうらにぞ三とせこぐてふ」、和歌童蒙抄四九三、下句「同じうらにぞみとせこぐてふ」

五　しなかとり

古今云

しなかとりいなのをゆけはありま山きりたちはたるむこかさきまて

いなのとわつのくにゝあるのなりむこかさきもをなしくにゝあり能因《ヨシタカ》歌枕には」12オ 二のきあり一には六位のしたかさねともいふ■①②二にはそうしてとるをいふといへり又ある人の説云行幸にみかりのありけるにゐはなくしてしろきしかのありけれはしなかとりとはゐふなりこの心ある哥ありたつぬへし又能因入道師《モロ》頼大納言なんとはいのしゝをいふといふ事は本文ありと③の給へり

六帖云」12ウ

しなかとりいなやまひゝきゆく水のなをのみよせしかくれつまはも

しなかとりいなのをゆけはありまやまゆきふりしきてあけぬこの世は

【本文覚書】①一字抹消。抹消文字判読不能。②「二に」の上に墨汚れあり。③「ト」に重書。

【解釈本文】

五　しながどり

古今云、

11しながどりゐな野をゆけばありま山きりたちわたるむこが崎まで

ゐな野とは、津の国にある野なり。むこが崎もおなじ国にあり。能因歌枕には、二の義あり。一には、六位の下がさねともいふ。二には、惣じてとるをいふといへり。又ある人の説云、行幸にみ狩のありけるに、猪はなくして、白き鹿のありければ、しながどりとはいふなり。この心ある歌あり。たづぬべし。又、能因入道、師頼大納言なんどは、猪をいふといふ事は、本文ありとのたまへり。六帖云、

12しながどりゐな山ひゞきゆく水の名をのみよせじかくれづまはも

13しながどりゐな野をゆけばありま山雪ふりしきてあけぬこのよは

【注】

○しながどり…　綺語抄、袖中抄「しながどりゐなの」。この語を項目とする歌学書は、奥義抄、和歌色葉、色葉和難集。「しなかとり　ゐなとりといふ。《こと》は、むかししろきしゝをとれりける所にてよみつたへたるなるへし」（能因歌枕）。なお、和歌童蒙抄は「しらかとり」とする。　**○古今云…**　口伝和歌釈抄で、古今集歌として掲出するものは二十五首、うち七首は作者名を併記する。　**○11しながどりゐな野をゆけば…**　綺語抄一七二（作者人丸とする）、和歌童蒙抄七四、五句「むこかさきかな」（袖中抄二八二は、「童蒙云」として引用）。別本童蒙抄二五五。古今集諸本のうち、元永本、筋切本、唐紙巻子本に見える。川村晃生氏『歌論歌学集成　袖中抄』（三弥井書店、二〇〇〇年）では「志長鳥《しながとり》　居名野乎来者《ゐなのをくれば》　有間山《ありまやま》　夕霧立《ゆふぎりたちぬ》　宿者無而《やどりはなくて》」（万葉集一一四〇）の異伝歌かとする。　**○ゐ**

な野とは…　「摂津国にいなのといふのゝあるなり」（綺語抄）、「ゐなのはつのくにゝある所なり」（俊頼髄脳）、「ヰナノハ、ツノクニ、アリ」（和歌童蒙抄）　**○むこが崎も…**　歌学書、歌枕類に「武庫崎」を立項するもの、歌枕名寄まで未見。　**○六位の下がさねともいふ…**　口伝和歌釈抄では、「しながどり」について一の義、二の義、ある人の説と三説が述べられており、うち一と二の義が能因歌枕にあるとされる。一の義、六位の下がさね説は、現行本能因歌枕に見えない。前掲の如く、「ある人の説」とされている白鹿をとる所説のみがあげられる。「又カリキヌノシリトルヲ云。公任ノ云ク、六位ノシタカサネ取ヲ云」（別本童蒙抄）　**○惣じてとるをいふ…**　「いるとてはかりきぬのしりをいる（と歟）ものなれはさといはんとてしりながどりといふともいふへし」（綺語抄）、「ゐるにかりきぬのしりのなかけれは、つちにかりきぬのしりをつけしとて、とれはしかなりとは申す人もあり。それはみくるし。いつれの野山にかはゐむに、かりきぬのしりのつかさらん」（俊頼髄脳）、「惣て、すそとるをも、しなかとりといふなりともいへり」（疑開抄）、「下カサネノシリノ長キヲイムトテハトルカユヘニ、シナカトリキトイヘリト云義是アリ」（色葉和難集）　**○行幸にみ狩のありけるに…**　「そのゝは昔雄略天皇のかりし給ひけるに、いのしゝはなくて、しろきしかのとられたりけるより、いなのといふとなん」（綺語抄）、「むかし雄略天皇、その野にてかりし給けるに、（白きかの鹿のかきりありて・顕）ゐのしゝはなかりけれは、しなかとりといへるは、しろきかのしゝのかきりとられたれは、いゐなのとはゐのしゝのなかりけれは、いふなりとそ申つたへたる」（俊頼髄脳）、「雄略天皇かのゝにてかりし給ひしに、しろきかのしゝをひとつとりて、ゐのしゝなとはなかりけれと（は）、かのゝをしながどりゐなのといふ。白鹿をとりて猪はなきのと云ふ也」（奥義抄）。和歌色葉、奥義抄からの引用として袖中抄、色葉和難集にほぼ同一の説を掲げる。　**○師頼大納言…**　源俊房一男。小野宮大納言。堀河百首作者。万葉集次点の一人。金葉集初出。　**○猪をいふといふ事は…**　「頼綱なとは、いのしゝをしなかとりといふとそいひける」（綺語抄）。あるいは、「猪《ゐ》名《な》野《の》者《は》令《み》レ見都《せつ》」（二七九）のように、万葉集での「ゐな野」表記に

「猪」が含まれる場合があることを指すか。　○12**しながどりゐな山ひゞき…**　万葉集二七〇八、二句「居名《ゐな》山響《やまとよ》尓《に》」五句「内妻波《こもりづまは》母《も》」、古今六帖三二〇七、綺語抄一七四、二句「ゐなやまとみて」四句「なのみによせし」、俊頼髄脳二六〇、二句「ゐな山とよみ」四句「なにのみよせし」、五代集歌枕二九九、二句「ゐな山とよみ」　○13**しながどりゐな野をゆけば…**　古今六帖八五〇。五代集歌枕二九七、四句「ゆふぎりたちぬ」。疑開抄一一二、下句「ゆふきりたちぬやとはなくして」。古今集諸本のうち、元永本は「しなかとりゐなのをゆけはありま山ゆふきりたちぬあけぬこのよは」、筋切本、唐紙巻子本が同様の本文を有する。

【補説】

口伝和歌釈抄において、「能因《ノウイム》入道歌枕」（「十九　すだく」）、「能因がうたまくら」（「百十一　のもりのかゞみ」）など、いわゆる能因歌枕からの引用であると考えられる注説は八箇所。そのうち、当該箇所「能因《ヨシタカ》歌枕」のように、「能因」を傍書によって「ヨシタカ」と読ませる例が五箇所（うち、「因」にのみ「タカ」の訓を付すもの一例）、また「ヨシタタ」も一例が見られるが、いずれも根拠は不明であり、他出も未見である。

能因歌枕として引用される八箇所のうち、四箇所は現行本能因歌枕とほぼ一致が見られる（「六　まがねふく」「十九　すだく」「五十一　やまがつ」「百　しづはた」）。現行本能因歌枕は、全体が「能因歌枕」から始まる「最初の歌枕」、「ある人の抄云」から始まる第二の部分、「国々の所々名」から始まる第三の部分、「又或人の撰集」から始まる第四の部分で構成される。口伝和歌釈抄に引用される「能因歌枕」と、現行本能因歌枕の合致する箇所は、すべて「最初の歌枕」に見られるものである。これは袖中抄にも見られる現象であり、浅田徹氏「『能因歌枕』原撰本と現存本」（『国文学研究』第九十二号、昭和六十二年三月）によって指摘されている。氏は、袖中抄以下の諸書から能因歌枕の逸文を集成された上で、それらの本文が「最初の歌枕」に集中して見られることから、「最初の歌枕のみが原撰本と関係を持つのであり、他の部分は本来、『能因歌枕』と呼ばれるものでなかったのが後に付加され

て現存本の形態を成したのである」とする。すなわち、口伝和歌釈抄でも、いわゆる原撰本と関係する能因歌枕が引用されていると推定される。

一方、能因歌枕として引用しているものの、現行本能因歌枕と口伝和歌釈抄本文が一致しない箇所も見られる（「五　しながどり」「四十九　あをやぎ」「五十九　みもり」「百十一　のもりのかゞみ」）。現行本能因歌枕の本文と、平安末期以降の歌学書に引用される能因歌枕の本文とが大きく異なること、また現行本能因歌枕は、「極めて不完全なものであり、原本の一部」でしかないことは、すでに日本歌学大系第一巻の久曽神昇氏による解題で指摘されるところである。口伝和歌釈抄に見られる能因歌枕でも同様の状況が確認できる。

能因歌枕の成立時期は不明であるが、能因の没年は一〇五〇年頃とされているため、口伝和歌釈抄とごく近い時期であると見られる。口伝和歌釈抄に見られる能因歌枕からの引用は、半数が現行本能因歌枕（のうち原撰本部分）と一致が見られた。現行本能因歌枕とは一致しない箇所についても、原撰本の一端を補うものである可能性があると考えられる。

（濵中祐子）

六　まかねふく

古今云

まかねふくきひの中山をいにせるほそたに河のをとのさやけさ

まかねふくとは能因《タカ》かうたまくらにわくろかねふくをいふなり」13オ りきひの中山とわひせんひんこの両国の中にありといふその山ほそたにかわをゝいにせり

万葉集云
おほきみのみかさのやまをゝいにせるほそたにかはのをとのさやけさ

【解釈本文】

六　まがねふく

古今云、

14 まがねふくきびの中山おびにせるほそたに川の音のさやけさ

まがねふくとは、能因が歌枕には、くろがねふくをいふなり。きびの中山とは、備前、備後の両国の中にありといふ。その山、ほそたに川を帯にせり。万葉集云、

15 おほきみのみかさの山をおびにせるほそたに川の音のさやけさ

【注】

○まがねふく…　奥義抄、和歌色葉、色葉和難集。綺語抄「ほそたにがは」、袖中抄「かへしもの」　**○14まがねふくきびの中山…**　古今集一〇八二、かへしもののうた、古今六帖一二七八、綺語抄二二三、奥義抄五九七、和歌童蒙抄一七九、五代集歌枕四二一、和歌初学抄二二四、袖中抄二六五、和歌色葉二九八、定家八代抄一七三〇、色葉和難集六二四。別本童蒙抄二一五、五句「音ノサヤケキ」　**○まがねふくとは…**　「まかねふくとは　くろかねをふくをいふ」（能因歌枕）、「まかねとはくろかねをいふ」（綺語抄）、「まかね鉄也。此山にて彼かねをほりてはふきあはすれは、まかねふくとは云へり」（奥義抄）、「まがねふくとは、つちの中なるくろがねのあらがねを、水にてゆりあつめて、たゝらと云物にてふきわかす也。まがねとは金をいへば、鉄をもあらがねにむかへて云とこそ」（顕注密勘）　**○きびの中山とは…**　「ほそたにかは、備中、備後国のなかにあり」（綺語抄）、また和歌童蒙抄及び和歌

色葉も「なかやま」を備中備後の間という位置づけに関わらせて解しているようだが、承和の大嘗会主基歌は備中であり、五代集歌枕、奥義抄でも「備中」とする。「コレハ備中也。以二備前・備中・備後三ヶ国一称二吉備一也」（古今集注）また、「きびの山ほそ谷川をおびにしてしたもといろにさくつつじかな」（出観集一二六）のように「きびのやま」と詠む例も若干見られる。　**○その山、ほそたに川を帯にせり…**　本来は特定の川を指すものではなかったと考えられる。細谷川は古今歌により備中の歌枕と認識されるようになり、すでに枕草子では特定の地名とされている。また、催馬楽の影響もあろう。当該歌のもととなったと言われる15歌では普通名詞である。「山のこしにほそき川のめくりたれは帯にせるとはよめる也」（奥義抄）　**○15おほきみのみかさの山を…**　万葉集一一〇二、二句「御《み》笠山之《かさのやまの》」

七　わかせこ　曾《ソ》禰《ネ》好《ヨシ》忠《タヽ》哥云

わかせこかきまさぬよいの秋風はこぬ人よりもうらめしきかな

そとをりひめか御門をこひまい」13ウらせてよめる

古今□①

わかせこかくへきよいなりさゝかにのくものふるまいかねてしるしも

おとこをはわかせこといふへしとみへたりわき《か》も②■■のゝことはめをいふなるへし

これはわきもこか不審也

わきもこかころものすそをふきかへしうらめつらしき秋のはつ風
　又女をははかくさともいふなるへし
はかくさのいもかきなれのなつころもかさねもあえすあくるしのゝめ」14オ

【本文覚書】①判読不能、「云」か。②二字墨消。

【解釈本文】

七　わがせこ

　曾禰好忠歌云、

16 わがせこがきまさぬよひの秋風はこぬ人よりもうらめしきかな

　そとほりひめが、御門を恋ひまゐらせて詠める。古今云、

17 わがせこが来べきよひなりさゝがにのくものふるまひかねてしるしも

　男をば、わがせことい ふべしとみえたり。わかきもの《これはわきもこか不審也》のことは、女をいふなるべし。

18 わぎもこが衣のすそを吹きかへしうらめづらしき秋の初風

　又女をば、わかくさともいふなるべし。

19 わかくさの妹がきなれの夏衣かさねもあへずあくるしのゝめ

【注】

○わがせこ…　色葉和難集。綺語抄「うらめづらし」、袖中抄「わかくさのつま」、奥義抄、和歌色葉、色葉和難集「衣通姫」　**○曾禰好忠…**　口伝和歌釈抄に好忠の歌として掲出されるもの二十一首。　**○16わがせこがきまさぬよ**

ひの…　拾遺集八三三曾禰好忠、拾遺抄二八二、好忠集三三四、玄々集一〇三曾禰好忠、新撰朗詠集三七六、相撲立詩歌合一三好忠、後六々撰五七、袖中抄一九一、定家八代集一二六六。後十五番歌合一四、初句「わぎも子が」。別本童蒙抄一〇三、初句「ワカヒコヤ」四句「待人ヨリハ」　**○そとほりひめが…**　「そとほりひめの一人ゐて、みかどをこひたてまつりて」（古今集一一一〇詞書）、「御門を恋たてまつりて、そとほりひめのよめる也」（疑開抄）　**○**17**わがせこが来べきよひなり…**　古今集仮名序注そとほりひめのうた、古今集一一一〇墨滅歌、古今六帖三〇九九、奥義抄六〇六、万葉集時代難事一八、和歌色葉三一〇、源氏釈（紅葉賀）六五、色葉和難集二七一・四三六・五七九、疑開抄一三七。日本書紀六五、三四五句「佐瑳餓泥能《ささがねの》　区茂能於虚奈比《くものおこなひ》　虚予比辞流辞毛《こよひしるしも》」。俊頼髄脳三六〇、和歌童蒙抄八四五、以上初句「わぎもこが」。別本童蒙抄一二〇、下句「ノキノフルマイ、トモカシコシ」　**○男をば、わがせこと…**　「わかせことは、おとこをいふなり」（俊頼髄脳）、「ワカセコトハ、ヲトコヲ云也。男ヲハセトイヒ……」（色葉和難集）　**○わかきものの…**　傍記に不審としているように「わかきもののこと」は「わぎもこ」とあるべきか。「俊頼云、ワキモユ《（こ）》トハ人ノメヲ云也」（色葉和難集）　**○**18**わぎもこが衣のすそを…**　古今集一七一よみ人しらず、新撰和歌四、古今六帖一三〇・三二九六、躬恒集四五八。家持集二二六、能因歌枕六、綺語抄三八五、定家八代抄二六六、秀歌大体四五、以上初句「わがせこが」。類聚証三四、二句「衣の袖を」　**○又女をば、わかくさとも…**　「若詠婦時　わかくさのと云」（喜撰式）、「わかきめをは　わかくさといふ」（能因歌枕）、「婦　わかくさといふ」（俊頼髄脳）、「婦　わかくさ」「わかくさとは婦をいふ也」（奥義抄）、「ワカクサトハ、女ヲイフナルヘシ」（和歌童蒙抄）　**○**19**わかくさの妹がきなれの…**　続詞花集五五一藤原長能、別本童蒙抄一〇五。長能集七一、三四句「からころもかはしもあへず」、玄々集六八長能、二句「妹が手なれの」、和歌童蒙抄一二五、二三四句「いもがきなれしなつごろもかさねもみえず」

八　うないこ　拾遺集云

ほとゝきすをちかへり①なけうないこかうちたれかみのさみたれの空

うないことはほとゝきすをいふなりしての山おすきてくるほとはは□②はにてありといへりされはそれかゝみをさみたれとそへたるなりたゝしうないことはうちた③かみといわんとていゝたるなり

伊勢哥云

してのやまこへてこへてきつらんほとゝきすこひしき人のうへかたらなん」14ウ

伊勢物語《カタリ》　哥云

ほとゝきすなかなくさとのあまたあれはなをうとまれぬ思なるらん

女ありけり人あまたかよふときゝてをとこのやりたりけるうたなり

なのみたつしてのたをさわいまそなく《く》いほりあまたにうとまれぬれは

これはかへしのうた也

いほりおほきしてのたをさはいまそなくわかむ《す》さとにこへしたへねは」15オ

古今云俊行《トシユキ》

いくはくのたをつくれは④ほとゝきすしてのたをさをあさな〱よふ

してのたをさとは四条《テウ》の大納言⑤□哥枕にはほとゝきすをいふといへりこれもしての山をこへてくるといふ心也

【本文覚書】①重書。②「ら」か。③「れ」脱か。④「か」脱か。⑤「納言」の右傍に判読不明文字あり。

【解釈本文】

八　うなゐご

拾遺集云、

20 ほとゝぎすをちかへりなけうなゐ子がうちたれがみのさみだれの空

うなゐ子とは、ほとゝぎすをいふなり。死出の山を過ぎてくるほどは、童にてありといへり。されば、それが髪を五月雨とそへたるなり。たゞし、うなゐ子とは、うち垂れ髪といはむとて、いひたるなり。伊勢歌云、

21 死出の山越えて来つらむほとゝぎす恋ひしき人のうへかたらなむ

伊勢物語歌云、

22 ほとゝぎす汝がなく里のあまたあればなほうとまれぬ思ひなるらむ

女ありけり。人あまたかよふときゝて、男のやりたりける歌なり。

23 名のみたつ死出の田長は今ぞなくいほりあまたにうとまれぬれば

これは、返しの歌なり。

24 いほりおほき死出の田長は今ぞなくわがすむ里に声したえねば

古今云、俊行

25 いくばくの田をつくればかほとゝぎす死出の田長をあさな〳〵よぶ

死出の田長とは、四条の大納言歌枕には、ほとゝぎすをいふといへり。これも死出の山を越えて来るといふ心なり。

【注】

○**うなゐご…**　綺語抄、色葉和難集。綺語抄「ながなけば」「しでのたをさ」、奥義抄「やよやまて」、和歌色葉「こをおもふつる」、袖中抄「しでのたをさ」　○**20ほとゝぎすをちかへりなけ…**　拾遺集一一六みつね、躬恒集一六四、綺語抄三一九、和歌童蒙抄七三七、袖中抄四七一、色葉和難集五五三、以上五句「さみだれのころ」。寛平御時后宮歌合一〇凡河内躬恒、左兵衛佐定文歌合一〇躬恒、以上五句「さみだれのこゑ」。別本童蒙抄二三〇、二句「立帰リナケ」　○**うなゐ子とは、ほとゝぎすをいふなり…**　「郭公　山郭公　ときの鳥　してのたおさ　うなひご〈童になるゆへ也〉」（八雲御抄）、「解難集云、ウナヒコトハ、郭公也」（色葉和難集）　○**死出の山を過ぎてくるほどは…**　「又、ホト、キスハ、シテノヤマヲコヘテクルホトハ、ワラハニテアルナレハ、カクヨメルトイヘハ、カナヒテモヲホエス。ヒカコトナリ」（和歌童蒙抄）、「或書云、ほとゝぎすは死出の山よりわらはにてくるなり。死出の山越ゆる間、田など作るゆゑにしでのたをさとはいひ伝へたり」（袖中抄）、「又ホト、キスハシテノ山ニワラワニテ田ヲツクルト云事アレハ云ニヤ」（色葉和難集）　○**されば、それが髪を…**　「又、ウチタレカミトハ、サツキヤミノソラクロシトイハム心トソイフメレト、コレカナハス。カミウチタレヤウニ、サミタレノフルト云フコ、ロトソミエタル」「ウナヰコトハ、ワラハヘトイフコトナレハ、ウチタレカミトヨマムトテオケルコトハナリ」（和歌童蒙抄）、「サレハウナヒ子カウナ《（ち）》タレカミトモ云。又サミタレトハ、髪ノミタレタルヨシニヨソヘタリ」（色葉和難集）　○**伊勢…**　口伝和歌釈抄で、伊勢の歌として掲出されるものは二首。　○**21死出の山越えて来つらむ…**　拾遺集一三〇七伊勢、伊勢集二七、拾遺抄三七〇、奥義抄四五八、和歌童蒙抄七三八、袖中抄四六七。宝物集二九四、二句「こえてやきつる」　○**伊勢物語歌云…**　口伝和歌釈抄で、伊勢物語の歌として掲出されるものは二首。　○**22ほとゝぎす汝がなく里の…**　古今集一四七よみ人しらず、業平集一九、伊勢物語八〇、猿丸集三五、綺語抄四三四・六〇三、和歌童蒙抄七三三、和歌色葉四六二、以上五句「思ふものから」　○**女ありけり…**　「むかし、賀陽の

親王と申す親王おはしましけり。その親王、女をおぼしめして、いとかしこう恵みつかう給ひけるを、人なまめきてありけるを、我のみと思ひけるを、又人きゝつけて、文やる。ほととぎすのかたをかきて」（伊勢物語四十三段）、「コレハ、ホト、キスヲアハレトヲモヘトモ、アマタノサトニカヨヒナケハ、ウツ《ミ》トマレヌトナリ。イロコノムヲトコ、ヲンナ、ト■■ヨメルナルヘシ」（教長古今集注、■判読不可）　**○23名のみたつ死出の田長は…**　業平集二〇、三四句「我ぞなくいほりあまたと」、伊勢物語八一、三四句「今朝ぞなくいほりあまたと」、袖中抄四六八、三句「けさぞなく」　**○24いほりおほき死出の田長は…**　業平集二二、伊勢物語八二、袖中抄四六九、以上三句「猶たのむ」五句「声したえずは」　**○俊行…**　藤原敏行のこと。口伝和歌釈抄で、敏行の歌として掲出されるのはこの一首のみ。　**○25いくばくの田をつくればか…**　古今集一〇一三藤原敏行朝臣、敏行集四、綺語抄五八三、五句「なきわたるらん」、俊頼髄脳三〇八、奥義抄五七八、和歌童蒙抄七三五、袖中抄四六五、和歌色葉二九一、色葉和難集八九七、以上二句「田をつくればか」　**○死出の田長とは…**　「郭公をは　とけをしほといふ　してのたをさとも」（能因歌枕）、「してのたをさ　ほとゝきすをいふ」（綺語抄）、「郭公　してのたをさといふ」「してのたをさとは、ほとゝきすを申すなめり」（俊頼髄脳）、「時鳥の一の名をはしてのたをさと云也」（奥義抄）、「シテノタヲサトハ、ホトヽキスヲイフ也」（和歌童蒙抄）　**○四条の大納言歌枕…**　四条大納言は藤原公任の通称。四条大納言歌枕は散佚の歌学書。口伝和歌釈抄では公任はすべて「四条大納言」と称される。口伝和歌釈抄で四条大納言の名が掲出される箇所は十五箇所。うち、「四条大納言歌枕」は十一箇所に見られる。

九　たむけ

古今云北野《キタノ、》御歌

このたひはぬさもとりあへすたむけ山もみち①にしきかみのまに〳〵」15ウ

たむけやまはかすかの②ゝきたにありたむけとはぬさをいふ

素《ソ》性法師《セイホッシ》歌云

たむけにはつゝりのそてもきるへきにもみちにあけるかみやかへさん

たむけとはすへ③てかみにものたてまつるをいふなりぬさをもたむけたてまつるなり

うちの女房の

④

⑤をとゝいゝせになりてくたりけるにかみにたてまつるへきものをはすれてみちよりぬさやあるとこい

に」16オ おこせたりけれはなしとてくし⑥を四五枚はか⑦りつゝみて《て》やりけるうたに云

■⑧

ぬさはなしこれをたむけのつとにせよけつれはかみもなひくとそきく

古歌云

秋の山もみちをぬさとたむくれはすむはれさへそたひ心地する

もみちはぬさにゝたれはかくいふ

【本文覚書】①「の」脱か。　②「ゝ」に重書。　③判読不明文字に重書。　④「うちの女房の」、作者名の位置に

書く。⑤以下の字高、和歌の高さと同じ。⑥重書。⑦「カリツ、ミテ」に平仮名表記で重書。⑧「女」を墨消。

【解釈本文】

九　たむけ

古今云、北野御歌

26 このたびはぬさもとりあへずたむけ山もみぢのにしき神のまに〳〵

たむけ山は、春日野の北にあり。たむけとは、ぬさをいふ。素性法師歌云、

27 たむけにはつゞりの袖もきるべきにもみぢにあける神やかへさむ

たむけとは、すべて神にもの奉るを云ふなり。うちの女房の弟兄、伊勢になりて下りけるに、神に奉るべきものを忘れて、道よりぬさやあると乞ひにをこせたりければ、なしとて櫛を四、五枚ばかり包みてやりける歌に云、

28 ぬさはなしこれをたむけのつとにせよけづればかみもなびくとぞきく

古歌云、

29 秋の山もみぢをぬさとたむくればすむ我さへぞ旅ごゝちする

もみぢはぬさに似たれば、かくいふ。

【注】

○たむけ…　色葉和難集「つづりの袖」（増補部分）。綺語抄本文脱落のため項目題未詳。　**○北野御歌…**　菅原道真。口伝和歌釈抄で北野の歌として掲出されるものはこの一首のみ。　**○26このたびはぬさもとりあへず…**　古今集四二〇すがはらの朝臣、新撰和歌一九二、古今六帖二四〇一、和歌体十種三四、綺語抄二七一、五代集歌枕三一

二、古来風体抄二七〇、定家十体六六、定家八代抄八〇五、詠歌大概七五、八代集秀逸六、百人秀歌二三、百人一首二四、以上二句「紅葉の錦」　**○たむけ山は…**　「たむけの山〈ユウタ、ミ〉」（奥義抄）、「此哥者朱雀院奈良ヘオハシケル時タムケ山ニテヨメルト詞アリ　然之又在大和也」（五代集歌枕）　**○ぬさ…**　「旅客ノタムケノ神ニ献ズルニハ、色々ノ絹キレヲ用。仍ヌサヲキルトイヘリ」（古今集注）、「ぬさとは、旅行道のほとりの神にたむくる物也……さへの神ともいひ、たむけの神とも申」（顕注密勘）　**○素性法師…**　口伝和歌釈抄で、素性法師の歌として掲出されるものは五首。　**○27たむけにはつゞりの袖も…**　古今集四二一素性法師、三句「きりつべし」。素性集四八、色葉和難集四五七。　**○たむけとは…**　「たむく　仏神に物たてまつる也。手向といふ心也」（奥義抄）、「清輔朝臣云、仏神ニ物タテマツルヲタムクト云、手向ト云心也……顕昭云、仏ノタムケ無証歌歟如何」（古今集注）、「手むくとは、手にとりて神にむけたてまつる也」（顕注密勘）、「和云、タムケトハ、神ニ物タテマツルヲ云也」（色葉和難集）　**○うちの女房の…**　続詞花集の詞書は、「ものへゆきける人のぬさこひける、やるとて」。「小式部カ男、伊勢守ニ成テ有ケルニ、神奉物ヤ有トコヒニヲコセタリケレハ、クシヲ十枝斗、是ヲヌサニセヨトテツカワシケルニヨメル哥」（別本童蒙抄）　**○28ぬさはなしこれをたむけの…**　続詞花集六八六よみ人しらず、別本童蒙抄三二二、五句「ナヒクナリケリ《トソキク》」　**○古歌云…**　口伝和歌釈抄で「古歌云」と注記されるもの七首、うち典拠の判明する歌三首。　**○29秋の山もみぢをぬさと…**　古今集二九九つらゆき、別本童蒙抄三二三。　**○もみぢはぬさに似たれば…**　「ぬさとは……色々のきぬのきれなどをたてまつる也。さればもみぢをぬさとよむなり」（顕注密勘）

十　しのふもちすり」16ウ

古今　河原大臣《カハラノタイシム》

みちのくのしのふもちすりたれゆへにみたれそめにしはれならなくに

みちのくにゝしのふのこほりにするすりなりそれかみたれさをしか《①と》よめり

【本文覚書】①「か」字、あるいは補入記号か。

【解釈本文】

十　しのぶもぢずり

古今　河原大臣

30みちのくのしのぶもぢずりたれゆゑにみだれそめにし我ならなくに

陸奥国に信夫の郡にするすりなり。それがみだれ、さを然と詠めり。

【注】

○しのぶもぢずり…　目録は「しのぶずり」。綺語抄、袖中抄、色葉和難集。　**○河原大臣…**　源融。口伝和歌釈抄で、河原大臣の歌として掲出されるものはこの一首のみ。　**○30みちのくのしのぶもぢずり…**　古今集七二四河原左大臣、四句「みたれむと思ふ」（基俊本、筋切本、元永本、関戸本、後鳥羽院本は四句「みだれそめにし」）。☆業平集六一、伊勢物語一。古今六帖三三一二、綺語抄五一三、俊頼髄脳二八七、和歌童蒙抄四七四、袖中抄二〇九、古来風体抄二八〇、定家八代抄八五三、百人一首一四、色葉和難集八九四。五代集歌枕一七六八、和歌初学抄一二二、袖中抄九一六、百人秀歌一七、以上四句「みだれんとおもふ」。別本童蒙抄三八一、二句「シノフモチスル」　**○陸奥国に…**　「みちの国のしのふのこほりニするすり也」（綺語抄）、「みちのくにゝしのふのこほりといふ所に、みた

れたるすりを、もちすりといへるなり」（俊頼髄脳）、「ミチノクニノ信夫《シノブノ》郡ニスレルモヂズリハ、ウルハシカラズ、ヒキモヂリテスレリ」（古今集注）

十一[1]　はをちたり

【本文覚書】①行間小字。

【解釈本文】

十一は、落ちたり。

【注】十一は、目録では「さをしか」。この語を項目とする歌学書は、綺語抄。

十二　さむしろ　頼□[1]法師哥云

さむしろはむへさへけ[2]し《けら》かくれぬのあしまのこほりひら[3]へしにけり

黒主《クロヌシ》歌云」17オ

かくしあらはふゆさ[4]むしろうちはらうころもてまつやなくらん

弁《ヘムノ》入道

さわにをうるねせりのねかなつむほとにしつのさころもそれぬれにけり

さむしろにころもかたしきこよひもやうちのはしひめわれをまつらん
さむしろわせはきむしろなりさころもをなし心なりさなへさわらひなんといふもちいさしといふへし」17ウ

【本文覚書】①「度」にも似るが、「慶」か。②本行「け」、「ケ」に重書。傍記、あるいは「けゝ」か。③「と」の誤か。④「の」脱か。

【解釈本文】

十二　さむしろ

頼慶法師歌云、

31 さむしろはむべさえけらしかくれぬのあしまのこほりひとへしにけり

黒主歌云、

32 かくしあらば冬のさむしろうちはらふ衣手（ママ）まづやなくらむ

弁入道

33 沢におふる根ぜりのねかなつむほどにしづのさごろも袖ぬれにけり

34 さむしろに衣かたしきこよひもや宇治の橋姫われをまつらむ

さむしろは、狭き筵なり。狭衣、同じ心なり。早苗、早蕨なんどいふも、小さしといふべし。

【注】

○さむしろ…　綺語抄、色葉和難集。奥義抄、和歌色葉、袖中抄、色葉和難集「うぢのはしひめ」。　**○頼慶法師**

…　未詳。後拾遺集、金葉集に一首入集。俊頼髄脳に入る一首は金葉集入集歌と同じだが、作者を頼経とする。口伝和歌釈抄で、頼慶法師の歌として掲出されるものはこの一首のみ。　**○31さむしろはむべさえけらし…**　後拾遺集四一八頼慶法師、奥義抄一九八。別本童蒙抄七六、三句「カケレヌノ」五句「一重シニケリ」　**○黒主歌云…**　増基法師集にみえる歌。なお、口伝和歌釈抄で、黒主の歌として掲出されるものは二首。ともに「黒主（クロヌシ）」と仮名傍記するが、増基法師集にみえる歌。なお、口伝和歌釈抄では、作者名を「廬主（増基法師の通称）」とする和歌が三首見られる。うち、228、242歌は増基法師集所収、80歌は他出未見。作者名「廬主」の傍記には、「イヲヌシ」、「クロヌシ」など、混乱が見られる。　**○32かくしあらば冬のさむしろ…**　増基法師集六八、下句「よはの衣手いまやぬるらん」　**○弁入道…**　未詳。口伝和歌釈抄で、弁入道の歌として掲出されるものはこのこの一首のみ。　**○33沢におふる根ぜりのねかな…**　他出未見。　**○34さむしろに衣かたしき…**　古今集六八九よみ人しらず、古今六帖二九九〇、綺語抄五四八、奥義抄五二五、和歌初学抄一四一、別本童蒙抄三八二、袖中抄三一九、古来風体抄二七八、和歌色葉二六三、近代秀歌八七、定家十体一五八、定家八代抄一〇八〇、色葉和難集五二六・八二七、以上下句「われを待つらむ宇治の橋姫」　**○さむしろは…**　「さ　狭也　さなへ　さころも　さむしろ　さゝ」（綺語抄）、「さといふことはものにしたかひて、せはくも、ちいさくも、をさなくもあるものを云也。さむしろ、ころも（さ衣）、さをしかなといへり」（奥義抄）、「みしかくせはきむしろなり」（和歌色葉）、「セバキ莚也」（五代勅撰）。「さ」については、「十八たるひ」参照。

十三　龍門仙室《リヨウモムノセムシツ》

伊勢歌云
あしたつにのり①かよふるやとなれはあとたに人はみへぬなりけり
仙人は②つるにのりてあるくといふ本文ありてはれはかへるにのりてふるさとにゆきたりし事なるへし
されは人のあとなしとい③ゐり

【本文覚書】①「て」脱か。②「ツ」を書き止して「つ（川）」に改めるか。③「イ」に重書。なお、十八葉には料紙に何らかの問題があったようで、十八オでは、「伊勢歌云」は「伊　勢歌云」、「あしたつに」は「あし　たつに」の如く、一字空きになっている箇所があり、十八ウでは、字高を下げて上辺を空けているが、本文の欠落等はない。

【解釈本文】
十三　龍門仙室
伊勢歌云、
35あしたづにのりてかよふるやどなればあとだに人はみえぬなりけり
仙人は鶴にのりてあるくといふ本文ありて、我は帰るにのりて古里にゆきたりし事なるべし。されば人のあとなしといへり。

【注】
○龍門仙室…　綺語抄「仙室を」、奥義抄「まなづるのあしげ」　**○伊勢歌云…**　当該歌を伊勢の詠とする資料未見。歌注参照。口伝和歌釈抄で、伊勢の歌として掲出されるものは二首。　**○35あしたづにのりてかよふる…**　千載集

一〇三八能因法師、能因法師集一四、綺語抄二七六、奥義抄五三八、以上二句「のりてかよへる」。いずれも能因歌とし、伊勢の歌とするもの未見。古今集九二六に「竜門にまうでてたきのもとにてよめる」の詞書を持つ伊勢の歌があり、そこからの誤解か。**〇仙人は鶴にのりてあるくといふ本文…**　「仙人は鶴にのると云事のありければかくはいふ也。古仙居にてよめる哥にも」（奥義抄）。竜門山が古来仙境と解されていたことについては、葛野王の「命駕遊山水。長忘冠冕情。安得王喬道。控鶴入蓬瀛」（懐風藻「五言　遊竜門山一首」）に見る如くである。ここでいう鶴に乗る仙人は、王子喬のこと。王子喬故事は列仙伝に見え、和漢朗詠集・晴（「帰嵩鶴舞日高見　飲渭竜昇雲不残」）及び、仙家（「王喬一去雲長断　早晩笙声帰故渓」）に見える。**〇我は帰るに…**　王子喬が鶴に乗って緱氏山から去ったことを言うか。同一内容の注説未見。

十四　やまとりのお

人丸哥云」18オ

あしひきのやまとりのをのしたりをの中〳〵しきよひとりかもねん

これはをとりのを〻いふなりた〻なかきによそへたるやうなれともひとりぬるにそへていへるなりそのゆへはやまとりはめとともにあれともよるたにをへたて〻ひとりぬるなり

古万葉集云」18ウ

おもへとも思もかねぬあしひきのやまとりのをのなかきこよひは

あしひきのやまとりのをのひとりこへひとめ見しまをこふへき物を①
やまとりのたにをへたてゝよはうともこひを心にまかせてしか②わ

【本文覚書】①判読不明文字（「か」か）を墨消して「わ」とし、その上に「を」を重書。②判読不明文字に重書。

【解釈本文】

十四　やまどりのを

人丸歌云、

36 あしひきのやまどりのをのしだりをのなが〲しき夜一人かも寝む

これは、雄鳥の尾をいふなり。ただ長きによそへたるやうなれども、一人寝るにそへていへるなり。その故は、山鳥は女と共にあれども、夜谷を隔てゝ一人寝るなり。古万葉集云、

37 思へども思ひもかねぬあしひきの山鳥のをの長きこよひは

38 あしひきの山鳥のをの一人こえひとめ見し間を恋ふべきものを

39 山鳥の谷をへだてゝよばふとも恋を心にまかせてしかば

【注】

○やまどりのを…　綺語抄「やまどりのかがみ」、奥義抄「やまどりのかがみ」、和歌色葉「やまどり」、袖中抄「をろのはつをにかがみかけ」。「なかきことに……やまとりのを」「山とりのをのしたりをの　なかきことにそへたる也」（綺語抄）　**○人丸…**　口伝和歌釈抄で、人丸の歌として掲出されるものは四首。　**○36あしひきのやまどりのをの…**　拾遺集七七八人まろ、万葉集二八〇二「或本歌曰」、人丸集二一二、三十八人撰八、深窓秘抄七四、三十六人撰八、和漢朗詠集二三八、綺語抄六一〇、奥義抄三五〇、和歌童蒙抄七八三、人麻呂勘文四六、袖中

抄五一五、和歌色葉一二〇、俊成三十六人歌合二、定家八代抄一一二一、詠歌大概九七、近代秀歌九一、秀歌大体九三、八代集秀逸二六、時代不同歌合三、百人秀歌三、百人一首三、以上四句「ながながしよを」。古今六帖九二四、五句「わがひとりぬる」、俊頼髄脳二六二、五句「ひとりかもぬる」、別本童蒙抄二四一、四句「ナカ〳〵シキヨニ」　○**これは、雄鳥の尾をいふなり…**　「此哥に山鳥のおと有は尾にはあらす、雄也。をとりのしたりおのといふ也と申す義もはへり」(奥義抄)、「山トリノ尾ノシタリ尾ノトモイハレタルヲ、山トリノ雄ノシタリヲノトイフヘキナリト、古人申ケルトカヤ」(和歌童蒙抄)　○**ただ長きに…**　「なかきにそへたるのみにあらす。またやまとりはひるはめとゝもにあれとも、よるははなれてひとりぬるなり」(綺語抄)　○**谷を隔てゝ…**　「山鳥といふとりの、め、おとこはあれと、よるになれは、山のをゝへたてゝ、ひとつ所にはふさぬ物なれは」(俊頼髄脳)、「ふるくはなを山のおをへたてゝぬとそいひならはせる」(奥義抄)、「ミネヲヘタテヽ、ヨルハ雌雄フストリナリ」(和歌童蒙抄) 等、山の尾を隔てる説は見えるが、谷を隔てる説未見。但し、「あはれこそたにもへだつれ山鳥のよどこさへにぞうらやまれける(正治初度百首「鳥」五九七守覚法親王)があり、谷を隔てるとの説もあったか。　○37**思へども思ひもかねぬ…**　万葉集二八〇二、二句「念毛《おもひも》金津《かねつ》」五句「永《ながき》此夜《このよ》乎《を》」、袖中抄五一三、二句「思ひもかねつ」五句「ながきこのよを」、秋風集七七八、二句「思ひもかねつ」五句「ながきこよひを」　○38**あしひきの山鳥のをの…**　万葉集二六九四、三四五句「一峯《ひとを》越《こえ》　一目《ひとめ》見《み》之《し》児尔《こに》　応レ恋《こふべき》鬼香《ものか》」(類「を」を墨消し、右に「か」とする)、綺語抄六一一、三四五句「ひとをこえ人のみしこにこふべきものか」、袖中抄五一四、三四五句「一をこえひとめ見しだにこふべきものか」　○39**山鳥の谷をへだてゝ…**　他出未見。

十五　ねらゐ

古万葉集云

ねらいするしつのを①のこかしらへたるやさしくものを〵もふころかな」19オ

ねら②いとはし〵をねらいているなり③四月五月なんとはひねもすはむ六《本マ、》月七月になりぬれはときはひつしさるのときになんありしかはかしこきものにて風をしれりわか〵たよりあちふく風にはをとろきてかなわすあれか〵たよりわか〵たへふく風にれうしをはするなりしらへたるとわもたるといふ事なりやさしくとはゐひく④をいふなりそれにやをさせ」19ウ　はよそへていふなりしつのをのことわけすをいふなり

好忠《ヨシタヽ》歌云

ね⑤らいするふゆのやまをまちかねてをのか心さ〵むしとやをもふ

このうたさきの心なるへ⑥しねらいを冬する事やあるへき又ねらいときくほとにまちかねてときくはいときもあはぬ事也ふゆの心によま〵⑦はよねらいといふへしよるいのし〵をねらいているなりまちもねらいもみなしのふる」20オ　し⑧のふる心なり

【本文覚書】①「をの」重書。②行頭余白に「ね」を書き止して墨消。注文の位置に字下げをしたためか。③重書。④「ら」の誤か。⑤墨汚れあり。⑥重書。⑦「〵」衍か。⑧「しのふる」衍か。

【解釈本文】

十五　ねらひ

古万葉集云、

40 ねらひするしづのをのこがしらべたるやさしくものを思ふころかな

ねらひとは、しゝをねらひて射るなり。四月五月なんどは、ひねもすはむ《（ママ）》。六月七月になりぬれば、時は未申の時になむあり。鹿は、かしこきものにて風を知れり。わが方よりあち吹く風には、おどろきてかなはず、あれが方よりわが方へ吹く風に、れうしをばするなり。しらべたるとは、もたるといふ事なり。矢挿具とは、えびらをいふなり。それに矢を差せば、よそへていふなり。しづのをのこは、げすをいふなり。好忠歌云、

41 ねらひする冬のやま《（ママ）》をまちかねてをのが心さゝ《（ママ）》むしとや思ふ

この歌、さきの心なるべし。ねらひを冬する事やあるべき。又ねらひときくほどに、まちかねてときくは、いと義もあはぬ事なり。冬の心に詠まば、よねらひといふべし。夜ゐのしゝをねらひてゐるなり。まちもねらひも、みなしのぶる心なり。

【注】

○ねらひ…　目録は「ねらい」。綺語抄。　**○古万葉集云…**　綺語抄は、「万葉集云」。現存の万葉集諸本に未見。

○40ねらひするしづのをのこが…　綺語抄三五八、二三句「しづのをのこのしらめたる」、俊頼髄脳二九三「ねらひするしづ男のこしましなへたるやさしき恋も我はするかな」、別本童蒙抄三五〇、初二句「モラヒスルミツノヲノコノ」四句「イヤシク物ヲ」　**○ねらひとは…**　「ねらひ　鹿をまつをいふ。まちともいふ……しらめたるとはもたると云と云々。可尋。やさしくとは、やなくひにえひらといふ物をいふやをさせは、やさしとそへたる也」（綺語抄）、「ねらひといへるは、しかをとる事也……しなへたるといへるは、さすといへる事也。こしにやをさしたれ

は、やさしきとはそへよむなり」（俊頼髄脳）　**○ひねもすはむ…**　「ひねもすなむ（あり）」か。　**○れうしをばするなり…**　「れうをば、するなり」か。　**○矢挿具とは…**　前掲。　**○しづのをのこは…**　「いやしき物をは　しつのをといふ」（能因歌枕）、「しつたまき《倭文手纏》（けす也。かすならぬ事也。万九　しつたまきわろ《賤》きわかいゐなとよめり）」「しつのをたまき〈けすのをさはくる也〉」（八雲御抄）。口伝和歌釈抄には、「げす」と注記する箇所が当該箇所を含めて、「たみとは、いやしきげすなり」（「五十三　たみ」）、「しづはたとは、げすのおるはたを云ふ」（「百　しづはた」）の三箇所見られる。　**○41ねらひする冬のやまを…**　好忠集二九五、二句「冬のかり人」下句「おのがこころとさむしとやおもふ」

十六　すきのしるし

三輪《ミワノ》御神《カミ》御哥云

わかやとはみはの山もとこひしくはとう〱きませすきたてるやと

これはむかしみわの明神の住吉の明神にすてられてたてまつりてよみたまへる哥なりかくよみてよみすかくれ給にけれはすきをしるしにてたつね」20ウ 給へりけるよりいゝはしめたるなる①へしとなんこれを本文にていふ

みわの山いかゝまちみんとしふともたつぬる人もあらしとをもへは

すきたてるやとをそ人もたつねける心のまつはかひなかりけり

赤染《ソメ》哥
我やとのまつはしるしもなかりけりすきむらならはたつねきなまし
　人をたつねんにもよそへてよむへし
すきもなき山へ②ゆきてたつぬれは」21オ そてのみあか③なつゆにぬれつゝ

【本文覚書】①「へ」に「な」を重書。②「を」脱か。③「や」の誤か。

【解釈本文】
十六　すぎのしるし
　三輪御神御歌云、
42 わがやどは三輪の山もと恋ひしくはとう〳〵来ませ杉立てるやど
　これは、昔、三輪の明神の住吉の明神にすてられたてまつりて、詠みたまへる歌なり。かく詠みて、隠れ給ひにければ、杉をしるしにてたづねたまへりけるより、云ひ始めたるなるべしとなむ。これを本文にていふ。
43 三輪の山いかゞまちみむ年ふともたづぬる人もあらじと思へば
44 杉たてるやどをぞ人もたづねける心のまつはかひなかりけり
　赤染歌
45 我やどの松はしるしもなかりけり杉むらならばたづね来なまし
　人をたづねむにもよそへて詠むべし。
46 杉もなき山辺をゆきてたづぬれば袖のみあやな露にぬれつゝ

【注】

○すぎのしるし…　奥義抄「おほなむち　付みわのやま……」、袖中抄、和歌色葉「みわのやま」、袖中抄「しるしのすぎ」。色葉和難集「おほなむち」。「此歌ヨリコトオコリテ、スギヲシルシニテミワノヤマヲタヅヌトイフコトハ、ヨミソメタルナリ」（拾遺抄注）　**○三輪御神御歌云…**　「これはみわの明神のおほんうたと申」（古来風体抄）、片桐洋一氏『古今和歌集全評釈下』（講談社、一九九八年）では古今六帖一三六四歌を根拠に、作者を「みわの御」とする。　**○42わがやどは三輪の山もと…**　古今集九八二よみ人しらず、奥義抄三九〇、袖中抄三五八、和歌色葉一五七、八雲御抄一九五、色葉和難集二三九、以上初句「わがいほは」下句「とぶらひきませ杉たてるかど」。新撰和歌三一六、古今六帖一三六四、古来風体抄二九四、以上下句「とぶらひきませ杉たてるかど」。疑開抄八一、初句「わがいほは」下句「とふてもきませすぎたてるかど」。和歌童蒙抄七〇七、初句「わがいへは」下句「とぶらひきませすぎたてるかど」　**○これは、昔、三輪の明神の…**　「或は三輪の明神、住吉の明神のおほむもとへかよひ給ける間に」（袖中抄）。綺語抄には「三輪明神すみよしの明神にすてられてよみ給へる歌」とある。歌は「こひしくばきてもみよかしちはやぶるみわのやまもとすぎたてるかど」　**○43三輪の山いかゞまちみむ…**　古今集七八〇伊勢、新撰和歌三五八、伊勢集三、古今六帖八七八・二八七〇、金玉和歌集六三、三十六人撰三七、俊頼髄脳六六、袖中抄三一一・三六〇、以上二句「いかにまちみん」　**○44杉たてるやどをぞ人も…**　拾遺集八六六よみ人しらず、二句「やどをぞ人は」五句「かひなかりける」、拾遺抄三二五、二句「やどをぞ人は」下句「まつはかひなきものにざりける」、奥義抄一五四、二句「やどをぞ人は」下句「まつはかひなきよにこそありけれ」　**○赤染歌…**　口伝和歌釈抄で、赤染衛門の歌として掲出されるものは二首。　**○45我やどの松はしるしも…**　金葉集三奏本四三八赤染右衛門、麗花集八八、後十五番歌合一二、俊頼髄脳六七、今昔物語集一四〇、和歌初学抄一三六、袖中抄三六三。奥義抄一五五、四句「杉むらばかり」　**○人をたづねむにも…**　「みわのやましるしのすき　人のやとたつぬ

るによむ」（綺語抄）。「みわの山しるしのすぎはかれずともたれかは人のわれをたづねむ」（古今六帖二九三九）などの例が見られる。　**〇46杉もなき山辺をゆきて…**　能宣集二九三、二句「山ぢをゆきて」、袖中抄三六二。

十七　山の井

古今　　貫之《ツラユキ》

むすふてのしつくにゝこるやまの井のあかてもきみにわかれぬるかな

むすふてとわてにすくうをいふ也やまの井とは山の中にたゝすこしいてたる水をいふこれはあふさかのせきにてよめる也このせきのしみつはひとたひすくひて」21ウ　のみつれはつきのたひはにこりてゐのまぬ也さてあかてもとはいふ也

人丸かしかの山こへにて

むすふてのいわまをせはみやまかわのいわかきし水あかすもあるかな

とよむうたの心をよみうつしたるなりいわかきとはいしのかきなんとのやうにたてる也のみつるにやあらんし水にわ《は》あまたの名あり一にはいたいのしみつゐたをつゝにした」22オ　るなり二にはいわいのし水いしをかさねてしたれはゐふなり三には野中《ノナカノ》のし水かうちのくにゝあり又はりまのいなみのにあり四には山のいあふさかのいなるへし

六帖云

あさからんことをたにこそをもいしかたへやはすへき山のいの水

好忠《ヨシタヽ》哥云

わくからとめにみつれとも山の井のみつはすゝしきものにそありける」22ウ

六帖《テウ》云

風さむくなりにしひよりあふさかのいわいのみつもみくさいにけり

わかやとのいわいのしみつさとゝをみ人しくまねはみくさいにけり

いにしへのゝなかのしみつぬるけれ■①②ともの心をしる人そくむ

をほはらやをし③ほ④ろのしみつよにすまは又もあひみんをもかわりすな

いにしへの野中のしみつみるからに」23オ　さしくむものはなみたなりけり

【本文覚書】①「は」を墨消。②「もと」の誤か。③「し」衍か。④判読不明文字に重書。

【解釈本文】

十七　山の井

古今　貫之

47むすぶ手のしづくに濁る山の井のあかでも君に別れぬるかな

むすぶ手とは、手にすくふをいふなり。山の井とは、山の中にたゞ少し出でたる水をいふ。これは、逢坂の

関にて詠めるなり。この関の清水は、ひとたびすくひて飲みつれば、次のたびは濁りてえ飲まぬなり。さて、あかでもとはいふなり。人丸が志賀の山越えにて

48 むすぶ手のいは間をせばみ山川のいはがき清水あかずもあるかな

と詠む歌の心を詠みうつしたるなり。いはがきとは、石の垣なんどのやうに立てるなり。飲みつるにやあらむ。清水には、あまたの名あり。一には、板井の清水。板を筒にしたるなり。二には、いは井の清水。石を重ねてしたればいふなり。三には、野中の清水。河内の国にあり。又、播磨のいなみ野にあり。四には、山の井。逢坂の井なるべし。六帖云、

49 あさからむことをだにこそ思ひしかたえやはすべき山の井の水

好忠歌云、

50 わくからと目に見つれども山の井の水は涼しきものにぞありける

六帖云、

51 風寒くなりにし日より逢坂のいは井の水も水草ゐにけり

52 我がやどのいは井の清水里遠み人しくまねば水草ゐにけり

53 いにしへの野中の清水ぬるけれもとの心を知る人ぞくむ

54 大原やおぼろの清水よにすまばまたもあひみむおもがはりすな

55 いにしへの野中の清水みるからにさしぐむものは涙なりけり

【注】

○山の井…　綺語抄。綺語抄「いたゐ」、奥義抄、袖中抄、和歌色葉「のなかのしみづ」、袖中抄「しがのやまごえ」　**○貫之…**　口伝和歌釈抄で、貫之の歌として掲出されるものは五首。　**○47 むすぶ手のしづくに濁る…**　古

今集四〇四つらゆき、新撰和歌一九七、貫之集八〇五、古今六帖九八六、拾遺集一二二八、綺語抄二一七、奥義抄一二八、袖中抄八二八、古来風体抄二六六、以上四句「あかでも人に」。ただし、古今集荒木切は、口伝和歌釈抄と同じく四句「あかでもきみに」　○**むすぶ手とは…**　「結びし水とは、手してすくひあぐるを云」（顕注密勘）　○**山の井とは…**　「山井也。山の中いてたるなり」（綺語抄）　○**逢坂の関にて…**　「しがの山ごえにてよめる」（古今集四〇四、拾遺集一二二八詞書）、「あふさかのせきにて」（綺語抄）　○**この関の清水は…**　「やまの井の水のすくなきは、むすひてのむにゝこりて、つきにえのますなりぬれはかくよむなり」（綺語抄）　○**人丸が志賀の山越えにて…**　未詳。　○48**むすぶ手のいは間をせばみ…**　古今六帖二五七五、奥義抄一二七、八雲御抄二〇五、以上二三句「いしまをせばみおくやまの」　○**いはがきとは…**　「いはかき　いしをかきにしたる也」（松が浦島「和哥綺語抄の内」）、「いわかきとは石垣なり」（和歌色葉）　○**板井の清水…**　「いた井　板井也。いたをつゝにしたるゐ也」（綺語抄）　○**いは井の清水…**　「いは井　盤井也。石の中よりいつるみつ也」（綺語抄）　○**野中の清水…**　いなみ野説は、奥義抄、詞花集注、袖中抄、顕注密勘、古今集注序、和歌色葉は奥義抄を引き同説、色葉和難集は「祐云」として奥義抄に同説。河内・播磨のいなみ野両説は、和歌童蒙抄、顕秘抄。又、八雲御抄は、「いなみにあり《（ママ）》　又在河内以播磨為本」とする。　○**山の井…**　「井　山井　山あゐ《（ママ）》をもいふ　石井　いはゐ　いた井」（八雲御抄）　○49**あさからむことをだにこそ…**　続後撰集九八九興風、四句「たえやはつべき」、古今六帖九八九、三四句「うらみしかたえやはつべき」　○50**わくからと目に見つれども…**　他出未見。現行本好忠集には見えない。あるいは初句「わくかしと」か。類似表現が見られる歌に「わくがごとめにはみゆれどわがやどの石井の水はぬれまさりけり」（古今六帖一三四三、伊勢集六六、五句「ぬるまざりけり」）がある。　○51**風寒くなりにし日より…**　現行本古今六帖に見えない。好忠集三一一、四句「山のいへゐは」　○52**我がやどのいは井の清水…**　古今集一〇七九採物の歌、初句「わがかどの」二句「いたゐのし水」、古今六帖一三四〇、二句「板井の清水」、綺語抄二一九、二句「いたゐの

しみず」、別本童蒙抄六九、二句「イタイノシ水」四句「クム人ナクテ」　○53**いにしへの野中の清水…**　古今集八八七よみ人しらず、新撰和歌二七五、古今六帖二九二一。和漢朗詠集七四八、奥義抄五五四、和歌童蒙抄二二三、別本童蒙抄六四、袖中抄四一四、和歌色葉二八〇、定家八代抄一四九四、色葉和難集五七二、以上三句「ぬるけれど」　○54**大原やおぼろの清水…**　袖中抄四一九（古歌云）　○55**いにしへの野中の清水…**　後撰集八一三よみ人も（読人不知）、和歌初学抄二一、袖中抄四一五、八雲御抄五二、三句「みるごとに」

十八　たるひ　　古万葉集云

いわそゝくたるひのうへのさわらひのもへいつるはるになりにけるかな

いわそゝくとわいわのうへにみつのたりかゝるをいふその水のこほりたるをたるひとわいふなりをさなきをはらひとわいふもゑいつるとはめくみいつるをいふある説云いわそゝくとわみそれをいふ也たつぬへし

重之《シケユキ》哥云

①あかすともくさはわもへなんかすか」23ウのはたゝはるのひにまかせたらなん

好忠哥云

ふゆかいのつかれのこまもはなちてんをさゝかはらもゝへぬとならは

【本文覚書】①「や」の誤か。

【解釈本文】

十八　たるひ

古万葉集云、

56いはそゝくたるひの上のさわらびのもえいづる春になりにけるかな

いはそゝくとは、いはの上に水の垂りかゝるをいふ。その水のこほりたるをたるひとはいふなり。をさなきをわらびとはいふ。もえいづるとは、めぐみいづるをいふ。ある説云、いはそゝくとは、みぞれをいふなり。たづぬべし。重之歌云、

57やかずとも草葉はもえなむかすが野はたゞ春のひにまかせたらなむ

好忠歌云、

58冬がひのつかれのこまもはなちてむをざゝが原もゝえぬとならば

【注】

○たるひ…　綺語抄。「たるひ　こほりののきなとよりさかりたるをいふ」（綺語抄）　**○56いはそゝくたるひの上の…**　新古今集三二志貴皇子、袖中抄一三三、和歌色葉七四、色葉和難集三六二、以上二句「たるみのうへの」五句「なりにけるかな」。万葉集一四一八、古今六帖七、綺語抄二〇一、和漢朗詠集一五、和歌童蒙抄五四〇、奥入（澪標）一二九、定家八代抄六六、別本童蒙抄二二三。古来風体抄八四、二句「たるみのうへの」五句「なりにけるかも」。俊頼髄脳一七一、二句「たるみの上の」五句「あひにけるかも」　**○いはそゝくとは…**　「いはそゝくとは、いはのうゑにみつのかゝりたるをいふ。たるひとは、そのみつのこほりたるをいふ」（綺語抄）、「いはそゝくとは、いはのうゑに水のそゝくをいふ」（松が浦島「疑開抄の所々」）、「イハノウヘニソヽク水ノ、イハヨリタル。コ

ホリタルアタリニ、サワラヒモエイツトヨメルカ」（和歌童蒙抄） **○をさなきをわらびとはいふ…** 「さわらび」の「さ」脱か。「十二　さむしろ」参照。「若菜とは　えく　すみれ、なつなゝとをいふ　さわらひをもいふ　あらはたけにあり」「さわらひとは　はしめのわらひをいふ也」（能因歌枕）、「さわらひとは、おさなきわらひをいふ」（綺語抄） **○もえいづるとは…** 「もゆとは　はる草のはしめてもえいつるを云　草はもえなん　とよめり」（能因歌枕）、「もえいつるとは、木草のもえいつるをいふ」（綺語抄）、「もえいつとはめくみいつる也」（和歌色葉） **○いはそゝくとは、…** 院政期から鎌倉初期頃の歌学書には、同一内容の注説未見。 **○重之…** 口伝和歌釈抄で、重之の歌として掲出されるものはこの一首のみ。 **○重之歌云…** この歌の作者を重之とするものは、重之集一七六、前十五番歌合二五、金玉集一一、袋草紙一七七。忠岑とするものは、忠岑集一六七、麗花集一〇、深窓秘抄一一、和漢朗詠集四四二、万葉集時代難事六七。忠見とするものは、忠見集二、古今六帖三五五〇、三十六人撰一三〇、新古今集七八、俊成三十六人歌合一〇一。当該歌について、「これ忠相《ただみ》集に在り。御屏風の歌なり。随つて重之集になし。而るに十五番の如きは、重之の歌に用うるは、如何」（袋草紙）とされる。 **○57やかずとも草葉はもえなむ…** 前掲「草はもえなん　とよめり」（能因歌枕）によれば、二句の「わ」は衍字の可能性がある。二句を「草葉は」とするもの未見。新古今集七八忠見、忠見集二、重之集一七六、古今六帖三五五〇、金玉集一一、前十五番歌合二五、深窓秘抄一一、和漢朗詠集四四二、以上二三句「草はもえなむかすがのを」。麗花集一〇、袋草紙一七七、以上三句「草はもえなむかすがのの」。忠岑集一六七、三十人撰一一〇、三十六人撰一三〇、万葉集時代難事六七、以上二句「草はもえなむ」 **○58冬がひのつかれのこまも…** 好忠集六二、二句〜五句「てなれのこまもはなちてんをかべのをざゝはえぬとならば」

十九　すたく

みかくれてすたくかわつのもろこへにさわきそはたるいてのうきくさ

　みかくれてとわみつにかくれてといふなりかわつとわ能因《ノウイム》入道歌枕にはかへるをいふとありいてのわたりなはしろ水に■①《も》すむいているをいふとも」24オ 又四条大納言はすたくとわむし②といふ事也しかにも人にもすたくとよむなり　恵慶《エケイ》法師

さをしかのすたくふもとの秋はきはつゆけき事のかたくもあるかな

すたきけんむかしの人もなきやとにたゝかけするはあきのよの月　むしにもよめり

　好忠

かまい③すくすたきしむしもこへたえていまわあらしの風そはけしき

わ④やのうへにすゝめよこへをすたく」24ウ なるいてたちかたになりやしぬらん

　同人

　むしにもよめり　同人

むしのねにくさむらことにすたくなりわれもこのよわなかめはかりそ

　をしにもよめりうたわたつぬへし

【本文覚書】①「も」に判読不明文字を重書。②「むし」難読、或いは「す■」か。③「ひ」の誤か。④「ね」

の誤か。

【解釈本文】

十九　すだく

59 みがくれてすだくかはづのもろごゑにさわぎぞわたるゐでのうき草

みがくれてとは、水にかくれてといふなり。かはづとは、能因入道歌枕には、かへるをいふとあり。井手のわたり、苗代水にも住む。出で入るをいふとも。又、四条大納言は、すだくとは虫といふ事なり。鹿にも人にもすだくと詠むなり。恵慶法師

60 さをしかのすだくふもとの秋はぎはつゆけき事のかたくもあるかな

61 すだきけむ昔の人もなき宿にたゞかげするは秋の夜の月

好忠

62 かまびすくすだきし虫もこゑたえていまはあらしの風ぞはげしき

63 ねやのうへにすゞめよこゑをすだくなるいでたちがたになりやしぬらむ

同人。虫に詠めり。同人

64 虫の音に草むらごとにすだくなり我もこのよはながめばかりぞ

をしにも詠めり。歌はたづぬべし。

【注】

○すだく…　色葉和難集。綺語抄「かはづ」「しかにもよめり」「ひとにもよみたり」、奥義抄「なつそひく　付すたくさくらあさ」、和歌色葉「なつそひく」、袖中抄「たまくし　みがくる」。「すたく　潜くゝる。或人はすむといふとそ彼之四条大納言哥枕にもすむを云、云々」「すたくとは、さはくといふにやあらん……しかにもよめり……

ひとにもよみたり」（綺語抄）。「又すたくとは啼といふこと也」「すたくとは一説にはいているとこそまうすめれ」（奥義抄）、「すたくとは、いでいりすといふ也、なくともいふ」（松が浦嶋「疑開抄の所々」）、「スタクトハ、多集トカキテ万葉集ニヨミタレハ、ヲホクアツマルヲイフコトハナリ」「チトリスタクトヨメリ。スタクトハ、ヲホクアツマルトイフナリ」（和歌童蒙抄）、「スダクトハ集也。サワグ也。ナクト云義アレド、カナハヌ歌オホカリ」（後拾遺抄注）、「すたくとは、一説にはあつまるなり。又いているをいふといへり」（和歌色葉）、「すたく〈たゝあるともいふ心也……あつまる心にいふへし。二宝鳥のすたく池水には潜をすたくといへり〉」（八雲御抄）、「和云、スタクト云事不審也。ツネニハナクト云事ナリト申スメリ。又スムト云詞ナリトモ申ス」（色葉和難集）　○59みがくれて**すだくかはづの…**　後拾遺集一五九良暹法師、五句「ゐで《け》のかはなみ《うきくさ》」。弘徽殿女御歌合一三良暹、綺語抄五九二、袋草紙三八四、今鏡五五、色葉和難集九九一。袖中抄六四一、五句「池のうき草」　**○みがくれてとは…**　「みかくれて　水にかくれてといふ事也」（綺語抄）、「ミガクルハ水ニカクル丶也」（後拾遺抄注）、「みがくるといふ事は、水に隠といふなり。みごもるといふも水籠也」（袖中抄）、「みかくれて　如万葉は水隠也。寄水可詠存之」「水　みかくるゝ、みこもるなとは水にかくれたる也」（八雲御抄）　**○かはづとは…**　「若詠蛙時　かはづと云」（喜撰式）、「かはつとは　かへるをいふ　井てのわたりにあり　なはしろ水にもあり」（能因歌枕）、「蛙　かはつといふ」（俊頼髄脳）　**○すだくとは…**　「虫」の箇所は、平仮名二字で書かれるが難読であり、あるいは別の読みが可能かもしれない。「すたく」という動詞の同意語として名詞を置くことには疑問があり、綺語抄の「すたく」の項には、同じく四条大納言の説として「或人はすむといふとそ。彼之四条大納言哥枕にもすむを云、云々」とあることを考慮すると、「すむ」である可能性が高い。「すむ」であれば、61歌が証歌として妥当か。なお和歌童蒙抄は「集多」という万葉表記を援用して、「ヲホクアツマル」意とする。　**○恵慶法師…**　口伝和歌釈抄で、恵慶の歌として掲出されるものは二首。但し、60歌は兵部君詠、恵慶法師の歌は61歌であって、作者名の記載に混乱がある。　**○60さを**

しかのすだくふもとの…　女四宮歌合五兵部君、順集一三五兵部、以上三句「下萩は」。綺語抄五九四、五句「かくもあるかな」　**○61すだきけむ昔の人も…**　後拾遺集一五三恵慶法師、恵慶法師集八〇、新撰朗詠集四九七、綺語抄五九五、三句「なきあとに」、奥義抄三六六、和歌童蒙抄三三、後六々撰一七、和歌色葉一三五、色葉和難集九九四。　**○62かまびすくすだきし虫も…**　好忠集二八六上句「ながきよにすだきし虫をいとひしに」　**○63ねやのうへにすゞめよこゑを…**　綺語抄五九三、二句「すずめのこゑぞ」五句「なりやしぬらん」。好忠集七三、二句「すゞめよ声ぞ」五句「こやなりぬらん」　**○虫に詠めり…**　62歌が「すだく」を虫に詠んだ歌であるための注か。
○64虫の音に草むらごとに…　好忠集二一八、初句「むしのねぞ」三句「すだくなる」五句「なかぬばかりぞ」
○をしにも詠めり…　「をし」を「すだく」と詠む例に「なにはえのしげきあしまのうす氷わりなくをしのすだくなるかな」（夫木抄六九七八読人不知・比叡山歌合・鴛）が見られる。

廿　ふちはかま

古今云　素性《ソセイ》法師

ぬしゝらぬかにこそにほへ秋のゝにたかぬきかけしふちはかまそも」25オ

らんをふり①はかまとも《②は》いふなり

【本文覚書】①「ち」の誤か。　②判読不明文字（あるいは「そ」か）に「も」を重書。

【解釈本文】

二十　ふぢばかま

古今云、素性法師

65ぬしゝらぬ香にこそにほへ秋の野にたがぬぎかけしふぢばかまぞも

蘭をふぢばかまとはいふなり。

【注】

○ふぢばかま…　この語を項目とする歌学書未見。　**○65ぬしゝらぬ香にこそにほへ…**　古今集二四一そせい、二句「かこそにほへれ」（雅経本二句「かにこそにほへ《こそにほへれ》」、六条家本二句「かにこそにほへ《かこそにほへれイ本》」、永治本・天理本二句「香こ《カニコ》そにほへれ《ソニホヘ〈朱〉》」）。素性集二〇、古今六帖三七二七、和漢朗詠集二九〇、和歌童蒙抄五七八、和歌初学抄八八、奥入（幻）三〇五、定家八代抄三四一。　**○蘭をふぢばかまとは…**　「ふちはかまとは　らんをいふ」（能因歌枕）、「蘭　ふちはかま　らにといふ」（八雲御抄）、「蘭　フヂバカマ」（類聚名義抄）、「蘭　兼名苑云、蘭一名蕙〈蘭蕙二音、和名本草云、布知波賀万。新撰万葉集、別用、藤袴二字〉」（倭名類聚抄）

廿一　いわかき　古今云　関雄《セキヲ》

をくやまのいわかきもみちさきぬへしてるひのひかりみるときなくて

いわかきとわいしをまわり〳〵かきにしたるなりそれかひのひかりあたるときなしをくやまのたにのふかきにいわなんとのかきしたるやうにめくりたるところにあるもみちをよめるなる①へしぬまにもいわかきといふ事ありあやめのなかきねに□②ぬまの心をひきそへて」25ウ　よむへし

ひきすつるいわかきぬま③のあやめくさ思しらすもけふにあるかな

人丸哥云

むすふてのいわまをせはみをくやまのいわかきしみつあかすもあるかな

師頼《モロヨリ》或本にはサイ、ンノヘ《弁歟》ノキミ

たつのいるいわかきぬまのあやめくさちよまてひかんきみかためには

よくたつねてきたるなんとよむ④へし

【本文覚書】①「り」に重書。②重書するも判読困難。あるいは「は（盤）」か。③判読不明文字に重書。
④判読不明文字に重書。

【解釈本文】

二十一　いはがき

古今云、関雄

66 おく山のいはがきもみぢさきぬべしてる日のひかりみるときなくて

いはがきとは、石をまはり〳〵垣にしたるなり。それが日の光あたるときなし。おく山の谷のふかきに、いはなんどの垣したるやうにめぐりたるところにある紅葉を詠めるなるべし。沼にもいはがきと云ふ事あり。

あやめの長き根に沼の心をひきそへて詠むべし。

67 ひきすつるいはがきぬまのあやめぐさ思ひしらずも今日にあるかな

人丸歌云、

68むすぶ手のいはまをせばみおく山のいはがき清水あかずもあるかな

師頼。或本には、サイ、ンノヘ《弁歟》ノキミ

69たづのゐるいはがきぬまのあやめぐさ千代までひかむ君がためには

よくたづねてきたるなんど詠むべし。

【注】

○いはがき…　綺語抄「おく山のいはがき」、色葉和難集「いはがきもみぢ」。「十七　山の井」参照。**○関雄…**　口伝和歌釈抄で、関雄の歌として掲出されるものはこの一首のみ。古今集二八二藤原関雄、三句「ちりぬべし」、古今六帖二七三、二三句「いはかげもみぢちりぬべく」、家持集三〇三、三句「ちりぬべみ」五句「みるよしなくて」、綺語抄一五七、三句「ちりぬべし」五句「やむときなしに」、和歌童蒙抄六八八、二三句「いはかげもみぢちりぬべし」。古来風体抄二五三、色葉和難集三六、以上三句「ちりぬべし」。別本童蒙抄一七四、三句「散ヌヘシ」五句「ミル事ナクテ」**○石をまはり〳〵…**　「いしをまわす〳〵かきにしたるなり」（綺語抄）**○沼にもいはがきと云ふ事あり…**　「イハガキシ水、イハガキヌマ、イハガキ淵ナドモヨメリ」（詞花集注）**○67ひきすつるいはがきぬまの…**　後拾遺集八七五小弁、五句「けふにあふかな」、天喜三年六条斎院歌合二一初句「ひきすぐし」五句「けふにあふかな」。古来風体抄四八一、定家八代抄一四七四、以上五句「けふにあふかな」**○68むすぶ手のいはまをせばみ…**　48歌に重出。ただし、三句「山川の」**○師頼…**　口伝和歌釈抄で、師頼の歌として掲出されるものは三首。69歌について、二十巻本類聚歌合「郁芳門院媞子内親王根合」は作者を「右中弁師頼朝臣」とする。この作者の違いについて「これらの異同を代作にもとづくとみて、一首の作者が二人になるばあい、名目上の歌人と実作者として（以下略）」とする考え（上野理氏『後拾遺集前後』笠間書院、一九

七六年）が提示されている。　**○サイヽンノヘ《弁歟》ノキミ…**　摂津は、藤原実宗女、斎院令子内親王の女房で、「斎院の津の君」とも称された。本来作者名は「師頼　或本には斎院のつのきみ」とされていたと想定されるが、「サイヽンノベノキミ」と誤写され、さらにそれに対して、「弁歟」との傍書がなされたものと考えられる。なお、「斎院弁君」なる人物は確認できない。　**○69たづのゐるいはがきぬまの…**　続古今集一八七六春宮大夫師頼、四句「ちぎりてひかん」、郁芳門院媞子内親王根合二斎院女房云摂津君、五句「君がためしに」、別本童蒙抄二八一、四句「千代マテヒカセ」　**○よくたづねてきたるなんど…**　未詳。

廿二　いさゝめ」26オ

いさゝめにときまつほとこそい①はへぬる心はせをは人にみせつゝ

いさゝめとはたゝしはしといふ事也四条大納言哥枕にわかりそめといふこと也といへりいさゝめをかりそめといはん事はいとしもなくやたつぬへし

いさゝめにおもひしものをたこのうらにさけるふちなみひとよへにけり

【本文覚書】①「ひ」の誤か。

【解釈本文】

二十二　いさゝめ

70いさゝめに時待つほどこそ日はへぬる心ばせをば人にみせつゝ

いさゝめとは、ただしばしといふ事なり。四条大納言歌枕には、かりそめといふことなりといへり。いさゝめをかりそめといはむ事は、いとしもなくや。たづぬべし。

71いさゝめに思ひしものを田子の浦に咲けるふぢなみひと夜へにけり

【注】

○いさゝめ…　綺語抄、奥義抄、和歌色葉、色葉和難集。　**○70いさゝめに時待つほどこそ…**　古今集四五四きのめのと、俊頼髄脳二九七、奥義抄四八九、和歌色葉二四七、別本童蒙抄三八三、色葉和難集二九、以上二句「時まつまにぞ」五句「人に見えつつ」　**○いさゝめとは…**　「いさゝめとは　かりそめといふ事也」（能因歌枕）、「かりそめといふことにや」（綺語抄）、「いさゝめにといへるは、たゝしはしといへる事は也」（俊頼髄脳）、「いさゝめとはかりそめ也」「又しはしと云義も有」（奥義抄）、「イサヽメトハ、カリソメトイフ歟」「イサヽメトハ、シハシトイフコトナリ」（和歌童蒙抄）、「いさゝめ　イサヽカノコト也」（和歌初学抄）、「いさゝめとは、かりそめ也」（顕注密勘）、「いさゞめとは、かりそめの心也」（僻案抄）、「いさゝめ〈ちと也。いさゝかのほとなと云心也。かりそめといへり、同事也　公任説也〉」（八雲御抄）、「和云、イサヽメトハカリソメト云詞也。アカラサマナト云ヨシ也」（色葉和難集）　**○71いさゝめに思ひしものを…**　万葉集四二〇一、初二句「伊佐左可尓《いささかに》　念《おもひて》而来之乎《こしを》」五句「一夜《ひとよ》可レ経《へぬべし》」（元暦校本は「いささめ《カイ》に」）。能因歌枕一〇、初句「いささめと」五句「ひとよへぬべし」、綺語抄一四一、五句「ひとよへぬべし」。俊頼髄脳二九八、奥義抄四九〇、和歌童蒙抄五四九、僻案抄六。五代集歌枕一〇九二、初二句「いささかにおもひてこしを」下句「さけるふぢみてひとよねぬべし《ナミヒトヨネヌラシイ本》」

廿三　あしろき　義通《ヨシミチ》哥云

あしろきにもみちこきませよるひをはにしきをあらふ心地こそすれ」26ウ

　これはうちのあしろのもみちをよめる也本文云魚鱗《キヨリム》洗《アラウ》二錦《キム》文《フムヲ》一撰にあり　能宣《ノフ》哥

あしろきにかけつゝあらうにしき■①■ひをへてよするもみちなりけり

【本文覚書】①「ひを」を墨消。

【解釈本文】

二十三　あじろぎ

　　義通歌云、

72あじろぎにもみぢこきまぜよる氷魚はにしきをあらふ心地こそすれ

　これは、宇治の網代の紅葉を詠めるなり。本文云、魚鱗洗錦文撰にあり。能宣歌

73あじろぎにかけつゝあらふ（ママ）にしき日をへてよするもみぢなりけり

【注】

○あじろぎ…　目録では「あじろ」。奥義抄「にしきをあらふ　付錦さらす魚鱗錦」、和歌色葉「にしきをあらふ」

○義通…　橘為義男。後拾遺集に一首入集。頼通家歌合に出詠。口伝和歌釈抄で、義通の歌として掲出されるものはこの一首のみ。　**○72あじろぎにもみぢこきまぜ…**　後拾遺集三八五橘義通朝臣、奥義抄二一四、和歌童蒙抄二二六、和歌色葉三八一。　**○これは、宇治の網代の紅葉を詠めるなり…**　「宇治にてあじろをよみ侍ける」（後拾遺集三八五詞書）　**○本文云…**　後拾遺集の勘物には「魚鱗錦と云事か」（冷泉家時雨亭文庫蔵本）、「魚鱗錦云事か。別

紙考」（国立歴史民族博物館蔵本）。「又、魚鱗錦といふことあり。二説あり。一には、魚鱗はにしきに似たる也。一には、魚鱗を焼て、其はひを錦にさせは色のよき也」（奥義抄）。口伝和歌釈抄の訓に従えば、「魚鱗洗錦文」という本文が撰という文献にあると解釈することができる。訓点を考慮しなければ「魚鱗洗錦」という本文が文選にあると解釈できるが、いずれの本文も未見。72「あじろぎにもみぢこきまぜ」歌に対して「蜀江濯《アラフ》レ錦ヲといふ文也」（奥義抄）という注も見られる。奥義抄の注からは、文選蜀都賦の「貝錦斐成　濯色江波」が本文と考えられる。ただし、口伝和歌釈抄で掲げられる本文「魚鱗洗錦」との直接的な関連は見出せない。**○能宣…** 口伝和歌釈抄で、能宣の歌として掲出されるものは二首。**○73あじろぎにかけつゝあらふ…** 拾遺集二一六よみ人しらず、拾遺抄一三九、内裏歌合寛和二年秋二七能宣、能宣集三二一、袋草紙六七九、以上三句「からにしき」

廿四　みたやもり　好忠哥云

みたやもりけふ①さつきになりにけりいそ②□《けや》やさなへをいもこそすれ

みたやもりとはをんたもりと③ゐふ事なり

【本文覚書】①「は」脱か。②「ち」に判読不明文字一字を薄墨で重書。傍記「や」衍。③「イ」に重書。

【解釈本文】

二十四　みたやもり

好忠歌云、

74みたやもり今日は五月になりにけりいそげやさなへおいもこそすれ

　みたやもりとは、御田守といふ事なり。

【注】

○みたやもり…　この語を項目とする歌学書は、和歌色葉、色葉和難集。　**○74みたやもり今日は五月に…**　後拾遺集二〇四曾禰好忠、好忠集一二五、新撰朗詠集五三四、和歌童蒙抄五六五、後六々撰五五、定家八代抄二一五、別本童蒙抄一二五、初句「ミタヤモル」、以上二句「今日は五月に」。冷泉家時雨亭叢書第六十九巻『資経本私家集二』「曾禰好忠集」（朝日新聞社、二〇〇一年）では74歌と同様に、三句「けふ五月に」　**○みたやもりとは…**　「みたや」は万葉集三二二三の長歌「清《きよき》三《み》田屋乃《たやの》」に見られる語。「ミタヤモリトハ、田モルモノナリ」（和歌童蒙抄）、「ミタヤモリトハ御田ヲ守人也。御田マモリト云也。或人ノ申侍シハ、田守屋ヲバ田ヤト云也。サレバヤトハ屋ト云也云々」（後拾遺抄注）、「みたやもりとは御田屋守といふき也」（和歌色葉）

廿五　ますらを」27オ

ますらをのうつゝ心もはれはなしよるひるわかすこひしはたれは

　ますらをとはいやしきをとこをいふなり万葉集にわ①杜界にかへてますらをとはよめり

ますらをはやまたのいほ②にをいにけりいまいく③ほとあきにあはむとすらん

　六帖云

ますらをのよ④いたてしかはさをしかのむねわけてゆく秋のはきはら

師頼《モロヨリ》哥云」27ウ
ますらをのふしいなけきてつくりたるしたりやなきのかつらせよせこ
ますらをのをかやかりふくやとにきてたない⑤水にすむ心かな
これらみないやしきをとこをいふなるへしをかやとわちいさきかやなるへしたないとわいねたねかし
たるゐ也かすとはほとはかすをいふ也

【本文覚書】①「壮男」の誤か。②「の」に重書。③「ほと」衍か。④「ひ」の誤。⑤「の」脱か。「い水」の右に「マ、」、あるいは「ニ、」、あるいは「意」と思われる文字を傍書し、薄墨で消す。

【解釈本文】
二十五　ますらを
75 ますらをのうつゝ心も我はなし夜昼わかず恋ひしわたれば
ますらをとは、いやしき男をいふなり。万葉集には、壮男にかへて（ママ）ますらをとは詠めり。
76 ますらをは山田のいほにおいにけり今いく秋にあはむとすらむ
六帖云、
77 ますらをのよびたてしかばさを鹿のむねわけてゆく秋の萩原
師頼歌云、
78 ますらをのふしゐなげきてつくりたるしだり柳のかづらせよせこ
79 ますらをのをがやかりふく宿にきてたなゐの水にすむ心かな

これらみな、いやしき男をいふなるべし。をがやとは、小さきかやなるべし。たな井とは、稲種かしたる井なり。かすとはほとばかすをいふなり。

【注】

○ますらを…　綺語抄「大夫」、「ますらを」　**○75ますらをのうつゝ心も…**　万葉集二三七六、二句「現心《うつしごころ》も」四句「夜昼不云《ヨルヒルイハズ》」。古今六帖一九九八、人丸集一九二、綺語抄三三九、以上二句「うつし心も」。別本童蒙抄一一八、二句「ウシ心モ」　**○ますらをとは…**　「春秋四十壮男」（古列女伝、広博物志）。「ますらを」を「壮男」と表記した例は未見。「ますらを　可尋。万葉ニハ太夫をますらをとよめり」（綺語抄）、「マスラヲトハ、イヤシキモノ、タケキモノナトヲイフナリ。健男、又ハ、大夫トカケリ」（和歌童蒙抄）、「ますらをとは弘決には丈夫と書り。此集（稿者注、万葉集）には賤男と書り」（和歌色葉）　**○76ますらをは山田のいほに…**　金葉集五三一中納言基長、四句「いまいくちよに」、和歌一字抄五九四。　**○77ますらをのよびたてしかば…**　万葉集四三二〇、四句「牟奈和気由《むなわけゆ》（ケ歟）加牟《かむ》」、古今六帖一一六二、四句「むねわけ行くぞ」。別本童蒙抄二五六、二句「ヨヒタチシカハ」四句「ムナワ・ソ行」　**○78ますらをのふしゐなげきて…**　万葉集一九二四、下句「四垂柳《しだりやなぎの》之　縵《かづらせ》為吾妹《わぎも》」、古今六帖三一六一、下句「したも柳のかづらせわぎもこ」、赤人集二〇四、初句「ますらをが」下句「しだりやなぎかかづらせよいも」、隆源口伝二、初句「ますらをの」下句「しだり柳のかづらせよせこ」、綺語抄三三六、初句「ますらをが」下句「やまのかづらはいもがためかも」。師頼の作とするものは未見。また口伝和歌釈抄（「四十九　あをやぎ」）に「ますらをがふしかい（ママ）なけてつくりたるやなぎのかづらわがいもがため」（120）がある。　**○79ますらをのをがやかりふく…**　別本童蒙抄六五、三四句「宿ニシテタナ井ノ水ト」　**○をがやとは…**　「ヲカヤトハ、チイサキ薄ヲ云。カルカヤヲモ云」（別本童蒙抄）　**○たな井とは…**　「たな井とは種をひたしておく井なり。それをばたな池ともいふなり。其のたねつけて置くをば、種かすともいふなり。又たねこすとも云ふなり。なはしろがきのうへより、たねを

まきいる〵をば、たねこすと申すとかや」（散木集注）、「タナ井トハ、イネノタネカシタルヲ云」（別本童蒙抄）。
「淅　カス　ウルフ」（類聚名義抄）

廿六　あしのやへふき　盧①主《クロヌシ》《クロヌシ》哥云
ひまをあらはいかてとをもいしつのくにのこやなしとへるあしのやへふき
古帖②云」28オ
つのくにのあしのやえふきひまをなみこひしき人にあかぬころかな
泉式部《イツシキフ》哥云
つのくにのこやとも人をいふへきにひまこそなけれあしのや③へふき

【本文覚書】①傍記「クロヌシ」、「イ■ヌシ」に重書（■は尸か）。②「六」の誤か。③「え」に重書。

【解釈本文】
二十六　あしのやへぶき
盧主歌云、
80 ひまをあらばいかでと思ひしつのくにのこやなしとへるあしのやへぶき
六帖云、
81 つのくにのあしのやへぶきひまをなみ恋ひしき人にあかぬころかな

泉式部歌云、
82つのくにのこやとも人をいふべきにひまこそなけれあしのやへぶき

【注】
○**あしのやへぶき**… この語を項目とする歌学書未見。「ひまなき事ニハ　アシノヤヘフキ」（和歌初学抄）○**盧主**… 口伝和歌釈抄で、盧主の歌として掲出されるものは三首。「十二　さむしろ」参照。○80**ひまをあらばいかでと思ひし**… 他出未見。○**六帖**… 古今六帖か。○81**つのくにのあしのやへぶき**… 古今六帖一二五八、五句「あはぬ比かな」○**泉式部**… 口伝和歌釈抄で、和泉式部の歌として掲出されるものは二首。○82**つのくにのこやとも人を**… 後拾遺集六九一和泉式部、麗花集八七、和泉式部集六九〇、後六々撰三、三句「みるべきに」、和歌初学抄一〇七、古来風体抄四五九、西行上人談抄四四。

廿七　わすれ水　大和前司哥《ヤマトノセムシ》　本ニ宣旨トカケリ不審

はる〳〵とのなかにみゆるはすれみつたへま〳〵をなけくころかな
　わすれみつとはほそくなかれてゆくをいふたへまをほかるへしの中なんとにあらせてよむへし

【解釈本文】
二十七　わすれ水
　大和宣旨歌

83はる〴〵と野中に見ゆるわすれ水たえま〳〵をなげくころかな

わすれ水とは、細く流れてゆくをいふ。たえま多かるべし。野中なんどにあらせて詠むべし。

【注】

○わすれ水…　色葉和難集。　**○大和宣旨…**　平惟仲女。三条院皇后宮娍子女房。禖子内親王家歌合に出詠。口伝和歌釈抄で、大和宣旨の歌として掲出されるものはこの一首のみ。　**○83はる〴〵と野中に見ゆる…**　後拾遺集七三五大和宣旨、古本説話集二五、世継物語一九、定家八代抄一一五六、無名草子九〇、別本童蒙抄二二二、色葉和難集二七五。　**○わすれ水とは…**　「わすれみづ　忘水也。のなかなとに、しりもさためぬ水をいふ。またほそくなかるゝみつをいふ。うたにはたえ〴〵になとよめり」（綺語抄）、「わすれ水とは　野中なとにすゑもなかれてたまれるをいふ」（松が浦嶋「和歌綺語抄の内」）、「なかたゆる事には……ワスレミツ」（和歌初学抄）、「ワスレ水トハ、野中ナトニ末モトヲラヌ水ヲ云。又ハ細ク流、ヲモ云」（別本童蒙抄）、「水　わすれ水はちと有水也」（八雲御抄）、「和云、ワスレ水トハ、野中ニアル水ヲ云。野ニアル水ハタヘテハ又アリ〳〵スルナリ。コ、ニアリツルカ、ハルカニタヘテハ又スヱニアリ〳〵スル也。サレハタヘ〳〵トモイヒ、忘水トモ云ナルヘシ」（色葉和難集）　**○たえま多かるべし…**　院政期から鎌倉初期頃の歌学書には、同一内容の注説未見。詠歌例に「わすれ水たえまたえまのかげみればむらごにうつる萩が花ずり」（拾遺愚草二二七）、「ひとめのみしげき夏ののわすれ水たえまたえまをまつぞくるしき」（楢葉和歌集四〇二）

廿八　もとあらのはき」28ウ

玄々集云　長能《ナカヨシ》歌云

みやきのにつまよふしかそさけふなるもとあらのはきにつゆやさむけき

もとあらのはきとわたけたかくしてもとのあらはなるはき也又ある人のいわくをよそはきわおほきに
てもちいさきにても〻とに花なしといふ也されはかくよめり

みやきの〻もとあらの①はきつゆをもみ風おもまつこときみをこそまて

こはきをも〻とあらとよまんにたかふました〻もとには」29オ　なくてひともつ②とあるをいふなるへし

小弁《コヘム》歌云

さをしかのこへきこゆなりみやまきのはもとあらのはきのはなさかりかも

躬恒《ミツネ》哥云

あきはきのふるへにさけるはなみれはもとの心そはすれさりける

もとの心はかはらすといふは〻きはかならすふるきゐたにはなのさく也こはき■③かわらとはことしを
いのちいさきなりもとあれたり」29ウ　本荒かくかきてもとあらとわよむなり　いまあんするにもとあら
とはかならすはきにかきらすそのせう哥に云　好忠《ヨシタヽ》哥也

わかやとのもとあらのさくらさかねとも心をかけてみれはたのもし

同人

みやき野〻④かけふの花のふるへよりもとあらにさかんはなをしそ思

【本文覚書】①「こ」脱か。②重書。③「の」を墨消。④「や」の誤か。

【解釈本文】

二十八　もとあらのはぎ

玄々集云、長能歌云、

84 みやぎのにつまよぶしかぞさけぶなるもとあらのはぎに露やさむけき

もとあらの萩とは、たけたかくして、もとのあらはなる萩なり。又ある人の云はく、およそ萩は、おほきにてもちひさきにても、もとに花なしといふなり。さればかく詠めり。

85 みやぎののもとあらのこはぎ露おもみ風をもまつごと君をこそまて

小萩をも、もとあらと詠まむにたがふまじ。たゞ、もとにはなくて、ひともつ（ママ）とあるをいふなるべし。小弁歌云、

86 さをしかの声きこゆなりみやまぎの（ママ）はもとあらのはぎの花盛りかも

躬恒歌云、

87 秋はぎのふるえにさける花みればもとの心ぞわすれざりける

もとの心はかはらずといふは、萩はかならずふるき枝に花のさくなり。小萩が原とは、今年生ひのちひさきなり。もとあれたり。本荒、かくかきてもとあらとは読むなり。今案ずるに、もとあらとは、かならず萩にかぎらず。その証歌に云、好忠歌なり。

88 わかやどのもとあらのさくらさかねども心をかけてみればたのもし

同人

89 みやぎ野のやけふの花のふるえよりもとあらにさかむ花をしぞ思ふ

【注】

○**もとあらのはぎ…**　綺語抄。綺語抄「はぎにもとの心はとよめり」　○**玄々集…**　目録に「玄々集」とある。口伝和歌釈抄で玄々集として掲出されるのは四首。このうち二首は、現行本玄々集に未見。　○**長能歌云…**　口伝和歌釈抄で、長能の歌として掲出されるものは三首。　**84みやぎのにつまよぶしかぞ…**　後拾遺集二八九藤原長能、長能集一九二、初句「宮ぎ野の」四句「もとあらの萩の」、綺語抄六九六、五句「つゆやおくらん」、和歌童蒙抄八一五。　○　「もとあらのはき　たけのたかくてもとのありたる也」（綺語抄）、「もとあらのはき、はきのたかくなりてはもとのあらきなり」（松が浦嶋「和哥綺語抄の内」）、「もとあら　本ノスケル也」「萩《ハキ》……モトアラノハキ」（和歌初学抄）、「モトアラノハギハ本如レ木ナル也。又モトアラノコハギトモヨメリ」（後拾遺抄注）、「萩　もとあらは下のあらき也。一説もとあらは不可詠山」（八雲御抄）　○**85みやぎののもとあらのこはぎ…**　古今集六九四よみ人しらず、古今六帖二八一九・三六五〇、綺語抄六九七、五代集歌枕七五二、古今集注、定家八代抄一一〇一、以上三句「つゆをおもみ」　○**小萩をも…**　「もとあらきのこ萩《ハキ》とは　み山よりほかによます」（能因歌枕）、「モトアラノコハギトハ、萩ノ枝ノモトアラキヲ云也。オホクマウス、ソレガ中ニモチヒサキガアルナリ」（古今集注）、「もとあらの小はぎとは、萩の古えをば春やきてことしの若枝のおひかはれるより花はさく。もとあらとは、ふるき枝より花のさくをば木はぎとて、こは〴〵しき也。其を本あらの萩と云。其が中にも大なる、小きあれば、其の小きをもとあらの小萩とはよめり」（顕注密勘）　○**たゞ、もとにはなくて…**　院政期から鎌倉初期頃の歌学書には、同一内容の注説未見。「ひともつと」は、「一本と《ひともと》」、あるいは「ひともと」か。　○**小弁…**　生没年未詳。祐子内親王女房。後拾遺集初出。口伝和歌釈抄で、小弁の歌として掲出されるものはこの一首のみ。　○**86さをしかの声きこゆなり…**　新勅撰集二三四祐子内親王家小弁、三四句「みやぎののもとあらのこはぎ」、祐子内親王家歌合永承五年三三小弁、三句「みやぎのは」　○**躬恒…**　口伝和歌釈抄で、躬恒の歌として掲出

されるものは三首。**○87秋はぎのふるえにさける…**　古今集二一九みつね、☆躬恒集二七七、以上下句「もとの心はわすれざりけり」。古今六帖三六四六、綺語抄六九八、以上下句「もとの心はかはらざりけり」。松が浦嶋「疑開抄の所々」、和歌童蒙抄五七五、以上下句「もとのこころはわすれやはする」。五代簡要（上句のみ）**○もとの心はかはらずといふは…**　「はきにもとの心はとよめり」（綺語抄）、「ヨルヅノクサハ、フルキクキハミナカレテ、春サラニモエイデ、花ハサクニ、萩ノ中ニハフルキ枝ヨリ葉モメグミイデ、花モサクナリ」（古今集注）**○小萩が原とは…**　「こはきかはら　こちひさきはきのおひたるはらなり」（綺語抄）**○本荒、かくかきてもとあらとは…**「もとあらのはきは〈木はき也。もとあらのくさは本の荒なり〉」（和歌色葉）**○今案ずるに、もとあらとは…**「もとあら　本ノスケル也」「萩　……モトアラノハキ」（和歌初学抄）、「桜　……モトアラノ桜」（和歌初学抄、和歌色葉にも掲出）、「モトアラノサクラトイフコトモアリ」（古今集注）、「本アラトハ、萩ニソウチマカセテ云トモ、木ニモ云ヘキ也」（別本童蒙抄）、「もとあらのさくらと云事あり。さくらは他の木よりは木あらしといひ習たり」（顕注密勘）**○88わかやどのもとあらのさくら…**　好忠集四五、別本童蒙抄三〇四、五句「ミルハタノモシ」**○89みやぎ野のやけふの花の…**　好忠集六八、二三句「やけふのはぎもふたばより」

廿九　あさな〳〵　古万葉集云」30オ

あさな〳〵かすはらいなんくさまくらたひゆくきみかゝへりくるまて①

あさな〳〵とはつとめてことにといふ也

【本文覚書】①重書。

【解釈本文】

二十九　あさな〳〵

古万葉集云、

90あさな〳〵かすはらひなん《（マ　マ）》くさまくら旅ゆく君がかへりくるまで

あさな〳〵とは、つとめてごとにと云ふなり。

【注】

○あさな〳〵…　この語を項目とする歌学書未見。　**○90あさな〳〵かすはらひなん…**　続後拾遺集五四五柿本人麿、二句「見ずは恋ひなん」、人麿集Ⅱ二三九、同Ⅳ八一、以上二句「みずはこひなん」　**○あさな〳〵とは…**　「あ□□〳〵　あした〳〵といふ」（綺語抄）、「朝　……アサナ」「あさな　朝也」（和歌初学抄）、「あさな〳〵とは、朝々也」（和歌色葉）、「あさな〳〵とは、あしたをばあさな、ゆふべをばゆふなといふ。あさな〳〵とは朝々と云也。又朝な夕なともいふ」（顕注密勘）

卅　あさち　　好忠

つ花ぬくあさちかはらもをいにけりしろたえひけるのへとみるまて

思かねはかれしのへをきてみれはあさちかはらに秋風そふく

あさちとわ秋①なりつはなはしかるなりあれたるところにをうるなりあれたるところによみならはした

り」30ウ

【本文覚書】①判読不明文字に重書。

【解釈本文】

三十　あさぢ

好忠

91つばなぬくあさぢが原もおいにけりしろたへひける野辺と見るまで

92思ひかねわかれし野辺をきてみれはあさぢが原に秋風ぞふく

あさぢとは、秋なり。つばなは、然るなり。荒れたる所に生ふるなり。荒れたるところに詠みならはしたり。

【注】

○あさぢ…　奥義抄「雪の朝の駒　付上陽人楊貴妃まぼろし」、色葉和難集「あさぢがはら」。**○91つばなぬくあさぢが原も…**　好忠集八九、四句「しろわたひける」　**○92思ひかねわかれし野辺を…**　金葉集三奏本一六五源道済、詞花集三三七、☆道済集二四五、二句「わかれし人を」、玄々集一一五道済、初句「おもひわび」、新撰朗詠集六五二、俊頼髄脳四二六、奥義抄二二九、宝物集三六、定家八代抄七〇〇、八代集秀逸六〇、時代不同歌合二五五、色葉和難集七七七。　**○あさぢとは…**　「アサチトハ、浅茅トカケリ」「茅　アキクレハヲクシラツユニワカヤトノアサチカハラハイロツキニケリ」（和歌童蒙抄）　**○つばなは…**　つばなは春に花穂を出す植物であることから、「あさぢとは、秋なり」に続いて、「つばなは、然るなり」では齟齬が生じる。この二文の間に何らかの誤脱があるか。**○荒れたる所に生ふるなり…**　「あさちとは　あれたる所《ところ》を云《イフ》」（能因歌枕）、「あれたる《あさちふ》　いゑ也」（松が浦嶋「綺語抄の内」）　**○荒れたるところに詠みならはしたり…**　「ふるさとはあさぢがはらとあれはてて夜すがらむしのねを

のみぞなく」（後拾遺集二七〇）、「むかしみしいもが垣ねはあれにけりつばなまじりの菫のみして」（堀河百首二四二）

卅一　さゝなみ　玄々集云人丸

さゝなみやしかのみやこはなのみしてかすみたなひくみやきもりなし

しかの山をはさゝなみやまといふみやきとはみやまき也　古今云

さゝなみやしかのかのうら風いはかり心の中のすゝしかるらん　万葉集

さゝなみやしかのからさきさしてみれはおほみや人のふねはまちかね

【本文覚書】①「かの」衍か。②重書。③「か」脱か。

【解釈本文】

三十一　さゝなみ

玄々集云、人丸

93さゝなみやしがのみやこは名のみしてかすみたなびくみやぎもりなし

志賀の山をば、さゝなみ山といふ。みや木とは、みやま木なり。

古今云、

94さゝなみやしがのうら風いかばかり心の中のすゞしかるらむ

万葉集

95さゝなみやしがのから崎さしてみればおほみや人のふねはまちかね

【注】

○さゝなみ…　袖中抄。綺語抄「故郷」、「あふみのあれたるみやこを見て」。この語を項目とする歌学書は、奥義抄、和歌色葉、色葉和難集。　**○93さゝなみやしがのみやこは…**　拾遺集四八三人まろ、二句「あふみの宮は」、人丸集五九、二句「おほつのうらは《あふみのみやは》」、綺語抄三〇〇、袖中抄四八四、五句「みやもりもなし」、以上四句「霞たなびき」。定家八代抄一六七八、二句「あふみの宮は」。別本童蒙抄五一、三四五句「ハナ、キヤ霞タナヒキミヤ、モリシテ」。現行本玄々集に未見。　**○志賀の山をば…**　「さゝなみのしがつのうら……今案、近江国志賀郡さゝなみやまあり」（綺語抄）、「サヽ・ミ《ナ歟》トハ、志賀ノ山ヲ云。又ナカラノ山ヲ云」（別本童蒙抄）、「浪〈浪はちるそらと云。俊抄、海さゝ浪は貫之哥合なにはによめる、有難、但今様多歟〉……さゝ〈近江ならても海池湖なと也〉」（八雲御抄）　**○みや木とは…**　口伝和歌釈抄は「みやき」「みやまき」を同一とする。「みやきとはみやまきをいふ〈無謂。宮木といふ歟〉」（綺語抄）、「みや木　御山木といふ也」（松が浦嶋「綺語抄の内」）　**○94さゝなみやしがのうら風…**　出典注記に「古今云」とするが、現存の古今集諸本に未見。拾遺集一三三六右衛門督公任、公任集五三六、三句「心のうちは」、玄々集五三・四条大納言、新撰朗詠集五七四、今鏡七〇、古来風体抄三八八。　**○95さゝなみやしがのから崎…**　万葉集三〇、三句「雖㆓幸有㆒《さきくあれど》」、人丸集五四、三句「行きてみれど」、同二一一、三句「きたれども《さちはあれど》」、綺語抄二九九、三句「きたれども」、五代集歌枕一六〇一、三句「さちはあれど」、古来風体抄一七、三句「幸はあれど」、袖中抄四七二、三句「さちあれど」、以上五句「ふねまちかねつ」。古今六帖一二三二、三句「みゆきして」五句「ふなよそひせり」

卅二　あしのね　能宣《ヨシノフ》哥云
たつのすむさわへのあしのしたねとけ」31オ　みきはもゑつるはるはきにけり
拾遺《シウイ》抄《セウ》哥云
あし①のねはふきはらへはこそつれなけれしたはゑならす思心を
あしはしたねうはねとて②ある也

【本文覚書】①重書。　②重書。

【解釈本文】
三十二　あしのね
能宣歌云、
96 たづのすむ沢べのあしのしたねとけみぎはもえつる春はきにけり
拾遺抄歌云、
97 あしのねはふきはらへばこそつれなけれしたはえならず思ふ心を
あしは、した根うは根とてあるなり。

【注】
○あしのね…　この語を項目とする歌学書未見。　**○96 たづのすむ沢べのあしの…**　後拾遺集九大中臣能宣朝臣、能宣集一一六、麗花集二、難後拾遺抄一、和歌童蒙抄一〇八、袋草紙五六五、別本童蒙抄二八九、初句「タツノイル」、御裳濯和歌集一〇、以上四句「みぎはもえいづる」　**○97 あしのねはふきはらへばこそ…**　拾遺集八九三よみ

人しらず、古今六帖一六八八、拾遺抄三三二、定家八代抄八六二、四句「下にえならず」、以上初二句「あしねはふうきはうへこそ」　**〇あしは、した根うは根とて…**　「あしのしたね　あしのねはうへしたとあるなり」（松が浦嶋「和歌綺語抄の内」）、「アシノシタネトハ、蘆ノ下ノ根也」（後拾遺抄注）、「アシノシタ草トハ、アシノ根ハ上根下根トテアリ」（別本童蒙抄）

卅三　やまのかい　六帖云

はひしらにましはなゝきそあしひきのやまのかいあるけふにやはあらぬ

さくらはなさきにけらしなあしひきのやまのかいよりみゆるしらくも

　やまのかいとはやまの二ゆきあい」31ウ　たるをいふなり

【解釈本文】

三十三　やまのかひ

　六帖云、

98 わびしらにましはなゝきそあしひきの山のかひある今日にやはあらぬ

99 さくら花さきにけらしなあしひきの山のかひより見ゆるしら雲

　山のかひとは、山の二ゆきあひたるをいふなり。

【注】

○やまのかひ…　袖中抄「ましこ」。この語を項目とする歌学書は、色葉和難集。○98わびしらにましはなゝきそ…　古今集一〇六七みつね、二句「ましらなゝきそ」（「ましはなゝきそ」、元永本、筋切、基俊本）。躬恒集二四、古今六帖九二九、和漢朗詠集四六一、大鏡七〇、和歌童蒙抄八二二、宝物集一二、万葉集時代難事五、古今著聞集二九〇、以上二句「ましらなゝきそ」。和歌体十種四九、二句「ましこ《は》ななきそ」、袖中抄五四九、二句「ましこななきそ」。○99さくら花さきにけらしな…　古今集五九つらゆき、新撰和歌三九、古今六帖四二二一、古来風体抄二三三、西行上人談抄二、秀歌大体二〇、定家八代抄九四。○山のかひとは…「法皇にし河におはしましたりける日、さる山のかひにさけぶといふことを題にてよませたまうける」（古今集一〇六七詞書）、「やま□□ひ　やまのゆきあひをいふ。□也」（綺語抄）、「山のかひとは、二の山のゆきあひた所《（ママ）》をいふ」（松が浦嶋「疑開抄の所々」）、「カヒトハ、峡ヲイフ」（和歌童蒙抄）、「山　カヒ」（和歌初学抄）、「山……かひ、山のゆきあひの所也」（和歌色葉）、「山ノカヒトハ、山ノフタツカイキアイヲ云」（別本童蒙抄）、「山のかひ〈間也〉」（八雲御抄）、「和云、ヤマノカヒトハ、峡ト云文字也。（巴峡と云もこれなり）。山ノミネノスコシカクレタル所ヲ云ニヤ。切韻云、峡両山間云々」（色葉和難集）、「峡　考声切音云、峡、山間狭処也。咸夾反俗云〈山乃加比〉」（倭名類聚抄）、「峡　ヤマノカイ　山間狭処也」（色葉字類抄）

卅四　くれなゐ

六帖《テウ》云

くれないのあし①をのころもかくしあらはおもひそめてそあるへか[redacted]②《りける》
　くれないをやしほとのみよめりやしほゝめてたきいろにするにやあらん
わかこひをいかてかしらせんくれないのやしほのころもまくりてにして
これは良暹《リヤウセム》法師哥歟住吉《スミヨシ》　国基《ノクニモト》これは字《し》のあやまちなりくれないにまくりてといふ事やあるへき」32オ
ふりてといふいろこそあれいみしうこきいろ也それをいかてかくさんとよめるにこそあめれといゝけ
れは良③　進《リヤウセム》まくりてといふことのなきといゝて古哥を詠《エイ》して云
かさこしのみね④よりおるゝしつのをかきそのあさきぬまくりてにして
　これをもやまふりてといふへきにいかにいわんや
くれないのふりてつく⑤なくなみたにはたもとのみこそいろまさりけり⑥
とよめるはくれないにはふりてとゐふものゝあるとこそおほゆれ」32ウ　まくりてとわいはぬにやといゝ
けれはてにものゝ⑦もいわてやみにけり⑧となんかさこしのみねとはしなのゝみさかのたうけなりつね
に風のふけはかさこしとわいふ也きそのあさきぬとわかのくにのいなのこほりにきそといふところに
をるぬのなり⑨　彼野《コヤ》相公《サウコウ》哥云
　資業《スケナリ》歌云
あまのはらやそしまかけ⑩こきいてぬと人にはつけよあまのつりふね
きみか世はしらたまつはきやちよとも」33オ　なにゝかそへん⑪かきりなけれは

四条大納言はちしまもゝしまといわんにものとをけれはも■⑫ゝかすにやつ⑬をあけていふつねの事也心うるにちしほもゝしほといふとをけれはやしほといふなるへしといへりおほよそくれないにはあまたの事あるへし一にはすゑつむはなといふ事ありくれないはすゑをつむ也。

⑭〵かくはかりこひしはたらはくれないのすゑつむはなのいろにいてなまし

二にはまきしといふことあり」33ウ

たかまきしくれないなれはみはのやまひたくれないにゝほいわたるらん

三にはこそめのころもといふ事あり。

くれないのこそめのころもしたにきてうへ⑮にきてとも

四にはくれないのすそひくきぬといふことあるへし又やしほとわくれないにかきらすよむ事もあるへきにや

六帖哥云

からあいのやしほのころもあさな〳〵なるこは⑯　　とま《コス、》しめ⑰⑱　く覧

【本文覚書】①「や」の誤か。②「るへき」を墨消。③上部余白に「遲」字を記す。④重書。⑤「ゝ」の誤か。⑥「れ」に重書。⑦「もの」衍。⑧重書。⑨重書。⑩「て」脱か。⑪「ン」に重書。⑫「の」を墨消。⑬重書。⑭この歌、注文の位置にあり。〵を付して和歌であることを示す。⑮歌と注文を続けて書く。⑯二文字分空白。⑰「へ」に重書か。⑱一文字分空白。

【解釈本文】

三十四　くれなゐ

六帖云、

100 くれなゐのやしほの衣かくしあらば思ひそめてぞあるべかりける

くれなゐをやしほとのみ詠めり。やしほゝめでたき色にするにやあらむ。

101 わが恋をいかでかしらせむくれなゐのやしほの衣まくりでにして

これは、良暹法師歌か。住吉国基、これは字の過ちなり、くれなゐにまくりでといふ事やあるべき、ふりでといふ色こそあれ、いみじう濃き色なり、それをいかでかくさむと詠めるにこそあめれ、といひければ、良暹、まくりでといふことの無き、といひて古歌を詠じて云、

102 かざこしのみねよりおるゝしづのをが木曽のあさぎぬまくりでにして

これをもや、まふりでといふべきに、いかにいはむや。

103 くれなゐのふりでつゝなく涙にはたもとのみこそ色まさりけれ

と詠めるは、くれなゐにはふりでといふものゝあるとこそおぼゆれ、まくりでとはいはぬにやといひけれ、はてにものも言はでやみにけりとなむ。かざこしのみねとは、信濃のみさかの峠なり。つねに風の吹けば、かざこしとはいふなり。木曽のあさぎぬとは、かのくにのいなの郡に木曽といふところに織る布なり。彼野

相公云、

104 あまのはらやそしまかけてこぎいでぬと人にはつげよあまのつりぶね

資業歌云、

105 きみが世はしらたまつばきやちよとも何にかぞへむかぎりなければ

四条大納言は、ちしまもゝしまといはむに、もの遠ければ、もののかずに八つをあげていふ、つねの事なり。心うるに、ちしほもゝしほといふ、遠ければ、やしほといふなるべしといへり。おほよそ、くれなゐにはあまたの事あるべし。一には、すゑつむ花といふ事あり。くれなゐは、すゑをつむなり。

106 かくばかり恋ひしわたらばくれなゐのすゑつむ花の色にいでなまし

二には、まきしといふ事あり。

107 たがまきしくれなゐなれば三輪の山ひたくれなゐにゝほひわたるらむ

三には、こぞめの衣といふ事あり。

108 くれなゐのこぞめの衣したにきて

うへにきてとも。四には、くれなゐのすそひくきぬといふ事あるべし。又やしほとは、くれなゐにかぎらず詠む事もあるべきにや。六帖歌云、

109 からあゐのやしほのころもあさな〳〵なるこはとましめ（ママ）くらむ

【注】

○くれなゐ…　綺語抄「からあゐのやしほの衣」。袖中抄、和歌色葉「やそしま」、色葉和難集「まくりで」「ふりで」。「紅　イロ　シヲ　ソム　フリテ　オロス　カヘス　アク　フム　スハヱ　ヤシヲ　スヱツム花」（和歌初学抄）、「紅　まふりて。ふりはへといふもまふりなり……こそめ」（八雲御抄）　**○100くれなゐのやしほの衣…**　拾遺集九七五よみ人しらず、古今六帖三四八五、以上いずれも四句「思ひそめずぞ」、資経本亭子院御集、書陵部本代々御集所収亭子院御集に入る（四句「おもひしらずぞ」）。　**○くれなゐをやしほとのみ詠めり…**　注文の意に不審があるが、「やしほ」は「くれなゐ」とのみ併せ詠むべき、との説か。「からあゐのやしほの衣」に対して「「からあひの八入《やしほ》」といふ、もしくれなゐの事にや。然者かちには如何」（六百番歌合「寄衣恋」判詞）など、「くれなゐ

のやしほ」が正しいとし、「からあゐ」のような他の語と結びつけることに批判的な判も見られる。口伝和歌釈抄も同趣旨の説か。　**○やしほゝめでたき色に…**　「やしほを」か。院政期から鎌倉初期頃の歌学書には、同一内容の注説未見。　**○101わが恋をいかでかしらせむ…**　古今六帖三四八八、和歌童蒙抄四六三、色葉和難集六四〇、以上初二句「いかにしてこひをかくさん」。別本童蒙抄三四三、二句「イカテカクサン」下句「ヤシホノ色モマフリテニシテ」　**○これは、良暹法師歌か…**　101を良暹歌とするもの未見。後掲袋草紙の「住吉の神主国基、良暹が歌を難じて云はく」という記述に類するものを誤解したか。同書の言う良暹歌は「そでふればつゆこぼれけり秋ののはまくりでにてぞゆくべかりける」（後拾遺集三〇八）　**○住吉国基…**　「住吉ノ国基ハ、クレナヰニマフリテトイフ色ノアレハ、マフリテトイフヘキソ、マクリテトイフコトナシトイヒケレハ、良暹法師ハ、カサコシノミネヨリヲル、シツノヲノ　キソノアサキヌマクリテニシテトイヘレハ、マクリテイフコトナキニアラストソ申ケル」（和歌童蒙抄）、「住吉の神主国基、良暹が歌を難じて云はく、「まくりでと云ふ詞やはある」と云々。良暹云はく、「「やしほの衣まくりでにして」、如何」。国基云はく、「僻事なり。紅にはまふりでと云ふ事あり。それを書き誤るなり」と云々。良暹暫く案じて、また云はく、「かざこしの峰よりおるるしづの男の木曾の麻衣まくりでにしてと侍るは、これもまふりでを誤るか」と云々。国基閉口すと」（袋草紙）　**○くれなゐにまくりでといふ事やあるべき…**　「まくりて〈そてまくりて也／又紅色はまふりて也〉」（奥義抄）、「まくりてとは　袖まくりをいふ」（松が浦嶋「綺語抄の内」）、「まくりて　ソテマクリ也」（和歌初学抄）、「マクリデハ、袖マクヲ云也。タマクルソデナドモヨメリ。古歌云、カザコシノミネヨリオルルマスラヲハキソノアサギヌマクリデニシテ」（後拾遺抄注）、「マクリテトハ、袖マクリト云事也……国基ノ云、マクリテニシテト云事ヤアル、マフリテトコソ云事ハアレ。シカル故ハ紅ニマフリテト云事有也。ソレヲイカクサントコソハ古哥ニハ読タレトテ其哥ヲ出シケリ」（別本童蒙抄）、「まくりては〈そてまくく也。又紅のいろをはまふりてといふ也〉」（和歌色葉）、「まくりて〈袖まくり也〉」（八雲御抄）、「和云、マクリテ

トハ、袖マクリ也」（色葉和難集）　**○ふりでといふ色こそあれ…**　前掲袋草紙。「和云、紅ヲソムルニフ（り）テト云物アリ」（色葉和難集）、「フリ出テトハ、紅ニハキハメテ色ノコキカアル也」（別本童蒙抄）、「紅のふりでの色のをかつつじいもがま袖にあやまたれける」（永久百首一〇〇仲実）　**○102かざこしのみねよりおる丶…**　袋草紙九四、三句「賎のをの」。別本童蒙抄三四二、三句「シツノヲノ」、十訓抄六一。　**○これをもや、まふりでといふべきに…**　前掲和歌童蒙抄。　**○103くれなゐのふりでつ丶なく…**　古今集五九八貫之、二句「ふりいでつつなく」、貫之集五五八、別本童蒙抄三八〇、二句「フリ出テナク」、色葉和難集六六四。　**○ふりでといふもの…**　「クレナヰハ、イロノコキヲハ、フリテトイヘリ。コレニツキテ、クレナヰノフリテツヽナクトヨミテ、コレニタモトノイロマサルトヨメリ」（教長古今集注）、「紅ニハフリデトイフコトノアレバ、カラクレナヰノトハツヾクルナリ。教長卿云、クレナヰノイロコキヲバフリデトイヘリ。私云、フリデトハフデトテ、布ノサイデヲソメテ、ソレヲオロシテ、キヌヲバソムレバ、フリデトハイフナリ」（古今集注）　**○ものも言はでやみにけりとなむ…**　前掲袋草紙。　**○かざこしのみねとは…**　「カサコシノミネハ、シナノ、クニ、アリ。カセツネニフキコス所也」（和歌童蒙抄）、「カサコシノ嶺トハ、信乃国ニアリ」（別本童蒙抄）　**○木曽のあさぎぬとは…**　「キソノアサキヌモヤカテシナノ、国ノキソノコホリニヲリイタセル也」（和歌童蒙抄）、「絹　きそのあさ〈あさぬのとも。信乃におれる〉」（八雲御抄）　**○彼野相公云…**　口伝和歌釈抄で、小野篁の歌として掲出されるものはこの一首のみ。傍記「コヤサウコウ」は不審。小野篁は、野相公とも称される。　**○104あまのはらやそしまかけて…**　古今集四〇七小野たかむらの朝臣、新撰和歌一八六、新撰髄脳六、金玉集五六、深窓秘抄八〇、和漢朗詠集六四八、和歌体十種二〇、和歌童蒙抄二六五、袖中抄九一九、和歌色葉三〇七、古来風体抄二六八、定家十体二二三、定家八代抄七七九、時代不同歌合一九、百人一首一一、百人秀歌七、色葉和難集二六五、以上初句「わたのはら」　**○資業…**　藤原有国男。式部大輔。後拾遺集初出。口伝和歌釈抄で、資業の歌として掲出されるものはこの一首のみ。　**○105きみが世はしらたまつばき…**

後拾遺集四五三式部大輔資業、和歌童蒙抄七〇九。疑開抄八三、古来風体抄四四一、定家八代抄五八九、以上四句「何か祈らん」。内裏歌合永承四年二五式部大輔、四句「なにかかずへむ」。別本童蒙抄三〇七、二句「白椿」四句「ナニ限アラン」　**○四条大納言は、ちしまもゝしまといはむに…**　院政期から鎌倉初期頃の歌学書には、同一内容の注説未見。　**○もののかずに八つをあげていふ…**　「八ハカスノキハメナレハ」「ヤソシマトハ、八十嶋トイフヲ、コレハタヽ、アマタノシマトイヘル心ナリ。ヤツヲカスノカキリニスルコヽロナリ」（和歌童蒙抄）、「モヽクサトハ、アマタノクサトイフナリ。チクサトモヨメリ」（古今集注）　**○ちしほもゝしほといふ…**　「ちしほ」の用例は多数見られるが「ちしほもゝしほ」は僅少で、南北朝期以降の詠歌例を見るのみ。「こむらさきちしほのやまのふかければゆくすゑとほくみゆるしらぎく」（元輔集三八）、「日にもほし風にもほしつ紅にそむるもみぢの千しほもも入」（宗良千首四九〇紅葉映日）。「ヤシホニカキルヘカラス。チシホトモ百入トモ云」（別本童蒙抄）　**○一には、すゑつむ花…**　「紅花は、さきたるつとめてすゑをつむなり」（疑開抄）、「くれなゐのすゑつむはなとは、くれなき（ママ）の花は、さきたるつとめてすえをつむ也、又ふりいてといふ物あり、色こと色也」（松が浦嶋「疑開抄の所々」）、「クレナヰハサキタルツトメテ、スヱヲツムナルヘシ。ニハトリノサカニハナノニタレハ鶏頭草トカケリ」（和歌童蒙抄）、「紅花ハ末ヨリサケバ末ヨリツム。サレバスヱツム花ト読也」（古今集注、顕注密勘もほぼ同文）、「紅　すゑつむはなと云り。すゑつむゆへ」（八雲御抄）、「末ツム花トハ、クレナイヲ云也」（別本童蒙抄）　**○106かくばかり恋ひしわたらば…**　古今六帖三四八六、五句「いろにいでぬべし」、疑開抄一六、和歌童蒙抄六〇三、以上五句「いろにいでなむ」　**○二には、まきしといふ事あり…**　「かくらくのとませの山をすそへらととよすめ神のまきしくれなゐ」（古今六帖三四八四）。「まきし」は「撒く」あるいは「蒔く」の意か。　**○107たがまきしくれなゐなれば…**　古今六帖三四八三、二三句「くれなゐなれかみわ山を」五句「にほはせるらん」　**○三には、こぞめの衣といふ事あり…**　「衣　こそめ〈紅也〉……うすそめ〈紅也〉」（八雲御抄）、「コソメノ衣トハ、紅ニコソメト云色アル也」（別本童蒙抄）　○

108**くれなゐのこぞめの衣…**　万葉集一三一三（「紅之《くれなゐの》　深《こ》染之《ぞめの》衣《ころも》　下《したに》著而《きて》　上《うへに》取著者《とりきば》　事《こと》将レ成《なさむ》鴨《かも》」）、古今六帖三二六一、別本童蒙抄一五一。**○うへにきてとも…**「くれなゐのこぞめのころもうへにきむこひのなみだのいろかくるやと」（詞花集二一八題綱）**○四には、くれなゐのすそひくきぬといふ事…**「すそひくきぬ」未見。「紅之《くれなゐの》欄引道乎《すそびくみちを》　中置而《なかにおきて》　妾哉将レ通《われやかよはむ》　公哉将二来座一《きみかきまさむ》」（万葉集二六五五）、「くれなゐのすそひくみちをなかにおきてわれやゆくべき君やきまさん」（古今六帖一〇八二）**○又やしほとは、くれなゐにかぎらず詠む…**「紅葉　……ヤシホノモミチ」（和歌初学抄、和歌色葉にも掲出）。「むらさき」「からあゐ」を「やしほ」とあわせる例もある。**○**109**からあゐのやしほのころも…**　古今六帖三二六五、下句「なるとはきけどまづめづらしみ」、万葉集二六二三、初句「呉藍之《くれなゐの》」下句「穢者《なれは》雖レ為《すれども》　益希将見裳《いやめづらしも》」、綺語抄五一〇、下句「なれはすれどもいやめづらしも」、和歌童蒙抄四六九、下句「なるとはきけどましめづらしきみ」、別本童蒙抄一五〇、下句「キルトハキケトアワヌツラシモ」

卌五　とふのすかこも」34オ

みちのくのとふのすかこもなゝふにはきみをしなしてみふにはれねん

みちのくに①ゝとふといふところにあ■②む■③こものことなり

【本文覚書】①重書。②「ら」を墨消。③「ん」を墨消。

【解釈本文】

三十五　とふのすがごも

110みちのくのとふのすがごもなゝふには君をしなしてみふに我寝む

陸奥国に、とふといふところに編むこものことなり。

【注】

〇とふのすがごも…　綺語抄、袖中抄、色葉和難集。「とふのすかこもとは、こもをとふしまでこめてあみたるなり。むろ《（ママ）》くせんとてしたる也」（綺語抄）、「カノクニ、トフノコホリトイフ所ノアレハ、ソレニツキテ、トフノスカコモトヨミテ、ヤカテ、フノトヲアルニトリナセルトソキコヘタル。タヽトフアルコモトイハヽ、ミチノクニ、カナラスアルヘシトミエタルコトナシ」（和歌童蒙抄）、「トフノスカコモトハ、ミチノ国ニトフノ郡ト云所ニアルコモヲ云也」（別本童蒙抄）、「顕昭云、とふのすがごもとは、あみを十《トヲ》して編みたるなり。すがごもとは菅にて編みたるこもなり。すがゝさ、すがみの、すがまくら、すがわらだなどいふがごとし。薦《コモ》は大様は菰蒋《コモ》にて編みたれば、本の名に従ひてこもとはいへど、藁《ワラ》して編みたるをばわらごもともいひ、菅にて編みたるをばすがごもといふなり。とふ編むことは広からむ料なり。されば和語抄には、とふとはとふ編みたるをいふといへり」（袖中抄）、「畳　とふのすかこも　是はこもの事也。十ふにあみたる也。されとたゝみによむもくるしからす」「とふのすかこも〈十ふにあみたる也。陸奥ならても但馬なるともいへり云々〉」（八雲御抄）、「とふも《（のカ）》すがごも　あみふの十ある也。みちのくの十ふのすがごも七ふには君をねさせて三ふに我ねん　はかなき心なるべし」（長明文字鎖）、「長明文字鏁云、トフノスカコモト云ハ、ミチノ国ニトフノ郡ト云所ニアムコモ也。ソレヲアミフノ十アルニヨセテ、トフノスカコモミフニネテナトハヨムナリ」（色葉和難集）　**〇110みちのくのとふのすがごも…**　俊頼髄脳一三四、綺語抄五四九、和歌童蒙抄五〇一、袖中抄六二〇、四句「君をねさして」。千五百番歌合一二五四番判詞（顕昭）、別本童蒙抄一九一、色葉和難集一九八、以上四句「君をねさせて」　**〇陸奥国に、とふといふところに…**　前掲。また、「又みちのくのと続くるは、此広きこもの奥州にあるなめり。これは人を思ふ心にて、なゝふには君を寝させ、みふにはわれ

寝むと詠めるなり。それを童蒙抄、綺語抄などに、みちのくにゝとふの郡よりとふ編みたるこもの出でくる由いへる。心得られず。奥州の郡の中に、またくとふの郡なし」（袖中抄）、「此歌ニ付テ、ミチノ国ニトフト云所ノ薦ヲ云トイフ人アリ。又説ニハ、ステニナヽフ、ミフトイヒツレバ、トフアミタルコモナリ。ミチノクニヽサルコモノアルニコソ。一説ニ、ミチノクニヽトフト云所ノコモノ、ヤガテトフアミタルヲ云ゾト云ハ、アマリノコトヽオボユ。所名ニツカバ十フト云義ハアルベカラズ。十フトイハヾ、所名ニハヨスベカラズ」（五代勅撰）

卅六　はゝきゝ　六帖云

そのはらやふせやにをふるはゝきゝのありとはみれとあか《は》ぬきみかな

そのはらふせやといふはしなのにあるなるへしはゝきゝとわ二つのあらそいあるへしある人のいわくもりのあるかいみしくしけきなかにはゝきゝ」34ウをいたりそれをとをくてありとみてもりのしたにいたりてみれはきのしけりあはぬとよむなり又ある人のいわくはゝきゝにゝたるきのゝにあるなりとをくてありとみへてちかくよれはうするなりたゝとをくてははゝきとみへてよれはさもなきなり

馬内侍《ムマノナヒシ》哥云

ゆかはこそあわ①すもあらめはわきゝのありとはかりはをとつれよかし

【本文覚書】①「か」を書き止して「わ」とする。

【解釈本文】

三十六　はゝきゞ

六帖云、

111そのはらやふせやにおふる箒木のありとは見れどあはぬ君かな

そのはらふせやといふは、信濃にあるなるべし。箒木とは、二つのあらそひあるべし。ある人の云はく、もりのあるがいみじくしげき中に、箒木生ひたり。それを遠くてありと見て、もりの下にいたりて見れば、木のしげり、あはぬと詠むなり。又ある人の云はく、箒木に似たる木の野にあるなり。遠くてありとみえて近くよれば失するなり。たゞ遠くては箒と見えて、寄ればさもなきなり。馬内侍歌云、

112ゆかばこそあはずもあらめ箒木のありとばかりはおとづれよかし

【注】

○はゝきゞ…　綺語抄、奥義抄、和歌色葉、袖中抄、色葉和難集。　**○111そのはらやふせやにおふる…**　綺語抄七二九、俊頼髄脳二八六、和歌童蒙抄六九五、和歌初学抄一三八、疑開抄六五、袖中抄九二六、和歌色葉三九二。新古今集九九七坂上是則、定家八代抄九一三、色葉和難集六九、以上四句「ありとはみえて」。古今六帖三〇一九、四句「ありとてゆけど」、左兵衛佐定文歌合二八、四句「ありとはゆけど」　**○そのはらふせやといふは…**　「しなのにそのはらふせやといふ所ニあるなり」（綺語抄）、「しなのゝくにゝ、そのはらふせやといへるところあるに、そこにもりあるをよそにてみれは、にはゝくはゝきにゝたる木のこすゑのみゆるか、ちかくよりてみれは、うせてみなときは木にてなむみゆるといひつたへたるを、このころみたるひとにとへは、さる木もみえすとそ申（はゝきゝとみえたる木もみえす《さる木のみえはこそ》。ちかくよりてもかへれめとて申す・顕）。むかしこそはさやうにありけめ」（俊頼髄脳）「そのはらとは、信乃国にある所なり。ふせやとは、そのはらのかたはらにある所をいふ也」（疑開抄）、「信濃の国に、

そのはらふせやと云所にはゝききのやうなる木のこすゑの、よそにては見ゆるか、このもとへ行ぬれは、いつれの木とも見えぬ也。ふるくも、ありとはみれとあはぬ君かなとよめり」(奥義抄)、「ソノハラハ、シナノヽクニ、アリ。フセヤトハ、ソノカタハラニアルトコロナリ」(和歌童蒙抄)、「ハヽキヽトハ、信ノ国ニソノハラトテ云所ニ有ナリ」(別本童蒙抄)、「顕昭云、はゝきゞとは信乃国にそのはらふせやと云所《イフトコロ》に杜あり。其《ソ》のもりに、よそにて見れば箒《ハヽキ》に似たる木の末のあるを、立寄《タチヨリ》て見れば、その木も見えずとなん申伝《ツタヘ》たる」(袖中抄)、「しなのゝくにゝそのはらふせやといふ所に、はゝきゝのやうなるきの、こすゑのよそにてはみゆるか、このもとへゆきぬれはいつれのきともみえぬなり」(和歌色葉)　**○箒木とは…**　前掲。他に「はゝきゝとは、彼ふせやにおひたる木なり。その木えたなくて、はゝきににたり。とをくて見るにはありて、ちかくて見るには葉しけりて見えぬなり。されは、かくよめる也」(疑開抄)、「ハヽキヽトハ、カノフセヤニオヒタル木也。ソノコスヱ、トホクテミレハハヽキヽニヽタリ。チカクテミレハ、コシケクテミエヌナリ。イヒフルシタルコトナリ」(和歌童蒙抄)、「あはぬ事には　ハヽキヽ　カタシカヒ　イスカノハシ」(和歌初学抄)、「はゝきゞとは、庭はく木はゝきなり」(袖中抄)、「野　ふせやとはのをいふと云説あり」(八雲御抄)　**○二つのあらそひあるべし…**　「或人云《二説あり》、はゝきゝのもりあるなり。そのもりいとしけくて、もりの中にはゝきゝのおひたるなり。それをとほくてはみれはあるやうにて、もりのしたにいきてみるに木のしけりてみえぬなり。それをいふ也。或人云、はゝきゝにゝたる木のそのもりにあるなり。それをとほくてみるにあるやうにて、ちかくてみれはあらぬなり」(綺語抄)、「有云、ハヽキ木ノ森ト云ニハ二ノ義アリ。一ニハハヽキヽニヽタル森也。ソレカ遠クテミレハミユ。近クヨレハ見ヘヌ也。一ニハ、又タヽハヽキニ似タル木ノアル也トイヘリ」(色葉和難集)　**○馬内侍…**　口伝和歌釈抄で、馬内侍の歌として掲出されるものはこの一首のみ。

○112ゆかばこそあはずもあらめ…　後拾遺集八七六馬内侍、馬内侍集一九〇、奥義抄二二四、和歌色葉三九一、初二句「ゆかずこそあらずもあらめ」、袖中抄九三〇、色葉和難集七〇。

卅七①　そとも　これより四十四まではをちたり」35オ

【本文覚書】①「十」に重書。

【解釈本文】

三十七　そとも　これより四十四までは落ちたり。

【補説】

目録によれば、以下の項目の脱落が想定される。各項目、あるいは類似の語を立項する歌学書を掲げておく。「三十七　そとも」袖中抄、色葉和難集。「三十八　いははし」袖中抄、色葉和難集。「三十九　しをり」色葉和難集。「四十一　かすみのころも」色葉和難集（増補部分）。「四十二　たまづさ」和歌色葉、色葉和難集。「四十三　つま」隆源口伝、綺語抄、色葉和難集。「四十四　きのまろどの」綺語抄、奥義抄、和歌色葉、色葉和難集。なお、四十は目録でも空白になっており、項目題不明。

四十五　まゆねかく

まゆねか■①キしたゆふかしみ思やるいにしへ人■②にあいみつるかな

まゆねかきてはめつらしき人にあふといふ事あり眉根《マユネ》掻《かく》かくかきて《けり》

【本文覚書】①「く」を墨消。　②「の」を墨消。

【解釈本文】

四十五　まゆねかく

113まゆねかきしたゆふかしみ思ひやるいにしへ人にあひみつるかな

まゆねかきては、めづらしき人にあふといふ事あり。眉根掻、かく書けり。

【注】

○まゆねかく…　この語を項目とする歌学書は、奥義抄、色葉和難集。　**○113まゆねかきしたゆふかしみ…**　万葉集二六一四、二三四句「下言借見《したいふかしみ》　思有尓《おもへるに》　去家人乎《いにしへびとを》」、古今六帖二九一〇、二三四句「したいぶかしみおもへるにいにしへ人を」、別本童蒙抄三七三、二三四句「シタイフカシク思イツル古人ヲ」　**○まゆねかきては…**　「恋しきひとをみむとするおりには、まゆのかゆきなり。それにとりて、左のまゆはいますこしとくかなふなり」（俊頼髄脳）、「マユネカキテハコヒシキ人ヲミルトイヘリ」（和歌童蒙抄）、「マユネカクトハ、恋シキ人ニアワントテハ眉ノカユキ也」（別本童蒙抄）、「マユネカキテ恋キ人ニアフト云事ハ、遊仙崛と云文ニ有也。マユネカユカリテ、恋人ニアフト云事也」（万葉集抄）、「めつらし（ママ）人をみんとては、ひもとけ、まゆのかゆかり、はなをひるといへり。しかもせぬとはさもせぬといふことは也」（和歌色葉）、「まゆねかきはなひゝもとく〈人まつ心也〉」「まゆねかく〈是人をみんとする相也。万葉にいへり。鼻ひ剣（ママ）ときなと云。皆同相也。左てのゆみとるかたのまゆねかくなといふ〉」（八雲御抄）、「下官曰《カ》。昨夜《ノ》眼皮瞤《メノフチカユカリテ》。今朝《ケサ》見《ル》二好《ヨキ》人《ヲ》一」（蔵中進氏編『江戸初期無刊記本遊仙窟　本文と索引』〈和泉書院、一九七九年〉による）　**○眉根掻…**　万葉集で同一の表記をするものに九九三、二五七五、二六一四、二六一四或本歌、二六一四・一書歌、二八〇八がある。

四十六　いそのかみ　中務哥云

いそのかみふるきみやこをきてみれはむかしかさしゝはなさきにけり

いそのかみとわ大和国ふるのこほりといふこほりのうちに神」35ウをはしますやしろにはすきあるへし

いそのかみふる■《①の》やしろのすきむらの思ひすつへきすきならなくに

【本文覚書】①「き」を墨消。

【解釈本文】

四十六　いそのかみ

中務歌云、

114いそのかみふるきみやこをきてみればむかしかざしゝ花さきにけり

いそのかみとは、大和国布留の郡といふ郡のうちに神おはします。社には、杉あるべし。

115いそのかみふるのやしろの杉むらの思ひすつべき杉ならなくに

【注】

○いそのかみ…　綺語抄「椙」。この語を項目とする歌学書は、綺語抄、奥義抄、色葉和難集。**○中務…**　口伝和歌釈抄で、中務の歌として掲出されるものはこの一首のみ。　**○114いそのかみふるきみやこを…**　新古今集八八読人しらず、中務集二四、二句「ふるきわたりを」、深窓秘抄一五、三十六人撰一四三、清正集七、二句「ふりにしさとを」、和漢朗詠集五二九、別本童蒙抄三三一、二句「フルノ社ヲ」　**○いそのかみとは…**　「ふるの社《大和》　イソノカミナト」（和歌初学抄）、「イソノ神トハ、大和国フルノ郡ニマシマス神也。フルキ事ニヨソエテヨムヘシ。彼社

ニハ杉ノホ《ヲ》ヒタリ」（別本童蒙抄）、「顕昭云、いそのかみふると続くる事は、大和国に石上《イソノカミ》といふ所に布留《フル》の社といふ神おはす」（袖中抄）、「大和国にいそのかみといふところに布留明神と云神おはするなり」（和歌色葉）、「いそのかみは石上とて、大和国の名所也。其所に布留の社と云所もあれば」（顕注密勘）、「大和ニイソノカミト云所ニフルノヲホン神ト申ス神イマス故ナレハ」（色葉和難集）　**〇社には、杉あるべし…**　「石上振之神榲（榲、此云二須擬一）」（日本書紀顕宗天皇即位前紀）　**〇115いそのかみふるのやしろの…**　万葉集四二二、綺語抄七二一、以上二句～四句「振乃《ふるの》山有《やまなる》　杉村乃《すぎむらの》　思過倍吉《おもひすぐべき》」。古今六帖一〇七四、五代集歌枕二五二、初句「ふるのやまなる」、以上下句「おもひすぐべき君ならなくに」

四十七　すゝのしのや

ほとゝきすとこめつらなることそなきなくことかたきすゝのしのやは

すゝといふたけしてつくれるやなり山もさともとを《き》の中なんとにつくりたるいゑなれはきくことかたしといふなるへしほとゝきすは」36オ　①つねに山にすむものなれはきかすといふなりほとゝきすは六月《ミナつき》よりよむましきにや　古今云

さつきはてこへみな月のほとゝきすいまわ②かきりのねをやなくらん

このうたわ五月六月ふたつをよそへたるなり六月のほとゝきすをよむにはあらすうちならひたる人いとや③むことなしかくそのたまいし

【本文覚書】①「つ」の上（行頭）に「つ」を書き止して墨消。②「カ」に重書。③重書。

【解釈本文】

四十七　すゞのしのや

116 ほとゝぎすとこめづらなることぞなきなくことかたきすゞのしのやは

すゞといふたけしてつくれるやなり。山もさとも遠き、野中なんどにつくりたるいへなれば聞くことかたしと云ふなるべし。ほとゝぎすは、常に山にすむものなれば、聞かずといふなり。ほとゝぎすは、六月より詠むまじきにや。古今云、

117 さつきはて声みな月のほとゝぎすいまはかぎりのねをやなくらむ

この歌は、五月、六月ふたつをよそへたるなり。六月のほとゝぎすを詠むにはあらず。うちならひたる人、いとやむごとなし。かくぞのたまひし。

【注】

○すゞのしのや…　隆源口伝、綺語抄。　**○116ほととぎすとこめづらなる…**　隆源口伝五〇、綺語抄四八九、四句「きく事かたき」　**○すゞといふたけ…**　「すゝといふ竹のある也。それしてつくりたる家なるへし。なくことかたきことは、すゝのやは山も里も遠野中にある也。時鳥は山には常にあらむするなれは、かゝる野中にはきくことかたしといふなるへし。郭公をは六月によむへからす」（隆源口伝）、「すゝのしのや　すゝといふたけをしてふきたるなり」「ほとゝきすは六月にはよむへからす」（綺語抄）、「すゝのしのや　すゝといふたけにてつくりたるいゑをいふ」（松が浦嶋「和哥綺語抄の内」）、「篠ニテフキタルヲバシノヤト云也。スゞデフキタルヲバシノヤトモイヒ、ヤガテスゞノシノヤトモ云也」（詞花集注）、「スヽノシノヤトハ、スヽト云竹ニテ作タル家也」（別本童蒙抄）、「野すゝのしのやなといひつれはのは有也」（八雲御抄）　**○117さつきはて声みな月の…**　出典注記に「古今云」とする

が、現存の古今集諸本に未見。隆源口伝五一、綺語抄五八二。**○この歌は…**　「此哥は五月六月をそへたる也。六月の郭公をよむにはあらす。」（隆源口伝）、「これは五六月とそへたるなり。六月にさりとてよむにはあらす」（綺語抄）**○うちならひたる人…**　「本云、うけならひたる人やむことなし。かくのたまひしなり云々」（綺語抄）

四十八　やまひこ

うくいすのなくねをまなふやまひこをともありかほにたつねつるかな

　やまひことは世に人のいふこたま」36ウ なりもの〻こへのひ〻きてきこゆるなるへし

【解釈本文】

四十八　やまびこ

118 うぐひすのなくねをまなぶ山びこをともありがほにたづねつるかな

　山びことは、世に人のいふこだまなり。ものゝ声のひゞきて聞こゆるなるべし。

【注】

○やまびこ…　この語を項目とする歌学書は、綺語抄、色葉和難集。**○118うぐひすのなくねをまなぶ…**　古今六帖九九八、二句「なくねをまねに」下句「ことありがほにもとめつるかな」、金葉集初度本四三伊勢、三句「山びこは」五句「もとめつるかな」、別本童蒙抄三四〇、三四句「山ヒコノコトアリカヲニ」**○山びことは…**　「やまひことは　おときゝをいふ　ものなとたゝくにひゝきてきこゆるなり」（能因歌枕）、「やまひこ　やまに、ものこ

ゑにしたかひてこたふる物をいふ」（綺語抄）、「山ひこ　山にこゑする物也」（松が浦嶋「和哥綺語抄の内」）、「おとする事には……山ヒコ」「神　……山ヒコ　コタマ也」（和歌初学抄）、「谷響〈やまひこ、又あまひこともいへり〉」（和歌色葉）、「山ヒコトハ、木ノ神ヲ云。人ノ物イヘハ口マネスル神也。セルフ（ママ）ニハコタマト云也」（別本童蒙抄）、「やまひこ〈こたま也〉」（八雲御抄）、「祐云、ヤマヒコトハ、コタマト云物也。樹神ト云リ。木ノ玉シヰト云ニヤ」（色葉和難集）

四十九　あをやき　古万云

あをやきのかつらにすへくなるまてに■①まてともなかぬうくいすのこへ

やなきをこきてかみにつくるへしかつらにあまたのきありへし②

ますらをかふしかいなけてつくりたるやなきのかつらわかいもかため

しもかれのふゆのやなきともよめりあをやきともよみたり

四条大納言歌枕云

しもかれのふゆのやなきはみる人のかつらにすへくめもはりにけり」37オ

わかせこかこさらへほとのあをやなきたをりてたにもみるよしもかな

いねのほをかつ③らにする事あり

六帖哥云

わきもこかゝはるとつくる秋のたのはけほのかつら④みれとあかぬかも
はかはるのわさたほたりてつくりたるかつらそみつゝみ⑤のはせはかせ
たまやなきといふことあり四条大納言歌枕にはやなきにたまのやうにてつゆのあるをいふとそいへる
躬《ミ》恒哥云」37ウ
あをやきのはなたのいとをよりあはせてたへすもなくかうくいすのこへ
これを本文としてあをやきには花たのいとゝよむへし
六帖云
はるさめのふりにしひよりあをやきのいとのはなたはいろまさりけり
かわそいやなきとよめりたつぬへし
同云
みなむしろかわそい~~ゆけは~~やなきみつ⑥ゆけれ⑦はをきふしまろへとそのねたへせす
みなむしろかはそいやなきみつゆけれ⑧は」38オ　とふしかくふしものをこそ思へ
或説《アルセムニイハク》　云みなむしろとわみつのそこなるいしの⑨ゝなゝり能因入道歌枕かくいへり

【本文覚書】①「は」を墨消。②「へ（遍）」は「返」との識別困難であるが、「へ」に近いか。「へ」であれば上接の文字は「る」とあるべき。③「ら」に重書。④「ら」に重書。⑤「し（之）」の誤か。⑥重書。⑦

「れ」衍。⑧「れ」衍。⑨「ゝ」衍。

【解釈本文】

四十九　あをやぎ

古万云、

119 あをやぎのかづらにすべくなるまでにまてどもなかぬうぐひすの声

柳をこきて、髪につくるべし。かづらにあまたの義あるべし。

120 ますらをがふしかいなけ《（ママ）》てつくりたるやなぎのかづらわが妹がため

霜枯れの冬の柳とも詠めり。青柳とも詠みたり。四条大納言歌枕云、

121 しもがれの冬のやなぎは見る人のかづらにすべくめもはりにけり

122 わがせこがこさらへ《（ママ）》ほどのあをやなぎたをりてだにも見るよしもがな

稲の穂をかづらにする事あり。六帖歌云、

123 わぎもこがゝは《（ママ）》るとつくる秋の田のはけほ《（ママ）》のかづら見れどあかぬかも

124 はかは《（ママ）》るのわさだほたりてつくりたるかづらぞ見つゝしのばせわがせ

玉柳といふことあり。四条大納言歌枕には、柳に玉のやうにて露のあるをいふとぞいへる。躬恒歌云、

125 あをやぎのはなだの糸をよりあはせてたえずもなくかうぐひすの声

これを本文として、青柳には花だの糸と詠むべし。六帖云、

126 はるさめのふりにし日よりあをやぎの糸のはなだは色まさりけり

かはぞひ柳と詠めり。たづぬべし。同云、

127 みなむしろかはぞひやなぎみづゆけばおきふしまろべどその根たえせず

128みなむしろかはぞひやなぎみづゆけばとふしかくふしものをこそ思へ

或説云、みなむしろとは、水のそこなる石の名なり。能因入道歌枕かく云へり。

【注】

○**あをやぎ…**　隆源口伝。綺語抄「ますらを」。綺語抄、奥義抄、袖中抄、和歌色葉、色葉和難集「いなむしろ」　○119**あをやぎのかづらにすべく…**　人麿集Ⅱ一〇〇、同Ⅲ六四、同Ⅳ一〇〇、隆源口伝一、万代和歌集九六、現存の万葉集に未見。　○**柳をこきて…**　「柳をこきてかつらにつくるをいふ。かつらにはあまたの義あるへし」（隆源口伝）　○120**ますらをがふしかいなけて…**　万葉集一九二四、二句「伏居《ふしゐ》嘆而《なげきて》」下句「四《し》垂柳之《だりやなぎの》縵《かづらせ》為吾妹《わぎも》」、古今六帖三一六一、二句「ふしゐなげきて」下句「したも柳のかづらぜわぎもこ」、赤人集二〇四、二句「ふしゐなげきて」下句「しだりやなぎかかづらせよいも」、隆源口伝二、二句「ふしゐて歎き」、綺語抄三三六、二句「ふしゐなげきて」下句「やまのかづらはいもがためかも」、別本童蒙抄三〇二、初二句「マスラヲノフシヰテコキテ」下句「柳ノカツラハタヽイモカタメ」　○**霜枯れの冬の柳とも詠めり…**　「霜枯の冬の柳といふことは順が集に載せたり。春をかへていふべし」（類聚証、但し現行順集に未見）、「霜かれの冬の柳ともよみたり」（隆源口伝）、「柳　しもかれの冬のやなき」（八雲御抄）　○**青柳とも詠みたり…**　「青柳とも読たり。四条大納言哥枕にかくあり」（隆源口伝）、「あをやぎとは、あをき柳と云べき文字を略したる也」（顕注密勘）、「柳　あおやき《あおやなきとも》」（八雲御抄）　○**四条大納言歌枕云…**　口伝和歌釈抄で四条大納言歌枕云として掲出されるものは一首。　○121**しもがれの冬のやなぎは…**　万葉集一八四六、五句「目《も》生来鴨《えにけるかも》」、赤人集一四五、三句「みるひとも《ぞ》」五句「おもほゆるかも」、人麿集Ⅲ四二、類聚証一一、三句「見る人も」、隆源口伝三。　○122**わがせこがこさらへほどの…**　万葉集一四三二、二三句「見良牟佐保道乃《みらむさほぢの》　青柳乎《あをやぎを》」五句「見縁欲得《みむよしもがも》」、類聚証一四、二句「こざらむさとの」四句「枝をりてだに」、隆源口伝四、二句「こぐらむ棹の」、五代集歌枕一八五四、二三句「みらんさほぢのあをやぎを」五句「みるいろにも《ガ》

が《モ》」**○稲の穂をかづらにする事あり…**「いねのほをかつらにする事あるへし」（隆源口伝）**○123わぎもこがゝはるとつくる…**　万葉集一六二五、二句「業跡《なりと》造有《つくれる》」四句「早穂《わさほ》乃《の》縵《かづら》」。色葉和難集一四九、二句「はかとつくれる」四句「はつほのかづら」。古今六帖三一六三、隆源口伝五、以上二句「わさたつくれる」四句「わさほのかつら」**○124はかはるのわさだほたりて…**　万葉集一六二四、初二句「吾《わ》之《が》業有《なれる》　早田《わさだ》之《の》穂《ほ》以《もち》」、古今六帖三一六二、初二句「わがはかのわさだのほだち」四句「かづらぞわがせ」、隆源口伝六、初二句「我はかのわさ田を多く」下句「かづらと見つつ忍ばせ我を」、和歌童蒙抄二一一、初二句「わがまけるわさだの」下句「ほぐみをみつつしのべわがせこ」**○玉柳といふことあり…**「玉柳トハ、四条大納言書シ。玉様ニ露ノ有柳ヲコキテカツ作也」（別本童蒙抄）、「玉柳とはやなきをほむることは也」（和歌色葉）、「一タマヤナキ……和云、タマハ物ヲホムル詞也。タマハ、キ、玉カシハ、タマツハキ、玉クシケナト云カ如シ。コレモ柳ヲホムルコトハ也」（色葉和難集）**○125あをやぎのはなだの糸を…**　拾遺集三四凡河内躬恒、拾遺抄三五、躬恒集一一八、隆源口伝七、三四句「より合せたえずも鳴くは」**○これを本文として…**「これを本にして、あをやきにははなたとよむへし」（隆源口伝）**○126はるさめのふりにし日より…**　新古今集六八凡河内躬恒、下句「いとのみどりぞいろまさりける」。古今六帖四一六〇、隆源口伝八。**○かはぞひ柳と詠めり…**「カハソヒヤナキトハ、タ、ヨミナラヘテ、物フタツヲイヘルニヤアラム」「又、カハソヒヤナキモ水ニヒカレテ、ソノネハタエテアルヲ、ワカアヤシクナリテマトヒアリクニヨセテヨメルニヤ」（和歌童蒙抄）、「柳　川　かはそひ」（八雲御抄）**○127みなむしろかはぞひやなぎ…**　日本書紀八三、初句「伊儺武斯廬《いなむしろ》」下句「儺弭企於己陀智《なびきおきたち》　曾能泥播宇世儒《そのねはうせず》」、古今六帖四一五五、初句「いなむしろ」四句「おきふしすれど」、綺語抄五五〇、四句「なびきおきたち」、俊頼髄脳二三五、初句「いなむしろ」下句「なびきおきふしその根はうせず」、和歌童蒙抄五〇〇、初句「いなむしろ」三四五句「みづひけばなびきおきふしそのねはうせず」・六五八、初句「いなむしろ」四句「なびきおきふし」、奥義抄四〇二、万葉集時代難事一七、和歌色葉一七三、

別本童蒙抄一九〇、以上初句「いなむしろ」下句「なびきおきふしそのねはたえず」。袖中抄二四三、色葉和難集二〇、以上初句「いなむしろ」下句「なびきおきふしそのねはうせず」　**○128みなむしろかはぞひやなぎ…**　他出未見。　**○或説云、みなむしろとは…**　「いなむしろ　みなむしろといふへしとぞ。みつのそこにやなきのやうなるものゝ、むしろしきたるやうにてあるものなり」「いなむしろ　いねのむしろのやうに見ゆるなり」（綺語抄）「いなむしろといへる事は、いねのほのいてとゝのほりて、田になみよりたるなむ、ゝしろをしきならへたるに、にたるといふなり。又河のつらにおひたる柳のえたの水にひたりて、なかるゝか又いなむしろにゝたる也」（俊頼髄脳）、「川のそこにみしかき草の莚をしきたるやうにおひたるを、稲莚とは云也。此柳の末の水にひたるかかのいなむしろにゝたれはかくよめるとそ見ゆる……此草を稲莚と云事は稲の出とゝのほりたるは、むしろをしけるに似たれは稲莚と云。それに又此草の似たれはかよはして云也。但是をは稲《みな》莚と云説もはへり。哥のひかかきにや」（奥義抄）、「イナムシロトハ、ミツノソコニムシロヲシキタルヤウナルイシヲイフナリ。マタイハク、水ノソコニヤナキノハノヤウナルクサノ、ムシロヲシキタルヤウニヲヒタルヲイフナリ。コレソサモトキコユル」「イナムシロトハ、水ノシタニアヲキ物ノナミヨリテアルヲイフ」（和歌童蒙抄）、「イナ莚トハ、水ノソコニカキノヤウキル《（ママ）》物ノ莚ノ様ニヲヒタルヲ云」（別本童蒙抄）、「柳　いなむしろ　是は水の底にある枝、いねのむしろにゝたる也」（八雲御抄）。口伝和歌釈抄では、127、128歌、また「百九十　みなむしろ」の403、404歌とも「みなむしろ」とする。「みなむしろ」説は綺語抄にも見えるが、詠歌例はほとんどなく、散木奇歌集の「こがくれて波のおりしく谷河のみなむしろにも月はすみけり（四八八）」を見る程度である。一方俊頼は「いなむしろ」とも詠んでいる（「秋の田のあぜふみしだきなく鹿はいなむしろをやしきてふすらん（同四四五）」）。「こがくれて」詠について散木集注は「みなむしろとは、水底石をいふと古髄脳にはかけり。然ば水上月にかなはずや。又水の底にやどれるといはむにも、水上は不レ違歟。但、みなむしろ、無二指本歌一歟。いなむしろこそ、日本紀より事おこりて読事にてあれ。たとひみなむ

しろあるべきにても、みなは水なり、筵とは只水の面をいふともたがはじ」とする。袖中抄では「顕昭云、いなむしろといふ事、古き髄脳にさま〴〵にいひて、おろかなる心かへりて惑ひぬべし。つたなきはからひにまかせて、一つの義を述べ申べし。いなむしろと申は、田舎にはおのづから稲を敷くことあれば、田舎をばいなしきといひ、いなむしろともいふなり」とし、諸説を示す。諸説のうちに、口伝和歌釈抄と類似する注説「又能因歌枕云、みなむしろとは水下なる石也云々」が示されるが、現行本能因歌枕に同一内容の注説未見。「五　しながどり」補説参照。

五十　すかのね　天暦《テムリヤクノ》蔵人《クラウト》清正《キヨマサ》歌云

ちりぬへきはなみるときはすの《か》ねのなかきはるひのみしかゝりけ①

すかのねとは四条大納言歌枕には山すけのねといふすかねのとわいといとなかしとてかくいゐるかな

か②ゝ③らん事によむへし　長能《ナカヨシ》哥云

すか《の》ねのなか〳〵しといふあきの夜は」38ウ　月みぬ人のいふにそありける④

好忠《ヨシタヽ》哥云

なつのひのすかのねよりなか⑤きをそころもぬきかねをきくらしかねぬる

春夏秋によみたり⑥冬のよなんとにもよむへきにや

【本文覚書】①「り」脱か。②重書。③「る」に重書。④重書。⑤「も」脱か。⑥行左に「よ」を書き止して本行に「よ」を書く。

【解釈本文】

五十　すがのね

天暦蔵人清正歌云、

129 ちりぬべき花見るときはすがのねのながきはるひのみじかゝりけり

すがの根とは、四条大納言歌枕には、山すげの根といふ。すが根のとは、いと〳〵ながしとてかくいへるか。ながゝらむ事に詠むべし。長能歌云、

130 すがのねのなが〳〵しといふ秋の夜は月みぬ人のいふにぞありける

好忠歌云、

131 夏の日のすがのねよりもながきをぞころもぬぎおきくらしかねぬる

春夏秋に詠みたり。冬の夜なんどにも詠むべきにや。

【注】

○すがのね…　綺語抄、色葉和難集。　**○天暦蔵人清正…**　「五位蔵人……右兵衛佐従五位上藤清正〈天暦元十二廿四補」（職事補任）、「清正」を「きよまさ」とよむ例に深窓秘抄四九がある。口伝和歌釈抄で、清正の歌として掲出されるものはこの一首のみ。　**○129ちりぬべき花見るときは…**　拾遺集五七藤原清正、清正集九、拾遺抄三九、綺語抄一四四、和歌初学抄一一四、俊頼髄脳三〇三、二句「花みるほどは」、別本童蒙抄三六二、二句「花ミン時ハ」、色葉和難集九八二、二句「花みるほどは」、以上四句「ながきはる日も」　**○すがの根とは…**　「春日　すかのねといふ……なかきに・《よ》そへたり」（能因歌枕）、「すかのね　すけのねをいふ。いとなかきかゆへになかしといは

んとてはかくよむ」「すかのね　なかしと」「な・《か》きことに　すかのね。たくなは。やまとりのを」「すかのね　なかき事にもよみたり。ねんころの事にも」「すかのね　やますけをいふ」（綺語抄）、「山菅《スケ》　スカノネ」（和歌初学抄）、「スガノネハ菅ノ根也」（古今集注）、「菅ノ根ハ、物ノホドヨリハナガキモノナレバ」（拾遺抄注）、「スカノネトハ　山スケノネヲ云」「又スカノネトハ、四条ノ大納言ノ哥枕ニハ、山スケノ根ヲ云。イト長シト云事ニヨムヘシ」（別本童蒙抄）、「菅　すかのねはなかきものにいへり。一向山すけなりと云。公任卿説」「すかのね〈長事、山菅の根也〉」（八雲御抄）　**○130すがのねのなが〳〵しといふ…**　後拾遺集三三八藤原長能、二句「ながながしといふ《てふ》」、綺語抄一四六、長能集一七五、二句「ながながしてふ」、俊頼髄脳三〇四、奥義抄一六二、以上二句「ながながしてふ」。別本童蒙抄二八四、二句「ナカ〳〵シクテ」五句「云ニアリケリ」　**○131夏の日のすがのねよりも…**　好忠集一二四、下句「ころもぬきかけくらしわびぬる」　**○春夏秋に詠みたり…**　「春日《ハルノヒ》　すかのねといふ　かすみといふ　草のねのなかきよ。《よ》そへたり」（能因歌枕）、「なかき事には　スカノネ……アキノヨ　春ノヒ」（和歌初学抄）、「春日、秋夜ナンドニヨソヘテヨムナリ」（拾遺抄注）、「スカノネトハ、春ノ日ノ永キヲ云。スカト云草ノ根ノ長ニ、春ノ日ノ永キニタトフル也」「春夏秋冬ニヨム也」（別本童蒙抄）

五十一　やまかつ　拾遺云　是則《コレノリ》哥云

やまかつと人はいへともほとゝきすまつはつねをはわれのみそきく①

山かつとは四条大納言の哥枕にも」39オ　のおもひしらぬものをいふと又山さとなるいやしき人をいふ

拾遺哥云

なつかしくてにはなれしとやまかつのかきねのむはらはなさきにけり
　好忠哥云
やまかつのはたにかりほすむきのほのくたけてものを〵もふころかな
古歌枕云賤　男《イヤシキヲトコ》②かくかきてしつのしつのをとよめりやまかつとゐふ③同事也」39ウ
しつや〱しつのをたまきくりかへしむかしをいまになすよしもかな
能因《ヨシタカ》哥枕云むかしによせてよむへしこのうたなんとよれるかをのおたまきとはへそをまくおいふなり
　されはくりかへしなんとそへたるへし　好忠
しつのおかあさけのころもめおあらみはけしきふゆの風もたまらす

【本文覚書】①重書。　②判読不明文字に重書。　③重書。

【解釈本文】

五十一　やまがつ

　拾遺云、是則歌云、
132やまがつと人はいへどもほと〵ぎすまづはつねをば我のみぞきく
　山がつとは、四条大納言の歌枕に、もの思ひしらぬものをいふと。又、山ざとなるいやしき人をいふ。拾遺
　歌云、
133なつかしくてにはなれじとやまがつのかきねのむばら花さきにけり

好忠歌云、
134やまがつのはたにかりほすむぎのほのくだけてものを思ふころかな
古歌枕云、賤男、かくかきてしづのしづのをと詠めり。やまがつといふ、同事なり。
135しづや〳〵しづのをだまきくりかへしむかしをいまになすよしもがな
能因歌枕云、むかしによせて詠むべし。この歌なんどよれるか。をのをだまきとは、へそをまくをいふなり。されば くりかへしなんどそへたるべし。好忠
136しづのをがあさけの衣めをあらみはげしき冬の風もたまらず

【注】

○やまがつ…　綺語抄「しづのをだまき」、色葉和難集「をだまき」　**○是則…**　口伝和歌釈抄で、是則の歌として掲出されるものはこの一首のみ。　**○132やまがつと人はいへども…**　拾遺集一〇三坂上是則、是則集九、拾遺抄六三、三十人撰九四、三十六人撰一一四、如意宝集二、以上四句「まづはつこゑは」。綺語抄三句まで掲出。　**○山がつとは…**　「賤人、やまがつと云」（倭歌作式）、「やまかつとは　物おもひしらぬを云　あやしき人をも云ふ　山さとにすむともいふ」「山里に栖《スム》をは　やまかつといふ」（能因歌枕）、「やまかつ　もの思ひしらぬものをいふ。四条大納言歌枕」（綺語抄）、「下《イ》人　やまかつといふ」「下人　山かつといふ」（俊頼髄脳）、「山カツトハ、イヤシキ物ヲ云」（別本童蒙抄）、「清云、ヤマカツハ万葉ニハ山里人ト書テヤマカツトヨメリ」（色葉和難集）　**○133なつかしくてにはなれじと…**　現存する拾遺集及び拾遺抄に未見。好忠集一二一、二句「てにはをらねど」、隆源口伝一〇、二句「手にはなれねど」　**○134やまがつのはたにかりほす…**　好忠集一三五、隆源口伝九、以上二句「はてにかりほす」　**○古歌枕…**　口伝和歌釈抄で、「古歌枕」とするもの十二箇所、「ふるきうたまくら」とするもの七箇所、「いにしゑの歌枕」とするもの一箇所。又、「歌枕」とするもの三箇所。　**○賤男…**　「賤男　しつのをたまきとい

ふ」（俊頼髄脳）、「賤男　しつのをたまき」（奥義抄）、「賤男《イヤシキヲトコ》〈シツノヲ　山カツ　アツマツ《東国下人也》　シツノヲタマキ〉」（和歌初学抄）、「又シツノヲトモ云。万葉ニハ賤男トソ書タル」（別本童蒙抄）、「賤男〈やまがつ〉」（和歌色葉）　**〇しづのしづのを…**　「しづの」或いは衍か。　**〇135しづや〳〵しづのをだまき…**　奥入（さかき）九一、別本童蒙抄三四五。色葉和難集二五三、初句「しづよしづ」。伊勢物語六五、綺語抄三六四、以上初句「いにしへの」　**〇能因歌枕云…**　「しつのおたまきとは　いやしきことをいふなり、むかしのことなとをかけてよむへし」（能因歌枕）。「能因歌枕」の傍書「ヨシタカ」については「五　しながどり」参照。　**〇をのをだまきとは…**　「又をゝうみてまきたるへそといふ物を賤のをたまきと云」（奥義抄）、「又、シツノヲタマキトハ、只、ヤマカツナトヲハイハテ、苧ヲマクヲイフニコソアメレ。クリカヘシナトフルクヨメルハ、此哥ニハサモミヘヌ、如何」（和歌童蒙抄）、「ヲタマキトハ、ケスナトノヲ、ヘソト云物ニマキナスヲ云也」（別本童蒙抄）、「しつたまき《倭文手纏》〈けす也。かすならぬ事也。万九　しつたまきわろ《賤》きわかいゐなとよめり〉」「しつのをたまき〈けすのをさはくる也〉」（八雲御抄）、「ケスノオヲウミテマロナル玉ノヤウニシタルヲモ云。クリカヘシナトヨムハコレ也」（色葉和難集）　**〇136しづのをがあさけの衣…**　好忠集三一八、初句「しづのめの」下句「はげしき冬はかぜもさはらず」

五十二　あしはけをふね　万葉集云

な《み》といりのあしはけをふねさわりおほみ」40オ　こひしき人にあはぬころかな

ちいさきふねをいふなり

【解釈本文】

五十二　あしわけをぶね

万葉集云、

137みなといりのあしわけをぶねさはりおほみこひしき人にあはぬころかな

ちひさきふねをいふなり。

【注】

○あしわけをぶね…　この語を項目とする歌学書未見。「船　……アシワケヲ船」（和歌初学抄）、「舟　あしわけを」（八雲御抄）　**○137みなといりのあしわけをぶね…**　拾遺集八五三人まろ、四句「わが思ふ人に」、拾遺抄二七二、人丸集二二二。万葉集二七四五、下句「吾念公尓《あがおもふきみに》　不《あ》レ相《は》頃者鴨《ぬころかも》」、古来風体抄二三五、下句「吾が思ふ君に逢はぬ頃かも」。定家八代抄一二〇一、秀歌大体九六、以上下句「わがおもふ人に」　**○ちひさきふねをいふなり…**　万葉集二七四五、二九九八、二九九八或本歌曰、いずれも「葦別小《アシワケヲ》船《ブネ》」と表記する。

五十三　たみ　好忠哥云

ふちのねにしはかるたみのてもたゆくつかねもやすらん風のさむさに

たみとわいやしきけすなりめつらしくよむなるへし　師頼歌云

あられふるたなかみ山にみやきひくたみよりもけにものこそをもへ

六帖云

みやきひくあつさのそまにたつたみの」40ウやむときもなくこひはたるかな
　みやきひくとはそまのきをいふなるへし①■

【本文覚書】①「る」を墨消。

【解釈本文】

五十三　たみ

　好忠歌云、

138 ふぢのねにしばかるたみのてもたゆくつかねもやすら《（ママ）》ん風のさむさに

たみとは、いやしきげすなり。めづらしく詠むなるべし。師頼歌云、

139 あられふるたなかみ山にみや木ひくたみよりもけにものこそ思へ

六帖云、

140 みや木ひくあづさのそまにたつたみのやむときもなく恋ひわたるかな

　みや木ひくとは、そまの木をいふなるべし。

【注】

○たみ…　綺語抄（無注）。　**○138ふぢのねにしばかるたみの…**　金葉集初度本四二七曾禰好忠、初句「まふぢふの」三四句「てまをなみつかねもあへず」、金葉集三奏本三〇四、初句「ふぢふ野に」三四五句「てもたゆみつかねもあへずふゆのさむさに」、好忠集三〇四、初句「やまぢのみ《ふぢふのに》」四句「つかねもあへず」、万代集二九四〇、初句「ふぢふのに」三四句「てをたゆくつかねもやらず」　**○たみとは…**　「たみをは　かちゝゆくと云　いはゝゆきとも　いちゝゆくとも」「民《タ(ミ)》をは　たま（く）らといふ　いちゝゆきといふ」（能因歌枕）。「たみ」を卑しき者とする

資料未見。　**○139あられふるたなかみ山に…**　和歌童蒙抄一八九、師頼詠とする資料未見。夫木抄は相模詠とする。**○140みや木ひくあづさのそまに…**　新勅撰集七二二よみ人しらず、二句「いづみの杣に」五句「こひわたるかも」。万葉集二六四五、二句「泉《いづみの》之追馬《そ》喚犬《ま》二《に》」五句「恋度《こひわたるか》可聞《も》」。古今六帖一〇一四、綺語抄三四九、以上三句「たつなみの」　**○みや木ひくとは…**　「杣……宮材引《ヒク》トカケリ」（和歌童蒙抄）

五十四　ひまをあらみ

後拾遺云　大宮《ミヤノ》越前《エチセム》

やまさとのしつのつまかきひまをあらみいたくなふきそこからしの風

ひまをあらみとはかきなんとのあはらなるをいふなるへし又いやしき①ものきぬなんとのうすきをいふ

ある人云ひまとはやのうへかきなんとのあけるよりひのさしいるをいふ也②たゝこの心」41オならはきぬにはかならすしもあんしをもふにやにもきぬにもさしあきたらんをはひろくしかいゝてん

後撰云　天智《テムチ》天皇《テムクワウ》

秋のたのかりほす《いほの》。とまをあらみわかころもてはつゆにぬれつゝ

古今云

すまのあまのしほやきころもをさをあらみまとをなれはやきみかきまさぬ

【本文覚書】①「の」脱か。②判読不明文字に重書。

【解釈本文】

五十四　ひまをあらみ

　後拾遺云、大宮越前

141 やまざとのしづのつまがきひまをあらみいたくな吹きそこがらしの風

ひまをあらみとは、垣なんどのあばらなるをいふなるべし。又、いやしきもののきぬなんどのうすきをいふ。ある人云、ひまとは、屋の上、垣なんどのあけるより、日のさしいるをいふなり。たゞこの心ならば、きぬには必ずしも。案じ思ふに、屋にもきぬにもさしあきたらむをばひろくしかいひてむ。

　後撰云、天智天皇

142 秋の田のかりほすいほのとまをあらみわが衣手は露にぬれつゝ

　古今云、

143 須磨のあまのしほやき衣をさをあらみまどほなればや君がきまさぬ

【注】

○ひまをあらみ…　この語を項目とする歌学書は、色葉和難集（増補部分）**○後拾遺云…**　口伝和歌釈抄で、後拾遺集歌として掲出するものは十首、うち五首は作者名を併記する。**○大宮越前…**　生没年未詳。越前守源経宗女。後拾遺集に一首入集。口伝和歌釈抄で、大宮越前の歌として掲出されるものはこの一首のみ。**○141やまざとのしづのつまがき…**　後拾遺集三四〇大宮越前、和歌一字抄五七〇・一一六六、定家八代抄五〇七、以上二句「しづのまつがき」**○ひまをあらみとは…**　「ヒマヲアラミトハ、アハラナルヲ云」（別本童蒙抄）、「ヒマヲアラミト云コト　是ハヤ（の）マウヘナントノアキタル所ヲ云也。垣ニモキラハスヨムヘシ」（色葉和難集）**○いやしきもののきぬ**

なんどの…　院政期から鎌倉初期頃の歌学書には、同一内容の注説未見。**○ある人云…**　院政期から鎌倉初期頃の歌学書には、同一内容の注説未見。**○案じ思ふに…**　「ん」が「ら」の誤りであるならば、「かならずしもあらじ。おもふに」という読みが可能である。**○天智天皇…**　口伝和歌釈抄で、天智天皇の歌として掲出されるものはこの一首のみ。**○142 秋の田のかりほすいほの…**　後撰集三〇二天智天皇、万葉集時代難事二三、古来風体抄三一三、和歌童蒙抄二〇九、近代秀歌四二、定家十体一二、定家八代抄三三二、詠歌大概三四、八雲御抄六九、秀歌大体五四、八代集秀逸一三、百人秀歌一、百人一首一、以上二句「かりほのいほの」。古今六帖一一二九、三句「とまをせみ」。**○143 須磨のあまのしほやき衣…**　古今集七五八よみ人しらず、定家八代抄一三一九、以上四句「まどほにあれや」

五十五　やつはし

うちはたしなかき心はやつはしのくもてにをもふことはたへせす①し」41ウ

やつはしは三②河のくに③ゝありはしらの八あるなりくもての八あれはそれによそへてよめり

こひせしとなれるみかわのやつはしのくもてにものをゝもふころかな

【本文覚書】①「す」中央に見セ消チ記号を付す。②重書。③重書。

【解釈本文】

五十五　やつはし

144うちわたしながき心はやつはしのくもでに思ふことは絶えせじ

やつはしは、三河の国にあり。柱の八あるなり。くもでの八あれば、それによそへて詠めり。

145恋ひせじとなれるみかはのやつはしのくもでにものを思ふころかな

【注】

○やつはし…　奥義抄、和歌色葉。綺語抄「みかはのやつはし」、奥義抄、和歌色葉「やつはし」、袖中抄「やつはしのくもで」、色葉和難集「くもで」　**○144うちわたしながき心は…**　後撰集五七〇よみ人も（読人不知）、五代集歌枕一八八四、奥義抄二九五、袖中抄八八七、和歌色葉三二〇、色葉和難集五八五、和歌初学抄二三、二句「ながきこころを」　**○やつはしは、三河の国にあり…**　「三河の国、八橋といふ所にいたりぬ。そこを八橋といひける」（伊勢物語）、「参川国《ミカハノクニ》　……やつはし」（能因歌枕）、「橋　みかはのやつはし」（綺語抄）、「伊勢物語にはみかはの国にやつはしと云所に至りぬ」（奥義抄、色葉和難集もほぼ同文）、「ヤツハシトハ、ミカハノ国ニアリ」（別本童蒙抄）、「一には参川国にやつはしといふ所あり。橋の八つあるなり」（袖中抄）、「橋　参やつ」（八雲御抄）　**○柱の八あるなり…**　「みかはのやつはしは、はしらのやつあれは」（綺語抄）　**○くもでの八あれば…**　「そこを八橋といひけるは、水ゆく河の蜘蛛手なれば、橋を八つわたせるによりてなむ、八橋といひける」（伊勢物語）、「はしらのやつあれば、くものあしやつあるによそへてよめるなりと云。されともさはなくて、はしのやつありけるとそ」（綺語抄）、「くもてのやつあれは申なめり。されとこれはゝしをたつぬれは、河なとにわたせるはしにはあらす。あしをきのをひたるうきの道のあしけれは、たゝいたをさためたる事もなく、所々にうちわたしたるなり。それかあまた所うちわたしたれは、やつはしといひそめたるなり」（俊頼髄脳）、「水のくもてにて橋を八わたせるによりて云也とかけり」（奥義抄）、「コノヤツハシハ、タ、イタヲウチタルヤウニテアルナレハ、クモノテハヤツアレハ、ヤツトイヘルコ、ロニツキテヨメルナリ」（和歌童蒙抄）、「クモハ足ノ八アルニヨソヘテ読也」（別本童蒙抄）、「くもでとは、橋の

柱に強からせむれうに、筋かへてうち渡したる木をばくもでといふに、又くもといふ虫の手は八つあれば、それをやつはしといふにそへて、くもでに物を思ふとは詠めるなりといへり」「或人云、隆源阿闍梨が申けるは、橋のくもでとは橋柱なり。やつはしには柱はなくて、たゞ板をうち渡したれど、やつはしといふにつきて、くもでとはいへるなり云々」（袖中抄）、「祐云、ヤツハシクモテトヨム事ハ、橋ニクモテト云テ柱ニチカヘテウチタル木ノアレハカク云也。……ソコヲ八橋ト云事ハ水ノクモテニ橋ヲ八ワタセルニヨリテ云也、トイヘリ。水ノクモテナルトアルハ、トカク流レタルニコソ。サテ物ヲトカク思フニヨセテクモテニ思フトハヨメルニヤ」（色葉和難集）〇**145恋ひせじとなれるみかはの…**　続古今集一〇四四読人不知、古今六帖一二五九、以上初句「こひせんと」。綺語抄一八七、初句「こひせよと」。俊頼髄脳二二二、和歌童蒙抄三八五、別本童蒙抄八五、袖中抄八八六。

■①五十六　くす　黒主《クロヌシ》哥云

わかおもふことのしけさにくらふれはしのたのもりのちへ②はものかわ
　しのたのもりとはいつみにありくすのきのをいたるなるへしちへ③とわゐたといふなりゐたのをほかる
　なりわかこひにくらふれはもの」42オ　ならすとよめり　六帖哥云
いつみなるしのたのもりのくすのきのちへにはかれてものをこそ思へ
　たまゝくゝすのうるさ〳〵といふことありくすのはのまいたるものありかつら也たまのやうにまいて
　ありいと〳〵うるさけなれはうるさ〳〵といふなるへし

【本文覚書】①「五」を墨消。②重書。③重書。

【解釈本文】

五十六　くす

黒主歌云、

146 わが思ふことのしげさにくらぶればしのだのもりのちえはものかは

信太のもりとは、和泉にあり。くすの木のおひたるなるべし。ちえとは、枝といふなり。枝のおほかるなり。わが恋にくらぶれば、ものならずと詠めり。六帖歌云、

147 いづみなるしのだのもりのくすの木のちえにわかれてものをこそ思へ

玉まく葛のうるさ〳〵といふことあり。葛の葉のまいたるものあり。かづらなり。玉のやうにまいてあり。いと〳〵うるさげなれば、うるさ〳〵といふなるべし。

【注】

○くす…　色葉和難集「うるさながらと云事」（増補部分）　**○146わが思ふことのしげさに…**　詞花集三六五増基法師、増基法師集四、玄々集一二八増基、金葉集三奏本四三三、千五百番歌合二四一七判詞、色葉和難集五六七。**○信太のもりとは…**　「和泉国……しのたのもり」（能因歌枕）　**○くすの木の…**　「楠　しのたのもりのちえはくすの木也」（八雲御抄）　**○ちえとは…**　「シノダノモリハ和泉ニアリ。楠木一本云々。枝オホカレバ、千枝トヨムナリ」（詞花集注）　**○147いづみなるしのだのもりの…**　古今六帖一〇四九、三句「くずのはの」　**○玉まく葛の…**　「秋はぎのたままくくずのうるさうるさわれをなこひそあひもおもはず」（古今六帖二一二三・同二六二九、初句「秋はぎに」）、「たまゝくくすのうるさゝといふ事あるへし。くすのはのにきりたるを云なるへし〈云々〉。くすにはくすてといふ物あるへし。かつらなるたまのやうにまひてある也〈云々〉。いと〳〵うるさけにあれは、うるさゝと

いふなるへし」（隆源口伝）、「玉まく葛とは、くすのかつらては玉のやうにまきすゑたれは云也」（奥義抄）、「あさちはらたまゝくゝすのうら風のうらかなしかる秋はきにけり　あさちはらとは浅茅原とかけり。たままくゝすとは、くすかつらのてはたまのやうにまろにまきすへ□《た》れはいふ也。うらかなしとは、やゝかなしといふこと也」（和歌色葉）。なお当該部分は、「葛」に関するものであり、前半の「くす」との関係が疑問である。古今六帖一〇四九歌は、確認しうる限りでは、写本系は「くすのはの」、版本は「くすの木の」である。版本は校訂されている可能性が高く、「くすのはの」が本来の本文であったかと思われる。

五十七　はるしも　万葉集云①

あさみとり春のつゆしもをきそゑてしはしもみねはこひしきものを

しもはふゆこ②ふあ③る《る》ものをかくはるもよめり　古万云

あきの山にしもふりかすみこのはちり」42ウ としをもふともはれはすれめや

秋のしもはよみてん

【本文覚書】①「六」を書き止して重書。　②「そ（所）」の誤か。　③「り」に重書。

【解釈本文】

五十七　はるしも

万葉集云、

148 あさみどり春のつゆしもおきそへてしばしも見ねば恋ひしきものを
霜は冬こ（ママ）ふあるものを、かく春も詠めり。古万云、
149 秋の山にしもふりかすみこのはちりとし思ふとも我わすれめや
秋の霜は詠みてむ。

【注】

○はるしも…　隆源口伝「春のしも」。色葉和難集「はるのしもとは」（増補部分）。この語を項目とする歌学書は、綺語抄。詠歌例は、宝治百首（一八七・二三六）、為家詠等に至るまでほとんど見えない。「ハルノ霜トハ、万葉ノ、ツユモハ、ルオキハ、ム、トアルナリ」（別本童蒙抄）、「春ノ霜コ、ロヱス。サレトモ五月《正歟》ハカリニハフル也。秋モヨムヘシ」（色葉和難集）。但し詩には見られる。「得地牡丹盛　暁添龍麝香　主人猶自惜　錦幕護春霜（司空図「牡丹」）」、「旧鶯今報去年音　千般狎逢幾春霜　恒吟鳴眼涙無出　鎮喘息咽気不炊」（新撰万葉集二八〇）　**○148あさみどり春のつゆしも…**　現存する万葉集に未見。隆源口伝一一、初句「あざみ摘む」三句「置きそめて」、人麿集Ⅲ四四〇、同Ⅳ一〇一、別本童蒙抄四四「アサミツム春ノハツ霜ヲキソメテシハシモミネハ恋シカリケリ」、色葉和難集一三一、初句「あさみつに」三句「おきそめて」　**○霜は冬こふあるものを…**　「冬こふ」は「冬こそ」か。「春のしも……件集〈ニハ〉霜露置始とかきて、露霜をきそむとよめり〈云々〉。露は冬こそあるをかくよめり。古万葉集哥云、秋山に霜ふりかすみこのはちり年をゝふともわかわすれめや、秋にも霜をあらせてよめり」（隆源口伝）**○149秋の山にしもふりかすみ…**　万葉集二二四三、人麿集Ⅳ二七八、初～四句「秋山《あきやまに》　霜零覆《しもふりおほひ》　木葉《このは》落《ちり》　歳《としは》雖《ゆくとも》レ行」。古今六帖二八七七、初～四句「秋山のしもふりおほひこのはちるとしはへゆけど」。和歌一字抄一〇七六、袋草紙七三三、以上初二句「秋山に霜ふりおほひ」四句「年はゆくとも」。人麿集Ⅲ二六五、二三四句「霜ふりをきてこのはちるとしは行とも」。隆源口伝一二、四句「とし思ふとも」。家持集一二八、二三四句「しもふりおほひ

このはちるともにゆくとも」、以上初句「秋山に」。別本童蒙抄四五、初句「マキノヤニ」下句「トモヲワレハ忘シ」　**○秋の霜は詠みてむ…**　「秋の霜といふことはなきことなれども人々いふことなり。つき霜と名づけたり」（類聚証）、「つゆしも　あきのしもをいふ」（綺語抄）、「秋ノ霜トハ、アキノ霜降、トヨムナリ」（別本童蒙抄）。漢籍には「秋霜」頻出。「露霜」も比較的用例が多い。

五十八　はまゆふ　　六帖云

みくまの〻①[redacted]《うら》のはまゆふいくかさもわれをはきみか思へたつる

　後拾遺云　道命《タウメイ》

はするなよはするなといわはみくまの〻②[redacted]《うら》のはまゆふうらみかさねん

　うらのはまゆふはみくまのにあるへしかわのな〻へやへにある也とへともよめり」43オ

をもいます人いてきなははすれなんうらのはまゆふとへといふ覧

　よをかさねんうらみかさねんなんとよめり

【本文覚書】①「はま」を墨消。　②「浦」を墨消し、右の傍書「はま」を墨消。

【解釈本文】

五十八　はまゆふ

六帖云、
150みくまの浦のはまゆふいくかさも我をば君が思ひへだつる
後拾遺云、道命
151わするなよわするなといはばみくまの浦のはまゆふうらみかさねむ
浦のはまゆふは、みくまのにあるべし。皮のなゝへやへにあるなり。とへとも詠めり。
152思ひます人いできなばわすれなむ浦のはまゆふとへといふらむ
よをかさねむ、うらみかさねむなんど詠めり。

【注】

○はまゆふ…　色葉和難集。和歌色葉「うらのはまゆふ」、袖中抄「みくまののうらのはまゆふ」　**○150みくまののの浦のはまゆふ…**　古今六帖一九三五、疑開抄五八、和歌童蒙抄六四七、和歌色葉二一三、以上三四五句「いくかさねわれより人をおもひますらむ」。古今六帖一九三八、三四句「いくへかも我をば人の」、同二六三四、三句「いくかさね」　**○道命…**　口伝和歌釈抄で、道命の歌として掲出されるものは二首。　**○151わするなよわするなといはば…**　後拾遺集八八五道命法師、道命集九一、後六々撰六四、五代集歌枕一〇三二、袖中抄二八四、色葉和難集九六、以上二句「わするときかば」　**○浦のはまゆふは…**　「みくまのとハ紀伊国の熊野の浦をいふなり」（疑開抄）、「ハマユフトハ、ハセウニ、タルクサノミクマノ、ハマニオフルナリ」（和歌童蒙抄）、「ミクマノトハ、或人云、熊野ナリ。クマノノウラニアルハマユフナリ」（拾遺抄注）、「ハマユフハミクマ野ノウラニアル草也」（色葉和難集）　**○皮のなゝへやへに…**　「浜由布ハはせう葉にゝたるくさの、浜におふるなり。かはのもゝかさねあるなり」（疑開抄）、「クキノカハノウスクテ、オホクカサナルナリ」（和歌童蒙抄）、「へたつる事には　ハマユフ〈カサナル事ニモ〉」（和歌初学抄）、「カサナリテイククラモヘガル、草也トハベリ……クキニツケルハノ、オホクカサナリテウスク

ヘガル、ナリ」（拾遺抄注）、「或古書云、浦のはまゆふいつへともやへ重ぬとも詠めり。皮の八重あるなり。よへとも詠めり」（袖中抄）　**○とへとも詠めり…**　「いくかさね、といひたる人に　とへとおもふ心ぞたえぬわするるをかつみくまののうらのはまゆふ」（和泉式部集七四二）　**○152思ひます人いできなば…**　他出未見。　**○よをかさねむ…**　院政期から鎌倉初期頃の歌学書には、同一内容の注説未見。「おほよそこのほかのうた、みくまののうらのはまゆふよをかさねて、しらなみのうちきくこと、しぎのはねがきかきあつめたるいろごのみのいへいへあれど、むもれぎのかくれてみることかたし」（後拾遺集序）

【補説】

口伝和歌釈抄の書名は、解題に「「口伝」とか「口伝集」といったもので、副題として「和歌釈抄」が書き添えられた可能性も考えられる」とされる如く、確かなものではない。したがって、口伝和歌釈抄が後世の歌学書にその片鱗を留めるとしても、書名が明らかでないため、特定は極めて困難である。しかし、たとえば袖中抄を見ると、「或書」「或古物」「或古書」の説として引用される注文が、口伝和歌釈抄に近似する例が認められる。数例をあげる。

浦のはまゆふは、みくまのにあるべし。皮のなゝへやへにあるなり。とへとも詠めり。（口伝和歌釈抄「五十八はまゆふ」）

或古書云、浦のはまゆふいつへともやへ重ぬとも詠めり。皮の八重あるなり。よへとも詠めり。（袖中抄「みくまのゝうらのはまゆふ」）

これを時の人笑ひけり。万葉集を知らざりけるにや。かれを本文にして詠めるなるべし（口伝和歌釈抄「百十九　はぎの花ずり」）

或古物云、此範永が歌をば、時の人わらひけり。催馬楽、万葉集等の歌を知らざりけるにや。又萩にて摺ると

も詠めり（袖中抄「はぎがはなずり」）

まし水とは、まことにきよき水と云ふ事なり（口伝和歌釈抄「百三十　まし水」）

又或書云、ま清水とはまことに清き水をいふ。（袖中抄「いさやがは」）

また、口伝和歌釈抄と袖中抄が同じ資料に拠った可能性を示す例もある。

又説云、くれは鳥とは、東大寺にまだらなる御衣木なり。厚さ三寸ばかりと云ふ。（口伝和歌釈抄「百四十二　くれはとり」）

又或説云、東大寺にまだらなるみそぎなり。厚さ三寸許歟云々（袖中抄「くれはとり」）


以上は、口伝和歌釈抄と注文がかなり類似しているが、依拠した書名は明らかでない。顕昭の見た書が口伝和歌釈抄であった可能性も完全には否定できない。仮にそうであるならば、その際、書名は明らかでなく、「或抄」、「或古物」、「或書」と言う以外なかったのではないか。口伝和歌釈抄の片鱗は、和歌童蒙抄、色葉和難集などにも認められる。こうした例を考慮すると、口伝和歌釈抄は、特定の書名を持たず流布していたと考えるべきであろう。

（黒田彰子）

五十九　みもり　好忠《ヨシタヽ》

さとゝをみつくるわさたのみもりすとたつるそほつとみ思なしつる
みもりとは能因《ヨシタカ》か哥枕にはたにみつまかするをいふそほつとはたにをとろかしにたてたる人かた■①をいふなるへし

あしたつの山たにたてるそほつこそ」43ウをのかたのめを人にかくるれ

【本文覚書】①判読不明文字を墨消。

【解釈本文】

五十九　みもり

好忠

153 里とほみつくるわさ田のみもりすとたつるそほづとみ思《（ママ）》なしつる

みもりとは、能因が歌枕には、田に水まかするをいふ。そほづとは、田におどろかしに立てたる人がたをいふなるべし。

154 あしたづの山田にたてるそほづこそおのがたのめを人にかくるれ

【注】

○みもり…　目録は「みとり」。この語を項目とする歌学書未見。　**○153里とほみつくるわさ田の…**　五句「身をもなしつる」か。好忠集一五九、二句「つくる山田の」下句「たてるそほづにみをぞなしつる」。別本童蒙抄一二二「里トヲミクルハワサ田ノミモリスルヲホトニ身ヲソナシツル」　**○みもりとは…**　「ミモリトハ、田ニ水マカスル物ヲ云」（別本童蒙抄）　**○能因が歌枕には…**　現行本能因歌枕に同一内容の注説未見。「五　しながどり」補説参照。　**○そほづとは…**　「そうつとは田にをとろかしに立たる人かた也」（奥義抄）、「そほつとは田にたてたるをとろかしの人形也」（和歌色葉）、「ソウツトハ、田中ニヲトロカシニタテタル人形ヲ云」（別本童蒙抄）、「そほつはおとろかし也」（八雲御抄）、「そほづとは田におどろかしにたてたる人かた也」（顕注密勘）　**○154あしたづの山田にたてる…**　古今六帖一一三四、初句「あしひきの」下句「おのがたのみを人にかくなれ」

六十　にしきをさらす

後拾遺云　　元輔《モトスケ》

はなのもとたゝまくをしるよいかなにしきさらすみはとみへつゝ

これはにしきにはなのちりたるをよめりひときにあらむもかくよみてんや　かくいゝて証哥《セウカ》云素性《ソセイ》法

師云

みわたせはやなきに。さくらこきませてみやこのはるのにしきなりけり」る44オ

これはやなきさくらこきませてそにしきとよめるたゝさくらのかきりわよむへからすといふ　まこと

にと思へは花のもとにしてかへらんことをわするといふことを

権大納言実房《サネフサ》卿

ちりかゝるはなのにしきはきたれともかへらんことそはすられ①にける

重国かもとに文綱まうてきてかへるによめる　重国《シケクニ》

きみたにもきてみさりせはさくらはなよるのにしきとちりやはてまし」44ウ

返事　源文綱《フムツナ》

たてなからはなのにしきをみつれともきたりと人のいふそうれしき

さらすとこそよますともにしきとわよむへきなめり

【本文覚書】①重書。

【解釈本文】

六十　にしきをさらす

後拾遺云、元輔

155 花のもとたゝまくをしるよひかな（ママ）にしきをさらすみは（ママ）と見えつゝ

これは、錦に花のちりたるを詠めり。一木にあらむもかく詠みてむや。かくいひて、証歌云、素性法師云、

156 見わたせばやなぎにさくらこきまぜてみやこの春のにしきなりけり

これは、柳桜こきまぜてぞ錦と詠める。たゞ桜のかぎりは詠むべからずといふ。まことにと思へば、花のもとにしてかへらむことを忘るといふことを　権大納言実房卿

157 ちりかゝる花のにしきはきたれどもかへらむことぞわすられにける

重国がもとに文綱まうできて、かへるに詠める　重国

158 君だにもきて見ざりせばさくら花よるのにしきとちりやはてまし

返事、源文綱

159 たてながら花のにしきを見つれどもきたりと人のいふぞうれしき

さらすとこそ詠まずとも、にしきとは詠むべきなめり。

【注】

○にしきをさらす…　綺語抄「はなをにしきとよみたり」。奥義抄「にしきをあらふ　付錦さらす魚鱗錦」。「蜀江濯《アラフ》レ錦《ヲ》といふ文也。春部に　花のかけたゝまくおしき今宵かな錦をさらす庭と見えつゝ　とある哥も此心也。かの江にあらひてさらせは錦の色のまさる也。又にしきをはおしくたちうきことにいへはよくよめり」（奥義抄）。↓

「二十三　あじろぎ」参照。　**○元輔…**　口伝和歌釈抄で、元輔の歌として掲出されるものはこの一首のみ。　○155**花のもとたゝまくをしる…**　後拾遺集一三九清原元輔、元輔集九二、綺語抄七三六、奥義抄二一五、和歌初学抄八二、以上「花のかげたたまくをしきこよひかなにしきをさらすにはとみえつつ」　**○これは、錦に花の…**　「はなをにしきとよみたり」（綺語抄）、「花は錦《ニシキ》」（和歌初学抄）、「錦　はなの」（八雲御抄）　○156**見わたせばやなぎにさくら…**　古今集五六そせい法し、新撰和歌五一、古今六帖一二三五、素性集九、和漢朗詠集六三〇、三十人撰五二、三十六人撰五五、綺語抄七三七、古来風体抄二三二、以上二句「柳桜を」下句「宮こぞ春の錦なりける」　**○これは、柳桜こきまぜてぞ…**　「これはやなきをこきませてそにしきともよめる。さくらのかきりをはよむへからす」（綺語抄）　**○花のもとにして…**　「花の本に帰らむ事を忘るるといふことを」（歌仙落書一二詞書）　**○権大納言実房卿…**　藤原公教三男。千載集初出。仁安三年から寿永二年まで権大納言。口伝和歌釈抄で、実房の歌として掲出されるものはこの一首のみ。寺島修一氏「『口伝和歌釈抄』の性格―成立と享受の一面―」（『文学史研究』51、二〇一一年三月）では、当歌について以下のように述べる。「実房の生没年は久安三（一一四七）年～嘉禄元（一二二五）年。この歌が『口伝和歌釈抄』本来の歌だとすれば、成立を引き下げる決定的な歌となる」としながらも、注説内容を検討した上で「このような誤解を含む改訂と増補は『口伝和歌釈抄』の著者の所為とは考えられず、後人が手を入れたと考えるのが妥当であろう。そのように考えれば、実房歌の存在によって、『口伝和歌釈抄』の成立自体を引き下げるべきではあるまい」　○157**ちりかゝる花のにしきは…**　千載集九〇右近大将実房、歌仙落書一二。**○重国がもとに…**　院政期から鎌倉初期頃の歌学書には、同一内容の注説未見。　**○重国…**　未詳。口伝和歌釈抄で、重国の歌として掲出されるものはこの一首のみ。　○158**君だにもきて見ざりせば…**　他出未見。　**○源文綱…**　生没年未詳。源兼澄（九五五～一〇一三生存）の孫。口伝和歌釈抄で、文綱の歌として掲出されるものはこの一首のみ。　○159**たてながら花のにしきを…**　他出未見。　**○さらすとこそ…**　院政期から鎌倉初期頃の歌学書には、

同一内容の注説未見。前掲寺島論では、解釈本文四行目「かくいひて」と、六行目「といふ。まことにと思へば」以降とが後人の増補と指摘されるが、成立に関しては検討の余地がある。

六十一　ゆるきのもり　好忠哥云

ゆ《ふ》ふくれはゆるきのもりふるゆきをよるひるさきのいるかとそみる

ゆるきのもりは近江にありそのもりにはひくるれはよろつのさきの[redacted]①《あつまりて》あそふ也」45オ

ひくるれはゆるきのもりのさきすらもひとりはねしとたちそはつら[redacted]②ふ

人なんともひとりねんときはよそへてよむへし

【本文覚書】①「いて」を墨消。②「ぬ」を墨消。

【解釈本文】

六十一　ゆるぎのもり

好忠歌云、

160ふゆくればゆるぎのもりふる《（ママ）》ゆきをよるひるさぎのいるかとぞみる

ゆるぎのもりは、近江にあり。そのもりには日くるれば、よろづのさぎのあつまりてあそぶなり。

161ひくるればゆるぎのもりのさぎすらもひとりはねじとたちぞわづらふ

人なんども、ひとり寝むときはよそへて詠むべし。

【注】

○ゆるぎのもり…　この語を項目とする歌学書未見。　○160ふゆくればゆるぎのもり…　好忠集三五二、上句「雪ふればゆるぎのもりのえだわかず」五句「ゐるかとぞおもふ」　○ゆるぎのもりは…　「近江国《アフミノクニ》　ゆり《る》《く》きの杜」（能因歌枕）、「ゆるきのもりあふみにあり」（隆源口伝）、「杜　近江ゆるきのもり　サキオホクユル《ク》モリナリ」（和歌初学抄）、「杜　近ゆるきの〈有鷺、千載、登蓮〉」（八雲御抄）。「鷺は、いとみめも見ぐるし。まなこゐなども、うたてよろづになつかしからねど、『ゆるぎの森にひとりはねじ』とあらそふらん、をかし」（枕草子三十八段）　○そのもりには日くれば…　院政期から鎌倉初期頃の歌学書には、同一内容の注説未見。　○161ひくればゆるぎのもりの…　古今六帖四四八〇。　○人なんども…　院政期から鎌倉初期頃の歌学書には、同一内容の注説未見。「いはねどもひとりはねじとおもふかなゆるぎのもりのさぎならなくに」（有房集二九二）

六十二　あま　古万云

ふゆされはかちをとすなりかつきめのをきつゝもりにいりぬとおもはん

　かつきめとはあまをいふなる①へしをとめともいふ猿丸大夫《サルマルタイフ》哥云

風をいたみよせいるなみに②■■■《あさり》するあまをとめ■③こかもすそ■④ぬらして⑤」45ウ

【本文覚書】①判読不明文字に重書。　②「いたり」を墨消。　③判読不明文字（「か（加）」か）を墨消。　④判読不明文字（「め（免）」か）を墨消。　⑤「の（能）」字にも似る。

【解釈本文】

六十二　あま

古万云、

162ふゆさればかぢ音すなりかづきめのおきつゝもりにいりぬと思はむ

かづきめとは、あまをいふなるべし。をとめともいふ。猿丸大夫歌云、

163風をいたみよせいるなみにあさりするあまをとめごがもすそぬらして

【注】

○あま…　綺語抄「あまをとめこ　万葉云、海女」（綺語抄）　**○古万云…**　「一　かすみしる」参照。　**○162ふゆさればかぢ音すなり…**　万葉集一一五二「梶之音曽《かぢのおとそ》　髣髴為鳴《ほのかにすなる》　海未通女《あまをとめ》　奥藻苅尓《おきつもかりに》　舟出為《ふなです》等思母《らしも》〈一云、暮去者《ゆふされば》　梶之音為奈利《かじのおとすなり》〉」、人麿集Ⅲ七〇〇「ユフサレハカチヲトスナリカツキヒメ　オキハモカリニイツルナルヘシ」、同Ⅳ一三「ゆふされはかはをとすなりかつきめの　おしきつかりにいつるとおもはむ」。隆源口伝一三、初句「夕されば」下句「沖つ藻かりに出づると思はむ」、万代集三三九一、初句「ゆふされば」三四五句「かづきひめおきつもかりにいづるなるべし」　**○かづきめとは…**　「かつきめとはあまをいふなるへし」（隆源口伝）、「あまをはかつきめと云也。可尋」（八雲御抄、伏見宮本ナシ。国会図書館本に拠る）　**○猿丸大夫…**　口伝和歌釈抄で、猿丸大夫の歌として掲出されるものは二首。　**○163風をいたみよせいるなみに…**　風雅集一七一三読人しらず、二三句「よせくる浪にいさりする」五句「ものすそぬれぬ」、猿丸大夫集二一、綺語抄三二〇、二句「よせくるなみに」下句「あまをとめごがものすそぬれぬ」

六十三　うくいす　古今云棟梁《ムネヤス》
うくいすのたによりいつるこへなくははるくるほとをいかてしら①まし
　うくいすはこゝろあるとりなるへしたゝし内裏《タイリ》にはなかめ②とかや拾遺云
をせなれはいともかしこしうくいすのやとはといわはいかゝこたえん
　このうたは人のいゑにこうはいのめてたきかありけるを時の御門きこ③しめして勅使《チヨクシ》をつかはしてほらせ給いけるにそのむめのきにうくいすのす■④のありけるにまたほらさりけ■⑤ルさきにいへぬ」46オしのこのうたをよみてとはせたりけれはほらせ給はさりけるとなんつまよふともよめりたけのはやしになくともよめり

【本文覚書】①重書。②「ぬ」の誤か。③重書。④「を」を墨消。⑤「り」を墨消。

【解釈本文】
六十三　うぐひす
　古今云、棟梁
164うぐひすの谷よりいづる声なくは春くるほどをいかでしらまし
　うぐひすは、心ある鳥なるべし。ただし、内裏には鳴かぬとかや。拾遺云、
165をせなればいともかしこしうぐひすの宿はといはばいかがこたへむ
　この歌は、人の家に紅梅のめでたきがありけるを、時の御門きこしめして、勅使をつかはしてほらせ給ひけ

るに、その梅の木にうぐひすの巣のありけるに、まだほらざりけるさきに家主のこの歌を詠みてとはせたりければ、ほらせ給はざりけるとなむ。つまよぶとも詠めり。竹の林に鳴くとも詠めり。

【注】

○うぐひす…　隆源口伝。綺語抄「うぐひすをたによりいづとよめり」　**○棟梁…**　口伝和歌釈抄で、棟梁の歌として掲出されるものはこの一首のみ。「ムネヤス」とよむ例は口伝和歌釈抄以外には未見。　**○164うぐひすの谷よりいづる…**　古今集一四大江千里（次の一五「春たてど花もにほはぬ山ざとはものうかるねに鶯ぞなく」が在原棟梁の歌。諸本同じ）、古今六帖三二、奥義抄一三五、以上下句「春くることをたれかしらまし」。寛平御時后宮歌合二三、古今六帖四三九六、和歌童蒙抄一〇五、以上下句「春くることを誰かつげまし」。新撰万葉集二六一、下句「春者来《ハルハクル》鞆《トモ》誰告申《タレカツゲマシ》」、綺語抄五七〇、俊頼髄脳一七九、袋草紙六〇四、八雲御抄六二、以上四句「はるくることを」　**○うぐひすは…**　院政期から鎌倉初期頃の歌学書に同一内容の注説未見。「うくひすはたによりいつとよめり」（綺語抄）　**○内裏には…**　「鶯は、文などにもめでたき物につくり、声よりはじめてさまかたちも、さばかりあてにうつくしき程よりは、九重の内になかぬぞいとわろき。人の、さなんあるといひしを、さしもあらじと思しに、十年ばかりさぶらひてきゝしに、まことにさらに音せざりき」（枕草子三十八段）　**○165をせなればいともかしこし…**　拾遺集五三一（作者名ナシ）、西行上人談抄五三、大鏡七四、十訓抄一二六、以上初句「勅なれば」。いわゆる鶯宿梅の故事。「大鏡」等では作者を紀貫之の娘とする。「をせ」は「おほせ（仰せ）」の意か。「勅　オホセコト」（類聚名義抄）　**○この歌は…**　拾遺集五三一詞書「内より人の家に侍りける紅梅をほらせ給ひけるに、うぐひすのすくひて侍りければ、家のあるじの女まづかくそうせさせ侍りける」。大鏡、西行上人談抄、十訓抄などに類話あり。**○つまよぶ…**　「鶯つまもとむ　とよめり　はるされはつまをもとむる鶯のとよめり」（能因歌枕）、「鶯つまよぶといふことは、順が曰く、貫之　春くればつまを求むる鶯のうつらぬ枝の梅のなきかな」（類聚証）、「つまこふとも

よめり」（隆源口伝、証歌に「春くれば妻を求むる鶯の梢をつたひ鳴きわたるかな」を引く。対照表参照）、「うくひすつまをもとむ」（綺語抄）　**○竹の林に鳴く…**　「烏梅乃波奈《うめのはな》　知良麻久怨之美《ちらまくをしみ》　和我曽乃々《わがそのの》　多気乃波也之尓《たけのはやしに》　于具比須奈久母《うぐひすなくも》」（万葉集八二四）、「御苑布能《みそのふの》　竹林尓《たけのはやしに》　鸎波《うぐひすは》　之波奈吉尓之乎《しばなきにしを》　雪波布利都々《ゆきはふりつつ》」（同四二八六）など。「竹林鶯」題の初見は為忠百首。

六十四　なつのさくら　古今云

あわれといふことをあまたにやらしとやはるをゝくれてひとりさくらん

あまたにやらしとやとわある人いはくあはれといふ事をさくらのみにあらせてよのはなよりもこれかのこりていふ心なるへし

【解釈本文】

六十四　なつのさくら

古今云、

166 あはれといふことをあまたにやらじとや春をおくれてひとりさくらむ

あまたにやらじとやとは、ある人云はく、あはれといふ事を桜のみにあらせて、余の花よりもこれが残りていふ心なるべし。

【注】

○なつのさくら…　隆源口伝「なつさくら」。奥義抄「あはれてふ」。色葉和難集（一部伝本の目録のみ）**○166あはれといふことをあまたに…**　古今集一三六紀としさだ、如意宝集四、奥義抄四五一、定家八代抄一九七、色葉和難集七四五、以上初句「あはれてふ」。和歌童蒙抄六七八、初句「あはれてふ」五句「はなのさくらむ」。隆源口伝一五、三句「なさしとや」　**○あまたにやらじとやとは…**　「あまたになさしとやといふに、あまたの義あり。或人云、あはれと云事をさくらのみにあらせて、余の花よりもこれかのこりてといふこゝろなるへし。或人云、このひとつをあはれとやいはせてんといふ心なり。ことときはみなちりうせたるゆへなるへし。或人云、よろつの春を惜《ム》人あまたにはあらし、たゝこのみるひとのみあはれといふ心なるへし」（隆源口伝）、「或物云、めてたしと云事をあまたにやらし、我一人にてあらんとこそ、花みな散てのゝち、此木一本は咲たるにやとよめる也とそ」（奥義抄）、「アハレトイフコトヲサクラニノミアラセムトイヘルナリ。又ノ木ノヒトキノミアハレトイハムトイフナリ。又此ミル人ノミアハレトミムトイフコトナリ、トソマシオキタル」（和歌童蒙抄）、「あまたにやらじとは、花めづらしと云事をあまたとなさじ、我ひとりあはれなりといはれむとて、春の花の多さきあひたるをりにはさかで、夏になりて此木一本、さきたるにやとよめるなるべし」（頭注密勘）

六十五　みやまのくきのこのくれ」46ウ

家持《ヤカモチ》云

みやまきのこのくれことにそめわたるしくれと①みれはあられなりけり

このくれとわしけりてくらきをいふ也そめわたるとはしくれのふりてきゝのこのはのもみちはたれは

しくれそめわたれはそへたるなりたつたひめそめ②わたるいふ事也
後撰《コセム》哥云
みることに秋にもかなたつたひめもち③そむともやまのきるらん
秋のやまそむるかみをたつたひ」47オめとはいふなり

【本文覚書】①「は（八）」を書き止して「と」とする。②「は」に重書。③「み」脱か。

【解釈本文】
六十五　みやまぎのこのくれ
家持云、
167 みやまぎのこのくれごとに染めわたるしぐれとみればあられなりけり
このくれとは、しげりて暗きをいふなり。染めわたるとは、しぐれの降りて、木々の木の葉のもみぢわたれば、しぐれ染めわたれば、そへたるなり。たつた姫染めわたるい（ママ）ふ事なり。後撰歌云、
168 みるごとに秋にもか（ママ）なたつたひめもみぢそむともやまのきるらむ
秋の山染むる神をたつた姫とはいふなり。

【注】
○みやまぎのこのくれ…　綺語抄「このくれ」　**○家持…**　口伝和歌釈抄で、家持の歌として掲出されるものはこの一首のみ。　**○167みやまぎのこのくれごとに…**　綺語抄七二五、初句「みやまのき」、和歌童蒙抄九九、初句「みやまべの」四句「しぐれとみしは」、別本童蒙抄三一〇、二句「コノウレコトニ」（注文による改変か）　**○この**

くれとは…　「このくれ　きのしたのしけりてくらきをいふ」「こくれともいふ」（綺語抄）、「このくれ　木のしけき所也」（奥義抄）、「木ノシケリアヒテクラキヲイフ」（和歌童蒙抄）、「このくれ〈木ノシケキトコロナリ〉」（和歌初学抄）、「このくれ〈木しけくて下くらき也〉」（八雲御抄）、「和云、コノクレトハ木ノシケリテクラキヲ云也。コノクレヤミトモ」（色葉和難集）　**○たつた姫染めわたる…**　「たつたひめとは　秋の神をいふ　あきをそむる神ともひめといふ」（能因歌枕）、「たつたひめ　あきをそむる神なり」（綺語抄）、「秋をつかさとる神をは、たつた秋。《の山》をそむる神なり」（松が浦嶋「疑開抄の所々」）、「秋　ツカサトルカミヲ、タツタヒメトイフ」（和歌童蒙抄）、「タツタヒメ……秋ヲソムル神」（和歌初学抄）、「たつたひめ、あをきをそむるかみなり」（和歌色葉）、「姫　やま〈春秋のいろをそむる也〉　たつた〈同上〉」（八雲御抄）、「タツタヒメトハ、秋ノ色ヲソムル神也」「有云、サホヒメトハ、サホ山ニスミ、タツタヒメハ立田ノ山ニスム也」（色葉和難集）　**○168みるごとに秋にもかな…**　後撰集三七八よみ人しらず、二句「秋にもなるかな」下句「もみぢそむとや山もきるらん」（二句、中院本「あきにもあるかな」、堀河本「秋にもなす《アル》か、二荒山本・片仮名本「あきにもなるか」）。友則集二七、二句「あきにもあるかな」下句「もみぢそむとや山もきるらん」、古今六帖六四八、是貞親王家歌合四六、以上二句「あきにもあるか」下句「もみぢそむとや山はきるらん」　**○秋の山染むる神を…**　前掲。

六十六　きゝす　通宗《ミチムネ》哥云

きゝすゝむすそのゝきへのはなすゝきかりそめにくる人なまねきそ

きゝすとはきしをいふ也かりするにはをほくすそのゝとよめりすそのとわやまのふしとをいふなるへ

し

【解釈本文】

六十六　きゞす

通宗歌云、

169 きゞすすむすそのゝきへ（ママ）の花すゝきかりそめにくる人なまねきそ

きゞすとは、きじをいふなり。狩するには、おほくすそ野のと詠めり。すそ野とは、山のふしどをいふなるべし。

【注】

○きゞす…　袖中抄。色葉和難集「きぎすと云事」（増補部分）。この語を項目とする歌学書は、隆源口伝。**○通宗歌云…**　藤原経平一男。通俊の兄、隆源の父。後拾遺集初出。口伝和歌釈抄で、通宗の歌として掲出されるものはこの一首のみ。但し、続詞花集、歌枕名寄いずれも作者は時房。**○169きゞすすむすそのゝきへの…**　続詞花集二三〇藤原時房、初二句「雉子なくかたののみのの」。別本童蒙抄二七七、二句「其野ノ野辺ノ」　**○きゞすとは…**「雉　きゞすと云」（喜撰式）、「きゝすとは　きしをいふなり」（能因歌枕）、「顕昭云、考二日本記一云、きじをばきゞしといふ。きじは詞略なり。きゞすはきゞしなり。五音同なり。而をよろづのふみに、きゞすはきじの異名といへり。僻事也」（袖中抄）、「キ、ストハ、雉ヲ云也」（別本童蒙抄）　**○狩するには…**　院政期から鎌倉初期頃の歌学書には、同一内容の注説未見。「みかりするすそのにててるひとつ松たかへるたかのこゐにかもせむ」（隆源口伝三四）、「御狩する裾野の松にゐる鷹のちとせや恋の限なるらん」（民部卿家歌合建久六年一八七平中納言）　**○すそ野とは…**「スソノトハ山ノスソニアル野也」（後拾遺抄注）、「スソ野トハ、山ノスソナルヲ云也」（別本童蒙抄）という注釈も

あるが、院政期から鎌倉初期頃の歌学書には、同一内容の注説未見。「小倉山すそ野の薄まねきけり今夜はここに宿やからまし」（和歌一字抄二〇三）

六十七　むなしきふね
後拾遺後《ゴ》三条《サムテウノ》院《イム》御《ノコ》製《セイ》
すみよしのかみもあはれとをほすらんむなしきふねをさしてきつれは
むなしきふねとわ院のゝらせ給」47ウ ふねをいふなりある人のいはくむなしきふねとわ大上《タイシヤウ》天王《テムワウ》を申也さてはむなしきふねをさしてきぬといはんにはかなはすやかくてほとなく後三条院うせさせ給てのち
顕綱《ヨリツナ》朝臣
きみなくてみくさをいたるいけみつにむなしきふねそかたみなりける

【解釈本文】
六十七　むなしきふね
後拾遺　後三条院御製
170 すみよしの神もあはれと思すらむむなしきふねをさしてきつれば

むなしきふねとは、院の乗らせ給ふふねをいふなり。ある人の云はく、むなしきふねとは、大上天王を申すなり。さては、むなしきふねをさしてきぬといはむにはかなはずや。かくて、ほどなく後三条院うせさせ給ひてのち、顕綱朝臣

171 君なくてみくさおひたる池水にむなしきふねぞかたみなりける

【注】

○後三条院…　口伝和歌釈抄で、後三条院の歌として掲出されるものはこの一首のみ。**○170すみよしの神もあはれと…**　後拾遺集一〇六二後三条院、二句「かみはあはれと」五句「さしてきたれば」、栄花物語五六四、綺語抄二九二、二句「神はあはれと」、俊頼髄脳四三二、五句「さしてきたれば」、奥義抄二三四、五句「さしてきたれば」、和歌童蒙抄三九九、二句「かみもうれしと」五句「さしてきたれば」、五代集歌枕八七二、二句「神はあはれと」五句「さしてきたれば」、今鏡一九、二句「神はうれしと」五句「さしてきたれば」、別本童蒙抄一四〇、和歌色葉四〇〇、色葉和難集五一二、二句「神はあはれと」五句「さしてきたれば」。「後拾遺十八ニアリ後三条院御製也延久五年二月ニ住吉ニマイラセヲハシマシテ、詠シメタマヘリ。ホトモナクカクレヲハシマシニケレハ」（和歌童蒙抄）　**○むなしきふねとは…**　院政期から鎌倉初期頃の歌学書には、同一内容の注説未見。　**○ある人の云はく…**　「むなしきふねといふ。《は》、みかとの位さらせ給ふをはむなしき舟と申すことのあるなり」（俊頼髄脳・顕）「むなしきふねとは、をりゐのみかとを申すなり」（俊頼髄脳）、「大上天皇をはむなしき船にたとふる也」（奥義抄）、「太上天皇ヲハ、ムナシキフネトマウスコトナレト」（和歌童蒙抄）、「院　むなしき舟〈延久〉　院をもみかとゝ云」（八雲御抄）、「清輔云、太上天皇ヲハムナシキフネニタトフル也。位ニラ《（お）》ハシマスホトハオモク物《（つみ）》ツ、ミタル舟ノコトクニシテ、ヲソレヲホカルヱ《（故）》ヘ也。……後三条院住吉諸《（詣）》御詠ナリ」（色葉和難集）、「（よろづ代に四方のうら吹く風もゐでむなしき舟ぞしづかなるべき）右虚舟の事、後三条院の住吉の後いとよまずや侍

りてん」（正治二年石清水社歌合）。なお和歌童蒙抄は「虚舟」の出典として頭陀寺碑文をあげるが、本文に存疑。「虚舟」を役職を退いた身の譬えとする例は、道真の「閑適」等に見える。**○さては…**「むなしき舟」の意味が太上天皇だとすると、歌意にあわない、との立場。**○顕綱朝臣…**藤原兼経男。後拾遺集初出。讃岐入道集あり。口伝和歌釈抄で、顕綱の歌として掲出されるものはこの一首のみ。傍書は「ヨリツナ」であるが、「顕」を「ヨリ」と訓む例は未見。「アキツナ」の誤りか。**○171君なくてみくさおひたる…**他出未見。

六十八　みやまき　後拾遺云

みやまきをねりそもてゆ■①ふしつのをはなをこりすま■②の心とそみる」48オ

　みやまきとわたきゝこりたるをいふ

好③哥云

みやまきをあさな〳〵にこりつみてさむさをこふるをのゝ■④すみやき

【本文覚書】①「く」を墨消。②「ぬ」を墨消。③「忠」脱か。④「む」を墨消。

【解釈本文】

六十八　みやまぎ

　後拾遺云、

172みやまぎをねりそもてゆふしづのをはなほこりずまの心とぞみる

みやまぎとは、たきゞこりたるをいふ。

好忠歌云、

173 みやまぎをあさな〳〵にこりつみてさむさをこふるをののすみやき

【注】

○みやまぎ…　色葉和難集「あさなゆふな」　**○172 みやまぎをねりそもてゆふ…**　後拾遺集一〇五一藤原義孝、和歌初学抄三一。　**○みやまぎとは…**　「木　コル」（和歌初学抄）、「木……〈みやまき〉」（和歌色葉）、「木　宮〈造宮杣木也。而狭衣物語云、ときわかぬみやきともいへり。是ふるき宮はらの庭なる木也。宮中をも可謂歟〉　みやま」（八雲御抄）　**○173 みやまぎをあさな〳〵に…**　拾遺集一一四四曾禰好忠、金葉集初度本四三三、金葉集三奏本二九二、好忠集三六四、四句「さむさをねがふ」、色葉和難集七四八、以上二句「あさなゆふなに」

六十九　くたらの　赤人

くたらのゝはきのふるゑにはるまつとすみしうくいすなきにけらしな

くたらのとわふゆのゝをいふなり古歌枕云しかいふなり

【解釈本文】

六十九　くだらの

赤人

174くだら野の萩のふるえに春まつとすみしうぐひすなきにけらしな
くだら野とは、冬の野をいふなり。古歌枕云、しかいふなり。

【注】

○くだらの…　色葉和難集「くだらと云事」（増補部分）。この語を項目とする歌学書は、綺語抄。**○赤人…**　口伝和歌釈抄で、赤人の歌として掲出されるのはこの一首のみ。**○174くだら野の萩のふるえに…**　万葉集一四三一、古今六帖四三八四、五代集歌枕七一四、色葉和難集五九二、以上五句「鳴きにけんかも」。能因歌枕二二、綺語抄五七一、以上下句「をりしうぐひすなきにけらしも」　**○くだら野とは…**　「萩のふちえとは　霜かれのふるはを云冬の野にあり　くだらのゝとは　くだらのゝ萩のふるえにいるまつとおりし鶯なきにけらしも　とよめり」（能因歌枕、彰考館本等「萩のふるえ」）、「くだらの　冬のゝをいふ。可尋」（綺語抄）、「野　くたらの〈冬の野也〉」（八雲御抄）、「クタラト云事　コレハ冬ノ野ヲ云也。イニシヘクタラノ大臣ト申ケル人ノ娘アリケルカ、十八歳ニテムコトリシタリケリ。妻男ツレテ冬霜カレノスゝキヲ見ニマカリタリケルニ、野神コレヲ見テ神通ヲシテ女房ヲ取レリ。其時ニ牛(手)ヲムナシクシテカヘル。是ヨリ冬野ヲハクタラト云也。尤恋ニヨムヘシ」（色葉和難集）

七十　やまふき　兼明《カナアキラノ》親王哥云
なゝへやへはなはさけともやまふきのみのひとつたになきそあやしき」48ウ
かのはうにあめのふりけるひみの申たりけるかへり事になんやまふきにはみのならぬゆへなるへしや
まふきにかとよめり

はるさめにぬれたるいろもあかなくにかさへなつかしやまふきはな①
やまふきはよしのかわのきしにありとよめり又いてのやまふきともよめりかわつくしてよめり四条《シテウノ》
大納言《タイナコム》歌枕にしりなかれぬみつをいてといふなりといへりいてといふところもあり」49オ
拾遺云
さわみつにかはつなくなりやまふきのうつろふいろやそこにみゆらん

【本文覚書】①「の」脱か。

【解釈本文】

七十　やまぶき

兼明親王歌云、

175 なゝへやへ花はさけどもやまぶきのみのひとつだになきぞあやしき

かの房に雨のふりける日、蓑申したりける返り事になむ。やまぶきには実のならぬゆゑなるべし。やまぶきに香と詠めり。

176 はるさめにぬれたる色もあかなくに香さへなつかしやまぶきの花

やまぶきは、よしのがはの岸にありと詠めり。又、ゐでのやまぶきとも詠めり。かはづぐして詠めり。四条大納言歌枕に、しりながれぬ水をゐでといふなりといへり。ゐでといふところもあり。拾遺云、

177 さはみづにかはづなくなりやまぶきのうつろふ色やそこにみゆらむ

【注】

○やまぶき…　この語を項目とする歌学書は、隆源口伝。「やまふき　菊花《きくのはな》　藤《ふち》　梅《むめ》　萩《はき》　これらはにほふとよむへし」「やまふきをは　いとはすといふ」（能因歌枕）　**○兼明親王…**　口伝和歌釈抄で、兼明親王の歌として掲出されるものはこの一首のみ。兼明をカナアキラとよむ例は、口伝和歌釈抄以外未見。　**○175なゝへやへ花はさけども…**　後拾遺集一一五四中務卿兼明親王。　**○かの房に雨のふりける日…**　「をぐらのいへにすみはべりけるころあめのふりけるひ、みのかる人のはべりければ山ぶきのえだをゝりてとらせて侍けり、心もえでまかりすぎて又の日山ぶきの心えざりしよしいひにおこせて侍けるかへりにいひつかはしける」（後拾遺集一一五四詞書）　**○176はるさめにぬれたる色も…**　古今集一二二よみ人しらず、新撰和歌九五、猿丸集三三、以上二句「にほへる色も」。古今六帖三六一四、家持集六〇、以上初二句「はるの雨ににほへる色も」　**○やまぶきは、よしのがはの岸に…**　「よしの河のほとりに山ぶきのさけりけるをよめる　吉野河岸の山吹ふくかぜにそこの影さへうつろひにけり」（古今集一二四つらゆき）　**○又、ゐでのやまぶきとも詠めり…**　「かはづなくゐでの山吹ちりにけり花のさかりにあはましものを」（古今集一二五よみ人しらず）、「又、山吹はむねと井手に詠ならはしたり」（六百番陳状）　**○かはづぐして詠めり…**　「又、蛙をも井手になかせなどして侍れば」（六百番陳状）。177歌がこの注の証歌であり、四条大納言歌枕以下の注に177歌との関連性は見られない。　**○四条大納言歌枕に…**　院政期から鎌倉初期頃の歌学書には、同一内容の注説未見。「朝東風《あさごち》尓《に》　井堤《ゐで》超浪之《こすなみの》　世《よ》染似裳《そめにも》　不《あ》レ相《は》鬼故《ぬものゆゑ》　滝毛《たきも》響動二《とどろに》」（万葉集二七一七）　**○ゐでといふところも…**　「山城に、ならへ行道に井ての水とてめてたき水の道つらにある也」（奥義抄）、色葉和難集に「奥義抄云」として同文が引用される。　**○177さはみづにかはづなくなり…**　拾遺集七一よみ人しらず、古今六帖一六〇四、新撰朗詠集一二九、六百番陳状六一、以上四句「うつろふ影や」。拾遺抄四八、亭子院歌合二七。

七十一　ぬま　古今云
みちのくのあさかのぬまのはなかつみかつみる人をこひやはたれん①
　ぬまとはたまりたるみつのしりのなかれぬをいふあさかのこほりにあるなりはなかつみとはこものは
　なをいふ　道信《ミチノフ》哥云
あふみにかありといふなるみくりくる」49ウ 人くるし■《②め》のつくまへのぬま
　みくりなんとのぬまにをふるなるへしあふみにあやめをふへし

【本文覚書】①「ら」の誤か。　②「ま」を墨消。

【解釈本文】
七十一　ぬま
　古今云、
178 みちのくのあさかの沼の花かつみかつ見る人を恋ひやわたらむ
沼とは、たまりたる水のしりの流れぬをいふ。あさかのこほりにあるなり。花かつみとは、こもの花をいふ。
　道信歌云、
179 あふみにかありといふなるみくりくる人くるしめのつくま江の沼
　みくりなんどの沼におふるなるべし。あふみにあやめおふべし。

【注】
○ぬま…　綺語抄、和歌色葉、色葉和難集「はながつみ」、袖中抄「かつみふき」。この語を項目とする歌学書は、

色葉和難集。　**○178みちのくのあさかの沼の…**　古今集六七七よみ人しらず（基俊本・志香須賀文庫本は口伝和歌釈抄歌と異同なし）、五代集歌枕一四六四、和歌色葉三〇六、定家八代抄一一六〇、色葉和難集七五、以上四句「かつ見る人に」。新撰和歌二一八。古今六帖三八一七、綺語抄六七八、俊頼髄脳三〇一、和歌童蒙抄六二六、袖中抄二八九、以上下句「かつみる人のこひしきやなぞ」。和歌童蒙抄二四五、下句「かつみるひとをこひしきやなぞ《やわたらむ》」、別本童蒙抄二八七、下句「カツミシ人ノ恋シサソマス」　**○沼とは…**　「ぬまとは　なかれぬ水のふかくたまれるをいふ」（能因歌枕）、「和云、ヌマトハ、シリヒカヌ水ノソコ、ミニテアルヲ云也」（色葉和難集）　**○あさかのこほりに…**　「アサカノヌマハ、彼国ノ安積《アサカノ》郡ニアリ。アサカヤマモ、同所歟」（古今集注）、「アサカノ沼ハ三《ミ》チノクニ、アリ。アサカ山ノフモト也」（色葉和難集）　**○花かつみとは…**　「こもの花をは　はなかつみといふ」（能因歌枕）、「かつみ、こもなるへし。はなかつみとはこものはなゝるへし」（隆源口伝）、「はなかつみ　あしのはなをいふ。能因……又こものはなといふ」（綺語抄）、「かつみといへるは、こもをいふなり」（俊頼髄脳）。「花かつみ」が「こもの花」であるという注説は他、喜撰式、疑開抄、和歌童蒙抄、奥義抄、和歌初学抄、袖中抄、古今集注、顕注密勘、和歌色葉、色葉和難集、別本童蒙抄に見られる。　**○道信…**　口伝和歌釈抄で、道信の歌として掲出されるものはこの一首のみ。　**○179あふみにかありといふなる…**　後拾遺集六四四藤原道信朝臣、後六々撰七〇。道信集一七、五句「つくまひのぬま」、五代集歌枕一四五八、三句「みくりくる《ヒク》」　**○みくりなんどの…**　「三稜草……つくまえとハ、あふみに云なり。又云、彼江にみくりおふとよめり」（疑開抄）、「実苅　源氏にあり。さらてもさ山の池。つくまえのぬま」（八雲御抄）　**○あふみに…**　院政期から鎌倉初期頃の歌学書には、同一内容の注説未見。あやめは「五月五日にも、人のいゑにあやめをふかて、かつみふきとて、こもをそふくなる」（俊頼髄脳）、「ムカシアヤメノナカリケレハ、五月五日ニハカツミフキトテ、コモヲフクナリ」（和歌童蒙抄）等とあるように、こもはあやめに代わって用いられた。口伝和歌釈抄では、花かつみがこもの花であることを注した後、こもとあやめの関係性に

ついてはふれず、179歌と当注を掲げる。注説に何らかの脱落があるか。

七十二　つくはね　古今云

つくはねのこのもかのもにたちそよるはるのみやまのかけをこひつゝ

つくはねとはみねをいふやまのつきかけになりたるかこのをもてかのをもてといふか

ますかゝみこのもかのもにかけはあれとみかけにますかけそなき」50オ

このうたにておもふにこのもかのもとはこのを■《①も》てかのをもてといふなるへしよもなんといふか又四《よ》

面《をもて》なんといふかことなるへし

【本文覚書】①「も」を墨消。

【解釈本文】

七十二　つくばね

古今云、

180つくばねのこのもかのもにたちぞよる春のみ山のかげを恋ひつゝ

つくばねとは、みねをいふ。山の月かげになりたるが、このおもてかのおもてといふか。

181ますかゞみこのもかのもにかげはあれどみかげに（ママ）ますかげぞなき

この歌にて思ふに、このもかのもとは、このおもてかのおもてといふなるべし。よもなんどいふか。又、四

面なんどいふがごとなるべし。

【注】

○つくばね…　綺語抄、色葉和難集。奥義抄「にゐくは　付つくはね」、和歌色葉、袖中抄、色葉和難集「このもかのも」**○180つくばねのこのもかのもに…**　古今集九六六みやぢのきよき、五代集歌枕五七六、以上二句「この本ごとに」（古今集元永本・高野切は、口伝和歌釈抄歌と異同なし）。能因歌枕一七、三句「たちよする」、綺語抄一五四、五句「かげをまちつつ」、色葉和難集六八四、四句「はるのみそらの」**○つくばねとは…**　「かすおほきをはつくはねといふ」「つくはねとは　山のみねを云也　山の月かさなれるなり　この。《お》もてかのおもてといふかつくはねのこのもかのもにたちよする春のみ山のかけをこひつゝ　とよめり」（能因歌枕）、「つくはね、みねをいふなるへし。又云、しはを云」（隆源口伝）、「つくはね　おけ《(ママ)》もこのもとよめり」（綺語抄）、「つくはねといへるは、木のをひたるところといへるなり」（俊頼髄脳）、「峯　つくはね」「つくはねとは嶺をも云。又木のあまたおひたる所をも云……このもかのもとはこなたかなたと云也」（奥義抄）、「ツクハネトハ、ミネヲイフ歟。マタヲホカタノヤマノナヽリトモイフナルヘシ」「或人云、ツクハヤマハ八面アリ。サレハコノモカノモトハ、コノヲモテカノヲモテトイフ也」（和歌童蒙抄）、「ツクバネノミネトイフニツキテ、ミネヲツクバネトイフナドイフコヽロナリ」（古今集注）、「つくばねは筑波山なり。在二常陸国一……つくばねと云山は、木しげき山なれば、このもかのもにかげはあれどゝ読る也」「つくばねとは、つくば山也。ひたちの国のいぬゐのかたに侍る山とぞ申……此おも彼おもは、こなたおもて、かなたおもてと云也」（顕注密勘）、「嶺　つくはね〈又在名所〉」（八雲御抄）。色葉和難集は「奥義抄中云」として奥義抄とほぼ同一の説を掲げる。**○181ますかゞみこのもかのもに…**　四句「きみが」脱か。古今集一〇九五ひたちうた、継色紙三六、和歌童蒙抄一八五、五代集歌枕五七七、和歌色葉三〇三、定家八代抄一七四一、色葉和難集四四〇、以上初句「つくばねの」下句「きみがみかげにますかげはなし」。和歌初学抄九七、奥義抄三

六一、袖中抄六五四、以上初句「つくばねの」　**○このもかのもとは…**　「このもかのも　此面彼面也」（和歌初学抄）、「コノモカノモトハ、山ノアナタコナタヲ云……コノモカク（ママ）モト云事ハ、山ニモカキラス。ツクハ山ト云山ニ、コノモカノモト云山ハアル也。其故ハ、彼山ハコレヲモテカノヲモテヲヨミ侍也。サレハコト山ニハ不可読歟」（別本童蒙抄）「顕昭云、このもかのもとは、このおもかのおもといふなり。おもとはおもてなり。山はこなたおもてかなたおもてあれば、如レ此詠めり」（袖中抄）、「このもかのもとは、このをもてかのを（ママ）てといふ也」（和歌色葉）、「このもかのも〈このおもてかの面也。可限筑波山歟〉」（八雲御抄）、「清輔云、このもかのもとはこなたおもて、あなたおもてといふなり。又このもは木のもと、かのもはかやのもとゝいふといふ義もあり……万葉には此面彼面とぞかける」（色葉和難集）

七十三　たくなは　後撰云

いせのうみはへてもあまるたくなはのなかき心はわれそまさりける

　　たくなはとわあみのつなゝり

【解釈本文】

七十三　たくなは

　後撰云、

182 伊勢の海はへてもあまるたくなはのながき心は我ぞまさりける

たくなはとは、あみのつななり。

【注】

○たくなは…　この語を項目とする歌学書未見。　○182伊勢の海はへてもあまる…　後撰集五七九よみ人しらず、五代集歌枕八九九、以上初句「伊勢の海に」五句「我ぞまされる」　○たくなはとは…　「たくなはとは　あみのつなをいふ」（能因歌枕）、「な・《か》きことに　すかのね。たくなは。やまとりのを」（綺語抄）、「（稿者注、「海士のなはたき」とは）あみのなはなとくると云心也とそふるき物には申たる。たくとはくると云事也。たくなはなと云、此心也。たくるなと云こともはへり」（奥義抄）、「タクナハトハ、アミノテナハヲイフナリ」（和歌童蒙抄）、「なかき事には　……タクナワ」（和歌初学抄）、「タクナワトハ、網ニ付タルヲ云也」（別本童蒙抄）、「あまのたくなはとは、網につけたる大縄也。日本紀には栲縄とかけり。たぐるなはと云也。網は十廿町、とほきにはへおきて、其大縄を引はくるしとよせたる也。万葉には網手縄とかけり（密勘・たくなは、釣縄、委くしり侍ず。只あまのつりなはうちはへてくる物なれば、うちはへてくると云よしに、そへてよめるとぞ侍也）」（古今集注にも顕注とほぼ同一の説が掲げられる）、「あまのなはたくとは、あまのあみのなはくると云詞也。たくとはたぐると云也。たくなはなど云も此心也。やがてたくなはといふは、たぐるなはといふを略たり」（顕注密勘）、「縄　たく〈海人くる也〉　ちひろのたくなは」（八雲御抄）、「一アマノタクナワト云事　是ハ海士ノアミヒクトテ網ノヲニ付タル縄也。ソレヒクニハイソキテ魚ニカサシトテクロ煙ヲタテ、モマレコカレテ引也。ソノナワヲタクナワト云也。師伝ニ云、ソノナワハ水ニヌレテクチヤスシ。常ニナフヲワヒテタクト云物ヲモテナヒタルナワ也。サレハタクナワト云也。タク《（ヽ）》シテナヒタルナワハ少シ。サレハタククナワトヨマレタル也。クワウリヤウニハヨムヘカラス」（色葉和難集）

七十四　むくら　恵慶法師《エケイホツシ》哥云

やへむくらあれたるやとのひさしきに人こそみへね秋はきにけり

むくらとはくさのなゝりやの」50ウ のきなとによめりひさしかん①いゐなんとのあれたらんいゐす《な》むとの

さひしからんによむへし。

かくしけるむくらのかとのひさしさにさゝすやなにをたゝくゝいなそ

【本文覚書】①「ら」脱か。

【解釈本文】

七十四　むぐら

恵慶法師歌云、

183 やへむぐらあれたるやどのひさしきに人こそみえね秋はきにけり

むぐらとは、草の名なり。やの軒などに詠めり。久しからむ家なんどの荒れたらむ家なんどのさびしからむに詠むべし。

184 かくしげるむぐらのかどのひさしさにささずやなにをたたく水鶏ぞ

【注】

○むぐら…　この語を項目とする歌学書未見。　**○183やへむぐらあれたるやどの…**　拾遺集一四〇恵慶法師、拾遺抄八九、恵慶集一〇九、後十五番歌合二四、玄々集三四恵慶法師、相撲立歌合二七、後六々撰二四、定家八代抄二七四、詠歌大概二四、近代秀歌三六、八代集秀逸二二、百人秀歌五二、百人一首四七、以上二三句「しげれるやど

のさびしきに」。源氏釈（きりつぼ）三、二三句「しげれるやどのさびしきは」、時代不同歌合二四三、二三四句「しげれるやどのさびしきに人こそとはね」　**○むぐらとは…**　院政期から鎌倉初期頃の歌学書には、同一内容の注説未見。「ムグラノシゲキヲバヤヘムグラトヨメリ」（後拾遺抄注）、「やへむぐらとは、むぐらのふかきをやへむぐらとは云也。又むぐらのかどゝも云也」（顕注密勘）、「葎　やへ〈荒廃所物也〉　むくらかゝとをさして云り。むくらの門も閑居也」（八雲御抄）　**○やの軒などに詠めり…**　「八重葎しげる軒ばをかき分けて星合の空をながめつるかな」（長治元年五月、散位源広綱朝臣歌合一七「閑思七夕」平貞継）、「故郷はむぐらの軒もうら枯れてよなよなはるる月のかげかな」（正治初度百首二五二式子）　**○184かくしげるむぐらのかどの…**　後拾遺集一七〇大中臣輔弘、和歌一字抄五六九、御裳濯集一九三、以上初句「やへしげる」三句「いぶせさに」

七十五　あつまち　後拾遺云

あつまちのそのはらからはきたりともあふさかまてはこさしとそおもふ

ひんかしくにをあつまちといふ也

【解釈本文】

七十五　あづまぢ

後拾遺云、

185 あづまぢのそのはらからはきたりともあふさかまではこさじとぞ思ふ

ひんがしくにをあづまぢといふなり。

【注】

○あづまぢ…　この語を項目とする歌学書未見。　**○185あづまぢのそのはらからは…**　後拾遺集九四一相模、相模集一三一。　**○ひんがしくにを…**　「アヅマヂハ東路ナリ。東国ヲバミナアヅマト云也」（拾遺抄注）、「あつまちは〈板東路也〉」（和歌色葉）

七十六　さいたつま

はるのゝにやよひの月のはつかまてたまうらはかきさいたつまかな」51オ

やよいとは三月をいふなりさいたつまとはすへてくさをいふなりうらはかしとわまたをさなしといふなりきにもくさにもすゐとこそいゐこれはうらといへり

【本文覚書】①「また」の誤か。　②「ま」を書き止して重書。

【解釈本文】

七十六　さいたづま

186春の野にやよひの月のはつかまでまだうらわかきさいたづまかな

やよひとは、三月をいふなり。さいたづまとは、すべて草をいふなり。うらわかしとは、又、をさなしといふなり。木にも草にもすゑとこそいへ、これはうらといへり。

【注】
○さいたづま…　隆源口伝、綺語抄、袖中抄、色葉和難集。　**○186春の野にやよひの月の…**　後拾遺集一四九藤原義孝、初句「のべみれば」、綺語抄六五六、和歌童蒙抄一一八、別本童蒙抄二八二、袖中抄五〇九、以上初句「のべみれば」。隆源口伝一八。色葉和難集八一八、初句「ノヘミレハ」三句「二十日あまり」　**○やよひとは…**　「三月……ヤヨヒトイフ」（和歌童蒙抄）、「三月　やよひ」（奥義抄）、「三月　ヤヨヒ」（和歌初学抄）、「ヤヨヒノツキハ三月也。草木ノ彌生《イヤオヒ》ト云也」（後拾遺抄注）、「私云、やよひの月とは三月なり」（袖中抄）、「三月〈やよひ…〉」（和歌色葉）、「三月　やよひ」（八雲御抄）　**○さいたづまとは…**　「若詠草時　さいたづまと云」（喜撰式）、「草をは　さいたつまといふ　さねたつまとも」（能因歌枕）、「よろつの草の名なり」（隆源口伝）、「さゐたつま　くさをいふ」（綺語抄）、「草　さいたつまといふ」（俊頼髄脳）、「サヰタツマトハ、クサノナニハアラテ、ハルノワカクサヲイフナリ」（和歌童蒙抄）、「草、さゐたつま」（奥義抄）、「草　……ワカ草　ミクサ　ハツクサ　サヰタツマ」（和歌初学抄）、「サイタヅマトハ、喜撰式云、草ヲ云也。但故堀河源左府以二浅青朽葉色一称二左伊多津万色一。以レ之案レ之、若草名歟」（後拾遺抄注）、「草〈さいたつま、以浅青朽葉号左伊多津万云々　わかくさ　はるくさ　みくさ…〉」（和歌色葉）、「サイタツマトハ、草ヲ云」（別本童蒙抄）、「綺語抄云、さゐたづまとは若く生ひ出でたる草の名なり」（袖中抄。ただし現行本綺語抄とは相違）。「俊頼秘伝云、……ワ・キ《カ》草葉ノヲヒイツルヲハ中宮ノムマレ《(ん)》玉フニヤトヲホシテ、草ヲサイタツマトナツケ玉ヒケリ。サキタツ妻ト云事也。サレハ万ノ草ヲサイタツマトイハレモクルシカルマシ」（色葉和難集）　**○うらわかしとは…**　「うれ、末也」（奥義抄）、「まだうら若きとは、うれはをうらはといふなり。さればまだうれは若しといふなり……うらといふ事はしたといふ人あれど、蘆のうらば、葛のうらば、藤のうらば、皆うへばなり。した葉はとりいで詠むべき事にあらず」（袖中抄）

七十七　ゆふつくよ
ゆふつくよあか月かたのあさかけにわか身①はなりぬきみをもふま■②ニ
暮月云々いふくれの月をいふいにしゑの歌枕にもさそいゝたる
万葉集云」51ウ
たまのみす③のほとりに《ニヒトリ》。はみるしるしなきゆふつくよかな

【本文覚書】①重書。②「て」を墨消。③重書。

【解釈本文】
七十七　ゆふづくよ
187 ゆふづくよあか月がたのあさかげにわが身はなりぬ君思ふまに
暮月云々。ゆふぐれの月をいふ。いにしへの歌枕にも、さぞいひたる。
万葉集云、
188 たまのみすの（ママ）ほとりにひとりはみるしるしなきゆふづくよかな

【注】
○ゆふづくよ…　綺語抄。色葉和難集「こす」　**○187ゆふづくよあか月がたの…**　万葉集二六六四、二句「暁闇《あかときや》夜《み》乃《の》」五句「汝《な》乎《を》念金丹《おもひかねて》」、猿丸集四四、二句「あか月かげの」五句「こひのしげきに」、伊勢物語二二五、五句「君を恋ふとて」、綺語抄一七、二句「あか月山の」五句「こひのしげきに」、和歌童蒙抄一二、五句「きみおもふかねに」、和歌一字抄一〇四一、二句「あかつきやみの」五句「君を思ひかね」、袋草子六九二、二句「明くれがた

の」五句「君を思ひかね」　**○暮月云々…**　「ゆふつくよとは　ゆふくれの月よをいふ」（能因歌枕）、「ゆふつくよゆふくれの月なり」（綺語抄）、「ユフツクヨトハ、ヨヒニイテ、トクイルヲイフナリ」（和歌童蒙抄）、「ユフヅクヨハ、暮ノ月夜也」（古今集注）、「夕づくよとは暮の月夜也。ゆふさり西の山のはにみえて入たる月也」「ゆふづくよとは、ゆふ月夜也」（顕注密勘）、「月　ゆふつくよ〈夕月〉」（八雲御抄）　**○188たまのみすのほとりに…**　万葉集一〇七三、上句「玉垂之《たまだれの》　小《を》簾《す》之《の》間《ま》通《とほし》　独《ひとり》 居而《ゐて》」五句「暮月夜《ゆふづくよ》鴨《かも》」、古今六帖三五六、袋草紙四六、上句「玉だれのこすのまとほりひとりゐて」五句「夕づくよかも」。和歌童蒙抄一五・四九七。色葉和難集七〇四、上句「たまだれのこすのまとほしひとりゐて」五句「ゆふづくよかも」

七十八　たまくしけ兼助中納言《カネスケノチウナムコム》歌云
ゆふつくよおほつかなきにたまくしけふたみのうらはあけてこそみれめ
たまくしけとわあか月をいふなるへしふたみのうらはいせにありまたはりまにもあり家持《ヤカモチ》かいゝける
わたまくしけとわすへてよるをいふなりその証歌《セウカ》云
あか月によわなりにけりたまくしけかたをかやまに月かたふきぬ」52オ
ある人のいはくあか月をはしめといふとなん

【解釈本文】
七十八　たまくしげ

兼助中納言歌云、

189 ゆふづくよおぼつかなきに玉くしげふたみのうらはあけてこそ見め

玉くしげとは、あか月をいふなるべし。ふたみの浦は伊勢にあり。また播磨にもあり。家持がいひけるは、

玉くしげとは、すべて夜をいふなり。その証歌云、

190 あかつきに夜はなりにけり玉くしげかたをか山に月かたぶきぬ

ある人の云はく、あかつきをはじめといふとなむ。

【注】

○たまくしげ…　隆源口伝、綺語抄。　**○兼助中納言…**　兼輔を兼助と表記する例は未見。口伝和歌釈抄で、兼輔の歌として掲出されるものはこの一首のみ。「八十一　ふぢごろも」参照。　**○189ゆふづくよおぼつかなきに…**　古今集四一七ふぢはらのかねすけ、新撰和歌一八四、古今六帖一八九一、兼輔集九〇、五代集歌枕一〇三九、以上二句「おぼつかなきを」。三十人撰五四、三十六人撰六六。　**○玉くしげとは…**　「若詠暁時　玉くしげと云」（喜撰式）、「たまくしけ、あかつきをいふなるへし」（隆源口伝）、「暁　たまくしけといふ」（俊頼髄脳）、「タマクシケトハ、暁ヲ云。コレタマクシケト云ハ、アカツキトツヽクル也。アクルトモツヽクヘシ」（別本童蒙抄）、「暁　たまくしけ〈暁名也〉」（八雲御抄）　**○ふたみの浦は…**　「ふたみの浦《伊勢》　タマクシケニ……ふたみの浦《播磨》　ハコニ」（和歌初学抄）、「浦　をみの《伊勢鳥呼》〈万、舟のりす覧。つまとも〉……　ふたみの《同》〈たまくしけ。松〉……　あかしの《播》〈万、たけるひ。同〉　ふたみの《同》〈是もたまくしけ也。古、兼輔、向但馬温泉道也〉」（八雲御抄）。五代集歌枕では「あかしの浦　播磨」の後に「ふたみのうら」を掲出。　**○家持がいひけるは…**　「た□□しけ　よるといふこと、家持説、あくといはんとて」（綺語抄）　**○190あかつきに夜はなりにけり…**　隆源口伝一九、綺語抄一三三、以上下句「片山に月かたぶきにけり」　**○あかつきをはじめといふ…**　院政期から鎌倉初期頃の歌学書には、同一内容の注説未見。

七十九　みそき

あまたみしとよのみそきのもろ人のきみしもゝのをゝもはするかな

みそきとわはらへをいふなり《るへしと》　よのみそきとわおほやけの御はらへをいふゆたかなるはらへとかきてとよのみそきとよめりされはおほやけゆたかなり■①けりといふへけれはおほくいへる事あり人にしたかいてとよとはよむへき也■②■■■■はらへといふ文字《モシ》をはみそ」52ウ　きとよむなりこのうたわ大嘗《タイシヤウ》■③会《エ》にはらはをみてよめるなりもろ人はふるきうたまくらに人〻のあつまりたるをいふといへり

みそきしておもふことをそいのりつるやをよろつよのかみのまに〳〵

やをよろつとわ八百万世《ヤヲヨロツヨ》とわいふ也かみのまに〳〵とわ心のまゝにといふ也

みな月のなこしのはらへする人はちとせのいのちのふとこそきけ

なこしのはら《ら》へとわ万葉集には和《やはらく》とそかきたるたとへはあしきかみをなこむるはらへなるへし」53オ

さはりなすあらふ■④《る》《る》かみもをしなへて⑤けふなこしのはらへなりけり

あらふるかみとはあしきかみをいふ也

【本文覚書】①「と」を墨消。　②「このうたは」を墨消。　③「會」を書き止して墨消。　④「り」を墨消。
⑤「は」脱か。

【解釈本文】

七十九　みそぎ

191 あまたみしとよのみそぎのもろ人の君しもものを思はするかな

みそぎとは、はらへをいふなるべし。とよのみそぎとは、おほやけの御はらへをいふ。豊かなる祓と書きてとよのみそぎと詠めり。さればおほやけ豊かなりけりといふべければ、おほくいへる事あり。人にしたがひて、とよとはよむべきなり。祓といふ文字をばみそぎとよむなり。この歌は大嘗会に童を見て詠めるなり。もろ人は、古き歌枕に人々の集まりたるをいふといへり。

192 みそぎして思ふことをぞ祈りつるやほよろづよの神のまに〳〵

やほよろづとは、八百万世とはいふなり。神のまに〳〵とは、心のまゝにといふなり。

193 みな月のなごしのはらへする人はちとせの命のぶとこそきけ

なごしのはらへとは、万葉集には和とぞ書きたる。たとへば、悪しき神をなごむるはらへなるべし。

194 さはりなすあらぶる神もおしなべてけふはなごしのはらへなりけり

あらぶる神とは、悪しき神をいふなり。

【注】

○みそぎ…　綺語抄。綺語抄、色葉和難集「とよのみそぎ」、「さばへなす」。奥義抄・和歌色葉「さばへなす」。なお濵中論文参照。　**○191あまたみしとよのみそぎの…**　拾遺集六六二寛祐法師、古今六帖二六四三、綺語抄二七三、定家八代抄八七八、色葉和難集一六二。拾遺抄二三二、後十五番歌合一八、以上二句「とよのあかりの」　**○みそぎとは…**　「みそきとは　はらへをいふ」（能因歌枕）、「みそき　はらへをいふ也。禊〈はらへみそぎ〉　豊禊〈とよのみそぎ〉」（綺語抄）、「祓《ハラヘ》　ミソキ　トヨノミソキ　二家祓《ヲホヤケノハラヘ》　ナコシノハラヘ　夏《ナツ》ハラヘ」（和歌初学抄）、「ミソギハ祓ナリ。大嘗会ノ御禊ヲバトヨノミソギトヨメリ。万葉ニハ潔身トカケリ」（古今集注）、「祓〈みそき　とよのみそき、公家の祓なり　なつはらへ、なこしの祓也〉」（和歌色葉）、「みそぎは祓也。大嘗会御禊をば豊のみそ

ぎとよめり。豊はゆたかなる事也。万葉には禊とかけり」（顕注密勘）、「祓　みそき。とよのみそき〈大嘗会御契也〉なつはらへ　しかのはらへ〈斎王〉なこしのはらへ〈六月〉」（八雲御抄）、「和云、ミソキトハ、ハラヘヲ云也」（色葉和難集）　**○とよのみそぎとは…**　前掲。「みそき　はらへをいふなり。禊〈はらへ／みそき〉豊禊〈とよのみそき〉」「とよのみそき　おほやけの御はらへなとをいふ」（綺語抄）、「トヨノミソギトハ、大嘗会ノ御禊ナリ。大嘗会ヲバトヨノアカリノ節会ト云ナリ。只ノ祓ヲバミソギト云ナリ」（拾遺抄注）、「和云、トヨノミソキトハ、ヲホヤケノハラヘヲ云也」（色葉和難集）　**○祓といふ文字をば…**　万葉集二四〇三「身祓為《みそぎして》」　**○この歌は…**　「大嘗会の御禊に物見侍りける所に、わらはの侍りけるを見て、又の日つかはしける」拾遺集六六二詞書。　**○もろ人は…**　「もろ人とは、ひとのあつまりたるをいふ」（能因歌枕）　**○192みそぎして思ふことをぞ…**　拾遺集二九三参議伊衡、拾遺抄一八八、綺語抄二七二、別本童蒙抄三二四。古今六帖一一一、伊勢集八二、以上初句「みそぎつつ」　**○やほよろづとは…**　「すべ神は　よき日祭りつ　明日よりは　八百万代を（哉保与呂津与緒）　祈るばかりぞ（神楽歌・明星・神上・本）、「雲乃上　八百万世止　呼奈利　此也石根乃　山爾波有良牟」（承保元年大嘗会悠紀主基和歌・石根山五三〇）　**○神のまに〳〵とは…**　「まに〳〵とは、随意とかけり　それかまゝといふ心也、但又間の心にもよめり」（能因歌枕、異本）、「まに〳〵　随意也」（奥義抄）、「まに〳〵　随《シタカフ》心也」（和歌初学抄）、「まに〳〵は〈まゝに也。任意也〉」（和歌色葉）、「神のまに〳〵、まゝにと云詞也。万葉には随意とかけり。心のまゝにといふ心也。或は随と計もかけり。或は物のひま〴〵をよめる事あり」（顕注密勘）、「すべてまに〳〵とは、随意とかきて、まに〳〵とよむ也。君のまに〳〵、神のまに〳〵、御心にまかすといふよし也」（僻案抄）、「まにゝゝ〈万には、随意とかけり。それかまゝといふ心也。但又間の心にも少々よめり〉」（八雲御抄）、「和云、マニ〳〵トハ、マヽニト云也。任心トカキテマニ〳〵トヨメリ」（色葉和難集）　**○193みな月のなごしのはらへ…**　拾遺集二九二よみ人しらず、拾遺抄一八七、古今六帖一〇九、以上五句「のぶといふなり」　**○なごしのはらへとは…**　前掲。「な

こしのはらへとは　みな月はらへをいふ」（能因歌枕）、「なこしとは万葉集云、わ《(ママ)》こしのはらへとてあしき神をなこむるはらへ也」（綺語抄）、「さはへなすと云こと、日本記云、天照太神の御孫皇孫命を葦原の中津国の主とせんとおほすに、かの国に蛍火光神《ホタルヒノカヽヤク》を及ひ蠅声邪《サハヘナスアシキ》神おほかりと云へり。たとへは夏のはへ《い歟》のちりみたれたるやうに、あしき神のある也。是をはらへなこさ《め》んとて六月秡はする也。万葉には和儺秡《ナコシノハラヘ》とかきてなこしのはらへとよめり」（奥義抄）、「さはへなすあらふる神とは、日本記に云、天照大神大神の皇孫をあしはらの中つくにのぬしとせんとおほすに、かの国にほたるの火のかゝやく神をよひさはへなすあしき神おほかり。たとへは夏の蠅のみたれたるやうにてあしき神也。磐根《イハネ》木立《コノタチ》菅《草ノ》のかき葉なをよくものいふ。夜若如煙火宣響《ヲトナヒ》画如五月蠅沸騰云々。此悪神をはらへなこむるはらへなるかゆへに、荒和祓とは画《(書)》たる也。或書云、万葉集には和儺祓とかきてなこしのはらへとよめりといふ。このなこしのはらへといふにおゝくのきあり。あく神をなためたれはなこむる祓といふはふつうの説也。このはらへしつれはそのとししぬへき事さたまれる物の、炎魔王宮のふたにつきたれとも、このはらへをする事によりてそのとししなぬ也。死のふたをけつりて生の札につくゆへに、名をあらためさす祓といへり。此は秘蔵の説也」（和歌色葉）、「六月　みなつき。六月祓。邪神をはらひなこむる祓ゆへになこしと云也。川辺にいくしたてあさの葉なとにてする也。夕又夜する事也」（八雲御抄）、「和云、ナコシノハラヘトハ、諸ノアラキ神タチヲナコムルハラヘ也。万葉ニ和儺祓ト書リ。一説云、コノハラヘシツレハ、其年シヌヘキモノモ、死ノ札ヲアラタメテ生ノ札ニツクカユヘニ、ナヲアラメ《(アラタメ)》コスハラヘト云也」（色葉和難集）　**〇万葉集には…**　万葉集に「和」と表記して「やはらぐ」「なごむ」とよむ例未見。　**〇194さはりなすあらぶる神も…**　拾遺集一三四藤原長能、拾遺抄八五、長能集六六、後十五番歌合二二、後六々撰一二三、綺語抄二七四、俊頼髄脳二六五、和歌童蒙抄一三二、奥義抄二五二、和歌色葉三五二、八雲御抄一六二、宝物集二一七、色葉和難集四八二・八一四、以上初句「さばへなす」。別本童蒙抄三二五、初二句「サハヘナルアヒフル神モ」五句「ハラヘヲソスル」　**〇あらぶる神とは…**　前掲。

八十　こま　大弐《タイニ》高遠《タカトヲ》

あふさかのせきのいわかとふきならしやまたちいつるきりはらのま《こ》

貫之《ツラユキ》

あふさかのせきのしみつにかけみへていまやひくらんもち月のころ

もち月きり《き》はら《は》こ《と》①ろのなゝり

【本文覚書】①判読不明文字を書き止して重書。

【解釈本文】

八十　こま

大弐高遠

195 あふさかの関のいはかどふきならし山たちいづるきりはらの駒

貫之

196 あふさかの関の清水にかげ見えて今やひくらむもち月のころ

もち月、きりはらは、ところの名なり。

【注】

○こま… 色葉和難集「きりはらの駒」「もち月の駒」。この語を項目とする歌学書は、色葉和難集。 **○大弐高遠**… 口伝和歌釈抄で、高遠の歌として掲出されるものはこの一首のみ。 **○195あふさかの関のいはかど**… 拾遺集一六九大弐高遠、古今六帖一八〇、拾遺抄一一三、金玉集二六、玄々集三九高遠大弐、大弐高遠集四、後十五番歌

合二八、後六々撰一一一、和歌童蒙抄一四九、古来風体抄三五七、西行上人談抄四二、色葉和難集八三四、以上三句「ふみならし」　**○196あふさかの関の清水に…**　拾遺集一七〇つらゆき、古今六帖一七六、貫之集一四、拾遺抄一一四、金玉集二五、三十人撰一四、三十六人撰二〇、深窓秘抄三八、九品和歌四、奥義抄九〇、和歌童蒙抄一五〇、五代集歌枕一八二六、古来風体抄三五八、西行上人談抄四一、高良玉垂宮神秘書紙背和歌二七七、色葉和難集九七〇、以上五句「もちづきのこま」　**○もち月…**　「しなの〻国……もち月」（能因歌枕）、「モチツキハ、シナノ、クニノマキノナ、リ」（和歌童蒙抄）、「信乃《しな》きりはらの牧　キリニ　同もち月の牧　月に」（和歌初学抄）、「モチヅキノコマハ、是モ信濃国ノ望月ノ御牧ノ駒ナリ」（拾遺抄注）、「モチヅキハ信乃ノ御牧也……駒迎ハ八月十五夜ハ信乃駒牽ニテ、ヲリシモイミジキ御牧ノ名ナリ。但惣ジテ信乃ノモロ〳〵ノミマキナリ」（後拾遺抄注）、「牧　信きりはらの　同もちつきの」（八雲御抄）　**○きりはら…**　「キリハラハ、ムサシノクニノムマキノナ、リ」（和歌童蒙抄）、「信その〈後拾。相模歌〉　同きり〈きりはらのこまなと云り〉」（八雲御抄）。「和云、キリハラトハ、マキノ名也」（色葉和難集）

八十一　ふちころも

かきりあれはけふぬきすてつふち」53ウころもはてなきものはなみたなりけり

ふちころもをはふくといふなるへしやまひとのきぬをいふやま人はふちのかわをはきてあみてきれはふくをかれによそへていふなるへし又ふくをはしいしはのそてともいふしいのはしてそむれはなるへし

輔親《スケチカ》哥云

すみそめにあけのころもをかさねきてなみたのいろのふたへなるかな

すみそめのころもとはくろけれはいふあけのころもとわ五位のきぬをいふ也」54オ　兼挙《カネタカノ》中将《チウシヤウ》哥云

あしひきのやまちにいまわすみそめのころものそてのひるよしもなし

貫之

いせのあまのしほやくあまのふちころもなるとはすれとあわぬきみをは

ふちころもとはいやしき人のきるきぬときこへたりころもにあまたあり　後拾遺歌云

さくらいろにそめしころもをぬきかへてやまほとゝきすけふよりそまつ」54ウ

輔尹《スケマサ》

むらさきもあけもみとりもこれ《う》しきははるのはしめにきたるなりけり

ある人云さくらいろとはあかきいろ也人のいろのあからなるをはさくらいろと□①ことしあけもあかきいろ也みとりは春の■■■②ころもをいふなるへし又みとりのころもとは六位《ロクイ》のきぬをもいふなり

いとゝしくつゆけから③んたなはたのねぬよにあくるあまのはころも

あまのはころもとは天人のころもをいふなるへし」55オ

さむしろにころもかたしきこよいもやこひしき人にあはてのみねん

かたしくとわきぬのかたそてをしきてねたるをいふなるへし

【本文覚書】①「も」に「云」を重書か。②「もの也」を墨消。③「る」脱か。

【解釈本文】

八十一　ふぢごろも

197 かぎりあればけふぬぎすてつふぢごろもはてなきものはなみだなりけり

ふぢごろもをば、ぶくといふなるべし。やま人のきぬをいふ。やま人は、ふぢの皮をはぎてあみて着れば、ぶくをかれによそへていふなるべし。又、ぶくをばしひしばの袖ともいふ。椎の葉して、染むればなるべし。

輔親歌云、

198 すみぞめにあけの衣をかさねきてなみだの色のふたへなるかな

すみぞめの衣とは、黒ければいふ。あけの衣とは、五位のきぬをいふなり。兼挙中将歌云、

199 あしひきのやまぢに今はすみぞめの衣の袖のひるよしもなし

貫之

200 伊勢のあまのしほやくあまのふぢごろもなるとはすれどあはぬ君をば

ふぢごろもとは、いやしき人の着るきぬときこえたり。衣にあまたあり。後拾遺歌云、

201 さくら色にそめし衣をぬぎかへて山ほとゝぎすけふよりぞまつ

輔尹

202 むらさきもあけもみどりもうれしきは春のはじめにきたるなりけり

ある人云、さくら色とは、あかき色なり。人の色のあからなるをば、さくら色といふごとし。あけもあかき色なり。みどりは春の衣をいふなるべし。又、みどりの衣とは、六位のきぬをもいふなり。

203 いとどしくつゆけかるらむたなばたの寝ぬ夜にあくるあまのはごろも

あまのはごろもとは、天人の衣をいふなるべし。

204 さむしろに衣かたしきこよひもや恋ひしき人にあはでのみ寝む

かたしくとは、きぬのかた袖をしきて寝たるをいふなるべし。

【注】

○ふぢごろも…　この語を項目とする歌学書は、綺語抄。

○197 かぎりあればけふぬぎすてつ…　拾遺集一二九三藤原道信朝臣、道信集六三、拾遺抄五五八、後十五番歌合二、深窓秘抄九五、玄々集二〇道信中将、今昔物語集九五、後六々撰七四、宝物集二七、別本童蒙抄一五七、古来風体抄三八六、定家十体一二六、定家八代抄六七八、詠歌大概六九、近代秀歌六〇、時代不同歌合二七三。　**○ふぢごろもをば…**　「藤衣《フチコロモ》とは、ふくさ《く》きぬをいふ　ふちのきぬを云」（能因歌枕）、「ふちころも　ふちしておりたる衣なり。又ふくをいふ」（綺語抄）、「ふくのきぬをふちころもと云は、藤のかわにて織たるあさましき布をきれは也」（奥義抄）、「ふちころもとは、ふくをいふ」（教長古今集注）、「衣〈ふちころも、服也…〉」（和歌色葉）、「藤衣とは、人におくれたる服をいへど、又あやしのしづの衣をよめり……ともに藤の皮をはぎてあら〳〵しくおれる衣也。服を藤衣といふもその心也。なげきのあまりに、一子のうるはしき物をやつして、藤の皮にておりたる物也。藤ならねど、あさぬのをくろくそめてきたる、同事也」（顕注密勘）、古今集注は顕注密勘とほぼ同内容を略述。「縗衣　唐韻云、縗〈倉回反、与催同、和名不知古路毛〉喪服也」（倭名類聚抄）　**○ぶくをばしひしばの袖ともいふ…**　「シヰシハノ袖トハ、是モヤ（ママ）キリヲ云也。是ヲタニ形見ト思ミヤコニハキカヘヤシツルシイシハノ袖」（別本童蒙抄）、「袖　しゐしはの〈憚〉」（八雲御抄）。「これをだにかたみとおもふをみやこにははがへやしつるしひしばのそで」（後拾遺集五八三）　**○輔親歌云…**　大中臣能宣男。輔親集あり。口伝和歌釈抄で、輔親の歌として掲出されるものはこの一首のみ。　**○198 すみぞめにあけの衣を…**　後拾遺集八九二祭主輔親、匡衡集六二、難後拾遺七九。袋草紙一七三、五句「ふたつなるかな」。色葉和難集八〇

六、四句「みどりのいろの」**○すみぞめの衣とは…**「衣　……スミソメノ衣〈服ノキヌ〉スミゾメノキヌ〈同〉」（和歌初学抄）**○あけの衣とは…**「あけのころも　五位衣也」（綺語抄）、「衣　……アケノ衣〈五位〉」（和歌初学抄）**○兼挙中将歌云…**　兼挙については未詳。兼輔の誤りか。口伝和歌釈抄で、兼挙の歌として掲出されるものはこの一首のみ。兼輔については「七十八　たまくしげ」参照。**○199あしひきのやまぢに今は…**　古今集八四四よみ人しらず、四句「衣の袖は」。兼輔集一〇三、奥義抄一五〇、別本和漢兼作集三一。**○200伊勢のあまのしほやくあまの…**　後撰集七四四みつね、五代集歌枕九〇〇、定家八代抄八九九、時代不同歌合一一三、以上初句「伊勢の海に」五句「あはぬ君かな」。五句「あかぬきみかな」、古今六帖三二八九、初句「いせのうみ」下句「なるとはみれどあかぬきみかな」。☆躬恒集三一八、五句「あかぬきみかな」。作者を貫之とする資料未見。**○ふぢごろもとは…**「海人のきぬをもふち衣といふ。あやしのものなれは、かのふちの布をきる也」（奥義抄）、「海人ナントノ衣ヲモ藤衣ト云。藤ノ皮ヲハキテアミテキルヲ云也」（別本童蒙抄）**○201さくら色にそめし衣を…**　後拾遺集一六五和泉式部、新撰朗詠集一三七、和泉式部集二一、実国家歌合三番判詞。**○輔尹…**　藤原興方男。後拾遺集初出。口伝和歌釈抄で、輔尹の歌として掲出されるものはこの一首のみ。**○202むらさきもあけもみどりも…**　後拾遺集一六藤原輔尹朝臣、輔尹集四七。**○さくら色とは…**「一サクライロト云事　コレハアカ色ノ衣也。人ナントノ色シロカラスアカヽラス、ヨキホトナル女ヲサクラ色ト云。サクラノ花ハシロクテハアレトモアカキスチノクハヽリタレハ、トヲクテミレハヨキアハヒナリ。サレハ人モ色アハヒヨキヲハサクラ色ト云也」（色葉和難集）**○あけも…**「緋　アケ　アカシ」「絳　アカイロ　アケ」（類聚名義抄）**○みどりは…**　院政期から鎌倉初期頃の歌学書には、同一内容の注説未見。「棹姫のみどりの衣春の雨にほさでいくしほそめかさぬらん」（嘉元百首一七〇五為信）**○みどりの衣とは…**「みどりのころも　六位の衣也」（綺語抄）、「衣　……ミトリノ衣〈六位〉」（和歌初学抄）、「衣　みとりの〈六位〉」（八雲御抄）**○203いとどしくつゆけかるらむ…**　後拾遺集二三九大江佐経、二句「つゆけかるらん」四句「ねぬよ

にあくる」　**○あまのはごろもとは…**　「あまのはころも　天人衣云々」（綺語抄）、「アマノハコロモトハ、天人ノ衣也」（和歌童蒙抄）、「あまのはころもは天人の衣也」（和歌色葉）、「衣　あまのは〈天又侍臣〉」（八雲御抄）　○204 **さむしろに衣かたしき…**　伊勢物語一一五、別本童蒙抄一六四、五句「アハテネナマシ」　**○かたしくとは…**　「かたしき　カタ〳〵ヲシケル也」（和歌初学抄）、「かたしきは〈かた〳〵をしけるなり〉」（和歌色葉）、「衣　かたしき
衣　かた〳〵をしきたる」（八雲御抄）

八十二　あまのはら

あまのはらふりさけみれはかすかなるみかさのやまにいてし月かも

　あまのはらとはそらといふことなりふりさけみれはとわふりあほいてみるといふことなり

あまのはらふみとゝろかしなるかみもをもふなかをはさくるものかわ

【解釈本文】

八十二　あまのはら

205 あまのはらふりさけ見ればかすがなるみかさの山にいでし月かも

　あまのはらとは、そらといふことなり。ふりさけ見ればとは、ふり仰いで見るといふことなり。

206 あまのはらふみとゞろかしなるかみも思ふなかをばさくるものかは

【注】

○あまのはら…　綺語抄「ふりさけみれば」　**○205あまのはらふりさけ見れば…**　古今集四〇六安倍仲麿、新撰和歌一八二、古今六帖二五二、新撰髄脳五、金玉集五十一、深窓秘抄七十九、和漢朗詠集二百五十八、和歌体十種三十五、江談抄五、綺語抄一、俊頼髄脳一七二、奥義抄八〇、今昔物語集一二六、五代集歌枕八四、教長古今集注、万葉集時代難事四七、人麻呂勘文三五、古本説話集八三、世継物語七九、宝物集二五八、古来風体抄二六七、定家八代抄七七一、西行上人談抄一五、秀歌大概一一、百人秀歌六、百人一首七、別本童蒙抄一。和歌童蒙抄九五四、五句「いでし月かげ」　**○あまのはらとは…**　「若詠天時　〈あまのはらと云　又なかとみのと云也〉」（喜撰式）、「天《そら》をは　ならとみといふ　あまのはら　なかとみとも　あまの河とも」（能因歌枕）、「あまのはら　おほそらをいふ」（綺語抄）、「天　あまのはらといふ」（俊頼髄脳、他書云の項）、「天、あまのはら」（奥義抄）、「天　……あまのはら」（和歌初学抄）、「アマノハラハ天ナリ」「天ヲバアマノハラトヨミ、海ヲバワタノハラト云ナリ」（古今集注）、「空ヲハ天原ト云」（別本童蒙抄）、「あまのはらとは空也」（和歌色葉）、「あまのはらとは、空を云」（顕注密勘）　**○ふりさけ見ればとは…**　「ふりさけ見れば　ふりあふひて見ればといふ事也」（綺語抄）、「ふりさけとはふりあふのきと云心也。集には振放とかけり」（奥義抄）、「フリサケトハ、フリアフキトイフ也」（和歌童蒙抄）、「フリサケハ、フリアフキテトイフナリ。僻トイフモシハ、サカルトイフ、コノ心ニテモアリ、サカルハ、ヽルカナル議《ママ》ナリ」（教長古今集注）（古今集注にも「教長卿云」として教長古今集注説が掲げられる）、「フリサケミレハトハ、アヲノキミレハト云事也」（別本童蒙抄）、「ふりさけとはふりあふく也。振放と書けり」（和歌色葉）、「ふりさけみればとは、ふりあふぎてみる也」（顕注密勘）、「ふり《振》さけ《放》みる〈あふきて也。ふりいつみるとも万葉にはよめり。同字也。心また同〉」（八雲御抄）、「和云、振別見也。フリアフキテ見ルヨシ也」（色葉和難集）　**○206あまのはらふみとゞろかし…**　古今集七〇一よみ人しらず、古今六帖八〇五、定家八代抄一二〇七、奥入（さかき）八六。

八十三　さくらのか　古今云①」55ウ
はなのいろはかすみにこめてみへすともかをたにぬすめ春のやま風
さくらのかめつらしき事也ぬすめといふもよむへし

【本文覚書】①重書。

【解釈本文】
八十三　さくらのか
古今云、
207 花のいろは霞にこめて見えずとも香をだにぬすめ春のやま風
さくらの香、めづらしき事なり。ぬすめといふも詠むべし。

【注】
○さくらのか…　隆源口伝。　**○207花のいろは霞にこめて…**　古今集九一よしみねのむねさだ、遍昭集一、新撰和歌五五、古今六帖三八〇、隆源口伝二〇、新撰朗詠集三七五、奥義抄一一〇・一二六、和歌童蒙抄六七三、拾玉集三四八二詞書、定家八代抄一一二、以上三句「見せずとも」（古今集六条家本・永治本・基俊本は口伝和歌釈抄歌と異同なし）。寛平御時中宮歌合六、和歌十体一六。和歌体十種三七、三句「みえねども」　**○さくらの香…**　院政期から鎌倉初期頃の歌学書には、同一内容の注説未見。「さくらの香」を詠んだ歌に「いろもかもおなじむかしにさくらめど年ふる人ぞあらたまりける」（古今集五七きのとものり・詞書「さくらの花のもとにて年のおいぬることをなげきてよめる」）等。　**○ぬすめといふも…**　「サクラヲハニホフトハヨメト、ウチマカセテカヲハヨマサメリ」（和歌童

蒙抄)。「さくらの香」と「ぬすむ」を関わらせた注説未見。

八十四　あたちのまゆみ　六帖云

みちのくのあたちのまゆみたむれとも心こわさわやますそありける

あたちのはみちのくにゝありまゆみをおほくといふなり

【解釈本文】

八十四　あだちのまゆみ

六帖云、

208 みちのくのあだちのまゆみたむれども心ごはさはやまずぞありける

あだち野は、みちの国にあり。まゆみをおほくと云ふなり。

【注】

○あだちのまゆみ…　この語を項目とする歌学書未見。　**○208みちのくのあだちのまゆみ…**　古今六帖三四二九、五句「やまずざりける」　**○あだち野は…**　「アダチノコマハ、奥州アダチノ御牧ノ馬也。ミチノクノアダチノマユミトヨム、同所也」(後拾遺抄注)、「あだちのまゆみとは、彼国(稿者注、みちのくに)にあだちと云所にあるまゆみ也」(顕注密勘)、「弓　あたちのまゆみつるすけてと云……あたちのま弓〈是は木也〉」(八雲御抄)。口伝和歌釈抄では「あだち野」の意か。和歌童蒙抄では「アタシラマユミトハ、アタチノシラマユミトイフ歟」と「あだたら

まゆみ」と「あだちのしらま弓」を同一かとする。「安太多良乃《あだたらの》　祢尓布須思之能《ねにふすししの》　安里都々毛《ありつつも》　安礼波伊多良牟《あれはいたらむ》　祢度奈佐利曾祢《ねどなさりそね》」（万葉集三四二八・左注「右三首陸奥国歌」）は、五代集歌枕七五一では「野」項目の「あだたらの陸奥」として採歌される。「あだち野」の例としては、「あだちのの小華がくれにほのみゆるしらげや鹿のしるしなるらん」（久安百首六三八親隆）、「あだち野やまゆみも色やつきぬらんなみ木のみやは梢うちちる」（和歌一字抄五一九義孝伊勢前司）　**○まゆみをおほく…**　院政期から鎌倉初期頃の歌学書には、同一内容の注説未見。また、「まゆみ」を「おほく」と詠む歌も未見。この箇所文意不明瞭。

八十五　ちどり　友則《トモノリ》

ゆふされはさほのから《は》のあさきりに」56オ　ともまと①ま②せるちとりなくなり
　さほのかはらはさぬきのくにゝありかもかわにもはまにもかたにもあらいそにもよむへしさよち□③り
　とも又ちとりつまよふともよめり

【本文覚書】①「は」の誤か。　②重書。　③判読不明文字。あるいは「と」か。

【解釈本文】

八十五　ちどり

友則

209 夕さればさほのかはらのあさぎりに友まどはせるちどり鳴くなり

佐保のかはらは、讃岐の国にあり。かもがはにも、浜にも、かたにも、あらいそにも詠むべし。さよちどりとも、又、ちどりつまよぶとも詠めり。

【注】

○ちどり…　隆源口伝。　**○友則…**　口伝和歌釈抄で、友則の歌として掲出されるものはこの一首のみ。**○209夕されば さほのかはらの…**　拾遺集二三八紀とものり、友則集二一、新撰和歌一四〇、二句「さほの川瀬の」、金玉集三四、前十五番歌合一三、三十人撰六八、深窓秘抄四八、三十六人撰五六、隆源口伝二一、以上三句「かはぎりに」。拾遺抄一四三、初句「冬さむみ」三句「かはぎりに」、古今六帖四四五五、初句「秋くれば」三句「かはぎりに」　**○佐保のかはらは…**　「さほのかはらとはさぬきの国にあり」（隆源口伝）　**○かもがはにも…**　「千鳥《チトリ》とは、浜千鳥《ハマチトリ》、河千鳥《カハチトリ》、ゆくゑもしらぬはまちとり」（能因歌枕）、「賀茂河原にも、かたにも、はまにも、うらにも、あらいそにもよむへし。かは千鳥ともよむへし」（隆源口伝）、「川千鳥トハ、川ニ有ヲ云……ハマ千鳥トハ、浜ニアルヲ云」（別本童蒙抄）、「千鳥はきしのしらすにも、なぎさのひがたにも、つねにおりゐてあさる物也」（顕注密勘）。「白浪の打ちいづるはまのはまちどり跡やたづぬるしるべなるらん」（後撰集八二八朝忠朝臣）、「かくてのみありその浦の浜千鳥よそになきつつこひやわたらむ」（拾遺集六三一よみ人しらず）、「あけぬなりかものかはせにちどりなく今日もはかなくくれむとすらん」（後拾遺集一〇一四円昭法師）、「なにはがたひとりかたしく袖のうへにあとつくばかりちどりなくなり」（覚綱集三七）　**○さよちどりとも…**　「サヨ千鳥トハ、夜ルナクヲ云」（別本童蒙抄）　**○ちどりつまよぶとも…**　「ちとりつまよふといふことは、順か集にのれり」（類聚証、但し、順集に該当する歌未見）、「千鳥つまよふとは　きよきせに千鳥つまよふ山のはに神やたつ覧かみなひのもり」（能因歌枕）、和歌童蒙抄でも「きよきせにちどりつまよぶ」歌を掲げた上で「キヨキセニツマヨフトヨメリ」とする。「さ夜ちどりはねうつなみのおとすなりよはのはるかぜこほりとくらし」（賀茂保憲女集六）

八十六　ふち　玄《ケム》〻集哥云

むらさきのくもとそみゆるふちのはないかなるやとのしるしなるらん

むらさきのくもはよろこひのところにたゝせたりうれ①へのところにもたゝせたりふちをむらさきには②たゝせすとよめり

後拾遺哥云」56ウ

むらさきのくものよそなるみなれともたつときわ《ク歟》こそうれし③りけれ

このうたはよろこひのところにたゝせたり

【本文覚書】①重書。　②重書。　③「か」脱か。

【解釈本文】

八十六　ふぢ

玄々集歌云、

210 むらさきの雲とぞ見ゆるふぢの花いかなるやどのしるしなるらむ

紫の雲は、よろこびのところに立たせたり。うれへのところにも立たせたり。藤をむらさきには立たせずと詠めり。

後拾遺歌云、

211 むらさきの雲のよそなる身なれどもたつときくこそうれしかりけれ

この歌は、よろこびのところに立たせたり。

【注】

○ふぢ…　色葉和難集「むらさきの雲」　**○210むらさきの雲とぞ見ゆる…**　拾遺集一〇六九右衛門督公任、公任集三〇七、玄々集五一四条大納言、栄花物語三七、金葉集三奏本八四、新撰朗詠集一三三、今昔物語集七三、古本説話集三、和歌初学抄八三、古来風体抄三八二、続歌仙落書六五、色葉和難集五〇八。　**○紫の雲は…**　拾遺集一〇六九詞書「左大臣むすめの中宮のれうにてうじ侍りける屏風に」。「むらさきの雲とは　きさきの事をいふ」（能因歌枕・異本）、「是は愛《（慶）》雲の心をよめる也。みかと后のいてきたまふへき所には紫雲立也」（奥義抄）、「后　むらさきのくも」（八雲御抄）、「祐云、コレハ慶雲ノ心ヲヨメル也。御門后ノイテキ玉フヘキ所ニハ此糸《（紫）》雲ノタソ《ツ》也……清輔云、漢高祖ノ后タチ玉ヒケル所ニ紫雲ノ立ケルヨリ、悦ノ所ニハ紫ノ雲ヲヨメル也」（色葉和難集）　**○うれへのところ…**　「むらさきのくものかけてもおもひきやはるのかすみになしてみむとは」（後拾遺集五四一左大将朝光・詞書「円融院法皇うせさせたまひてむらさきのに御さうそう侍けるに、ひとゝせこのところにて子日せさせたまひしことなどおもひいでてよみはべりける」）　**○藤を…**　この箇所文意不明瞭。院政期から鎌倉初期頃の歌学書には、同一内容の注説未見。「藤《フチ》ハ　雲《クモ》　浪《ナミ》　糸《イト》」（和歌初学抄）　**○211むらさきの雲のよそなる…**　後拾遺集四六〇江侍従、今鏡二〇。　**○この歌は…**　「陽明門院はじめてきさきにたたせ給けるをききて」（後拾遺集四六〇詞書）

八十七　のもせ　六帖云

やまもせにさけるつゝしのにくからぬきみをいつしかはやゆきてみん①

　やまもせとわ山もせはくといふなりのもせやまもせなんとよめり

やまもせにうへなめつゝそはれはみるまねくをはなに人やとまると
にわもせにうへたるはなをきみかよをのへとも見ゆる秋のみや人」57オ
後撰云
秋くれはのもせにむしのをりつめるこゑのあやをはたれかわきるらん

【本文覚書】①「も」に重書。

【解釈本文】
八十七　のもせ
六帖云、
212やまもせにさけるつゝじのにくからぬ君をいつしかはやゆきて見む
やまもせとは、山もせばくといふなり。のもせ、やまもせなんど詠めり。
213やまもせにうゑなめつゝぞ我は見るまねくをばなに人やとまると
214にはもせにうゑたる花を君がよをのべとも見ゆる秋のみや人
後撰云、
215秋くればのもせにむしのおりつめるこゑのあやをばたれかはきるらむ

【注】
○のもせ…　奥義抄、和歌色葉「のもせ　付こゑのあや」。この語を項目とする歌学書は、綺語抄。「のもせ　野面也。のゝおもてにてといふなり。のゝおもてをいふなり」（綺語抄）、「野もせとは野にみちたりと云心也。おほく

ひまなき也。或物には野面を云と申たれ共」（奥義抄。和歌色葉は奥義抄の一部を引く）、「野モセト云、野ノ面ヲ云」（別本童蒙抄）、「野もせとは、のもせ、庭もせ、水もせ、国もせ、これみな野面、水面にみちて、あまねきよしの詞なり」（僻案抄）、「野モセトハ、野ニミテル也」（色葉和難集）　**○六帖云…**　現行本古今六帖には未見。　**○212やまもせにさけるつゝじの…**　万葉集一四二八長歌の七〜結句部分、五句「往而《ゆきて》早《はや》将《み》ㇾ見《む》」、家持集三六、五句「ゆきてはやみむ」、綺語抄は初二句のみを載せる。　**○やまもせとは…**　「やまもせ　やまもせにさけるつゝしの」（綺語抄）、「き《万五》にやなりぬる〈せはくおほゆる事也。水もせ、庭もせ、山も野もせなといへるもせはき也。狭字也〉」（八雲御抄）　**○213やまもせにうゑなめつゝぞ…**　後撰集一二八九伊勢、伊勢集二四一、五句「人とまるやと」、古今六帖四〇五八、二句「うゑならべてぞ」、以上初句「やどもせに」　**○214にはもせにうゑたる花を…**　弁乳母集一四、二句「うゑたる花は」四句「のべとぞみゆる」　**○215秋くればのもせにむしの…**　後撰集一六二藤原元善朝臣、奥義抄一八六、和歌色葉三一六、初句「秋のくれば」、色葉和難集六七五、以上三句「おりみだる」五句「たれかきるらむ」。古今六帖三九七〇、和歌童蒙抄八三九、以上五句「たれかきるらむ」、六百番陳状三四、五句「誰かきるべき」

八十八　しくれ　後撰云①

②神な月ふりみふらすみさためなきしくれや《そ》ふゆのはしめなる③らん《りける》

しくれとはいつも〳〵よむへしたゝししくれそふゆのはしを④なりけるとい⑤ふはかれはふりみふらすゝるをいふ也

古万云
はきのはなて⑥らはをしまん⑦秋のまめ⑧しはしなふりそいろの⑨　まて
　しくれのあめともよむへし」57ウ

【本文覚書】①重書。②重書。③「るらん」に見セ消チ記号を付す。④「め」の誤か。⑤「いへる」を書き止して「いふ」と重書。⑥「ち」の誤か。⑦「も」に重書。⑧「あ」の誤か。⑨二文字分空白。

【解釈本文】

八十八　しぐれ

　後撰云、

216 神な月ふりみふらずみさだめなきしぐれぞ冬のはじめなりける

　しぐれとは、いつも〳〵詠むべし。たゞし、しぐれぞ冬のはじめなりけるといふは、かれはふりみふらずゝるをいふなり。古万云、

217 はぎの花ちらばをしまむ秋の雨しばしなふりそ色の（ママ）まで

　しぐれの雨とも詠むべし。

【注】

〇しぐれ…　隆源口伝。　**〇216神な月ふりみふらずみ…**　後撰集四四五よみ人も（読人不知）、古今六帖二〇九、和漢朗詠集三五五、隆源口伝二三、綺語抄五二、古来風体抄三一五、定家八代抄四七六。　**〇しぐれぞ冬の…**　時雨は、216歌のように、十月に降る雨と詠むのが一般的である。「十月の雨をは　しくれといふ」（能因歌枕）、「春の

あめをは春さめといふ、夏のあめをはときの雨といふへきなり。されと十月のあめをは時雨かきてしくれとは申そかし」（俊頼髄脳）。口伝和歌釈抄に類似する注としては、「たゝし時雨そ冬のはしめなりけるといふは、ふりみふらすみするをいふなり」（隆源口伝）、「これはふりみふらすみするしくれを云也。さらぬしくれをはいつも〳〵よむへきなり。いま案、春夏なとはいかゝあるへからん」（綺語抄）がある。　**○217はぎの花ちらばをしまむ…**　続古今集三三一人麿、二句「ちらばをしけん」五句「いろのつくまで」、人麿集Ⅲ一七一「ハキノハナオシケム《チルハオシケム》秋ノアメナラハ《アキノアメノ》　シハシナフリソ色ノツクマテ」、同Ⅳ九五、二句「ちるはおしけむ」五句「いろのつくまて」。現存する万葉集に未見。　**○しぐれの雨とも…**　「竜田河錦おりかく神な月しぐれの雨をたてぬきにして」（古今集三一四よみ人しらず）など、「しぐれのあめ」は、万葉以来多数詠まれる。

八十九　うはたま　同万云
うわたまのこよひなあけそあけゆけは
　烏玉《ウハたま》とよめりくろしといふ事也

【解釈本文】
八十九　うばたま
　同万云、
218うばたまのこよひなあけそあけゆけば

烏玉と詠めり。くろしといふ事なり。

【注】

○うばたま…　この語を項目とする歌学書は、綺語抄、色葉和難集。**○218うばたまのこよひなあけそ…**　拾遺集七一七人まろ「むばたまのこよひなあけそあけゆかばあさゆく君をまつくるしきに」、万葉集二三八九「烏玉《ぬばたまの》是《この》夜莫《よな》明《あけそ》　朱引《あからひく》　朝行公《あさゆくきみを》　待　苦《またばくるしも》」、人丸集二一〇「むば玉のこよひなあけそあけゆけ《か》ばあさ行く君をまつもくるしも」、人麿集Ⅳ一二四、初句「うはたまの」**○烏玉と詠めり…**　万葉集二三八九、初句、嘉「うはたまの」、細・温「ウハタマノ」、京「烏」の左に赭で「/ウハ」。広瀬本「ウハタマノ」。「うはたま　烏玉之夜　野于玉之　よわたるかり　天徳哥合に、むはたまのよるのゆめたにまさしくはわかおもふことを、と中務かよめる哥を、小野宮左大臣判者にて、よるをぬはたまとこそいへとて、このうたをまけに判せられたり。今万葉集にはむはたまといひてよるとよみ、うはたまとてもよるといひ、又ぬはたまとてくろしといへは、わかぬことはにこそあめれ。なとかくはんせられたるにかありけん。又そのときもこの証哥をおほえさりけるにやあらん」（綺語抄）**○くろしといふ事なり…**　「夜　むはたまといふ」「黒　物《くろきもの》をは　むはたまといふ」「ゆめおは……むはたま」「むまたまとは　くろき物をいふ」（能因歌枕）、「ウハタマノト《ハ》・クロシトイフ也」（和歌童蒙抄）、「和云、烏羽玉ト《（書）》云リ。クロシトツ、ク」（色葉和難集）

九十　いわま　好忠云

いわまに①はこほりのくさひうちてけりたまさかしくもいまわもりこす

いわまにこほりふたかりたるをくさひとはいふ也

【本文覚書】①重書。

【解釈本文】

九十　いはま

好忠云、

219 いはまには氷のくさびうちてけりたまさかしくも今はもりこず

いはまに、氷ふたがりたるを、くさびとはいふなり。

【注】

○いはま…　この語を項目とする歌学書未見。　**○219いはまには氷のくさび…**　後拾遺集四二一曾禰好忠、新撰朗詠集三六一、和歌童蒙抄二二四、古来風体抄四三七、五代勅撰、以上四句「たまゐしみづも」。好忠集三一九、下句「もりこしみづもたえておとせず」　**○いはまに…**　「イハマノ氷ヲクサビトヨメリ。古歌ニヨマヌコトナリ」（後拾遺抄注、五代勅撰）、「コホリノクサヒハ、石ノ中ヨリ出水ノ氷タルヲ云」（別本童蒙抄）、「凍　こほりのくさひ〈凍閇たる也〉」（八雲御抄）

九十二①　たかさこ

たかさかこのを《かはほんのまゝ》のへにたてるしかのねことのほかにもぬるゝそてかな」58オ

たかさことといふにあまたのあらそいあり或人のいわくたかさことははりまのくにゝあり《る》ところのなゝ
り又ある人の云たかさことわよろつのやまをいふ也をのへとわやまのうへに②をいふ也本文云積砂《イサコツモテ》
成山《ヤマトナル》といへりされは
素《ソ》性《セイ》法師

後撰云

やまもりわいまはゝなむたかさこのをのへのさくらをりてかさゝん

たかさこのまつをみとりとみし事はもとのもみちをしらぬなりけり

【本文覚書】①「二」は「一」の誤。②「に」衍。

【解釈本文】

九十一　たかさご

220 たかさごのをのへにたてるしかのねこと（ママ）のほかにもぬるゝ袖かな

たかさごといふに、あまたのあらそひあり。或人の云はく、たかさごとは、播磨の国にあるところの名なり。又、或人の云はく、たかさごとはよろづの山をいふなり。をのへとは、山の上をいふなり。本文云、積砂成山といへり。されば、素性法師

221 やまもりはいまはゝ（ママ）なむたかさごのをのへの桜をりてかざゝむ

後撰云、

222 たかさごの松をみどりと見しことはもとのもみぢをしらぬなりけり

【注】

○たかさご…　隆源口伝、和歌色葉。奥義抄「たかさご　付あしひき」、色葉和難集「たかさごのをのへ」　**○220たかさごのをのへにたてる…**　新古今集一九八六恵慶法師、隆源口伝二四、金葉集三奏本二二〇、万代集一〇七九、以上三句「鹿のねに」。玄々集三七恵慶法師、三句「鹿の音の」　**○たかさごといふに…**　「高砂といふにあらそひあり」（隆源口伝）　**○或人の云はく…**　「たゝしこのほかにも、はりまにもたかさこのおのへとよめり。それはところの名なれはと《ママ》おとろくへからす」（隆源口伝）、「たかさこのをのへといふ所ははりまのくにゝある所也」（俊頼髄脳）、「高砂のをのへとよめるにつきて、二の説あり。一には播磨国に高砂といふ所にをのへの里といふ所あり。かの浜づらに松あり、これ高砂のをのへの松とよめり。後拾遺、藤原義定播磨へくだりてよめる、我のみとおもひこしかど高砂のをのへの松もまだゝてりけり」（顕注密勘）　**○又、或人の云はく…**　「たかさことはよろつの山をいふなるへし」（隆源口伝）、「おほかたの山の名を、たかさことといふ事のあれはをのへといへるは山にをといへる所あれは、そのをのうへにといへる也。あれも、これも、ともにとかなし。しかさるにては、いかなる所にても、山をよまむにはとかなし（はゝかりあるまし・顕）とそきこゆる」（俊頼髄脳）、「山の一名をはたかさこと云也」（奥義抄）、「タカサコトハ、山ノ惣名ナリ」（和歌童蒙抄）、「又高砂は山の惣名也。いさごつもりて山となる心也……事に随、心えよむべし」（顕注密勘）　**○をのへとは…**　「おのへとは山のおのへをいふなるへし」（隆源口伝）、「をのへといふはさとの名なり」（俊頼髄脳）、「山には尾と云所あれば、山尾のうへと云は峯を云也」「惣じて山を高砂といひ、をのうへを、をのへと云ふにはあらず。歌にしたがひて思分べし」（顕注密勘）、「をのへとは、をのうへといふ也」（僻案抄）　**○本文云…**　「本文云、積砂成山といへり」（隆源口伝）、「タカサゴトハ山ノ惣名也。砂積テ成㆑山心ナリ」（古今集注）、「砂積成山といふ本文也」（和歌色葉）、「砂積成山ト云本文ニテ、タカサコト云也」（色葉和難集）。「積徳成王積怨成亡、積石成山、積水成海、不積而能成者未之有也」（文子巻上。文子は日本国見在書目録に見

える）　**○221やまもりはいまはゝなむ…**　後撰集五〇素性法師、家持集五四、古今六帖四二三一、俊頼髄脳三五〇、隆源口伝二四次（上句のみ）、奥義抄二七八、五代集歌枕五三六、和歌色葉三一三、定家八代抄九三、色葉和難集三六五、以上二句「いはばいはなむ」。素性集五六、二句「いはばいはなむ」五句「をりつくしてむ」**○222たかさごの松をみどりと…**　後撰集八三四よみ人しらず、四句「したのもみぢを」

九十二　ふせや　俊頼《トシヨリ》」58ウ

よもすからふせやのひまのしらむまてをきのかれはにこのはをそきく

ふせやとはいやしきいへをいふなるへしあまのふせやともよめり樹下《シユケ》云

もしをやくあまのふせやのしはのとをあくれはあたるもしてゆへれは

ある人云ふせやとは野①をもいへり

をろか[redacted]②にもをもはましかわあつまちのふせやといゝしのへにねなまし

【本文覚書】①重書。②「なる」を墨消。

【解釈本文】

九十二　ふせや

俊頼

223夜もすがらふせやのひまのしらむまでをぎのかれ葉にこの葉をぞきく

ふせやとは、いやしき家をいふなるべし。あまのふせやとも詠めり。樹下云、

224 もしほやくあまのふせやのしばのとをあくればあたるもしてゆへれば

ある人云、ふせやとは、野をも云へり。

225 おろかにも思はましかばあづま路のふせやといひし野べにねなまし

【注】

○ふせや…　隆源口伝、綺語抄、色葉和難集。　**○俊頼…**　口伝和歌釈抄で、俊頼の歌として掲出するのは二首。

○223夜もすがらふせやのひまの…　綺語抄四九〇、三句「しろむまで」、散木奇歌集五九七、和歌一字抄二八四、以上初句「ひとりぬる」五句「このはちるなり」　**○ふせやとは…**　「ふせや　あやしきやをいふ。しつのふせやなとよめり。或人云、もの《ママ》をいふ有論……たこのふせやともよめり。あまのふせやともよめり」（綺語抄）、「又アヤシノ家ヲハシツカフセヤトモ云」（色葉和難集）　**○樹下云…**　目録に「樹下集」とある。口伝和歌釈抄で、樹下集歌として掲出するものはこの一首のみ。　**○224もしほやくあまのふせやの…**　隆源口伝二五、下句「明くればみだるもらでゆつれば」、別本童蒙抄一七〇、二句「海士の」四句「明レハミタル」　**○ある人云、ふせやとは…**　「或人云、ふせやとは野をいふともあり」（隆源口伝）、「野　ふせやとはのをいふと云説あり」（八雲御抄）　**○225おろかにも思はましかば…**　拾遺集一一九八よみ人しらず、拾遺抄四六一、隆源口伝二七、二句「思はましやは」、色葉和難集六六二、五句「ひとにねなまし」

九十三　ますかゝみ　古■①万云

ますかゝみてにとりもちてあさなのゝみれともきみかあくと■《こ②》のなき《き》」59オ
　真《マス》澄《③ノ④■ノカヽミ》鏡とかきてますかゝみとよめり

【本文覚書】①「今」を墨消。②「き」を墨消。③傍記「マスノ」の「ノ」を重書。④傍記、判読不明文字を墨消。

【解釈本文】

九十三　ますかゞみ

　古万云、

226ますかゞみ手にとりもちてあさなのみれども君があくことのなき

　真澄鏡とかきて、ますかゞみと詠めり。

【注】

○ますかゞみ…　この語を項目とする歌学書は、和歌色葉、色葉和難集。○226ますかゞみ手にとりもちて…　拾遺集八五七人まろ、三四五句「あさなあさな見れどもきみにあく時ぞなき」、万葉集二五〇二、三四五句「朝《あさなさな》〱雖レ見君《みれどもきみは》　飽事無《あくこともなし》」、人丸集二〇一、三四五句「あさなあさなみれどもきみにあく時ぞなき」、古今六帖三二二二、三四五句「あさなあさなみんときさへやこひのしげけん」、別本童蒙抄一九八、三四五句「アサナ〱ミレトモ君カアク事モナシ」、秀歌大体九八、三四五句「朝な朝な見れども君にあく時ぞなき」、定家八代抄一一六四、三四五句「朝な朝な見れどもきみにあく時ぞなき」○真澄鏡とかきて…　226歌の万葉集表記は「真鏡」、諸本異同なし。万葉集において「真澄鏡」の表記未見。「月　ますかゝみといふ」（俊頼髄脳）、「万葉には十寸鏡とそかける。又真澄鏡とかけり」（奥義抄）、「マスカヽミトハ、マスミノカヽミ同事也。真澄トカケリ。日本紀ニハ、白明鏡トカケ

リ万」（和歌童蒙抄）、「マスカ、ミトハ、クマナク明ナル鏡ヲ云也」（別本童蒙抄）、「奥義抄云、マスカ、ミトハ、マスミノ鏡ヲ略シテ云也。万葉ニハ方寸ノカ、ミトカケル。又マスミトハ真澄鏡トモカケリ。真素トモカケリ。祐云、マスカ、ミトハ、万葉ニ真丁《寸歟》鏡トカケリ。マコトニヨクスミタルカ、ミ也。故語拾遺ニモ見ヘタリ」（色葉和難集）

九十四　ゆふつけとり　猿丸《サルマル》大夫哥云

たかみそきいふつけとりかゝらころもたつたのやまにうちはへてなく

みそきはさきのことしゆふつけとりとはおほやけのはらへせさせ給にあふさか■①にてにはとりにゆふをつけてはなち給也いふをつけてはなてはしかいふなりある人の云いふかたぬれはゆふつけとりとい
ふなん

【本文覚書】①「の」を墨消。

【解釈本文】

九十四　ゆふつけどり

　猿丸大夫歌云、

227 たがみそぎゆふつけどりかから衣たつたの山にうちはへてなく

　みそぎは、さきのごとし。ゆふつけどりとは、おほやけのはらへせさせ給ふに、あふさかにてにはとりにゆふをつけてはなち給ふなり。ゆふをつけてはなてば、しか云ふなり。或人の云、ゆふがたぬれば、ゆふつげ

どりといふなむ。

【注】

○ゆふつけどり…　綺語抄、袖中抄、色葉和難集。色葉和難集「たがみそぎ」　**○227たがみそぎゆふつけどりか…**　古今集九九五よみ人しらず、新撰和歌二一三、大和物語二五八、猿丸集四七、綺語抄六〇九、六〇七、四句「たつたのやまを」、俊頼髄脳三一四、五代集歌枕一七四、俊成三十六人歌合二一、袖中抄一〇四六、六百番陳状一三六、近代秀歌一〇八、定家八代抄一六四九、八代集秀逸一〇、時代不同歌合四七、色葉和難集三六一・八三九、以上五句「をりはへてなく」。古今六帖一三六二、二句「ゆふつけ鳥ぞ」五句「たちかへりなく」。小松茂美氏『古筆学大成17』（講談社、一九九一～九二年）所収伝行成筆「猿丸集切」第七葉は口伝和歌釈抄と一致する。　**○みそぎ…**　「七十九　みそぎ」参照。　**○ゆふつけどりとは…**　「鶏、ゆふつけどりと云、又はなちどりと云、又はこゑのとりと云」（倭歌作式）、「ゆふつけ鳥《トリ》とは　神《カミ》にゝはとりたてまつるをいふ　私《ワタクシ》には、鳥《トリ》にゆふをつけて神にたてまつるをいふ」「あふさかのゆふつ鳥《（ママ）》とは　おほやけのまつりゝとをせらるゝ時にゆふをつけてあふさかにはなつをいふ」（能因歌枕）、「おほやけの御はらへに、にはとりにゆふをつけてあふさかにはなつなり……又云、いにしへ闘鶏せしに、ゆふをつくといふこともあり」（綺語抄）、「ゆふつけとりとは、にはとりのなゝり。にはとりにゆふをつけて、山にはなつまつりのあるなり」（俊頼髄脳）、「世中さはかしき時、四境祭とて帝のし給ふこと也。鶏にゆふをつけて四の関に至りてする祭也。あふ坂は其一の関也」（奥義抄、袖中抄もほぼ同説）、「斎宮ノ業平カタメニハラヘシテイタシタリシニハトリヲ、ユフツケテ、アフサカノセキニハナチタリシニヨセテ、ヨメルトソ。ニハトリニユフツケテイタスハラヘノアルニヨリ、ユフツケトリトハイヒハシメタリ」（和歌童蒙抄）、「鶏　ゆふつけ鳥〈付木綿　相坂に祓故也〉　庭《万》つとり……大和物語に、暁になくゆふつけのわひこゑと云り。ゆふつけともよむへし」（八雲御抄）、「和云、ユフツケトリトハ、庭鳥也。鶏ニシテヲツケテ山ニ放ツ祭ノアル也。タツタ山、アフ坂ナト

ニテツネニスルニヤ」（色葉和難集）　**○或人の云…**　院政期から鎌倉初期頃の歌学書には、同一内容の注説未見。

九十五　あけのたまかき
盧主《クロヌシ》歌云①」59ウ
みつかき■②にふるわつゆきをしろたへのゆふしてかくると思けるかな
みつかきとわいかきをいふあけのたまかき③ともいふ④又あかきたまかきともいふ

【本文覚書】①重書。②「の」を墨消。③重書。④重書。

【解釈本文】
九十五　あけのたまがき
盧主歌云、
228 みづがきにふるはつ雪をしろたへのゆふしでかくると思ひけるかな
みづがきとは、いがきをいふ。あけのたまがきともいふ。又、あかきたまがきともいふ。

【注】
○あけのたまがき…　この語を項目とする歌学書は、色葉和難集（増補部分）　**○228みづがきにふるはつ雪を…**　玉葉集二七八五増基法師、増基法師集四二、以上四句「ゆふしでかくと」　**○みづがきとは…**　「みづがきをば、ひさしきものをいふ」（能因歌枕）、「崇神天皇三年秋九月ニ都ヲ磯城《シキ》ニウツサシメタマフ。コレヲ瑞籬《ミツカキノ》宮トイフ也。

委見日本紀第五。サレハミツカキノヲコリ彼ノ時也……ミツカキトハマタ神ノメクリヤミカトノヲハシマストコロノカキヲイフナリ」（和歌童蒙抄）、「崇神天皇の瑞籬宮にすみ給しによりてそのなをみつかきといへは……或人云、みつかきとは神の社のかきをいふ也」（和歌色葉）、「みづがき、瑞籬也。ひさしきためしによめり」（顕注密勘）、「垣　神……みつ〈神殿也。久き事によむ〉……みつのたまかき〈神也〉」（八雲御抄）、「和云、ミツカキトハ、神ノ社ノカキ也。ミツトハ御也。ツハ助言也」（色葉和難集）。「瑞籬　日本私記云、瑞籬〈俗云美豆加岐、一云以賀岐〉」（倭名類聚抄）　**○あけのたまがき…**　「たまかきとは　しのへたけとも　神のやしろのかきなり」（能因歌枕）、「あけのたまかきとは、神のやしろのめくりの、いかきをいふ也、あかくそめたるなり」（松が浦嶋「疑開抄の所々」）、「垣　あけのたまかき」（八雲御抄）、「一アケノ玉カキト云事　是ハ神ノヰカキヲ申也。アケトハ、神ノヰカキニハ必スニ丹ヲヌリテアカクスル也。アケノ糸ト云コトク也。タマカキトハ、メテタクヲソロシキ事ニイカキト云也」（色葉和難集）　**○あかきたまがきともいふ…**　院政期から鎌倉初期頃の歌学書には、同一内容の注説未見。

九十六　みもすそかわ　経信《ツネノフ》哥云

きみか世はつきしとそ思■[1]神風やみもすそ河のすまんかきりは

みもすそかわとは伊勢御神[2]のやしろのまへになかれたるかは也神風とは御神のめくみの事也」60オ　通《ミチ》宗朝臣《ムネノアツム》、つくしの安楽寺《アムラクシ》にて北野の御まへにてかみ風とよみてときの人〳〵にはらはれけりされともゆ[3]へありとそ申されける

【本文覚書】①判読不明文字を書き止して墨消。②「ノ」に重書。③以下の一行、次項「いひ」の項目題下に書かれる。

【解釈本文】

九十六　みもすそがは

経信歌云、

229君が世はつきじとぞ思ふ神風やみもすそがはのすまむかぎりは

みもすそがはとは、伊勢御神の社の前に流れたるかはなり。神風とは、御神のめぐみの事なり。通宗朝臣、筑紫の安楽寺にて北野の御前にて神風と詠みて、時の人々にわらはれけり。されども、ゆゑありとぞ申されける。

【注】

○みもすそがは…　隆源口伝、綺語抄（注のみ）。袖中抄「かみかぜ　はまをぎ　付みもすそ川」**○経信…**　口伝和歌釈抄で、経信の歌として掲出されるものは二首。**○229君が世はつきじとぞ思ふ…**　後拾遺集四五〇民部卿経信、経信集一八八、和歌童蒙抄三六五、袋草紙二五二、五代集歌枕一三一一、別本童蒙抄三二七、袖中抄四八八、古来風体抄四四〇、近代秀歌二・五六、定家八代抄五八八、定家十体一四八、詠歌大概六五、八代集秀逸三四、時代不同歌合四。顕昭本俊頼髄脳独自歌に「君か世はつきしとそみる秋《本》風やみもすそ河のすまんかきりは」。隆源口伝二七次、上句のみ。**○みもすそがはとは…**　「みもすそかは　伊勢太神宮御まへにあるかはなり」（綺語抄）、「みもすそかはとはかの大神宮の御前になかれたる河也」「みもすそかはとは、かの大神くの御まへになかれたるかはなり」（俊頼髄脳）、「日本紀ノ六ニ、垂仁天皇廿五年三月丁亥朔丙申、天照大神和姫命ニ誨テ曰、是神風伊勢国ハ、即常世《トコヨ》之《ノ》浪重浪帰《シキナミヨル》国也云々」（和歌童蒙抄）、「五十鈴をば、或はいをすゞ、或はいそすゞ、或はいすゞとよめり。

このいすゞ川を御裳濯川とは申なり。大神宮の御前にあり」(袖中抄)、「神風やう〳〵に申あひたり。或はみもすそ河にかみかせといふ瀬あり。太神宮あまくたりたまへるところ也といへり。或、神の御めくみをいふといへり」(和歌色葉)、「御裳濯川」については解題参照。**〇神風とは…**　「是神風伊勢国、則常世之浪重浪帰国也」(日本書紀垂仁天皇二十五年)、「伊勢をは、神風といふ」(能因歌枕)、「かみかせ　神の御めくみをいふなり」(綺語抄)、「神風といへるは、ふく風にはあらす。まむえうしふに、かみかせとかきたれは、もんしにはかられて、ふく風によめる人、あまたきこゆ。もろ〳〵のひか事にや。神のおほむめくみといへることなり」(俊頼髄脳)、「かみ風やう〳〵にまうしあひたり。あるはみもすそ川に神風と云瀬あり。大神宮のあまくたりたまへる所也と申、心えす。二の義扨はみもすそ川とつゝけさらんほかはよむへからす。あるは神のめくみを云也と申す。それ又如何と聞ゆ。二の義にてよめるにや……この神風伊勢国すなはち常世の浪重浪帰国也」(奥義抄)、袖中抄は「顕昭云、神風とは神のおほむめぐみをいふとぞあまたのふみに申したれど、いかなればめぐみをば風とはいふぞとも釈せねばおぼつかなし」として垂仁紀を引く。「神かせいせ」(和歌初学抄)、「風　神風〈伊勢国〉」(八雲御抄)　**〇通宗朝臣、筑紫の安楽寺にて…**　「通明朝臣案東寺にてよみて、時の人々にわらはる。されともゆへありとそ申されける」(隆源口伝)、「通宗朝臣、つくしの安楽寺にて神風とよみたりけるを、人わらひけり」(綺語抄)、「或人は安楽寺にて神風とよみて、ときの人にわらはれけり」(奥義抄)、「有云、通宗朝臣ツクシノ安楽寺ニテヨミテ時ノ人ニワラハレケリ。サレトモ故アリトソ申サレケル」(色葉和難集)、「伊勢国風土記、八風より起る神の風と云ふなり、通宗朝臣於安楽寺神風を詠むなり」(新編国歌大観『高良玉垂宮神秘書紙背和歌』)、「伊勢国風土記ハ風ヨリ起神ノ風ト云也。通宗朝臣於安楽寺神風を詠也」(高良玉垂宮神秘書紙背和歌)。解題参照。

九十七　いひ　後撰《コセム》云

いけ水のいひいつる事のかたけれはみこもりなからとし①そへにける

いけのみつをやらんとてたてたるきなり

【本文覚書】①「に」に重書か。

【解釈本文】

九十七　いひ

後撰云、

230いけ水のいひいづる事のかたければみごもりながら年ぞへにける

池の水をやらむとて、たてたる木なり。

【注】

○いひ…　隆源口伝。　**○230いけ水のいひいづる事の…**　後撰集八九〇敦忠朝臣（堀河本、坊門局筆本は「朝忠朝臣」）、古今六帖二五四七、朝忠集九、隆源口伝二八。　**○池の水をやらむとて…**　「池にはいひといふものをたてゝ、水やらむとてはさしあけてさしなとする也」（隆源口伝）、「イキトハ、イケノシリハナツ所ニ、トリイノヤウニ立タル木ヲ云也」（別本童蒙抄）、「池　いひと云は水はなつところ也」（八雲御抄）

九十八　たこの浦《ウラ》　内蔵縄丸《クラノツナマル》歌云

たこのうらそこさへにほうふちなみをかさしてゆかんみぬ人のため
■①■■■■■■■■」60ウ
たこのうらはするかのくにゝありふちはなおほかるへ■②しかすみきりもたゝせてよめり

【本文覚書】①「九十九　くさのとさし」を墨消。　②「き」を墨消。

【解釈本文】

九十八　たごの浦

内蔵縄丸歌云、

231たごの浦そこさへにほふふぢなみをかざしてゆかむ見ぬ人のため

たごの浦は、するがの国にあり。藤花、おほかるべし。霞、霧も立たせて詠めり。

【注】

○たごの浦…　この語を項目とする歌学書未見。　**○内蔵縄丸…**　口伝和歌釈抄で、内蔵縄丸の歌として掲出されるものはこの一首のみ。　**○231たごの浦そこさへにほふ…**　拾遺集八八柿本人麿、万葉集四二〇〇（家持）、古今六帖四二三九、人丸集一七二、古来風体抄一九八、五代集歌枕一〇九一、古今集注、以上初句「たごの浦に」。和漢朗詠集一三五、三十人撰四（人麿）、秀歌大体三〇、以上初句「たごの浦の」。和歌童蒙抄五四八、初句「たごの浦の」三句「藤のはな」。縄丸詠とするのは、和漢朗詠集（縄丸）、五代集歌枕（縄麿）、古来風体抄（内蔵忌寸縄麿）。
○たごの浦は…　万葉集巻第十九（四一九九・四二〇二）の題詞には「十二日、遊二覧布勢水海一、船二泊於多祜湾一、望二見藤花一、各述レ懐作歌四首」とある。「タコノウラハスルカノクニ、アリ」（和歌童蒙抄、五代集歌枕においても、

駿河とし、越中をあげない)、「タゴノウラハ丹後ノヨサノウミニアリ。駿河ニモアリ……越中ノフセノ海ニモアリ。水海ナリ」(拾遺抄注)、「又越中国いづみの郡ふる江の村にある布勢の水うみ、たごの浦藤とよめるを、潮の定によむ事はあやまり也」(顕注密勘)、「浦　たこの《同》〈万　越中のたこ。有藤。家持国司遊所也。水海也〉」(八雲御抄、「同」は「駿」を受けるか。国会図書館本、幽斎本、書陵部本は「越中」を受ける)　**○藤花、おほかるべし…**　「タコノウラハ……フチ、ヤマ・ナト《フキ》サク所也」(和歌童蒙抄)　**○霞、霧も立たせて詠めり…**　「たごの浦に霞のふかく見ゆるかなもしほのけぶりたちやそふらん」(拾遺集一〇一八)

九十九　くさのとさし　後撰云

秋のよのくさのとさしのはひしきはなけゝとあけぬものにそありける

　くさのとさしとはいやしきい江なんとはくさしてとをあみてたて《たる》。なりそれをさしたるきをいふ也①

【本文覚書】①重書。

【解釈本文】

九十九　くさのとざし

　後撰云、

232秋の夜の草のとざしのわびしきはなげゝどあけぬものにぞありける

　草のとざしとは、いやしき家なんどは、草して戸をあみてたてたるなり。それをさしたる木を云ふなり。

【注】

○くさのとざし…　隆源口伝、色葉和難集。**○232秋の夜の草のとざしの…**　後撰集八九九兼輔朝臣、四句「あくれどあけぬ」。隆源口伝二九、三四句「淋しさはなげくにあかぬ」。色葉和難集五八九、四句「なけどもあけぬ」**○草のとざしとは…**　「草のとさしとは、あやしの家なとは、くさして戸をあみてたつるなるへし。それをさしたるを云」（隆源口伝）、「くさのとさし　山さとのいやしきいゑなとにはくさしてとをあみてたて《た》る也　それをさしたる木をくさのとさしといふ」（松が浦嶋「和哥綺語抄の内」）、「草シゲリタル門ヲバ草ノ戸鎖ナドヨムナリ」（後拾遺抄注）、「アヤシキイヱナトハ、クサニテトヲアミテタツルナリ。ソレヲサシタルヲイフナルヘシ」（色葉和難集・鎌倉鈔本）

百　しつはた

しつはたにおもひみたれて秋のよのあくるもしらすなけきつるを

しつはたとはけすのをるはたをいふ」61オ　又能因《ヨシタカ》哥枕にはさゝはたともいへり

①百一　たつぬへし②　しつのをたまかき③かさらは又かつのこほりにあり五十一ヤマ

【本文覚書】①上部余白、項目番号の位置に書く。目録でも「百一」は項目番号のみ。②三文字分空白。③「か」見セ消チ記号あるか。

【解釈本文】

百　しづはた

233しづはたに思ひみだれて秋の夜のあくるもしらずなげきつるを（ママ）

しづはたとは、げすのおるはたをいふ。又、能因歌枕には、さゝはたともいへり。たづぬべし。

百一　しづのをだまきか。さらば、又、かづのこほりにあり。〈五十一ヤマ〉

【注】

○しづはた…　奥義抄、和歌色葉、色葉和難集。**○233しづはたに思ひみだれて…**　後撰集九〇二贈太政大臣、奥義抄三二〇、和歌色葉三三五、色葉和難集九〇九、以上五句「なげきつるかな」**○しづはたとは…**　「しつはたとは、ひとへにといふ事也。布《ヌノ》によせていへり」（能因歌枕・異本）、「シツハタトハ、ケスノ布ヲルハタナリ」（別本童蒙抄）、「しつはたとは、しつのめかをるはたなり」（和歌色葉）、「しつはた〈ひとへにと云心也。布のことによせてなともよめり〉」（八雲御抄）、「和云、シツハタトハ、シツノメカ布ヲルハタ也」（色葉和難集）**○又、能因歌枕には…**　「さゝはたとは　しつはた也」（能因歌枕）**○しづのをだまきか…**　院政期から鎌倉初期頃の歌学書には、同一内容の注説未見。あるいは、この箇所以降は項目百一の可能性もある。百一に、「しつのをたまき」が位置するのではないかとの書写者の覚書か。なお、目録では項目百一は空白となっている。**○さらば、又…**　「かつのこほり」未詳。あるいは「葛野郡」か。**○〈五十一　ヤマ〉…**　この箇所判読困難。「五十一　やまがつ」の135歌は「しづのをだまき」を詠んだものであり、それとの関連を言うか。

百二　をほい河のくれ
あさきせをこきいたれのつなよわみなをこのくれもあやうかりけり
おほいかわくたすいかたのみなれ①さほみなれ②人のこひしきはなそ
かみのうたにはおほいかわなけれともくれとよめりしものうたにはかは〻あれともくれなしされとも
いかたにはくれをくみあはせておほいかわより」61ウ さしてくたる也おほいかわのくれなんとよむへし

【本文覚書】①「しも」に「さほ」重書。②「ぬ」脱か。

【解釈本文】

百二　おほゐがはのくれ
234 あさき瀬をこきいたれ（ママ）のつなよわみなほこのくれもあやふかりけり
235 おほゐがはくだすいかだのみなれざをみなれぬ人の恋ひしきはなぞ

上の歌には、おほゐがはなけれども、くれと詠めり。下の歌には、かははあれどもくれ無し。されども、いかだにはくれをくみあはせて、おほゐがはよりさしてくだるなり。おほゐがはのくれなんど詠むべし。

【注】

○おほゐがはのくれ…　この語を項目とする歌学書未見。**○234あさき瀬をこきいたれの…**　後拾遺集九〇五読人不知、和歌初学抄一四、以上二句「こすいかだしの」**○235おほゐがはくだすいかだの…**　拾遺集六三九よみ人しらず、後葉和歌集二九六、五代集歌枕一一五八、定家八代抄九四四、以上下句「見なれぬ人もこひしかりけり」

○されども、いかだにはくれを…　院政期から鎌倉初期頃の歌学書には、同一内容の注説未見。なお234歌は、後拾

遺集九〇五における詞書も「をんなのもとにくれにはとをとこのいひつかはしたるかへりごとによみ侍ける」であり、「おほゐがは」の歌とはされていない。「いかだ」「くれ」「おほゐがは」を詠んだ例としては、「いかだおろしあけくれくだす大井河みなれぞしぬるよそのひとさへ」（能宣集二三一）、「かたらひてとしごろありつる人の、ゆふさりひとのむこになりぬときゝて、筏のかたをつくりて、書きてやる　おほ井河人めもらさぬけふやさはそまのいかだしくれをまつらん」（馬内侍集九六）　**〇おほゐがはのくれなんど…**　「おほゐがはのくれ」と続けて詠む歌未見。「こむといひてこざりける人の、くれにかならずといひてはべりけるかへりごとに　まつほどのすぎのみゆけばおほゐがはたのむるくれをいかがとぞ思ふ」（後拾遺集九〇四馬内侍）、「大井河ゐせきの水のわくらばにけふはたのめしくれにやはあらぬ」（新古今集一一九四清原元輔）

百三　きよみかせき

なかめつゝかたしくそてにくらふれはきよみかせきのなみはものかは

きよみかせきはするかのくにゝ[1]ありなみのたかきところなるへし

玄く集云

むねはふしそてはきよみかせきなれや[2]けむりもなみもたゝぬひそなき

【本文覚書】①判読不明文字に重書。　②判読不明文字に重書。

【解釈本文】

百三　きよみがせき

236ながめつゝかたしく袖にくらぶればきよみが関のなみはものかは

　きよみが関は、駿河の国にあり。なみの高きところなるべし。玄々集云、

237胸はふじ袖はきよみが関なれやけむりもなみもたゝぬ日ぞなき

【注】

○きよみがせき…　色葉和難集「清見がせきと云事」（増補部分）　**○236ながめつゝかたしく袖に…**　新続古今集一一三〇大納言師氏、海人手古良集四二、色葉和難集八三五、以上初句「歎きつつ」　**○きよみが関は…**　「キヨミカ関トハ、スルカノ国ニアリ。又波ノ関トモイフ」（別本童蒙抄）、「是ハ所ノ名也。スルカノ国ニアル浦ノ名也」（色葉和難集）。「関は……清見が関」（枕草子一〇七段）　**○237胸はふじ袖はきよみが…**　詞花集二一三平祐挙、金葉集三奏本三九七、深養父集六一、玄々集九〇祐挙、俊頼髄脳一一一、別本童蒙抄九二、古来風体抄五五二、千五百番歌合二五八七判詞。

百四　すくろのすゝき

後拾遺　静円《シャウエム》僧正《ソウシャウ》

あわつのゝすくろのすゝきつのくめは」62オ　ふゆたちなつつ[1]むこまそいわゆる

　あわつのはあふみにありすくろとはすえくろしといふ事也すゝきをきはきなんとの春やけてもとくろくしてたてるをいふ也すゝきのみにはかきらす

【本文覚書】①「つ」衍か。

【解釈本文】

百四　すぐろのすゝき

後拾遺　　静円僧正

238 あはづ野のすぐろのすゝきつのぐめば冬たちなづむこまぞいばゆる

あはづ野は、近江にあり。すぐろとは、すゑ黒しといふ事なり。薄、荻、萩なんどの、春焼けてもと黒くして立てるをいふなり。薄のみにはかぎらず。

【注】

○すぐろのすゝき…　隆源口伝、綺語抄、袖中抄、色葉和難集。　**○静円僧正…**　藤原教通男。母は小式部内侍。権僧正。後拾遺集初出。口伝和歌釈抄で、静円の歌として掲出されるものはこの一首のみ。　**○238あはづ野のすぐろのすゝき…**　後拾遺集四五権僧正静円、隆源口伝三一、綺語抄六九四、和歌童蒙抄一一九、五代集歌枕七二〇、別本童蒙抄二七五、四句「冬タテナツム」、袖中抄九四八、色葉和難集九八四。　**○あはづ野は…**　「アハヅ野ハ近江ニアリ。水海ヨリコナタナリ。大津ヨリ南、勢多ヨリ北也。アハヅノ原トモヨメリ」（後拾遺抄注）　**○すぐろとは…**　「やきたるすゝきよりをいゝてたるなり」（隆源口伝）、「やきなとしたるすき《（ママ）》のもとなとのくろき也。すくろしといふ也」（綺語抄）、「スクロノスヽキトハ、春ノヽヲヤキタルニタテルヲスヽキヲイフナリ。コノウタヨメリケルトキハ、カケノヤウナルモノヽコヱシテイハク、ワレハ素性法師ナリ、シカルヲコノヨミタマヘルウタイミシクコノモシクヲモフスチナレハ、メツル心ニタヘテナムマウテタルトナムイヒケル」（和歌童蒙抄）、「スグロノスヽキトハ、春ヤキタルスヽキノ、モトノカハノクロキヲバスト云也。ソノスノクロキナカヨリモエイヅルヲ、スグロノスヽキツノグムトハ云也。角ノヤウニサシイヅル也。是ハ木幡僧正静円歌也。此歌ヨメリケルトキハ、カゲノヤ

ウナルモノヽコヱシテイハク、ワレハ素性法師也。シカルヲコノヨミタマヘル歌、イミジクコノモシクオモフスヂナレバ、メヅルコヽロニタヘデナム、マウデタルトナムイヒケルト、或物ニシルセリ。スグロノスヽキメヅラシキウヘニ、春駒ノ歌ニトリテハ、ヲカシクヨミナサレタレバ、サル事モ侍ケル歟」(後拾遺抄注)、「スクロノスヽキヽキトハ、ヤキタルスヽキノ春生出ニ、スト云物カハノヤウナルカカレテクロキ也、其カ中ヨリ生出タルヲスクロノスヽキトハ云也。春ヤキタルカ末ノ黒テヲウル也。サレハ末黒薄トソ書タル。……或ハスクロノスヽキト云。薄ニ限ラス萩ニモカルカヤニモ草ナトニモヨム也」(別本童蒙抄)、「顕昭云、すぐろのすゝきとは、春のやけのゝ薄の末の黒きなり。ゑもじを略して、すぐろといへるなり……すぐろとは、草の末黒しといふなり。万葉抄云、さきのをすぐろとは所名なり。今云、春山の関のと云《イフ》までぞ所にては有《アル》べきを、すぐろは少し末黒き草と云《イフ》べきなめり。をぎともすゝきとも草ともいはで、只すぐろと云《イ》はん事心得ねど、万葉歌はさのみ侍《ハベル》なり……今云、此歌は木幡僧正静円の歌なり。此人は大二条殿の小式部内侍に生ませ給たればにや、いみじき好事《カウジ》なり。すぐろのすゝきと云《イフ》事も、和泉式部が孫なれば、習伝《ナラヒツタヘ》て詠まれけるにや。有レ興事也」(袖中抄)、「薄　さき《開》の《之》を《乎》すくろ《為墨》云は春やけたる也。すくろのすゝき同事也」(八雲御抄)、「有云、スクロノスヽキトハ、スクロシト云事也。ヤキタル野ニモヘイツルスヽキノモトノクロキヲ云也。シカレハスヽキニモカキラシ。萩ニモイヒテン」(色葉和難集)

百五　をはすて山　古今云

わか心なくさめかねつさらしなやをはすてやまにてる月をみて

をはすてやまわしなの[1]ゝくにゝありさらしなのこほりにありをはすてやまとは人のをはにありけるも

のを」62ウ としころ②やしないて人のむすめに③あはせてすきけるにこのめいとあわれにおほえけり身をとかくもなせといわ④はなしつへくありけりそのをはをにくみてはれを丶もわ⑤はこのをはころせとい丶けるに⑥かれかいふ事ゑさりかたくてをはをさらしなやまにいてゆきてころしてけるの⑦八月はかりの月いとさやけかりけるをみて心にもあらすしてもの丶なけかしかりけれはかくよめるとなん

【本文覚書】①「丶」あるいは「ら」のような文字に重書。②「か」のような文字に重書。③右に不明な傍点あり。④「は」に重書。⑤判読不明文字に重書。⑥「は」に重書。⑦「か」の誤か。

【解釈本文】

百五　をばすて山

古今云、

239 我が心なぐさめかねつさらしなやをば捨て山に照る月を見て

をばすて山は信濃の国にあり。さらしなの郡にあり。をばすて山とは人のをばにありけるものを、年ごろ養ひて、人のむすめにあはせて過ぎけるに、この女いとあはれにおぼえけり。身をとかくもなせといはば、なしつべくありけり。そのをばを憎みて、我を思はばこのをば殺せといひけるに、かれがいふ事えさりがたくて、をばをさらしな山にゐて行きて殺してけるが、八月ばかりの月、いとさやけかりけるを見て、心にもあらずしてもののなげかしかりければ、かく詠めるとなむ。

【注】

○をばすて山…　袖中抄、色葉和難集。和歌色葉「さらしな」　**○239我が心なぐさめかねつ…**　古今集八七八よみ

人しらず、新撰和歌二五七、大和物語二六一、古今六帖三三〇、保安二年関白内大臣歌合二番判詞、俊頼髄脳二九一、和歌童蒙抄九五五、五代集歌枕四四〇、和歌初学抄一七四、別本童蒙抄五〇、袖中抄八三四、古来風体抄二八八、和歌色葉三〇九、定家八代抄一六一八、色葉和難集二三二。今昔物語集一六六、二句「なぐさめかねて」。五代簡要では「わが心なぐさめかねつさらしなやをばすて山」と抄出。　**○をばすて山は…**　「しなのゝ国　……をはすて山」(能因歌枕)、「をはすて山の月　しなのに、さらしなのこほりにあり」(綺語抄)、「しなのゝくにゝさらしなのこほりに、おはすて山といへる山のある也」(俊頼髄脳)、「をばすて山　同(信濃)」(五代集歌枕)、「顕昭云、をばすて山とは信濃の国にあり」(袖中抄)、「昔しなのゝ国にさらしなのこほりといふところにをとこありけり」(和歌色葉)、「山　信をはすて〈月。古今。をはすてさりけるさきはかふり山と云けりと。在俊頼抄〉」(八雲御抄)

○をばすて山とは…　大和物語、今昔物語集、綺語抄、俊頼髄脳、袖中抄、和歌色葉、別本童蒙抄などに類話あり。色葉和難集は俊頼髄脳を引く。ただし、袖中抄に「今案、俊頼説と大和物語とおほきにたがへり」というように細部は異なる。最も近似するのは綺語抄で「しなのにさらしなのこほりにあり。をはかとしころをいをこにしてやしなひて人のむこになしてとしころふるまゝに、このめのいとあはれにおほえけり。このめのいはん事はいかなりともきゝてんみをなくなせといはんにもなくなしてんと思ひける程に、このめをはをにくみてころすといひければ、めのいひける事のみ(ママ)さりかたかりければ、をはをさらしなの山にいてゐてころしにけるに、八月の月のいとさやけかりけるをみてよめるなりとそいふつたへたる」とある。これによれば口伝和歌釈抄の本文「人のをはにありけるもの」は「をい」の誤写かと思われる。

百六　むらさきのねすりのころも

人しれすねたさもねたしむらさきの」63オ　ねすりのころもうはきにをせん

ねすりのころもといふに二つの心あり一にはむらさきしてすれるきぬ也これをしたにきてけしやう人にねたれはあせなんとにぬれてみにつき①人のころもにうつりたりしよりしるしにかたみなんと思しよりかくいへるなるへし二に云たゝむらさきのきぬをきて人とねたりけるにあせにぬれてすりなんとしたるやうにころもにうつりたりけるをかくいゝつたへたる也ある人の云むらさきわいろかへるものかはこの心よく」63ウ　たつぬへしたつねていわくよろいそめ■■■②のころもなんとにもしかあらはよみてむはなとむらさきのみにはよみけんある人の云むかしむらさきのきぬをきてねたりけるよりかくいふなる③へしよのいろにてもなとかよまさらんしかはあれともむらさきにはひをさすものなれはそれをいわいにするにやあらんあつまにはにしこりとい④ふきありそのきをはひにやきてものにさす也和泉式《イツミシキ》部⑤《フ》

ぬれきぬと人にはいわ⑥むむらさきのねすりのころもうはきなりとも

ぬれきぬとはふるきうたまくらには」64オ　なきなんといふ也　盧主《クロヌシ》歌云

ぬれきぬにつきけものはなみなかくむへもしらすきもならはす

ある人云ぬれきぬとは人をこふるになみたにぬれたるきぬをいふといへりたゝおもい事をいふなるへし古今云

こひしくはしたにおほえんむらさきのねすりのころもいろにいつなゆめ
　したなんとはこれを本文にしてよめるか

【本文覚書】①「ツ」に重書。②「なんと」を墨消。③重書。④「い」に重書。⑤「部」は、言偏に阝。⑥「わむ」不明文字をかき止して重書。

【解釈本文】

百六　むらさきのねずりのころも

240 人しれずねたさもねたしむらさきのねずりの衣うはぎにをせむ

ねずりの衣といふに、二つの心あり。一には、むらさきしてすれるきぬなり。これを下にきてけしやう人に寝たれば、あせなんどにぬれて身につき、人の衣にうつりたりしより、しるしにかたみなんど思ひしより、かくいへるなるべし。二に云、たゞむらさきのきぬをきて人と寝たりけるに、あせにぬれてすりなんどしたるやうに衣にうつりたりけるを、かくいひつたへたるなり。ある人の云、むらさきは色かへるものかは。この心よくたづぬべし。たづねて云はく、よろひぞめの衣なんどにもしかあらば詠みてむは。などむらさきのみには詠みけむ。ある人の云、むかしむらさきのきぬをきてねたりけるより、かくいふなるべし。余の色にてもなどか詠まざらむ。しかはあれども、むらさきに灰をさすものなれば、それを祝にするにやあらむ。あづまには、にしこりといふ木あり。その木を灰にやきて、ものにさすなり。和泉式部

241 ぬれぎぬと人にはいはむむらさきのねずりの衣うはぎなりとも

ぬれぎぬとは、古き歌枕には、なきなんどいふなり。廬主歌云、

242 ぬれぎぬにつきけ（ママ）ものはなみなかくむへもしらすきもなら（ママ）はす

ある人云、ぬれぎぬとは、人を恋ふるに、涙にぬれたるきぬをいふといへり。たゞ思ひ事をいふなるべし。

古今云、

243 恋ひしくは下におぼえむむらさきのねずりの衣色にいづなゆめ

下なんどは、これを本文にして詠めるか。

【注】

○むらさきのねずりのころも…　袖中抄、色葉和難集。奥義抄、和歌色葉、色葉和難集「ねずりの衣」　**○240人しれずねたさもねたし…**　後拾遺集九一一堀川右大臣、五句「うはぎにをきん」、入道右大臣集二三、二句「くやしかりけり」五句「うはぎにぞせん」、難後拾遺八〇、五句「うはぎにはせん」、和歌童蒙抄四七六、宝物集一四五、五句「うはぎにもせん」、袖中抄八九〇、色葉和難集五〇六、以上初句「ひとしらで」　**○ねずりの衣といふに、二つの心あり…**　「ねずりの衣」には、寝摺説、根摺説がある。「是はある物には、むかしむらさきのきぬをしたにきて人をねたりければ、あせにかへりてすりたるやうに、身にもつき、人のきぬにもうつりたりしより、（紫のねすりの衣とはいふなりとぞ侍る。又たゝ）むらさきのねにてすれるころもとよめるにや。色こき物なれはいろにいつとはよむにやともみゆ」（奥義抄）、「ヒトシラテネタサモネタシムラサキノ　ネスリノコロモウハキニヲセム　後拾遺第十六ニアリ。堀河右大臣ノ哥也。ムカシムラサキノキヌシタニキテ、ヲトコトネタリケルニ、アセニヌレテミニウツリナムトシテ、キヌモスリノヤウニナレリケリ。ネタルニウツリタレハネスリトイフナリ。タヽシムラサキハネニイロノアリテ、ソレヲホリテソムルモノナレハ、ネスリトイフトソイハレタル」（和歌童蒙抄）、「むかしむらさきのきぬをしたにきて人とねたりければ、あせにかへりてすりしたるやうにみにもつき、人の衣にもうつりたりしより、むらさきのねすりの衣とはいふ也。又紫のねにてすれる衣ともよめり。ゆめとはゆめ〳〵なり」（和歌色葉）、「ネスリノ衣トハ、紫ノキヌヲキテ人ノフタリ臥タリケルカ、アセニヌレテスリシタルカヤウニカヘリタリケ

ルヲ云。伝テネスリノ衣ヲハ下ニキルナリ……或ハ、紫紅ハイカニスレトモカヘル物ニハアラス。ネスリノ衣トハ、アセニヌレテカヘルヲ云ト云伝タル、イト心得ス。只紫ノネシテスル也。是ヲ紫ノネスリノ衣トハ云也、ト四条大納言ハイワレケリ」（別本童蒙抄）など、両説を併記する。**○一には…**　以下、一、二説をあげるとするが、一、二説とも寝摺説であり不審。**○ある人の云、むらさきは…**　「紫紅ハイカニスレトモカヘル物ニハアラス」（別本童蒙抄）、「綺語抄云、紫は汗などに色かへるべきものにあらず、いかゞと聞こゆ。私云、くれなゐ、むらさき共に色かへりて物に移るものなり。沙汰に及ばず」（袖中抄、但し現行本綺語抄に該当本文未見）**○たづねて云はく…**　口伝和歌釈抄では、問答体の注文はこの箇所のみ。**○よろひぞめの衣なんどにも…**　院政期から鎌倉初期頃の歌学書には同一内容の注説未見。「此物語の義にあらずとも、恋をしのべきよしにて、色に出づなとはいふなり。その色をいはむために、紫のねずりの衣とはいふなり。此義あしからず」（袖中抄）**○余の色にても…**　**○むらさきに灰をさす…**　「紫者《むらさきは》　灰指物曾《はひさすものぞ》　海石榴市之《つばきちの》　八十街尓《やそのちまたに》　相児《あへるこ》哉誰《やたれ》」（万葉集三一〇一）、「一説には、にしこきといふ木をはいにやきてそめ物にさせはあひあふといふ事にて、いはひによせてけさうの事にする也」（綺語抄）、「或説には、染物するにはひにやく木をものゝ色にあふによりて、いはひて其木をとりて立る也。色々にあふ物なれはにしきゝと云。亦にしきの糸をも是にてそむれはさもいひてん」（奥義抄）、袖中抄にも同様の説あり。**○あづまには…**　「にしこり」は沢蓋木のことで、「にしこほり」とも言う（東北、関東の方言）。口伝和歌釈抄は、「百二十二　にしきゞ」で述べる「にしきぎ」とは別の物としているが、すでに綺語抄ではこの二つが混乱している。奥義抄では「或説には、染物するにはひにやく木をものゝ色にあふによりていはひて其木をとりて立る也。色々にあふ物なれはにしきゝと云」、袖中抄では「一には、錦木といふは灰の木なり。物の色〳〵にあふゆゑに、その木を灰に焼きてさせばいふなり」とする。八雲御抄では「にしきゝ……恋る人の家にたつるなといへり。にしこきなともいへり。是見清輔抄。委くしるさす」として、「にしきぎ」と「にしこぎ」は同じものであるとする。○

ぬれぎぬと人にはいはむ…　後拾遺集九一二和泉式部、入道右大臣集二四、袖中抄八九一、色葉和難集五〇七。別本童蒙抄三七二、二句「人ハ云ラン」五句「上キナラスモ」　**○ぬれぎぬとは…**　「なきことをは　ぬれきぬといふ」（能因歌枕）、「ぬれきぬ　なきなゝり」（綺語抄）、「ぬれきぬ　無実也」（和歌初学抄）、「ヌレキヌトハ、ナキ名ヲ云也」（別本童蒙抄）。この箇所脱字あるか。　**○242ぬれぎぬにつきけものは…**　増基法師集七一「ぬれ衣につけけんひもはきながらも結びもしらずときもならはず」　**○ある人云、ぬれぎぬとは…**　「おもほえず涙の川にぬれぎぬを我よりほかにたれかきるべき」（馬内侍集四七）など。　**○243恋ひしくは下におぼえむ…**　古今集六五二よみ人しらず、奥義抄五二〇、袖中抄八八九、和歌色葉二六一、定家八代抄一一四三、色葉和難集四五八・五〇五、以上二句「したにをおもへ」。別本童蒙抄一五二、初二句「思ヘトモ下ニヤイワン」五句「色に出ナト」　**○下なんどは…**　「下」という表現は、243歌が本になっている、の意。243歌について袖中抄は、「此歌もたゞ、下に思へ、うはぎにして人にな見せそとは詠めるなりといへり」とする。

百七　ころも■①けつ

月きよみこゝろしてうつこへきけはいそかぬ人もねられさりけり

　月きよみとは月よにといふ事也」64ウ　心してうつとはある人云しめ〳〵とうつといふなるへし又しと〳〵とうつといふな□②■③■又つちをいふなるへし

【本文覚書】①判読不明文字を墨消。②「る」を書き止すか。③「へし」を墨消。

【解釈本文】

百七　ころもうつ

244 月清みこゝろしてうつ声きけばいそがぬ人も寝られざりけり

月清みとは、月夜にといふことなり。心してうつとは、ある人云、しめ〳〵とうつといふなるべし、又しと〳〵とうつといふなる。又、つちをいふなるべし。

【注】

○ころもうつ…　綺語抄「ころもしでうつ」。この語を項目とする歌学書は、隆源口伝。**○244月清みこゝろしてうつ…**　後拾遺集三三六伊勢大輔、後六々撰四七、御裳濯和歌集四五四、後拾遺抄注、五代勅撰、以上初二句「さよふけてころもしでうつ」。綺語抄五一六、俊頼髄脳三六五、以上初二句「月よよみころもしでうつ」。永承四年内裏歌合二〇大輔輔親女、上句「さよふけてころもしでうつおとすれば」。和歌童蒙抄九五七、上句「さよふけてころもしでうつ音きけば」。別本童蒙抄一八、初二句「月ヨ、ミ衣打テフ」四句「イソカス人モ」**○月清みとは…**「月よゝみとは、月きよみといへる。をなしことなり」（俊頼髄脳）、「月きよみは〈月夜清也〉月よよみは〈月夜好也〉」（和歌色葉）**○心してうつとは…**　証歌の本文に基づく注であり、院政期から鎌倉初期頃の歌学書には、同一内容の注説未見。「しでうつ」については、「ころもうつ、してうつとは、或人云、しと〳〵とうつ也。又云、つちをいふなり」（隆源口伝）、「してうつとは、一義、しめ〳〵とうつといふなり。一義ニハ、しと〳〵とうつといふなり。一義、つちをいふ」（綺語抄）、「してうつ　しつかにうつ也」（奥義抄）、「シデウツトハ、シゲクウツト云也。テトケト同ヒヾキナル故也」（後拾遺抄注）、「してうつ　シツカニウツ也又シケクウツ也」（和歌初学抄）、「してうつは〈静打也〉」（和歌色葉）、「してうつはしけくうつ也。しつかとも云り」「してうつ〈しけくうつ也。俊頼説。清輔説。又しつかにもかよへり〉」（八雲御抄）

百八　みなれさほ

みなれさほとらてそくたすたかせふね月のひかりのさすにまかせて

　みなれさほとわみつにぬれたるさほといふなり四条大納言のうたまくらにはふねをさすさほをいふ

【解釈本文】

百八　みなれざを

245 みなれざをとらでぞくだす高瀬舟月の光のさすにまかせて

　みなれ棹とは、水に濡れたる棹といふなり。四条大納言の歌枕には、舟をさす棹をいふ。

【注】

○みなれざを…　この語を項目とする歌学書は、隆源口伝。　**○245 みなれざをとらでぞくだす…**　後拾遺集八三五　源師賢朝臣、和歌一字抄六二六、別本童蒙抄一八五、二句「トクテソクタス」、選集抄一八（連歌）　**○みなれ棹とは…**　「みなれさほとは　ふねさすさほゝいふ」（能因歌枕）、「みなれさほ、ぬれたるさほをいふ。四条大納言舟さすさほをいふ。[イ本云] みつになれたる舟さほをいふ」（隆源口伝）、「ミナレサホトハ、船漕サホヲ云」（別本童蒙抄）、「舟みなれさほ　水に馴名也」（八雲御抄）

百九　なてしこ

あきこひしいま■[①も]みてしかやまかつのかをにさけやまとなてしこ 65オ

本文云鍾《ショウ》愛勝《アイスクレタリ》二　衆草《シユサ②ウニ》二　故云撫子《ナテシコ》　　後撰云

とこなつに思そめてわ人しれぬ心の③ほとはいろにいてなん

本文云艶契《エンチキル》　千年故云常夏《ニイフトコ》

【本文覚書】①「も」を墨消か。　②「ウ」重書。返点「二」は「一」の誤。　③重書。

【解釈本文】

百九　なでしこ

246 あきこひしいまもみてしか山がつのかをにさけ（ママ）やまとなでしこ

　本文云、鍾愛勝衆草。故云、撫子。後撰云、

247 とこなつに思ひそめては人しれぬ心のほどは色にいでなむ

　本文云、艶契千年。故云、常夏。

【注】

○なでしこ…　綺語抄「やまとなでしこ」　**○246あきこひしいまもみてしか…**　古今集六九五よみ人しらず、古今六帖三六三〇、和泉式部日記一三六、綺語抄六八九、定家八代抄一一七三、以上初句「あなこひし」四句「かきほにさける」。新撰和歌二七〇、和歌童蒙抄五五七、以上初句「あなこひし」四句「かきほにおふる」　**○本文云、鍾愛勝衆草…**　「本文云、鍾愛勝衆草。故云撫子。艶契千年、故云常夏。ちとせのみかはとはさてよむ也」（綺語抄）、「本文ニ、鍾愛勝衆草トイヘレハ、ナテシコトイフナリ」（和歌童蒙抄）、「鍾《シヨウ》愛《アイノ》抽《ヌケタル》二衆草《ノ》一之故撫子とはいふ」（奥義抄）、「瞿麦をば鍾愛抽二衆草一、故曰二撫子一。艶装千年、故曰二常夏一と、家経朝臣の和歌序にかけり。此草すがたま

ことにちひさやかにうつくしく、色々なる匂めでたくて、他花よりもすぐれたれば、なづる子といひて、人のこによせてよむ也」（顕注密勘）、「鍾愛勝㆓衆草㆒。故曰㆓撫子《ト》㆒云々。サレバナヅルコトイフニヨリテ、人ノ子ニヨセテヨムナリ」（古今集注）、「鍾愛勝《ル》㆓衆草《ニ》㆒故曰㆓撫子㆒。さればなでしことよむときは、子によせてよむなり」（散木集注）、「鍾愛抽衆草云故ニ撫子ト云」（色葉和難集）。「本文云」とする点に疑問が残るが、家経集に「詠瞿麦勝衆花〈序者〉」と題する詠（☆家経集六八詞書）、和歌一字抄にも「瞿麦勝衆花」題の詠が二首（家経、経衡）が見える。綺語抄及び顕昭説によれば、「鍾愛勝衆草。故云撫子。艶装契千年、故云常夏」は、何らかの漢詩文に拠るものか、あるいは家経による和歌序の一部である可能性もある。　**○247とこなつに思ひそめては…**　後撰集二〇一よみ人もしらず、五句「色に見えなん」　**○本文云、艶契千年…**　前掲綺語抄、「艶装契《ル》㆓千年《ヲ》㆒故《ニ》曰《フ》㆓常夏《ト》㆒、されば ひさしきこゝろをよむには、つねのこゝろをよむなり」（散木集注）。綺語抄諸本は「艶契千年」とするが、散木集注の言うように「鍾愛勝衆草」に対応して「艶装契千年」であろう。

百十　しかすかのわたり　古哥云

いゑ①はありいわねはくるしわか心■②③こやしかすかのわたりなるらん

古歌枕云しかすかにはさすかといふ事也たゝししかす《か》のわたりとはむさしのくにゝあるなるへし」65ウ

四条④大納言哥枕云をいてむまにのりたるをいふ

月よめはいまたふゆなりしかすかにかすみたなひくはるたつらん

【本文覚書】①重書。②判読不明文字を墨消。③重書。④重書。

【解釈本文】

百十　しかすがのわたり

古歌云、

248 いへばありいはねばくるしわが心こやしかすがの渡りなるらむ

古歌枕云、しかすがには、さすがといふ事なり。ただし、しかすがの渡りとは、武蔵の国にあるなるべし。

四条大納言歌枕云、負ひて馬にのりたるをいふ。

249 月よめばいまだ冬なりしかすがに霞たなびくはるたつらん《(ママ)》

【注】

○しかすがのわたり…　綺語抄「つきよめば」　**○248いへばありいはねばくるし…**　別本童蒙抄三八七。　**○しかすがには…**　「しかすかにとは　さすかにといふことなり」（能因歌枕）、「古哥枕云、さすかと云也」（隆源口伝）、「しかすかに　さすかにといふ」（綺語抄）、「しかすかにとは、さすかにといふ也」（松が浦嶋「疑開抄の所々」）、「しかすかにといへるは、さすかにといへる事はなり」（俊頼髄脳）、「しかすか　さすか也」（奥義抄）、「シカスカトハ、サスカニトイフ」（和歌童蒙抄）、「しかすか　サスカ也」（和歌初学抄）、「サスガナルコトヲバシカスガトイヘバ、ソレニソヘテヨメリ」（拾遺抄注）、「しかすかは〈さすかなり〉」（和歌色葉）、「しか《然》す《為》か《我》〈さすか也〉」（八雲御抄）、「清云、シカスカトハ、サスカニト云詞也」（色葉和難集）　**○しかすがの渡りとは…**　「しかすかのわたりとはむさしにあるへし」（隆源口伝）、「シカスガノワタリハ在二参川国一」（拾遺抄注）、「渡《参》　しかすかの〈拾、赤染〉」（八雲御抄）、「シカスカノワタリト云《(云)》也所ハ、伊勢ト尾張トノ間ニアル也」（色葉和難集）、五代集歌枕は「参河国」とする。　**○四条大納言歌枕云…**　「物荷《モノニナヒ》て馬《ムマ》に乗《ノレル》をルば、しかすかともいふ」（能因歌枕）、「四条大納言云、にほひたるむま

にのりたるをいふ」(隆源口伝)、「四条大納言、シカスカトハ、ニヲイテムマノリタルヲ云」(別本童蒙抄)　**○249月**

よめばいまだ冬なり…　万葉集四四九二、綺語抄三三、和歌童蒙抄一五八、以上五句「はるたちぬとか」。家持集一、五句「はるはきぬとか」。能因歌枕二、五句「春はたちきぬ」、俊頼髄脳二九四、五句「春立ちぬとは」、別本童蒙抄三六四、二句「マタフユナレ」五句「春タチヌトヤ」

百十一　のもりのかゝみ　古歌云

はしたかのゝもりのか①ゝみえてしかなをもふ②をもは③すよそなからみん④

はしたかとは能因かうたまくらにはゝいたかをいふなりのもりのかゝみとはのにたまりたる水をいふたかをそらしてもとめうしないたりけるにたまりみつのありけるところにゆ」66オ　きていたりけりそのみつにたかのかけうつりてありけれはこわいかにとてあふきてみたりけれはかたはらにをいきのあるにいた⑤けるといへりそれより人の心をもよそへてよむなるへし

【本文覚書】①「か」を書き止して重書。②「ひ」の誤か。③判読不明文字に重書。④重書。⑤「り」脱か。

【解釈本文】

百十一　のもりのかゞみ

古歌云、

250 はしたかの野守の鏡えてしかな思ひ思はずよそながら見む

はしたかとは、能因が歌枕には、はいたかをいふなり。野守の鏡とは、野にたまりたる水をいふ。たかを逸して求め失ひたりけるに、たまり水のありける所に行きていたりけり。その水に、たかの影うつりてありければ、こはいかに、とて仰ぎて見たりければ、かたはらに老木のあるにいたりけるといへり。それより、人の心をもよそへて詠むなるべし。

【注】

○のもりのかゞみ…　奥義抄、和歌色葉、袖中抄、色葉和難集。綺語抄「はしたかののもりのかがみ」　**○250はしたかの野守の鏡…**　新古今集一四三二よみ人しらず、綺語抄六三〇、俊頼髄能二一一、和歌童蒙抄四八七、奥義抄四〇六、和歌色葉一七八、別本童蒙抄一九七、袖中抄八七〇、色葉和難集五七〇。和歌童蒙抄四八九、初句「あづまぢの」　**○はしたかとは…**　「鷹《タカ》をは　はしたか」（能因歌枕）、現行本能因歌枕とは一致せず、「五　しながどり」補説参照。「又鷹ノ中ニセフト云ハ、ヽイタカト云也。チヰサキ小鷹也。野行幸ニモハイタカ鷹飼トテ供奉スル也。小鳥、ウツラ、ヒハリナト、ランレウ也。綺語抄云、鷹ヲハ、シタカト云。又コタカノ名ニカヽル鷹ノアル也」（色葉和難集）　**○野守の鏡とは…**　「たかをうしなひて野守をめしてこのたかをもとめよとおほせられけるに、野守かしこまりて地をまもらへてそらをも見あけすしては、たかのあり所をは申そとはせ給ければ、まへにありける山水をさして、この水ニかけのうつりてみえ候なりと申けるより、この山水をのもりのかゝみと云なり」（綺語抄）、「むかし天智天皇と申みかとの、野にいてゝたかゝりせさせ給けるに、御たか風になかれて[イ御鷹]（○そりて・顕）うせにけり……そのゝち野ゝ中にたまれりける水を、のもりのかゝみとはいふなりとそいひつたへたるを」（俊頼髄脳）、「野守の鏡とは野なる水を云也。昔雄略天皇かりして、御鷹の失にけれは、野守を召て、尋てまいらせよとおほせられけるに、かしこまりて地をまもらへて、御鷹のありかを申けれは、地をまもりてはいかてかくは申そと問れけれは、前なる山水をさして、此水にうつりて見えはへりと申しけれは、それよりはしめたる也」（奥義抄）、

「タカヲウシナヒテモトメアリクホトニ、……スナハチオホキナル樹ヲサシテカノシタニ水アリ……サレハ、シタカノ、モリノカ、ミトヨメリ」（和歌童蒙抄）、「或ハ、野守ノ鏡トハ……水ニウツリテミエケルホトニ、ソレヨリソノ水ヲ野守ノ鏡ト云伝タルナリ」（別本童蒙抄）、「顕昭云……昔雄略天皇と申帝殊に狩を好み給ひけり……此野に侍る水に影のうつりて侍れば申す由を奏しけるより、野にある水をはしたかのゝもりの鏡とはいふと申し伝へたり」（袖中抄）、「のもりのかゝみとは野なる水をいふ也」（和歌色葉）、「鏡ゝ《（の）》もりの〈水也〉」「のもりのかゝみ〈たゝ野にある水也。而昔帝御かりに御たかた《（ママ）》のかけのうつりたりけるなともいへり。のもりか鷹をうつしてみたるによりてかくいへり。在俊頼抄〉」（八雲御抄）、「奥義抄云、野守ノ鏡トハ野ナル水ヲ云也」（色葉和難集）

百十二　とふ火　古今云

かすかのゝとふひのゝもりいてゝみよいまいくかありてわかなつみてん

古歌枕にはとふひとはむかしたうのわう日本をうちとらんとしけるによろつのゝことに人をゝきてありけり」66ウ その人たのいくさくるときにはたかきをかにのほりてひをともしけれはそれをみつけてしたいにひをともせはいくさこれをしるしにて日本をかためけりのもりとはのをあか《つ》り《る》心か本文をみるへし

【解釈本文】

百十二　とぶ火

古今云、

251 春日野のとぶ火の野守出でてみよ今いくかありて若菜つみてむ

古歌枕には、とぶ火とは、昔唐の王、日本を討ち取らむとしけるに、万の野ごとに人を置きてありけり。その人、他のいくさ来る時には、高き岡にのぼりて火をともしければ、それを見つけて次第に火をともせば、いくさこれをしるしにて、日本をかためけり。野守とは、野をあづかる心か。本文を見るべし。

【注】

○とぶ火… 奥義抄、和歌色葉。袖中抄、色葉和難集「とぶひののもり」 **○251春日野のとぶ火の野守…** 古今集一八よみ人しらず、新撰和歌二五、古今六帖九、和歌童蒙抄一一一、奥義抄四三八、袖中抄三一二、五代集歌枕六七二、定家八代抄一六、秀歌大体六、色葉和難集一五八。俊頼髄脳三一七、和歌色葉二二九、別本童蒙抄七四、五句「若菜ツムヘキ」、以上四句「いまいく日ありて」 **○とぶ火とは…** 「是歳、於二対馬嶋・壱岐嶋・筑紫国等一、置二防与一レ烽」（日本書紀天智天皇三年、北野本は「烽（右傍訓ス、ミ、左傍訓トフヒ）」と訓ずる）、「これはむかし、かすか野にひのとひければ、おそれをなして、のもりをすゑてまもらせけるとぞ申す」（俊頼髄脳）、「此野をとふ火野と云事は、むかしは国々にはやくきかすへき事あれは、所々に大なる火を立ければ次第にみつきて是を立てをき、遠き国にも一日の内にしらせつる也……此とふ火はもろこしよりおこれる事也」（奥義抄）、「ムカシモロコシニイクサセシトキ……イクサヲコリクレハ、次第ニヒヲトモシ《ヒ》レツヽ、一月ニユクホトナレハ、一日シル。コレヲ熢燧トイフ……カノトフヒヲアケタリシニ、コノカスカノニタテハシメテ、マモリ人ヲ、キタリキ。ソレヨリトフヒノトイフナリ」（和歌童蒙抄）、「顕昭云、とぶひのゝもりといふ詞につきて両義あり。一には飛火《トブヒ》の《ノ》野守《モリ》といふ。一には飛火《トブヒ》野《ノ》の杜《モリ》といふ義なり」（袖中抄）、「むかし唐にいくさせし時、おゝきなるたいまつを山のみねにたてゝ、軍をこりくれは次第にひをつけて、一月にゆくへきほとなれとも、一日のうちにしらせける也。これをとふひとい

ふ……日本にも……かのとふひ火《ママ》をあけてこのかすかのにたてはしめて、その火をまもる人を《お》きたりき」（和歌色葉）、「火　とふ〈野やく〉」（八雲御抄）**〇野守とは…**「其野を守るものをとふ火の野守とは云也」（奥義抄）、和歌童蒙抄前掲、「此春日野ニタテハシメテ、其火ヲマモル人ヲ、キタリキ」（色葉和難集）

百十三　へみのみまき

むつのくにへみのみまきにあるゝむまもとれはそなつくなつけよやきみ

　へみのみまきとはかいのくにゝありへみにゝたるあさをいたるなりよく〳〵たつぬへしうたにむつのくにと[redacted]《①ある》わところたかへり」67オ

【本文覚書】①「いふ」を墨消。

【解釈本文】

百十三　へみのみまき

252むつの国へみのみまきにあるゝ馬もとればぞなつくなつけよや君

　へみのみまきとは、甲斐の国にあり。へみに似たる麻生ひたるなり。よく〳〵たづぬべし。歌に陸奥の国とあるは、所たがへり。

【注】

〇へみのみまき…　色葉和難集。袖中抄「をがさはらみづのみまき」**〇252むつの国へみのみまきに…**　和歌体十

種一、古今六帖一四三一、初句「をがさはら」五句「このわがそでとれ」。和歌十体一「をがさはらみづのみまきにあるる駒のとればぞつなぐこのわがそでとれ」、奥義抄一〇五、上句「をがさはらみづのみまきにあるこまも」五句「このわがそでとれ」、袖中抄一五六、初二句「をがさはらみづのみまきに」五句「このわがそでとれ」、色葉和難集一五六、初句「みちのくの」三四句「あるる駒もとればぞなるる」**○へみのみまきとは…**「此は忠峯十体中に古歌体歌なり。小笠原は甲斐国なり。みづのみ牧は山城国淀渡なり。如レ此詠み続くべからず。然者証本には、をがさはらへみのみまきと侍り。へみは甲斐国の牧名なり。能因歌枕云、へみのみまきとは、へみに似たる色ある麻の生ふるが故にいふなりといへり。而を堀川院百首に前武衛顕仲が春駒歌にも、小笠原みつのみ牧と詠めり。付レ此僻事歟。又奥義抄にも此定に引けり。尤以遺恨也」（袖中抄、但し、現行本能因歌枕に該当記事なし。奥義抄諸本に「をかさはらへみのみまきに」とするもの未見）、「或云、ヘミノミマキトハ、カイノ国ニアリ。ヘミニ、タルアサノアル也ト云ヘリ。ミチノクニ、モヘミノミマキアルニヤ、可尋」（色葉和難集）**○へみに似たる…**「椐　玉篇云椐〈音居一音踞漢語抄云閉美〉木腫節中為杖也」（倭名類聚抄）とあるように植物名か。或いは「蛇　孫愐切韻云蛇〈食遮反和名倍美、一云久知奈波、日本紀私記云乎呂知〉毒虫也」（倭名類聚抄）とあるように「蛇」か。**○歌に陸奥の国とあるは…** 252歌に対しての注。へみのみまきは、252歌の他出にあげた古今六帖歌や、「都までなづけてひくはをがさはらへみのみまきの駒にぞ有りける」（貫之集三六六）、「……かひなきことは　かひのくに　へみのみまきに　あるるむまを　いかでか人は　かけとめんと……」（蜻蛉日記五九）に見られるように「をがさはら」（陸奥）と詠まれたが、口伝和歌釈抄や袖中抄、色葉和難集では甲斐国とする。

百十四　はなたちはな　古今云

さつきまつ花たちはなのかをかけはむかしの人のそてのかそする

はなたち花をむかしによそへてよむことは在《サ》中将《チウシヤウ》 伊《イ》勢《セ》物語云《モノカタリニ》むかし女ありけり人につきてつくしにくたりてそのくにのそうくわんといふもの〻めになりてありけりこの女もとのをとこうさのつかひにてこのいゑにつきてありけるにさけなんとのませたりけるついてに女あるしにかはらけをさせさ■《さ》すわのましといゝけれはかの女かはらけをとりて」67ウ いたしたりけるをみてこのうたをよみてとらせたりけるなりそれよりむかしにならはしたる也

花山御製《クワサムノコセイ》

やとちかく花たちはなはほりうへしむかしをこふるつまとなりけり

【解釈本文】

百十四　はなたちばな

古今云、

253さつきまつ花たちばなの香をかけば昔の人のそでの香ぞする

花たちばなをむかしによそへて詠むことは、在中将伊勢物語云、昔女ありけり。人につきて筑紫にくだりて、その国の惣官と云ふものの女になりてありけり。この女、もとの男宇佐のつかひにてこの家につきてありけるに、酒なんどのませたりけるついでに、女あるじに、かはらけをさせ、ささずはのまじ、といひければ、

かの女かはらけをとりていだしたりけるを見て、この歌を詠みてとらせたりけるなり。それより、昔にならはしたるなり。花山御製

254やどちかく花たちばなはほりうゑじ昔を恋ふるつまとなりけり

【注】

○はなたちばな…　綺語抄「盧橘」。奥義抄、和歌色葉「そでのか」。色葉和難集「むかしのそで」　**○253さつきまつ花たちばなの…**　古今集一三九よみ人しらず、新撰和歌一二七、伊勢物語一〇九、和漢朗詠集一七三、古今六帖四二五五、綺語抄七三〇、和歌童蒙抄六八二、奥義抄四五三、別本童蒙抄二九六、和歌色葉二三六、定家八代抄二〇八、色葉和難集五〇二。　**○花たちばなをむかしによそへて詠む…**　「さかな成けるたちはなをとりてよめる也。是よりむかしにはよそふるとそ見えたる」（奥義抄）、「たちはなをはむかしの人によそへてよめる也」（和歌色葉）、「花橘ヲ昔ニヨソヘタル事ハ」（別本童蒙抄）　**○在中将伊勢物語云…**　在中将は「在五中将」か。「昔、をとこ有けり。宮づかへいそがしく、心もまめならざりけるほどのいへとうじ、まめにおもはむといふ人につきて、人のくにへいにけり。このおとこ、宇佐のつかひにていきけるに、あるくにのしぞうの官人のめにてなむあるときゝて、女あるじにかはらけとらせよ、さらずはのまじ、といひければ、かはらけとりていだしたりけるに、さかなゝりけるたちばなをとりて、「さ月まつ花たちばなのかをかげば昔の人の袖のかぞする」といひけるにぞ思ひいでゝ、あまになりて、山にいりてぞありける」（伊勢物語六十段）、「伊勢物語云、昔女ありけり。人につきてほかのくにへまかりにけり。もとのをとこ宇佐の使にてくたりけり。その国の惣官といふものゝめにてありときゝて、かのいへにいたりたりければ、さけのませたりけるに、女あるしにかはらけとらせよ、さらすはのまし、といひければ、かの女かはらけをとりていたしたりける。さかなにはなたち花をすへたりければ、とりてよみてやりたりけり。それよりむかしによせならはせるなるへし」（綺語抄）、奥義抄も綺語抄とほぼ同文。「ささずはのまじ」とするもの未見。

○花山御製…　口伝和歌釈抄で、花山院の歌として掲出されるものはこの一首のみ。　**○254やどちかく花たちばなは…**　詞花集七〇花山院御製、四句「むかしをしのぶ」、金葉集三奏本一二六、花山院歌合六院、三句「いまはうゑじ」、玄々集四花山法皇、新撰朗詠集一六三、古来風体抄五三九、三句「植ゑおかじ」

百十五　あさきぬ　六帖云
とにかくに人はいふと①もをりつかんわかはたもの〻しろあさころも
しろあさといふもの②〻ある也いろのしろき也
ことしけしあいしますりのあさころもた③かのまよいを■④たれかしるへき」68オ
あさにさくらあさといふものありあさ《を》のなかにさくらいろしたるをのある也

【本文覚書】①重書。②重書。③「かた」の誤か。④「を」を墨消。

【解釈本文】
百十五　あさぎぬ
　六帖云、
255とにかくに人はいふともおりつがむ我がはたものの白あさごろも
　白麻といふ物のあるなり。色の白きなり。
256ことしけし《（マ》あいしますり《マ）》のあさごろもかたのまよひをたれかしるべき

麻に、さくら麻といふものあり。麻苧のなかにさくら色したる苧のあるなり。

【注】

○あさぎぬ…　この語を項目とする歌学書未見。「衣　……白アサ衣　アサキヌ」（和歌初学抄）、「絹　あさ」（八雲御抄）**○255とにかくに人はいふとも…**　拾遺集四七五人まろ「ちちわくに人はいふともおりてきむわがはた物にしろきあさぎぬ」、万葉集一二九八、初句「干名《かにかくに》」（元暦校本・類聚古集・古葉略類聚抄等は「とにかくに」）、古今六帖三三一四、初句無し、人丸集二二七、初句「ちぢに人は」下句「わがはた物にしろきあさぎぬ」**○白麻といふ物…**　「衣……〈…しろあさ衣……あさきぬ、しつの衣也…〉」（和歌色葉）、「衣　万しろあさ」（八雲御抄）**○256ことしけしあいしますりの…**　万葉集一二六五「今年去《ことしゆく》　新嶋守之《にひさきもりが》　麻衣《あさごろも》　肩乃間乱者《かたのまゆひは》　誰　取見《たれかとりみむ》」、古今六帖三三一五、和歌童蒙抄二六四・四七七、定家物語七、以上「ことしゆくにひしまもりのあさごろもかたのまよひをたれかとりみん」**○麻に、さくら麻といふもの…**　「さくらあさとは桜の色したるあさをのある也」（奥義抄）、「サクラアサトハ、アサヲノサクラニ、タルカアル也」（和歌童蒙抄）、「サクラアサトハ、アサヲト云物ノ中ニ、桜ニ似タル草ヲアルナリ」（別本童蒙抄）、「顕昭云、桜麻とは麻の花は白き中に少しうす蘇芳に色ある麻のあるなり。それを桜麻とはいふなり……綺語抄云、さくらあさとは、あさをの中に桜の色したる麻をいふなり。奥義抄同レ之」（袖中抄、現行本綺語抄に引用箇所見えず）、「さくらあさとは、さくらの花色したる花、さくらあさにありと、ふるき物に書たれど、あさの花はみなおなじく白ければ、いづれを云と知がたし」（顕注密勘）

百十六　あをはの山

たひ人のやまのすそへにやすらふはあをみな月もすゝしかりけり

やまのすそへとは四条大納言歌枕云やまのほとりをいふ也このうた心はたひなる人の山のふ①もとにやすらふはみな月なれと②もすゝしかりけりといふなるへし六月をばあをみな月といふそのゆへは六月にはよろつのやまのあをみたるなり後撰云

秋のつゆをみなへしなれはやみ③つとりの」68ウ　あをはのやまのうつろいぬらん

みつとりはあをきはのある也あをきやまによそへてよめりあをはのやまとは

なつのやまをいふ也なつは万の山のあをきゆへ也

【本文覚書】①判読不明文字に重書。　②判読不明文字に重書。　③「みつと」に墨汚れあり。

【解釈本文】

百十六　あをばの山

257 たび人の山のすそべにやすらふはあをみな月もすゞしかりけり

山のすそべとは、四条大納言歌枕云、山のほとりをいふなり。この歌心は、旅なる人の山のふもとにやすらふは、水無月なれども涼しかりけりといふなるべし。六月をばあをみな月といふ。その故は、六月にはよろづの山の青みたるなり。後撰云、

258 秋の露をみなへしなればやみづどりのあをばの山のうつろひぬらむ

水鳥は、青き羽のあるなり。青き山によそへて詠めり。青葉の山とは、夏の山をいふなり。夏は万の山の青き故なり。

【注】

○あをばの山…　この語を項目とする歌学書未見。　**○257たび人の山のすそべに…**　綺語抄一六一、二句「やまのすそのに」四句「あをみてつきも」　**○山のすそべとは…**　「やまのすそへ　四条大納言哥枕には、やまのほとりといふ。可尋」（綺語抄）　**○この歌心は…**　257歌についての施注。　**○六月をば…**　院政期から鎌倉初期頃の歌学書には、同一内容の注説未見。「六月《みなつき》　農の事ともみなしつきたるゆへみなしつきといふをあやまれり。一説には此月俄にあつくしてことに水泉かれつきたる故みつなし月といふをあやまれり」（奥義抄）、「六月　コノ月ニモロ〳〵ノクサキノヒニヤケテツクルニヨリテ、ミナツキトイフ」（和歌童蒙抄）、「六月　ミナ月　ミヅナシ月」（和歌初学抄）、和歌色葉にも奥義抄と類似の注が見られる。「このつきに農の事みなおはりぬ。は《ふ歟》るきよねみなつきぬ。あたらしきむぎいできぬ。このゆへにみなつきといふ」（十二月事）　**○258秋の露をみなへしなればや…**　後撰集には見えない。万葉集一五四三、初二句「秋露者《あきのつゆは》　移尓《うつしに》有家里《ありけり》」五句「色付見者《いろづくみれば》」、新撰和歌四〇、二句「うつしなればや」、古今六帖一六八、初二句「しら露はうつしなりける」五句「色づくみれば」。古今六帖九二一、和歌童蒙抄一七六、五代集歌枕三五四、以上初二句「しらつゆはうつしなりけり」五句「色づくみれば」　**○水鳥は…**　「水とりのあをは」（和歌初学抄）　**○青葉の山とは…**　「アヲハノヤマハ、ワカサノ国ニアリ。サレトコノウタ（稿者注、258歌）ハソコトモサ、スタ、青ヤマトヨメルナメリ」（和歌童蒙抄）、「あを《同（陸奥）》ばの山　水鳥ノアヲハナトニソフ」（和歌初学抄）、「青葉山トハ、夏山ヲ云」（別本童蒙抄）、「山　あお《同　青羽》はの〈又在尾張国丹波境歟。可尋。清輔抄、在陸奥国名山歟。水鳥のゝ〉」（八雲御抄）

百十七　しろたへのそて　古今云
かすかのゝはかなつみにやしろたへのそてふりはへ①て人のゆくらん
しろたへとはあかくあをくきなる②いろあれともしろきをもとゝするゆゑにかくよめるなるへし

【本文覚書】①重書。②判読不明文字に重書。

【解釈本文】
百十七　しろたへのそで
古今云、
259春日野の若菜つみにやしろたへの袖ふりはへて人のゆくらむ
しろたへとは、赤く青く黄なる色あれども、白きをもととする故にかく詠めるなるべし。

【注】
○しろたへのそで…　綺語抄。　**○259春日野の若菜つみにや…**　古今集二二つらゆき、新撰和歌三一、古今六帖四六、和歌体十種五、綺語抄五一七、五代集歌枕六七三、古来風体抄二二五、定家八代抄二〇、秀歌大概九。　**○しろたへとは…**　「若詠衣時　しろたへのと云」（喜撰式）、「白たえとは、白きをいふなり」「衣をは　白たへといふ」「衣をは　しろたへ　いそきぬといふ」「かみをは　いろのかみ　虫のす　しろたへといふ」（能因歌枕）、「しろたへのそて……いろには、あをく、きに、あかきいろあれとも、しろきを本とすれはかくよむなり」（綺語抄）、「衣しろたへのといふ」（俊頼髄脳）、「白妙の袖とは、しろききぬの袖也」（顕注密勘）

百十八　たこ　貫之」69オ
やまたかるたこのさころもぬれぬれもときにあへりとおもふへら也
たことは、田《う》ゆるも《の》をいふとをもへはかくもよめりさころもとはみしかき丶ぬをいふ
さみたれはたこのもすそもくちぬらんころもほすへきひましなけれは
たこのもすそよみふるしたる事也

【解釈本文】

百十八　たご

貫之

260やまだかる田子のさごろもぬれぬれもときにあへりと思ふべらなり

田子とは、田うゆる（ママ）ものをいふと思へば、かくも詠めり。さごろもとは、みじかききぬをいふ。

261さみだれは田子のもすそもくちぬらむころもほすべきひましなければ

田子のもすそ詠みふるしたる事なり。

【注】

○たご…　綺語抄「さごろも」。この語を項目とする歌学書は、隆源口伝。　**○貫之…**　260歌を貫之の歌とする資料未見。　**○260やまだかる田子のさごろも…**　好忠集一二九、初二句「あやめ草しづのさばかま」下句「時にあふとぞおもふべらなる」、綺語抄五〇七、初句「あやめかる」、別本童蒙抄一一五、初句「サナヱ取」三句「ヌキヲアラミ」　**○田子とは…**　「タコ《田子》トハ、ナヘトリウフルヒトヲイフナリ」（和歌童蒙抄）、「タコトハ、田ウヱル女ヲ云

也」（別本童蒙抄）、「田　たこ〈うふる女也〉」（八雲御抄）、「田ウフルシツ・《ノ》ヲ云也」（色葉和難集）　**○さごろもとは…**　「十二　さむしろ」参照。「さといふことはものにしたかひて、せはくも、ちいさくも、をさなくもあるものを云也。さむしろ、ころも《（さ衣）》、さをしかなといへり」（奥義抄）、和歌色葉にも奥義抄と類似の注が見られる。○261 **さみだれは田子のもすそも…**　新後撰集二一六五前中納言匡房、内裏後番歌合承暦二年一四匡房、江帥集五八、以上二句「たごのもすそや」　**○田子のもすそ…**　「たこ、たこのさころも、たこのも、ふるくよめることはなり」（隆源口伝）。「さなへとるたごのもすそをうちぬらしたのもにぬるるころにもあるかな」（大弐高遠集三四五）、「さなへとる田子のもすそにあらなくにぬれ衣をのみなどかきぬらん」（堀河百首四一六）

百十九　はきの花すり　古万云
わかきぬはすれるにもあらすたかまのゝのをはけしかはゝきのすれるそ
　はきのはなをもてころもすれるといへり　範永《ノリナカ》哥云①
けさきつるのはらのつゆにそてぬれ■②ぬ」69ウ　うつりかしぬるはきかはなすり
　これをときの人はらいけり万葉集をしらさりけるにやかれを本文にしてよめるなるへし

【本文覚書】①重書。　②「て」を墨消。
【解釈本文】
百十九　はぎの花ずり

古万云、

262 わがきぬはすれるにもあらずたかまのの野をわけしかば萩のすれるぞ

萩の花をもて衣すれるといへり。範永歌云、

263 けさきつる野原の露に袖ぬれぬうつりかしぬる萩が花ずり

これを時の人笑ひけり。万葉集を知らざりけるにや。かれを本文にして詠めるなるべし。

【注】

○はぎの花ずり…　奥義抄。隆源口伝、綺語抄、和歌色葉、袖中抄「はぎがはなずり」　**○262わがきぬはすれるにもあらず…**　万葉集二一〇一、初句～四句「吾衣《あがころも》　摺有者《すれるには》不レ在《あらず》　高松之《たかまつの》　野辺《のへ》行之者《ゆきしかば》」。隆源口伝三二、二三句「きぬにもあらず高まどの」。奥義抄二一〇、袖中抄一〇六二、以上二三四句「すれるにはあらずたかまどののべゆきしかば」。人麿集Ⅱ八一、初～四句「わかころもすれるにはあらすたか松の野をゆきしかは」　**○萩の花をもて…**「はきのはなをもちてころもをすると云」（隆源口伝）、「万葉集云、はきの花もて衣をするなり」（綺語抄）、「花のうつりたるかすれるやうに見ゆる也。又萩にてするともよめり」（奥義抄）、和歌色葉、袖中抄にも奥義抄とほぼ同文の注説が見られる。　**○範永…**　生没年未詳。藤原中清男。範永集あり。後拾遺集初出。口伝和歌釈抄で、範永の歌として掲出されるものはこの一首のみ。　**○263けさきつる野原の露に…**　後拾遺集三〇四藤原範永朝臣、綺語抄五一四、奥義抄二〇九、袖中抄一〇六〇、六百番陳状一七〇、古来風体抄四二五、袖中抄一〇六〇、和歌色葉三七八、定家八代抄三三〇、以上三四句「われぬれぬうつりやしぬる」。範永集一〇、三四句「われぬれぬうつりやしなむ」　**○これを時の人…**「此哥ときの人わらひけり。しらさりけるにや」（綺語抄）、「或古物云、此範永が歌をば、時の人わらひけり。催馬楽、万葉集等の歌を知らざりけるにや。又萩にて摺るとも詠めり」（袖中抄）

百廿　たか　六帖云
やかたをのましろのたかをてにすへてかきなてみつゝ日をくらすかな
　ましろのたかといふ事たつぬへし
　朝忠《アサタヽ》哥云
をほつかなあはす①るたかのこひなみあまきるゆきにゆくへしらすも
こひとはきにいるをいふおほきなるたかつかふにはかならすたかきゝの」70オ　あるところにてつかふな
りたかにあま②の事あるへしたかへるとや■③かへるこのかへるをたかつる④とはてにてこ⑤へるを
いふ長能《ナカヨシ》
みかりするすゑ⑥のにたてるひとつま⑦たかへるたかのこひにかもせん
八郎蔵人といふ人のいひける■⑧はかゝるうたなしこれは長能人たかゑるとはしかいふにはあらすたつぬ
へし⑨■⑩■■■■■■■■■■■■宇治殿《ウチトノ》もかくその給したゝし故若狭守《コワカサノカミ》はてにてかへるをたかつ⑪
るといふとそあるとかゝへるとわたかやにてかへるをいふ」70ウ
とやかへるわかたならしのはしたかのくるときこゆるすゝむしのこへ
　後撰云
わするなとうらみさらん《な》はしたかのとかへるやましかいもゝみちも
　やまにてかへるときこへたり

みちのくのしらふのたかをてにすへてあさちのぬしやこしやこのはる
しらふのたかとはをにの⑫しろきかあるなりあさちのぬしとは左大臣《サタイシム》を申すといふ

【本文覚書】①重書。②「た」脱か。③「ま」を墨消。④「へ」の誤か。⑤「か」の誤か。⑥重書。⑦重書。⑧墨汚れあり。⑨右傍に墨汚れあり。⑩「故若殿もかくその給ひけるたゝし」を墨消。⑪「へ」の誤か。⑫「の」衍か。

【解釈本文】

百二十　たか

六帖云、

264 やかたをのましろのたかを手にすゑてかきなで見つゝ日をくらすかな

ましろのたかといふ事、たづぬべし。朝忠歌云、

265 おぼつかなあはするたかのこひなみ（ママ）あまぎる雪にゆくへしらずも

こゐとは、木にゐるをいふ。おほきなるたかつかふには、必ずたかき木のあるところにてつかふなり。たかにあまたの事あるべし。たかへる、とかへる、とやかへる、このかへるをたかへるとは、手にてかへるを云ふ。長能

266 みかりするすゑのにたてるひとつまつたかへるたかのこゐにかもせむ

八郎蔵人といふ人のいひけるは、かゝる歌無し。これは長能人（ママ）たかへるとは、しかいふにはあらず。たづぬべし。宇治殿もかくぞの給し。たゞし、故若狭守は、手にてかへるをたかへるといふとぞある。とかゝ（ママ）へるとは、たかやにてかへるをいふ。

267 とやかへるわがたならしのはしたかのくるると聞こゆるすゞむしの声
　後撰云、
268 わするなとうらみざらなむはしたかのとかへるやましかひも紅葉も
　山にてかへると聞こえたり。
269 みちのくのしらふのたかを手にすゑてあさぢのぬしやこしやこのはる
　しらふのたかとは、尾に白きがあるなり。あさぢのぬしとは、左大臣を申すといふ。

【注】

○たか…　隆源口伝。綺語抄「こゐ」「たかへる」「すずむしを」、奥義抄「やかたをのたか　付たがへる」、和歌色葉「やかたをのたか」、袖中抄「とがへるたか」「はしたか」、色葉和難集「はしたか」「とかへるたか付《へ》とやかへる」。「鷹《タカ》　クチ　ハシタカ　ヤカタヲノタカ　マシロノタカ　クロフ　ワカタカ　カタカヘリ　マシロノタカ　モロカヘリ　アカフ　シラフ」（和歌初学抄）、後掲。　**○264やかたをのましろのたかを…**　出典を六帖とするが、六帖歌とはかなり異なる。「やかたをのましろのたかをひきすゑて君がみゆきにあはせつるかな」（古今六帖一一七三）。万葉集四一五五、三句「屋戸尓須恵《やどにすゑ》」五句「飼久之余志毛《かはくしよしも》」、和歌童蒙抄七七八、三句「とやにすゑ」五句「かはくまくもよし」、奥義抄三九六、三句「やどにすゑ」五句「かはくれよしも」、袖中抄三七二、三句「やどにすゑ」五句「飼はくしよしも」、和歌色葉一六五、三句「とやにすゑ」五句「かわくまもなし」　**○ましろのたか…**　「マシロトハ、メノウヘノシロキヲイフ」（和歌童蒙抄）、「マシロトハ、メノ毛ノ白キナリ」（別本童蒙抄）。袖中抄（「ましらへのたか」）は「ましらへの鷹」、「ましらふの鷹」、「ましろの鷹」を同義とする。なお、袖中抄は綺語抄の説として、「綺語抄云、目の白なり。目の毛の白き也」とするが、現行綺語抄に見えない。「ましろのたかとは、めのうへのしろきたかなり。月《目》白鷹とかけり」（和歌色葉）　**○朝忠歌云…**　口伝和歌釈抄で、朝忠の歌として掲出されるも

のはこの一首のみ。当該歌の作者を朝忠とする資料は、隆源口伝、綺語抄、以外に未見。○265**おぼつかなあはするたかの…**　隆源口伝三三、三句「こゐをのみ」、綺語抄六二五、三句「こゐをなみ」五句「あはせつるかな」、別本童蒙抄二四八、三句「木居ヲナミ」五句「ユクモシラレス」　○**こゐとは…**　「こひとは木にゐるをいふ。おほきなるたかつかふにはかならす木ある処にてつかふ也」（隆源口伝）、「こゐ　たかの木にゐるをいふ……たかつかふ人のいひしは、おほたかつかふに、たかのそりてゐるきのなゝり。その木にゐて、きしのかくれぬる所をうかかふなり」（綺語抄）、「タカノ木ニヰルヲバコヰト云也」（後拾遺抄注）、「こゐとは鷹の居木をいふなり」（散木集注）、「コヰトハ、鷹ノ木ニ居タルヲ云」（別本童蒙抄）、「たかにはこゐといふ事あり。木にゐるとかけり」（和歌色葉）○**たかにあまたの事…**　「たかにあまたのことあり。たかへる、とかへる、とやかへる、このかへるとはてにかへるを云」（隆源口伝）、「とかへる　たゝとにていつこともしらてかへるを云也。またとやかへるとおなし心といふ心もあるへきか」「とやかへる　とやにてかへるなり。このかへるといふはけのかはるなり」「たかへり　たかつかひし人のいひしは、こたかなとのそりたるかへりて、ぬしのてなとにゐるをいふ」（綺語抄）、「たかにはたかへると云事あり。わかてにかへりゐるを云也なとかきたるものも侍れと、心得す。たかへるとは、わかてにてかへりたると云にこそ。とやかへりの鷹を申へきにや。五音の字なれはかよはして云とそきこゆる」（奥義抄）、「ト帰ル鷹トハ、トヤノウチニテ年ヲヘテ毛ノカワルヲ云……タカエルタカトハ、手ニカヘルト云」（別本童蒙抄）。袖中抄は以下のようにまとめる。「顕昭云、鷹にかへるといふ事を詠むは、毛の変るなり。とやかへるといふは、鳥屋にて毛の変るなり……たがへるといふ事ぞふたやうに申すめる。一つには合はせやりたる鷹の鷹飼の手へかへるをいふといへり……とがへるといふは、たゞ惣じて鷹の毛のかへるをいふとぞ思ふべき」　○266**みかりするすゑのにたてる…**　金葉集三奏本二九六藤原長能、綺語抄六二九、和歌童蒙抄七八一、袖中抄三六五、色葉和難集一六七。玄々集七〇長能、以上四句「とがへるたかの」。隆源口伝二四、二句「裾野に立てる」、別本童蒙抄二四五、二句「スソ

野ニタテル」五句「声ニカモセン」　**○八郎蔵人…**　綺語抄によると藤原盛房。越後守定成男。応徳三（一〇八六）年六位蔵人に補任。「八郎蔵人といひける人のいひけるは、かゝる哥なし。是は長能かよみあつかひたりける哥なるへし。件蔵人たかへるとはしかいふにあらす。くはしからす。たつぬへしといふ。宇治殿かくそのたまひける。但、故若狭守はてにてかへるをいふとぞいひし。とかへる、とゝかへる、とを山なとにてかへるをいふにや。かへるとはたかやにてかへるをいふと〈云々〉。かへるとはけなとのかへるを云」（隆源口伝）、「盛房かいひけるはかゝる哥なし。これは長能かよみあつかひける哥となんいひける。盛房は、たかへるとは田にてかへると云也。宇治殿もさそおほせられける。故若狭守通宗はてにてかへるをいふなりと云々。とかへるとは、のなとてかへるをいふとや。かへるとはとやにてかへるをいふ。このかへるとはけのかはるをいふ也」（綺語抄）。袖中抄はこの経緯を記し、「古き物にも書きたれば」とする。　**○267とやかへるわがたならしの…**　後拾遺集二六七大江公資、和歌童蒙抄七七九、以上初二句「とやかへりわがてならしし」。綺語抄六二七、袖中抄三六八、和歌色葉一六六、初二句「とやかへりわが手ならしの」、色葉和難集一六六、二句「わがてならしの」　**○268わするなとうらみざらなむ…**　後撰集一一七一よみ人しらず、兼盛集四八、奥義抄三九七、定家八代抄一四二三、色葉和難集一六九、以上初句「わするとは」下句「とかへる山のしひはもみぢず」。古今六帖一一七九、初句「つらしとも」下句「とがへる山のしひももみぢす」、綺語抄六二八、初句「わするとは」五句「しゐはもみぢじ」、色葉和難集九〇、初句「わするとも」下句「とがへる山の椎はもみぢず」　**○山にてかへると…**　「とかへる、とゝかへる、とを山なとにてかへるをいふにや」（隆源口伝）、「やまかへり　山にてかへるをいふ」（綺語抄）、「此哥にては、山にて帰りたるをもとかへると云と聞えたり。おほつかなし。はし鷹のとかへる山と云はふるき《（ふかき）》心也。深山にすむ也」（奥義抄）　**○269みちのくのしらふのたかを…**　能因法師集一二五、二句「しらをのたかを」下句「あはぢの原をゆくやたがこぞ」、隆源口伝三五、二句「しらふの鷹の」下句「あさぢのぬしのこれやこのこゐ」、万代集一五〇九、二句「しのぶのたかを」下

句「あだちのはらをゆくはたがこぞ」　〇しらふのたかとは…　「しらふのたかとはをにしろき事あるなり」（隆源口伝）、「シラフトハ、尾ニシロキトコロノアルナリ。万葉ニハ白尾ト書タリ」（別本童蒙抄。万葉集に「白尾」の表記未見。四一五四「真白部《ましらふ》乃《の》多可《たか》」をいうか）　〇あさぢのぬしとは…　「あさちのぬしとは、後拾遺哥云、われか身はとかへるたかに成にけりとしはふれともこゐはわすれす」（隆源口伝）、「われか身は」歌は後拾遺集六六一所収の承保二年九月十三日左大臣師実家歌会のもので、作者は源俊房。

百廿一①　なつかり　六帖云」71オ
なつかりのたまへのあしをふみしたきむれいるとりのたつ②そら③そなき
なつかりとはなつかりするをいふたまへとは越前国《エチセムノクニ》にあるところあり又みつなんとのたまりたるところをいふなるへしところもきらはすたゝしかりは山なんとにするにさる水のたまりたるところこそ心へねといへり方房もなつのかりいと心へすとなん

【本文覚書】①「百廿一」の右傍に「百廿二」と書く。②重書。③右傍に墨汚れあり。

【解釈本文】
百二十一　なつかり
六帖云、
270 なつかりのたまえのあしをふみしだきむれゐるとりのたつ空ぞなき

なつかりとは、夏かりするをいふ。たまえとは、越前国にあるところあり（ママ）。又、水なんどのたまりたるところをいふなるべし。ところもきらはず。たゞし、かりは山なんどにするに、さる水のたまりたるところこそ心得ねといへり。方房も、夏のかりいと心得ずとなむ。

【注】

○なつかり…　隆源口伝、綺語抄、奥義抄、色葉和難集。和歌色葉「なつかりのあし」、袖中抄「なつかりのたまえのあし」　**○270なつかりのたまえのあしを…**　後拾遺集二一九源重之、古今六帖四三三四、綺語抄三五九、俊頼髄脳二九九、和歌童蒙抄六二九、奥義抄二〇三、五代集歌枕九七〇、袖中抄六一一、和歌色葉三七三、俊成三十六人歌合六四、定家八代抄二三五、別本童蒙抄二六五、時代不同歌合二二三、色葉和難集四六六。隆源口伝三六次（初二句のみ）。　**○なつかりとは…**　「なつかり」には「夏狩」、「夏刈」、「夏雁」の解がある。「夏狩」説は、「なつかりとは夏かりするを云」（隆源口伝）、「夏かり　なつかりをするをいふ……そのくにゝてかりして、たまへのほとりにおりいてさけなとたうへて、その時によみたりけるにやあらん」（綺語抄）とあるが、「又しゝかりのにはかにいてこんも心えす」（俊頼髄脳）と否定的に捉えられ、或いは別説として「シ、ヲカリヲロシテ、カリヒトノフミシタクニヨリテ、ムレヰルトリナムタチワツラフトイフ」（和歌童蒙抄）とされる。「夏刈」説は、「あしは秋かるものなるを、とくかるほとになりぬるあしを、夏かりておきて、つみおきたるかうへに、とりのむれゐる也」（俊頼髄脳）、「夏かりとは、蘆をは秋かるを、とくおひぬれは夏もかるを云也」（奥義抄。和歌色葉も同じ）、「葦ハアキカルモノヲ、夏カリヲキタルウヘニムレヰルトヨメルナリ」（和歌童蒙抄）、「なつかりとは蘆《アシ》を夏苅《ナツカル》をいふなり」（袖中抄）等。また「夏雁」説は「俊頼髄脳」当該歌注に「なつかりとは、はしめのいつもし、かりかねの、なつまであるをいふそともいひ、しゝかりをよむそともいへるひともあり。みなひか事とこそきこゆれ。かりかねならは、すゑにむれゐるとりといはんにも、あしくきこえぬ」（「夏かりといへる初の五文字も雁金の夏まであるをいふそと

もいひし人あり。よもやされ皆ひか事とこそ。狩金ならはすゐにむれゐると《り》。のといはんにもあしくきこゆ」顕）と否定しているが、それ以前の資料は未見。但し別本童蒙抄には「雁ハ夏羽ナトノナクテ山ノハサマナトニアル也。ソレヲ夏カリト云也」とある。　**○たまえとは…**　「たまえのあしとは越前国にある所を云」（隆源口伝）、「たまへとは越前国にある所なり」（綺語抄）、「たまのえとは、ゑちせんのくにゝある所なり」（俊頼髄脳）、「タマエハ越前国ニタマノエトイフトコロノアル也」（和歌童蒙抄）。その他「袖中抄」でも「綺語抄云」として、「色葉和難集」でも「俊頼云」「奥義抄云」として、「たまえ」が越前国の地名であるとする。　**○水なんどの…**　「たまえとは、たに《（たゞ）》の江（玉の江・顕）といふなり。みつあるえにはあらす」（俊頼髄脳）　**○方房も…**　方房は未詳。匡房か。「葦　なつかりは夏かりたる也。一説雁と云り。又鶴と云、可咲。凡夏雁不可然之由殊に匡房称之」（八雲御抄）

百廿二　にしきゝ　能因

にしきゝはたてなからこそくちにけれけふのほそぬのむねあはしとや

にしきゝとはあつまには人をよふには」71ウ　きをつくりてにしきにいろとりて女なのいゑのまへなんとにたつる也それをあはんと思にはとりいれあはしと思にはとりいれすけふのほそぬのとはむつのくにゝけふのこほりにをるぬのの《な》也いとせはきなるへしされはかくむ①あはしとやとはそへたる也　六

帖云

みちのくにけふのほそぬのほとせはみまたむねあはぬこひもするかな

これらを本文にてよめるか或説云にしきゝとは東国にありける女をゝとこのけしやうしけるにいゝや■《け》②りける五百束の木を千束たゝらんにあ」72オうへしといゝける也あきのはしめをにしきといふふゆのはしめをはにしきゝといふ

にしきゝのかすをはいそちになりにけりねやのうちをはいまわみせなん

にしきゝのかすわちつかになりぬらんいつかあたちのうちを見るへき

古哥枕云にしきゝといふ事ありたきゝをこりてあつまのゐひすのけしやうする女のもとにやる

【本文覚書】①「ね」脱か。②「や」を墨消。

【解釈本文】

百二十二　にしきゞ

能因

271 にしき木はたてながらこそくちにけれけふのほそぬのむねあはじとや

にしき木とは、あづまには人をよぶには木をつくりて、にしきにいろどりて、女の家の前なんどにたつるなり。それをあはむと思ふにはとり入れ、あはじと思ふにはとり入れず。けふのほそぬのとは、むつの国に、けふの郡におる布の名なり。いとせばきなるべし。されば、かくむあねあはじとやとはそへたるなり。六帖云、

272 みちのくにけふのほそぬのほどせばみまだむねあはぬ恋もするかな

これらを本文にて詠めるか。或説云、にしき木とは、東国にありける女を男のけしやうしけるにいひやりけ

る。五百束の木を千束たゝらむ（ママ）にあふべしといひけるなり。秋のはじめをにしきといふ。冬のはじめをばにしき木といふ。

273 にしき木のかずをばいそぢになりにけりねやのうちをば今は見せなむ

274 にしき木のかずはちづかになりぬらむいつかあたち（ママ）のうちを見るべき

古歌枕云、にしき木といふ事あり。薪をこりて、あづまのえびすのけしやうする女のもとにやる。

【注】

○にしきゞ… 綺語抄「けふのほそぬの」「にしこぎ」、奥義抄「にしきぎ　付けふのほそぬの」、袖中抄「にしき木　あらてくむ」「けふのほそ布」、和歌色葉「けふのほのぬの　にしきぎ」、色葉和難集「けふのほそぬの」 ○271**にしき木はたてながらこそ…** 後拾遺集六五一能因法師、綺語抄三五二、俊頼髄脳二二六、疑開抄六七、五代集歌枕一七八八、別本童蒙抄三六八、袖中抄九一〇。奥義抄四〇五、和歌色葉一七七、色葉和難集六五一、以上二句「立ちながらこそ」、能因法師集一二七、二三句「たててぞともにくちにける」 **○にしき木とは…** 「一説にはにしゝきといふなり。木を一尺はかりにきりて、にしきまたらにいろとりて、女のかとにたつるなり。それをあはんと思ふにはとりいれ、あはんと思はぬにはとりいれぬなり」（綺語抄）、「にしきゝとはみちのくにゝ、おとこ女をよはゝむと思とき、せうそくをやらて、たき木をこりて、日事に一そくその女のいゑのかとのほとにたつなるを、あはむと思おとこのたつる木をは、ほとなくとりいれつれは、そのゝちは木をはたてゝ、ひとへにいひよりてしたしくなりぬ。あはしと思おとこのたつる木をは、いかにもとりいれねは、千そくをかきりにして三年たつるなり。それなをとりいれねは、思たえてのきぬ」（俊頼髄脳）、「或物云、ゑひすは女をよはうとては、一尺はかりなる木をにしきのやうに色とりて女のかとに立れは、うけひく女は是をとりいる。あはしと思ふはとりいれねは、なをしひて思ふには三年をかきりて日ことにひとつをたつ。千束に成ぬれは心さしあると見てあひぬ。猶それにもあはぬ

女をは思ひたえぬといへり。にしきのやうに色とりたれはにしき木と云」（奥義抄）、「ニシキヽトハ、萩ノ枝ヲ一尺斗ニ切テ五色ニ染テ、女ノ家ノ戸ニ立ル也。其ヲ逢ント思ニハ取入ル也。必シモ萩ニカキラス。只木ヲモスル也」（別本童蒙抄）、「にしきゝ〈錦木は柏鉾さほの様也といへとも誠には不然之由俊頼抄云。陸奥か所為也云々。恋る人の家にたつるなといへり。にしこきなともいへり。是見清輔抄。委くしるさす〉」（八雲御抄）　**○けふのほそぬのとは…**　「このけふのほそぬのといへるは、これもみちのくにゝ、鳥のけしておりけるぬのなり。おほからぬものしておりけるぬのなれは、はたはりもせはく、ひろもみしかけれは、うへにきる事はなくて、こそてなとのやうにしたにきるなり。されはせなかはかりをかくして、むねまてはかゝらぬよしをよむなり」（俊頼髄脳）、「けふのほそ布はみちの国のけうの郡よりいてたる布也。はたはりせはき布なれはむねあはすと云也」（奥義抄）、「けふのほそぬのとハ、ミちのくにのけふの郡よりおりいたしたるぬのゝ、せハきなり。されハ胸あハしとハよめるなり」（疑開抄）、「陸奥国ノケフノコホリヨリヲリイタシタルヌノヲイフナリ。ソノヌノハタハリセハシ。サレハ、ムネアヒカタキトハヨメルナリ」（和歌童蒙抄）、「布《ヌノ》　ケフノホソヌノ」（和歌初学抄）、「けふのほそ布はみちの国のいしふみといふところよりいてくる布也。狭の細布とかけり。いしふみやけふのほそ布、なんとよめり。とりのけなんとにてをれははたはりせはきぬのなれは、むねあはすとはよそへていへり」（和歌色葉）、「顕昭云、けふのほそぬのとは、みちのおくに出でくるせばき布なり。せばければ狭布《ケフフ》と書きて、やがて声にけふとよみて、訓にほそぬのとよむなり。その声、訓を合はせてけふのほそぬのといふなり……やがてけふのせばぬのともよめり」（袖中抄）、「俊頼云、コレハ陸奥国ニ鳥ノ毛シテヲリタル布也。サレハヲホカラヌ物ニテヲリタレハ、ハタハリセハクヒロミシカケレハ、ウヘニキル事ハナク小袖ナトノヤウニシテ下ニキル也。サテムネアハスト云。有云、ホソト云ハヒネスミト云物也。ソレカ毛ニテヲリタル布也。火ニヤケヌ物也。有云、ケフノホソ布トハ、ケフノコホリト云所ニオル布也。ハタハリセハキ布ナリ」（色葉和難集）　**○272みちのくにけふのほそぬの…**　古今六帖三五三九、初二

句「みちのくのけふのさぬのの」。綺語抄五〇五、四句「むねあひがたき」。俊頼髄脳二七七、和歌童蒙抄四一四、別本童蒙抄一六五、袖中抄九一二、以上初句「みちのくの」四句「むねあひがたき」。色葉和難集六五二、初二句「みちのくのけふのせばぬの」　**○或説云…**　「一説には、薪千束をこりて女乃門におくなり。千束にみたぬかぎりはあはぬなりとそいふ」（綺語抄）、「或ハニシキ木トハ、薪ヲ女ノ門ニ日ニ一束ツヽタク也。ソレカ千束ニミタヌ限ハアワン事ヲ云ヌ也」（別本童蒙抄）　**○秋のはじめを…**　院政期から鎌倉初期頃の歌学書には、同一内容の注説未見。　**○273にしき木のかずをばいそぢに…**　他出未見。　**○274にしき木のかずはちづかに…**　綺語抄三五一、初句「にしこぎの」四句「いつかみやこの」、疑開抄六六、四句「いつかみたちの」、別本童蒙抄三六九、三四句「成ヌラシイツカミタチノ」、袖中抄九〇七、三四五句「なりにけりいつかみたちのうちはみるべき」　**○古歌枕云…**　「にしきゝとは　たきゝをこりてあつまのえひすのよはふ女のもとに　けさう文に付《ツケ》てやるをいふ」（能因歌枕）

百廿三　たまゆら　通俊《ミチトシ》哥云

をしむにはから《ら》くに人のたまきなるたまゆらたにもはるのとまらぬ」72ウ

たまゆらとはしはしといふ事也やすゝけのわうのはゝひさしき事をいふといへり

ゆくほとにたまゆらさかぬものならはや①まさくらをまちくらしむ

具《ク》平親王《ヘイシムワウ》このうたを四条大納言にといたまいけれはたまゆらとはわくらはといふやうの事也とそ申給いけるたゝこゝろうるにひさしき事をいふ也哥《カ》人《シムニ》可尋《ヘシタツヌ》

業平《ナリヒラ》哥云

さみたれはますけのかさもぬきはひぬたまゆらはるゝときしなけれは」73オ

このうたにもをなしといふとそみへたる

【本文覚書】①「の」脱か。

【解釈本文】

百二十三　たまゆら

通俊歌云、

275をしむにはからくに人のたまきなるたまゆらだにも春のとまらぬ

たまゆらとは、しばしといふ事なり。康資王母、ひさしき事をいふといへり。

276ゆくほどにたまゆらさかぬものならば山のさくらをまちくらしむ（マ マ）

具平親王、この歌を四条大納言にとひたまひければ、たまゆらとはわくらばといふやうの事なり、とぞ申し給ひける。たゞ心得るに、ひさしき事をいふなり。歌人可尋。

業平歌云、

277さみだれはますげのかさもぬぎわびぬたまゆらはるゝときしなければ

この歌にも、同じといふとぞみえたる。

【注】

○たまゆら…　隆源口伝、色葉和難集「たまゆら付たまき」。この語を項目とする歌学書は、綺語抄、奥義抄。

○通俊歌云…　275歌を通俊歌とするのは隆源口伝のみ。藤原経平男、公実、通宗等と兄弟。後拾遺集撰者。口伝和歌釈抄で、通俊の歌として掲出されるものはこの一首のみ。　**○275をしむにはからくに人の…**　隆源口伝三七、色葉和難集三九七。　**○たまゆらとは…**　「暫《しばし》といふ事を　たまゆらといふ」（能因歌枕）、「或人云、たまゆらとはしはしといふことなり」（隆源口伝）、「たまゆら　しはしといふことなり」（綺語抄）、「わくらはゝたまさかと云事也。たまゆらなといふも同し事也」（奥義抄）、「たまゆら　シハシ也」（和歌初学抄）、「たまゆらは〈しはし也〉」（和歌色葉）、「ふるき物に、たまゆらはしばしと云詞也など書たれど、なにの故にたまさかをわくらばといひ、しばしをたまゆらといふぞといふゆゑをばしるさねば、たゞふる歌にまかせて読侍にや」（顕注密勘）、「たまゆら〈しはし也。公任説。わくらは同事云々。不可然歟〉」（八雲御抄）、「有云、タマヱ《（ゆ）》ラトハ、シケキ事ヲ云也。有云、タマヱ《（ゆ）》ラトハヒサシキ事也。有云、タマヱ《（ゆ）》ラトハ、シハラクト云ナリ。和云、タマヱ《（ゆ）》ラハシハラクトイフ也。シハラクト云ニ付テ、二ノ心アリ。ホトナキ事ニモ云。但シハシト云カコトシ。又久シキ事ニモ云。シハ〱ト云ハ久キ也。シハシウキ世ニナカラヘテ、ナト云モ久キヨシ也。シケキ事ニモ通フニヤ。ノ《ミ》《タ》マヱ《（ゆ）》ラキナケトヨメリ」（色葉和難集）　**○康資王母…**　「康資王母云、たまゆらとはひさしき事也」（隆源口伝）　**○276ゆくほどにたまゆらさかぬ…**　隆源口伝三八、五句「まちか誰がこむ」、和歌童蒙抄六七一、二句「たまゆらちらぬ」五句「まぢかくてみむ」　**○具平親王…**　「有る古双紙云、具平親王此哥を四条大納言にとひ給けれは、たまゆらとはわくらわといふやうなる事也とそ申ける云々。たゝ心うるにひさしきことを云給《イ本云》」（隆源口伝）、「中務宮ノ、タマユラトハナニコトソト、四条大納言ニトハセタマヒケル哥也。タマユラトハ、ワクラハトイフ同事也」（和歌童蒙抄）　**○業平歌云…**　隆源口伝にはこの注なし。口伝和歌釈抄で、業平の歌として掲出されるものは二首。　**○277さみだれはますげのかさも…**　隆源口伝三九、三句「ほしわびぬ」。当該歌を業平詠とする資料未見。類似する歌に従二位親子歌合一三成元「さみだれにますげのかさもくちぬべしたまゆらかわくほどしなければ」がある。　**○この歌にも…**　「この哥にも猶

しはしとそみえたる」（隆源口伝）

百廿四　わくらは　業平《ナリヒラ》哥云

わくらはにとう人あらはすまのうらにもしほた□れつゝわふとこたへよ

古歌枕云はくらはとはたまさかにといふ事也

【解釈本文】

百二十四　わくらば

業平歌云、

278わくらばにとふ人あらば須磨の浦にもしほたれつゝわぶとこたへよ

古歌枕云、わくらばとは、たまさかにといふ事なり。

【注】

○**わくらば**…　色葉和難集。奥義抄「わくらは　たまゆら」、和歌色葉「もしほくさ」、色葉和難集「もしほ」○**278わくらばにとふ人あらば**…　古今集九六二在原行平朝臣、業平集七九、新撰和歌三一五、古今六帖一七九三、麗花集一一六、奥義抄五六九、五代集歌枕一〇〇八、万葉集時代難事六五、和歌色葉四五五、定家十体一七、定家八代抄七八一、詠歌大概七四、近代秀歌六四、八代集秀逸九、時代不同歌合二七、源氏釈（すま）一〇一、色葉和難集二六九・九六三。当該歌は歌仙家集本業平集、及び、西本願寺本三十六人集の信明集にも見える。○**わくらば**

とは…　「百二十三たまゆら」参照。「ワクラハトハ、タマサカトイフナリ。又云、マレナリトモ云」（和歌童蒙抄）、「わくらは　タマサカ也」（和歌初学抄）、「ワクラハトハ、マレナル物ヲ云」（別本童蒙抄）、「わくらはとはたまさか也」（和歌色葉）、「わくらはとは、たまさかと云詞也」（顕注密勘）、「わくらは〈まれに也〉」「和云、ワクラハトハ、タマサカト云詞也」（色葉和難集）

百廿五　たま水　好忠

みねにひやけさわう①ら《ら》ゝ②③にひさしつらんのきのたるひのしたのたまみつ
　やのつまよりさかりたるこほりをたるひといふしたの④たまみつとはとけてをつるをいふのきのたま
　水」73ウ　ともよめりのきのしつくともよめり
つく〱とふる春さめにひもくれぬのきのしつくのをとはかりして
　かすしらぬものによそへてよむへし

【本文覚書】①「ゆ」に「う」を重書。②「く」とも読める。③判読不明文字に重書。④「ま」を書き止して重書か。

【解釈本文】

百二十五　たま水

好忠

279 みねに日やけさはうらゝに日さしつらむのきのたるひの下のたま水

やのつまよりさがりたるこほりを、たるひといふ。下のたま水とは、とけて落つるをいふ。のきのたま水とも詠めり。のきのしづくとも詠めり。

280 つくぐ〳〵とふる春さめに日もくれぬのきのしづくの音ばかりして

かずしらぬものによそへて詠むべし。

【注】

○たま水…　この語を項目とする歌学書は、和歌色葉。　**○279みねに日やけさはうらゝに…**　続詞花集六曾禰好忠、初句「峰の日や」、好忠集六、以上三句「さしつらむ」　**○やのつまよりさがりたるこほりを…**　「たるひ　こほりののきなとよりさかりたるをいふ」（綺語抄）、「タルヒトハ、水ノコヲリテサカリタルヲ云也」（別本童蒙抄）。「十八　たるひ」参照。　**○下のたま水とは…**　「のきの玉水《タマミツ》とは　雨のした水と云　あましたりといふ」（能因歌枕）　**○280つくぐ〳〵とふる春さめに…**　続後拾遺集二〇六権中納言通俊、万代集六九五、以上初句「つれづれと」三句「日は暮れぬ」、内裏後番歌合承暦二年一三通俊、初二句「つれづれとふる五月雨は」　**○かずしらぬものによそへて…**　院政期から鎌倉初期頃の歌学書には、同一内容の注説未見。「のきのたまみづかずしらぬまでつれづれなるに」（相模集七八歌詞書）

百廿六　ちはやふる

ちはやふるかみのやしろはいたかとよよろ[1]つよふへき事のみへねは

ちはやふるとはふるきうたまくらに云ちにてふけるやにをはしますといふ事也②いわうとなるへし万葉集には千石破《チワヤヤフルヲ》かくかきてちはやふるとよめりかみにはあま」74オたの事あり　万葉集云

はふりこかいわうやしろのもみちはもしめいめちるよふものを

はふりとは神にのとなんと申すものなるへししめいめとはしめひきたるをいふ

【本文覚書】①重書。②墨汚れあり。

【解釈本文】

百二十六　ちはやぶる

281 ちはやぶる神の社はいたかと（ママ）よろづよふべき事の見えねば

ちはやぶるとは、古き歌枕に云、茅にてふけるやにおはしますといふ事なり。いはふとなるべし。万葉集には千石破、かく書きてちはやぶるとよめり。神にはあまたの事あり。万葉集云、

282 はふりこがいはふやしろのもみぢばもしめいめちるよふもの（ママ）を

はふりとは、神に祝詞なんど申すものなるべし。しめいめ（ママ）とは、しめひきたるをいふ。

【注】

○ちはやぶる…　色葉和難集「はふりご」　**○281ちはやぶる神の社は…**　他出未見。　**○ちはやぶるとは…**　「若詠神時〈ちはやぶると云　又ひさしきものと云〉」（喜撰式）、「神をは　ちはやふる」（能因歌枕）、「ちはやふる　かみ」（綺語抄）、「神　ちはやふるといふ」「女神　ちはやふるといふ」（俊頼髄脳）、「神　チハヤフル」（和歌初学抄）、「ちはやふるとは神名也。神は茅のはにてふきたる社、ひさしきよゝりふる物にていませは申なるへし」（和歌色

葉）、「ちはやぶるとは、ふるくより神をいふとしるせり。或は神具にちはやと云物あり。其ちはやをきて袖ふるを、ちはやぶるとはそへるなるべし。或は千磐破と云を、神の力の強くてちゞのいはをやぶると云心也と云べき歟……たすき、ちはやは、神具にも、人の具にもかようて、神の方を取なり」（頭注密勘）、「雷　ちはやふると後撰によめり。なへてはちはやふるは神也」「ちはやふる〈神とも、松とも、久心也〉」「神　ちはやふる《千盤破》神と云は神にかきらす。松なとをもひさしければいへり」（八雲御抄）、「俊頼云、是ハヤハタノ男山ニ始テアマクタラセ玉ヒケル時、チノ葉ニテ社ヲツクリテアリケルヨリイヒハシメタリ。和云、万葉ニ千盤破トカケリ。サキノ義ニ叶ヘリ。但万葉ノ文字ツカヒサマ〳〵ナレハ、ソレハカリニテモ定メカタシ」（色葉和難集）　**○万葉集には千石破、かく書きて…**「夜《よ》並而《ならべて》　君乎《きみを》来《き》座跡《ませと》　千石破《ちはやぶる》　神社乎《かみのやしろを》　不レ祈《のま》日《ぬひ》者《は》無《なし》」（万葉集二六六〇）　**○282はふりこがいはふやしろの…**拾遺集一一三五よみ人しらず、下句「しめをばこえてちるといふものを」、万葉集二三〇九、初句「祝部等之《はふりらが》」下句「標縄越而《しめなはこえて》　落《ちる》云物乎《といふものを》」、人丸集一五八、下句「しめをばこえてちりくるものを」、古今六帖二六〇六、下句「しめをはこえてちるてふものを」、別本童蒙抄一〇九、二一〜五句「イワノ社ノ榊葉モシメヲハコエテ散ト云物ヲ」、色葉和難集九九、下句「しめなはこえてちるてふものを」　**○はふりとは…**　「かむ人をは　はふりといふ　ねきといふ」（能因歌枕）、「又ハフリコトハ社ノ祝ナリ。神官《クワン》ヲ神主祢宜《カンヌシネキ》ト云是ナリ」（和歌色葉、乙本系伏見宮本）、「和云、祝子トハ、ヤシロノツカサ也。ネキ、ハフリトテアルモノ也」（色葉和難集）。「祝　ノト」（色葉字類抄）　**○しめいめとは…**　この箇所文意不明。

百廿七　ふねのかち　万云

にはきよみをきこきはつるあまふね①のかちとるまなきこひをするもの②を
ふねのかちとる事はいとまなき事にしてある也こひなんとによむへし③

【本文覚書】①重書。　②判読不明文字を書き止して重書。　③重書。

【解釈本文】

百二十七　ふねのかぢ

万云、

283 にはきよみ沖こぎはつるあまふねのかぢとるまなき恋をするものを

ふねのかぢとる事は、いとまなき事にしてあるなり。恋なんどに詠むべし。

【注】

○ふねのかぢ…　この語を項目とする歌学書未見。　**○283にはきよみ沖こぎはつる…**　万葉集二七四六、二句「奥《おき》方《へ》榜出《こぎいづる》」五句「恋 為鴨《こひもするかも》」、古今六帖一八一四、初句二句「うはきよみおきへさし出づる」下句「かぢとるまなく思ほゆるかも」、人丸集Ⅳ一八〇、二句「おきこぎいづる」下句「とるかちまなくこひをするかも」　**○ふねのかぢとる事は…**　「しけきことには　……フネノカチ」（和歌初学抄）、「舟のかぢ」を恋歌で詠む例は「白浪のよするいそまをこぐ舟のかぢとりあへぬ恋もするかな」（後撰集六七〇大伴黒主）など。

百廿八　いわね　能因《ヨシタタ》」74ウ

かすか山①いわねのまつわきみかためちとせのみかわよろつよやへん
　いわねとは万葉集には石のもとゝかきていわねとよめ《め》り
をくやまのいわねのこけのねふかくもおもほゆるかなわか思つま
あめのをのいわねをとめてをつる水たきのしらたまちよのかすかも

【本文覚書】①「の」に重書。

【解釈本文】

百二十八　いはね
　　能因
284 春日山いはねのまつは君がためちとせのみかはよろづよやへむ
　いはねとは、万葉集には石のもとと書きて、いはねとよめり。
285 おく山のいはねのこけのねふかくも思ほゆるかなわが思ひづま
286 あめ（ママ）のをのいはねをとめておつる水たきのしらたまちよのかずかも

【注】

○いはね…　綺語抄「いはもとすげ」、袖中抄「いは代の松　たむけ草」　**○284春日山いはねのまつは…**　後拾遺集四五二能因法師、内裏歌合永承四年一能因法師云々、俊頼髄脳二三三、袋草紙三一一、五代集歌枕一一五、袖中抄八二一、以上五句「よろづよぞへむ」。別本童蒙抄八七、四句「千年ノミヤハ」、八雲御抄八六、五句「よろづ代もへむ」　**○いはねとは…**　「岩根トハ、万葉ニハ石本トソ書タル」（別本童蒙抄）。万葉集には「石本」の表記が三例

あるが、これを「いはね」と訓ずる伝本未見。色葉字類抄で、「根　モト」と訓むとあることから、「石根踏《イハネフミ》」（万葉集二五九〇）などの表記についての注か。○285**おく山のいはねのこけの…**　万葉集二七六一、二句「石本菅乃《いはもとすげの》」下句「所レ思鴨《おもほゆるかも》　吾念　妻者《あがおもひづまは》」、古今六帖三九四五、二句「いはもとすげの」下句「おもほゆるかも我がおもひづまは」、人麿集Ⅳ二句「いはもとすけの」下句「をもほゆるかもわかおもひつま」○286**あめのをのいはねをとめて…**　古今集三五〇きのこれをか、新撰和歌一六七、五句「世世のかずかも」、古今六帖二二三九、五代集歌枕一〇、定家八代抄六〇九、以上上句「亀の尾の山のいはねをとめておつる」

百廿九　うつろう月　古万云

このまよりうつろう月のかけをみてまちやまら《す》ふさよふけにけり」75オ

うつろう月とはかの集には移■①歴月とかきてかくよめりしまきこのまよりこ②のまよりひかりのさしいりたるをいふか月にはあまたの事あるへしつこ《も》③もりの月をありあけといゝついたちの月をはゆみはりといふかつらをとこといふものあるへし又歌枕には月ひとをとこともいへり躬恒《ミツネ》

ひさかたの月人をとこひとりぬるやとにないりそ人のなたてに

奈良帝《ナラノミカトノ》　御製《セイ》　万葉集云

あまのはらふりは④けみれはしらまゆみ」75ウはりてかけたるよるみちはよ

これはゆみはりの月をよめる也へし

【本文覚書】①「歴」を書き止して墨消。②「このまより」、衍。③本行「も」、重書。④「さ」の誤か。

【解釈本文】

百二十九　うつろふ月

古万云、

287 このまよりうつろふ月のかげをみてまちやすらふ（ママ）さよふけにけり

うつろふ月とは、かの集には移歴月とかきて、かくよめり。しまき（ママ）このまより、ひかりのさしいりたるをいふか。月にはあまたの事あるべし。つごもりの月をありあけといひ、ついたちの月をばゆみはりといふ。かつら男といふものあるべし。又歌枕には、月ひと男とも云へり。躬恒

288 ひさかたの月ひと男ひとりぬるやどにないりそ人の名立てに

奈良帝御製　万葉集云、

289 あまのはらふりさけみればしらまゆみはりてかけたるよるみちはよ（ママ）

これは、ゆみはりの月を詠めるなるべし。

【注】

○うつろふ月…　綺語抄「うつろふ月とよめり」、奥義抄「しらまゆみ　付月名ひるめのかみ」、和歌色葉「ふりさけ　付月名」**○287このまよりうつろふ月の…**　万葉集二八二一、人麿集Ⅳ二六五、綺語抄三五、以上三四句「かげおしみたちやすらふに」**○うつろふ月とは…**「かの集」とは万葉集を指すか。「百五十二　たまきはる」「百五十六　みさご」でも万葉集と想定されるものを明記せず、それぞれ「件の集」「かの集」と表記する。「移歴月《うつろふつき》」

（万葉集一八七六・二八二二）、「ウツロウ月トハ、万葉ニハ移暦《ママ》月ト書タリ」（別本童蒙抄）　**○しまきこのまより…**「しけきこのまより」の誤写か。院政期から鎌倉初期頃の歌学書には、同一内容の注説未見。　**○つごもりの月を…**「晦《ツコモリ》　ありあけといふ」「廿日よりは　ありあけ」（能因歌枕）、「在明ノ月ヲハツコモリノ月ヲ云」（別本童蒙抄）　**○ついたちの月をば…**「朔日《ツイタチ》　ゆみはりといふ」（能因歌枕）、「弓ハリトハ、ツイタチノ比ノ月ヲ云」（別本童蒙抄）　**○かつら男といふもの…**「月とは　人をとこといふ　かつらおとこといふ」（能因歌枕）、「つき人をとこかつらをとこをいふ」（綺語抄）、「月よみをとことは、かつらをとこ也」（松が浦嶋「疑開抄の所々」）、「月をはかつらおとことも云。月人おとこ共云。月人共云」（奥義抄）、「月人男ハ、月読男也」「サヽラヘヲトコモ、カツラヲトコナリ」（和歌童蒙抄）、「月　……カツラヲトコ……月人ヲトコ」（和歌初学抄）、「月人ヲトコトハ、月ノ中ノカツラ男ヲ云」（別本童蒙抄）、「私云、月の桂といひ、月の兎といひ、かつらをとこといふ、みな月の中にありといへども、みなこれ月の名に出だせり」（袖中抄）、「月をはかつらおとことも云、月人をとこともいふ」（和歌色葉）、「月　月人おとこ　かつらおとはさゝらえ《佐々良援》おとこ。月よみ《読》おとこ〈たゝ月よみとも〉　これらみな月の名也」（八雲御抄）　**○288ひさかたの月ひと男…**　☆躬恒集四〇七。　**○奈良帝御製…**　口伝和歌釈抄で、奈良帝の歌として掲出されるものはこの一首のみ。但し、289歌の作者は万葉集では間人宿祢大浦（夫木抄では家持）　**○289あまのはらふりさけみれば…**　万葉集二八九、内大臣家歌合元永二年判詞、以上下句「張而《はりて》懸有《かけたり》　夜《よ》路者《みちは》将レ吉《よけむ》」。奥義抄三七〇、和歌一字抄一〇四二、袋草紙六九六、色葉和難集九〇三、以上下句「はりてかけたりよみちはよけむ」。古今六帖三四二六、下句「はりてつけたるよるみちよにも」。和歌色葉一四〇、下句「はりてかけたりよみちよけなむ」、色葉和難集六六三、下句「はりてかけたるよみちはよけん」　**○これは、ゆみはりの月を…**「奥義抄云、シラマ弓トハ、カタワレ月ヲ云也。和云、此哥ノシラマ弓ハリテカケタリトイヘルハ、マコトニ弓ハリノ月ニヤ」（色葉和難集）

百卅　ましみつ　貫之
わかやとのいさらをは①わのまし水のましてそ思うきみひとりをは
まし水とはまことにきよきみつといふ事也　　古今云
いぬかみやとこのやまなるいさらかはいさとこたへてわかなもらすな
いさらかわとはあふみにあり後拾遺序《ショ》にしかいゝたりある人云しもかれのふゆ②のすゝきをいふしの
すゝきはな」76オ すゝきおの〳〵こと也いまたほにいてぬをしのすゝきといふなるへし
いもかもとわかゝよいちの花すゝきわれしもよはゝなひけのゝはら

【本文覚書】①「か」の誤か。　②重書。

【解釈本文】
百三十　ましみづ
貫之
290 わかやどのいさら小川のまし水のましてぞ思ふ君ひとりをば
まし水とは、まことにきよき水といふ事なり。古今云、
291 いぬがみやとこの山なるいさら川いさとこたへて我が名もらすな
いさら川とは、近江にあり。後拾遺序にしかいひたり。ある人云、しもがれの冬のすゝきをいふ。しのすゝき、はなすゝき、おの〳〵異なり。いまだ穂に出でぬを、しのすゝきといふなるべし。
292 いもがもと我がかよひぢの花すゝき我しも呼ばばなびけのゝはら

【注】

○ましみづ…　綺語抄、和歌色葉。袖中抄「いさやがは」、色葉和難集「いさや河付いさら河」　**○290わかやどのいさら小川の…**　古今六帖二六四一、初句「わがことの」。綺語抄一九七、袖中抄五〇七、以上初二句「わがかどのいささをがはの」。和歌童蒙抄二三七、三句「ましみづに」、和歌色葉二一二。色葉和難集六、初句「わがかどの」。作者を貫之とする資料未見。　**○まし水とは…**　「ましみつ　せきいるゝ水をいふ。有二説〈一ハ真清水／一ハ天之清水云也〉」（綺語抄）、「まし水とは、よくなかるゝをいふ」（松が浦嶋「疑開抄の所々」）、「マシ水トハ、マコトニキヨクスミタルヲ云」（別本童蒙抄）、「又或書云、ま清水とはまことに清き水をいふ」（袖中抄）、「まし水とはよくすみきよき水也。妙美水と書り」（和歌色葉）　**○291いぬがみやとこの山なる…**　古今集一一〇八墨滅歌、初句「いぬがみの」三四句「なとり河いさとこたへよ」、万葉集二七一〇「狗上之《いぬかみの》　鳥籠山尓有《とこのやまなる》　不知也河《いさやがは》　不知二五寸許《いさとをきこ》瀬《せ》　余名《わがな》告　奈《のらすな》」、古今六帖三〇六一、和歌童蒙抄二三三、初句「いぬがみの」三四句「いさやがはいさとこたへよ」、五代集歌枕三二〇、初句「いぬがみの」三四句「いさやがはいさとこたへよ」・一三〇五、初句「いぬがみの」四句「いさとこたへよ」、和歌初学抄二一八、袖中抄五〇五、初句「いぬがみの」下句「不知二五寸許瀬わがな告奈」、色葉和難集三、初句「いぬがみの」三句「いさや河」、源氏釈（もみぢの賀）六七、初句「いぬがみの」三句「いささがは」　**○いさら川とは…**　「しかはあれど、のちみむためによしのがは、よしといひながさむひとにあふみのいさらがは、いささかにこのしふをえらべり」（後拾遺集序）、「いさらを川とは、かり水也、いつみのしなとの、にはよりあさやかにてなかるゝをいふ」（松が浦嶋「疑開抄の所々」）、「トコノヤマ、イサヤカハ、近江ニアリ」（和歌童蒙抄）、「水　六帖云、いさらおつ（ママ）とはやり水なと也」（八雲御抄）　**○ある人云…**　ここから「百三十六しのすすき」の注文か。「しのすゝきとは　かるかやともいふ　一本すゝきとも」「花すゝきをは　たゝはなすゝきといふへきか」（能因歌枕）、「或人云、霜かれの冬野すゝきをいふ。六帖にはなすゝき、のすゝきと各別に書り」

（隆源口伝）、「しのすゝき　またほにいてぬをいふ。又さるすゝきのあるなりと云々」（綺語抄）、「しのゝをすゝきとは、花もいてぬすゝきをいふ」（松が浦嶋「疑開抄の所々」）、「シノス丶キトハ、モトニハノナキヲイフ。又ホノイテヌヲモイフ」（和歌童蒙抄）、「花すゝきとはほにいてたるすゝき也。まそをのいとゝはまことにしろきいとをいふ也……或云、蘇芳糸也。すゝきはほにいてたる、すなはちいとをものにまきつけたるやうにちゝかみたるをいふなんとやう〳〵にいへり」（和歌色葉）、「薄　おはな……しのゝをすゝき……しのすゝきはたゝ薄名也。ほにいてぬを云といふ。正説也」（八雲御抄）　○292**いもがもと我がかよひぢの…**　万葉集一一二一、初句「妹等所《いもら》《がり》」三四五句「細竹為酢寸《しのすすき》　我通《われしかよはば》　靡《なびけし》　細竹原《のはら》」、古今六帖三七一一、和歌童蒙抄五七九、以上初句「いもがりと」三四五句「しのすすきわれしかよはばなびけしの原」

こゝはきれてをちたり

【本文覚書】

299歌の次行に、三文字ほど下げて記す。

【解釈本文】

ここは切れて落ちたり。

【補説】目録によれば、以下に「百三十一　すげのかさ」「百三十二　みごもり」「百三十三　まなづる」「百三十四　こよひ」「百三十五　みをつくし」「百三十六　しのすゝき」の項目があったと思われる。これらの語、あるいは類

似の語を立項する歌学書は以下のとおりである。
「すげのかさ」この語を項目とする歌学書未見。
「みごもり」色葉和難集
「まなづる」色葉和難集
「こよひ」綺語抄（こよひのつくよ）
「みをつくし」袖中抄、色葉和難集
「しのすゝき」隆源口伝、綺語抄
なお、解題に「『百卅ましみづ』の後半には、目録の『百卅六しのすゝき』の一部がまぎれ込んでいる」ことが指摘されている。

百卅七　つまき　六帖云
すみはひぬいまわかきりそやまさとにつまきこるへきやともとめてん
　つまきとはいやしき人のきなんとひろいてたくきをいふ　公経
ふゆのよをあかしがてらにたくものはにしこりやまのつまきなりけり

【解釈本文】
百三十七　つまぎ

六帖云、

293 すみわびぬ今はかぎりぞ山里につま木こるべき宿もとめてむ

つま木とは、いやしき人の木なんど拾ひてたく木を云ふ。公経

294 冬の夜をあかしがてらにたくものはにしこり山のつま木なりけり

【注】

○つまぎ…　この語を項目とする歌学書未見。　**○293 すみわびぬ今はかぎりぞ…**　後撰集一〇八三業平朝臣、業平集七八、古来風体抄三三四、定家八代集一六九五、以上二句「今は限と」。☆業平集九、古今六帖九八四。伊勢物語一〇七、僻案抄二二、以上二句「今は限と」四句「身をかくすべき」。別本童蒙抄二二〇、二句「今ハ限ノ」五句「人モト、メン」　**○つま木とは…**　「爪木トハ、童部ナトノヒロイテタク木ヲ云也」（別本童蒙抄）　**○公経…**　藤原成尹男。後拾遺集に一首入集。口伝和歌釈抄で、公経の歌として掲出されるものは二首。　**○294 冬の夜をあかしがてらに…**　他出未見。

百卅■①八　をちこち　後撰云」76ウ

をちこちの人もまれなるやまさとにいゐいせんとわ思《い》きやきみ　古今云

をちこちのたつきもしらぬやま中におほつかなくもよふことりかな

おちこちとは古歌枕にはあなたこなたといふ事也

【本文覚書】①「二」を墨消。

【解釈本文】

百三十八　をちこち

後撰云、

295 をちこちの人もまれなる山里にいへゐせむとは思ひきや君

古今云、

296 をちこちのたづきもしらぬ山中におぼつかなくもよぶこどりかな

をちこちとは、古歌枕には、あなたこなたといふことなり。

【注】

○をちこち…　色葉和難集。奥義抄、和歌色葉「をちこち　付たつき」。色葉和難集「たづき」　**○295 をちこちの人もまれなる…**　後撰集一一七二よみ人しらず、大和物語七七、袋草子三八、世継物語三六、以上二句「人めまれなる」（後撰集承保三年奥書本・天理図書館蔵本二句「人もまれなる」）　**○296 をちこちのたづきもしらぬ…**　古今集二九よみ人しらず、古今六帖四四六五、猿丸集四九、三十六人撰五九、奥義抄四四一、和歌色葉二三〇、拾玉集三四七八、俊成三十六人歌合三一、色葉和難集二二七・三五二。　**○をちこちとは…**　「おちこちとは　あなたこなたといふ事也」（能因歌枕）、「をちと云は外也。こちと云は爰也」（奥義抄）、「おちこち　カシココ、也」（和歌初学抄）、「をちはほかなり、こちはこゝなり」（和歌色葉）、「をちこち〈遠近也。かしこゝ也〉」（八雲御抄）、「和云、ヲチコチトハ、遠近トモカキ、彼比トモカキタリ。アチコチ也」（色葉和難集）

百卅九　とまや①　後撰云
もの思うとゆきてもみねはたかさこのはまのとまやはくちやしぬらん
とまやとわとまといゝてこもにみのゝけをいたるやうな②るなり《や本ノマ、》あまひ③《て本ノマ、》とわそれをいゑにふきてをる
也くゝつなんともしかするいや」77オ しきいゑなんとにもよむへし

【本文覚書】①重書。　②判読不明文字に重書。　③「ひ」字形は「ち」にも似る。

【解釈本文】
百三十九　とまや
　後撰云、
297 もの思ふとゆきても見ねばたかさごのはまのとまやはくちやしぬらむ
　とまやとは、とまといひてこもに蓑の毛生ひたるやうなるなり。あま人は、それを家にふきて居るなり。
　くゞつなんどもしかする。いやしき家なんどにも詠むべし。

【注】
○とまや…　この語を項目とする歌学書未見。　**○297もの思ふとゆきても見ねば…**　後撰集一一九三よみびとしらず、五代集歌枕一五八五、以上三四句「たかがたのあまのとまやは」（後撰集承保三年奥書本・三四句「たかゝたのはまのとまやは」）　**○とまやとは…**　「屋　とま」（八雲御抄）。「苫　爾雅注云、苫〈士廉反和名、度万〉編菅茅以覆屋也」（倭名類聚抄）　**○あま人は…**　「あまのとまやとは、あまはとまといふ薦をいゑにふけはとまやといふ也」（和歌色葉）。「ふせやとは、いやしき家を云ふなるべし。あまのふせやとも詠めり」（「九十二　ふせや」）とあるよう

に、「あま」が住む家などは「いやしき家」であるとされる。「よのなかはかくてもへけりきさかたのあまのとまやをわがやどにして」（後拾遺集五一九）に見られるように「あまのとまや」の詠歌例も多い。　○くゞつ…　「塩干《しほかれ》乃《の》三津之海女乃《みつのあまめの》　久具都持《くぐつもち》　玉藻《たまも》将ㇾ苅《かるらむ》　率行見《いざゆきてみむ》」（万葉集二九三）、「クヽツトハ、カタミヲイフ也」（和歌童蒙抄）、「世にくゞつ目と申すは、さやうの籠の目のつまれたるをいふ歟。和語抄云、くゞつとはかたみを云也。私云、かたみとは和名云、小籠也。如ㇾ此両説慥可ㇾ尋。但人といふ証は多かり。私云、くゞつとは小籠といふか。ことくとは同五音なり。さればくゝはこゝ也。つは助字なり」（袖中抄）、「くゝつは〈したみ也〉」（和歌色葉）、「くゝつもち〈海人のもなとかる也。在万葉三〉」（八雲御抄）

百四十　さくさめ　後撰云

いまこんといゝしはかりをいのちにてまつにけぬへしさくさめのとし

さくさめとわふるき歌枕にはしうとめをいふ四条大納言もゐしらていふ人もかなとありけるとなん或説云さくさめとははかき女をいふとなんをとこのたのめてこさりけれは女はゝかよめるなり

【解釈本文】

百四十　さくさめ

後撰云、

298今こむといひしばかりを命にて待つにけぬべしさくさめのとじ

さくさめとは、ふるき歌枕にはしうとめをいふ。四条大納言もえ知らで、いふ人もがなとありけるとなむ。
或説云、さくさめとは、若き女をいふとなむ。男の頼めてこざりければ、女母が詠めるなり。

【注】

○さくさめ…　奥義抄、和歌色葉、色葉和難集。袖中抄「さくさめのとじ」。この語を項目とする歌学書は、綺語抄。　**○298今こむといひしばかりを…**　後撰集一二五九女のはは、俊頼髄脳二五六、和歌童蒙抄三一〇、奥義抄三三七、和歌色葉三四七、別本童蒙抄一一二、袖中抄三三〇、色葉和難集八一二。　**○さくさめとは…**　「しうとをは　さら《く歟》さめといふ」（能因歌枕）、「さくさめのとし　或人云、赤奮若歳云々、丑歳名也。或人云、丙寅歳云々。或人云、しうとめの名也。後々同之。或人云、さくさめのしうとめをいふ。能因抄にも如之。愚案、作噩歳歟。酉歳名也」（綺語抄）、「さくさめのといへる事、しれるひとなし。行成大納言のかきたる後撰には、丁のとしといへる文字をとしとかゝれたりけるにあはせて、まさふさの中納言の申ゝは、さくさめとはしうとめのい名也（異名也とそまうしゝ・顕）。されはあのうたのはてのとしといへる事は、としにはあらて、刀自にてありけるなめりとそきこゆる」（俊頼髄脳）、「サテサクサメノトシトハ、シウトメノトシヲイタルトイフナリ。委見東古語。又、劉安列女伝ニイハク、老母ヲ謂テ扂《トシ》トスル也。俗ノタメニハ、刀自ノ二字ヲ用ハ訛也。アツマノクニ、サクサメトイフトコロアリトイヘリ。コレハ古来難義ニテ、四条大納言和哥論義ニ、コノコトイヒキカセム人モカナトカケリ。サレハマシテイカ、ハタシカニシレル人アルヘキ」（和歌童蒙抄）、「或物には、江都督はしうとめの異名也とそ申し。されはかのしうとめの女の刀自にてありけるにやとかけり」（奥義抄）、「サクサメトハ、年老タルシウトメヲ云」（別本童蒙抄）、「かた〳〵疑残りたれど、あづま詞につきて、さくさめはしうとめ、とじは老女の心にて侍べきにこそ」（袖中抄）、「さくさめとはしうとめの名なり」（和歌色葉）、「親族　さくさめ。しうとめをいふ也。匡房説之由、在㆓俊頼抄㆒」「老　つふ《（ママ）》さめ〈老たるを云、一説〉」（八雲御抄）　**○さくさめとは、若き女を…**　院政期から鎌倉初

期頃の歌学書には、同一内容の注説未見。　**○男の頼めてこざりければ…**　「人のむこの、今まうでこむといひてまかりにけるが、ふみおこする人ありとききてひさしうまうでこざりければ、あどうがたりの心をとりてかくなん申すめるといひつかはしける　女のはは」（後撰集一二五九詞書）

百四十一　みのしろころも

ふるゆきのみのしろころもうちきつゝ春きにけりとをとろかれぬる」77ウ

みのしろころもとはよくたつぬへし思ひあむ①するにわかみのしろにきすといふか又みのゝしろといふか兼経《カネツネノ》中将《しやう》のうたに云

ぬきゝするみのしろころもかわらすはとをなからにも思ヒをこせよ返哥云

人しれぬよその思ひはかいもなしみのしろころもとゝめてもきし

これはしろきゝぬを女にとらすとてよめる也ぬきゝすといふとゝめてもきし②なんいへるにわかみのしろときこへたり

やまさとのくさはのつゆはしけからん」78オ　みのしろこ③もぬはすともきよ

これはくさはのつゆのしけからんといふにみのゝしろといへるなるへし

【本文覚書】①「ん」に重書。　②「と」脱か。　③「ろ」脱か。

【解釈本文】

百四十一　みのしろごろも

299 ふる雪のみのしろ衣うちきつゝ春きにけりとおどろかれぬる

みのしろ衣とは、よくたづぬべし。思ひ案ずるに、我が身のしろに着すといふか。又、蓑のしろといふか。

兼経中将の歌に云、

300 ぬぎ着するみのしろ衣かはらずはとほながらにも思ひおこせよ

返歌云、

301 人しれぬよその思ひはかひもなしみのしろ衣とゞめても着じ

これは、白ききぬを女にとらすとて詠めるなり。ぬぎ着すといふ、とゞめても着じとなむいへるに、我が身のしろときこえたり。

302 山里のくさばの露はしげからむみのしろ衣もぬはずとも着よ

これは、草葉の露のしげからむといふに、蓑の代といへるなるべし。

【注】

○みのしろごろも…　奥義抄、和歌色葉、色葉和難集。　**○299ふる雪のみのしろ衣…**　後撰集一藤原敏行朝臣、敏行集一、俊頼髄脳二六六、奥義抄二七五、和歌童蒙抄四五八、別本童蒙抄一四八、古来風体抄二九九、定家八代抄八、僻案抄、八雲御抄一七九、色葉和難集八五七。和歌童蒙抄一〇九、初句「ふるゆきに」　**○みのしろ衣とは…**「みのしろ衣といへるは、雪のふるに、かい〳〵しくうちきたるなむ、みのしろとおほゆるとよめるなり」（俊頼髄脳）、「しろきころもといはむとてふる雪のみのしろころもとよめるを、聰而みのしろころもとそへたる也。雪のふるにうへに打きたれはみのゝかはりとおほゆる衣也。集に云　（朱）山里は草葉の露もしけからんみのしろ衣ぬはすとも

きよ　是も身のしろと云をわかみのしろころもとそへたり。たとへはかたみのころもなと云心也。古哥に云
（朱）せなかためみのしろ衣うつ時は空行かりのねもまかひけり　是はひとへにかたみの衣とよめり」（奥義抄）、「ミノシロコロモトハ、ユキノフルニウヘニキタレハ、ミノシロトヨメルナリ」「ミノシロコロモトハ、雪ナトノフルトキニ、ウヘニキタルヲイフナリ」（和歌童蒙抄）、「ミノシロ衣トハ、雨雪ナントノ降時、蓑タヨリニキヌナトヲウチカツキタルヲ云也」（別本童蒙抄）、「みのしろ衣とはみのゝしろ也」（和歌色葉）、「ふる雪のみのしろ衣とつゞけたる、雪のふれば、みのをきるべきかはりに、しろきうちぎをきて、春きたりとおどろかるとよめるか。万葉集には、みのしろ衣といふ事見えず」（僻案抄）、「衣　ふるゆきのはゆきのふるに上にきると云心也」「みのしろ（みのかはり也　さてふる雪のはみのゝかはり也。）」「みのしろ衣は雪のふるにうへにみのゝしろき（ママ）にきると云也。さらに無子細。而或説に有本説云々」（八雲御抄）、色葉和難集にも奥義抄からの引用が見られる。　**○兼経中将…**　道綱男の兼経か。長和六年、任右近衛中将。口伝和歌釈抄で、兼経の歌として掲出されるものはこの一首のみ。　**○300ぬぎ着するみのしろ衣…**　他出未見。　**○301人しれぬよその思ひは…**　別本童蒙抄一四九、五句「ト、メテモキン」**○白ききぬを女に…**　別本童蒙抄では、301歌に対して「或ニハ、我身ノカハリニキヌヲヌキテヤリタリケレハ、キシトテカヘシケルニヨム哥」と注する。　**○302山里のくさばの露は…**　後撰集一三五四中原宗興、俊頼髄脳二六七、以上二句「草ばのつゆも」。和歌童蒙抄四五九。奥義抄二七六、和歌色葉三一二、色葉和難集八五九、以上初二句「山里はくさばのつゆも」

百四十二　くれは鳥①《トリ》　後《コ》撰《セム》云

くれはとりあやに心のありしかはふたむらやまもこへすなりにき
くれはとりとは古歌枕②■③にわあやをいふ也ある人云　すゝめや④をいふ又説云くれはとりとはとう大寺
にまたらなるみそき也あつさ三寸はかりといふ

【本文覚書】①「鳥」重書。②判読不明文字に重書。③「云」を墨消。④「あ」脱か。

【解釈本文】

百四十二　くれはとり

後撰云、

303 くれはとりあやに心のありしかばふたむら山もこえずなりにき

くれはとりとは、古歌枕には、あやをいふなり。ある人云、すゞめあやをいふ。又説云、くれはとりとは、東大寺にまだらなる御衣木なり。厚さ三寸ばかりといふ。

【注】

○くれはとり…　綺語抄、奥義抄、和歌色葉、袖中抄、色葉和難集。**○303くれはとりあやに心の…**　後撰集七一二清原諸実、古今六帖四四九五、綺語抄五〇三、和歌童蒙抄四一〇、五代集歌枕三九〇、和歌初学抄五六、袖中抄二二四、色葉和難集五八四、以上二句「あやに恋しく」。俊頼髄脳二七一、奥義抄三〇一、和歌色葉三二五、以上二句「あやに恋しく」五句「越えずきにけり」。別本童蒙抄一六二、初二句「クレハトリトアヤニコシク」　**○古歌枕には…**　「くれはとり　或人云、かゝるあやのある也」（綺語抄）、「くれはとりといふは、そのあやの名おいはむとて、ふたむら山とはよめるなり」（俊頼髄脳）、「くれはとりは綾の名也」（奥義抄。袖中抄、和歌色葉も同じ）、「綾

クレハトリ」（和歌初学抄）、「クレハトリトハ、アヤヲ云」（別本童蒙抄）、「綺語抄云、或人云、かゝる綾のあるなり……或書《和語抄》云、くれはとりとは、古歌枕云、綾を云」（袖中抄）、「くれはとりは綾の名也」（僻案抄）、「口伝類聚抄云、クレハトリトハ、アヤノ名也」（色葉和難集）　**○ある人云…**　「或人云、すゝめあやをいふと云々」（綺語抄）、「綺語抄云……或人云、すゞめ綾をいふと云々」（袖中抄）　**○又説云…**　「くれはとりとは……又或説云、東大寺にまだらなるみそぎなり。厚さ三寸許歟云々」（袖中抄）

百四十三　そふ　古歌云

きみかためやまそふにゐくつむとゆきけのみつにもすそぬらしつ」78ウ

そうとは哥枕にはかりたるたなんとに①うまりたる水をいふゐくとはせり也

【本文覚書】①「た」の誤か。

【解釈本文】

百四十三　そふ

　古歌云、

304 君がためやまそふに（ママ）ゑぐつむとゆきげの水にもすそぬらしつ

　そふとは、歌枕には、かりたる田なんどにたまりたる水を云ふ。ゑぐとはせりなり。

【注】

○304君がためやまそふに…　能因歌枕一六、二句「山田のさうに」。綺語抄二一五、和歌童蒙抄二一七、和歌色葉一〇六、以上二句「山田のそふに」。赤人集一三八、家持集六一、人麿集Ⅲ六、詞華集注、袖中抄七六九、以上二句「やまだのさはに」。万葉集一八三九、二句「山田《やまだ》之《の》沢《さはに》」五句「裳裾《ものすそ》所《ぬ》レ沾《れぬ》」。古今六帖三九二三、初二句「あしひきの山田のさはに」五句「ものすそぬらす」。別本童蒙抄九三、二句「山田ノ(ママ)」　○そふとは…　「そふとは　かりたなとに水のたまりたるをいふ」（能因歌枕）、「そふ　さはのやうなるところをいふ。今案にさはなり。そふ、同縛(ママ)也……万葉集に、沢字をそふとよめり」（綺語抄）、「ソフトハ、サハトイフ也。ソトサトフトハトハカヨフコヱナリ」（和歌童蒙抄）、「ソフトハ、カリタル田ニタマリタル水ヲ云」（別本童蒙抄）、「或説云、そふとはさは也。五音なれはかよはしてよめりといへとも、けにともおほえす。そふとは水のあさき所也。そふ〳〵かはなんといへるかことし。但或人云、そふといふ本なし、さはとこそあれといへり」（和歌色葉）　○ゑぐとは…　「マタヱクトカケルトコロヲセリトヨメリ。サレハヱクトセリトハヒトツノナトミエタリ」（和歌童蒙抄）、「フルキ物ニハ、ヱグヲバセリノ名トイヘリ。サレドモ六帖ニハ、芹、ヱグ別ニアゲタリ……又山沢回具トモヨメリ。或物ニハ女蔞トカケリ」（詞華集注）、「顕昭云、ゑぐとは女蔞と書てゑごと読り。くとこと同音也。はな蘇芳に咲く草の水辺にあるなり。或は、ゑぐとは芹をいふといふ義あれど、六帖には芹のほかに別にゑぐを挙げたり。但古きふみはくはしくあきらめずして、物の異名をもたゞさず。名のかはりたれば、別に書けることもあれば、一定にあらず……私云、世俗にはさはをばそふ〳〵といへど、此万葉沢字をそふとよみたる本は、いまだ見及び侍らず」（袖中抄）、「ゑくとは芹の異名也。或云、わかなのおさなくまたしきをゑくとはいへり。ひかことにや」（和歌色葉）、「芹　ゑく」（八雲御抄）、「和云、ヱクトハ、芹ヲ云也。風土記ニ見ヘタリ。有云、スヘテノ若菜ノ名也。会供ト云也。白馬ノ節会ニマヒル物ナレハ会供ト云也」（色葉和難集）

百四十四　しつり

をくやまのしつりのしたのそてなれやおもひのほかにぬるゝと思へは

しつりとはおくやまの木に[redacted]①ふりかゝりたるゆきのをつるをいふある人はしつくをいふといへり

【本文覚書】①「ゆき」を墨消。

【解釈本文】

百四十四　しづり

305奥山のしづりの下のそでなれや思ひのほかにぬるゝと思へば

しづりとは、奥山の木にふりかゝりたる雪の落つるをいふ。ある人は、しづくをいふといへり。

【注】

○しづり…　綺語抄、色葉和難集。　**○305奥山のしづりの下の…**　類聚証二三、綺語抄六四、別本童蒙抄三八、色葉和難集九〇一、以上五句「ぬれぬとおもへば」。能因歌枕一四、五句「ぬれぬと思ふは」　**○しづりとは…**　「しつりとは　おく山のきにふりかゝりたるゆきのおつるをいふ」（能因歌枕）、「し□り　四条大納言哥枕に、木にふりかゝりたる雪のをつるをいふなり」（綺語抄）、「樹雪落　しつり」（奥義抄）、「樹落雪《キノユキヲツル》　シツリ」（和歌初学抄）、「しづれは木より落る雪なり。しづりともいへり」（散木集注）、「シツリトハ、奥山ナントニ雪ノ降テ落ヲ云」（別本童蒙抄）、「雪〈しつり樹よりをつるゆき也〉」（和歌色葉）、「雪　しつり〈木雪落也…〉」「しつり〈木のしつく也。雪落〉」（八雲御抄）、「有云、シツリトハ、木ニフリヤタ《タマ》リタル雪ノヲツルヲ云也」（色葉和難集）　**○ある人は…**　院政期から鎌倉初期頃の歌学書には、同一内容の注説未見。

百四十五　わかな
あすからはゝかなつませんかたをかのあしたのはらをけふそやくめる
あしたのはらとはやまとのくにゝあ」79オしたのこほりにあるゆへにしかいふあしたのはらにてはかなつむなんとよむなりはかなにあまたの事あるへしなつなせりすみれなんとによむへし　好忠云
ゆきゝゑはゑくのはかなもつむへきにはるさへはれぬみやへ《ま》のさと
ゑくとはふるきうたまくらに云せりをいふなるへし
たせりつむ春のわさたにをりたちていろのもすそのぬれぬまそなき
古①万云
かわかみにあらふはかなのなかれきて」79ウいもかあたりのせにこそありけ■②メ
かわかみあらふとよむへしふかさのみつなとにすゝくなんとによむへし

【本文覚書】①重書。　②「れ」を墨消。

【解釈本文】
百四十五　わかな
306 あすからはわかなつませむかたをかのあしたの原をけふぞやくめる
あしたの原とは、大和の国に、あしたの郡にある故にしかいふ。あしたの原にてわかなつむなんど詠むなり。わかなにあまたの事あるべし。なづな、せり、すみれなんどに詠むべし。好忠云、

307 雪きえばゑぐのわかなもつむべきに春さへはれぬみやまべのさと
　ゑぐとは、ふるき歌枕に云、せりをいふなるべし。
308 たぜりつむ春のわさだにおりたちて色のもすそのぬれぬまぞなき
　古万云、
309 かはかみにあらふわかなのながれきていもがあたりのせにこそありけめ
　かはかみあらふと詠むべし。ふかさ《（ママ）》の水などにすゝぐなんどに詠むべし。

【注】
○わかな…　隆源口伝。　**○306あすからはわかなつませむ…**　拾遺集一八人麿、三十六人撰二、秀歌大体七、以上二句「わかなつまむと」四句「朝の原は」。和歌初学抄一九九、初二句「あすかがはわかなつまむと」四句「あしたのはらは」。人丸集一六九、初二句「あすよりはわかなつまむと」四句「朝の原は」。三十人撰二、和漢朗詠集三五、隆源口伝四三、以上四句「あしたのはらは」。柿本人麻呂勘文四〇、二三四句「若なつまむと春日野の朝の原は」　**○あしたの原とは…**　「あしたのはらはやまとの国にあり。こしきのこほりあるゆへにかくいふ。あしたのはらなとにて、わかなをはつむなとよむへし」（隆源口伝）、なお「こしきのこほり」は未詳。「あしたのはら　同（大和）」（五代集歌枕）。「原は　あしたの原」（枕草子一〇九段）。「片岡のあしたの原」と詠むことが多い。　**○あしたの郡…**　存義。「あしたの原」は、葛下郡片岡の葦田原。　**○わかなにあまたの事…**　「若菜《ワカナ》とは　ゑく　すみれ　なつなゝとをいふ　さわらひをもいふ　あらはたけにあり」（能因歌枕）、「わかなあまたの事あるへし。なつな、せり、すみいれ《（ママ）》なとよむへし」（隆源口伝）、「若菜　なへては野にてつむ。又かきねなとにてもつむ。春、子日、又七日の物也」「菜　わかな〈春始草〉」（八雲御抄）　**○なづな、せり、すみれなんどに…**　「なづな」「すみれ」を詠む例未見。「さぎのゐるあれ田のくろにつむせりも春のわかなの数にやはあらぬ」（堀河百首七四顕仲）　**○307雪き**

えばゑぐのわかなも…　詞花集五曾禰好忠、金葉集三奏本九、相撲立詩歌合三五、後葉集一六、古来風体抄五三二。好忠集七、三句「つむべきを」。金葉集初度本一二、詞華集注、以上二句「ゑぐのわかばも」**○ゑぐとは…**「百四十三　そふ」参照。**○308たぜりつむ春のわさだに…**　金葉集初度本三一曾禰好忠、雲葉集三二、以上初二句「ねぜりつむはるのさはだに」四句「ひくものすその」。好忠集二〇、万代集七一、以上初二句「ねぜりつむはるのさはだに」四句「ころものすその」**○309かはかみにあらふわかなの…**　万葉集二八三八、五句「瀬社因目《せにこそよらめ》」、古今六帖四七、継色紙二二、人麿集Ⅱ四九四、以上下句「ながれても君があたりのせにこそよらめ」。同Ⅳ二六八、三句「なかれても」五句「せにこそよらめ」**○かはかみあらふと…**「万に、川上にあらふわかなといへり」（八雲御抄）**○ふかさの水などに…**　院政期から鎌倉初期頃の歌学書には、同一内容の注説未見。あるいは、「ふかさ」は「ふかた」の誤写か。「こぐさつむふか田のあぜの沢水にわかなすすぐと袖ぬらしつつ」（夫木抄二六〇民部卿為家卿）

百四十六　いゐをしをれは　古今云

やまちかくいゐをしをれはうくいすのなくなるこへをあさな〳〵きく

古歌枕云いゐさせるをいふなるへしあるほんに■《①は》のへちかくいゐいしせれはといへり

【本文覚書】①判読不明文字を墨消。

【解釈本文】

百四十六　いへをしをれば

古今云、

310 山ちかくいへをしをればうぐひすのなくなるこゑをあさな〳〵きく

古歌枕云、いへさせるを云ふなるべし。ある本には、のべちかくいへゐしせればといへり。

【注】

○いへをしをれば…　この語を項目とする歌学書未見。　**○310山ちかくいへをしをれば…**　古今集一六よみ人しらず、俊頼髄脳一一六、以上初二句「野辺ちかくいへゐしせれば」四句「なくなるこゑは」。能因歌枕一八、四句「なくなるこゑは」　**○古歌枕云…**　「をれはとよめり　いゑゐせるを云」（能因歌枕）、「家居しせればとは、家ずみすればと云也」（顕注密勘）　**○ある本には…**　古今集諸本初二句「野辺ちかくいへゐしせれば」

百四十七　こたりぬ

わかやとのむめはこた《り》ぬうへしこかてをしふれてはゝなはちりぬと

こたりぬとは古歌枕云花のや」80オうやくちるをいふうへしことはうへし人をいふ

【解釈本文】

百四十七　こだりぬ

311 わかやどのむめはこだりぬうゑしこがてをしふれては花はちりぬと

こだりぬとは、古歌枕云、花のやうやくちるをいふ。うゑしことは、うゑし人をいふ。

【注】

○こだりぬ…　この語を項目とする歌学書は、色葉和難集「こだる」　**○311わかやどのむめはこだりぬ…**　能因歌枕（上句のみ）。和歌童蒙抄六五一、五句「はなはちるとも」　**○こだりぬとは…**　「こたりぬとは　花のやう〳〵ちりかたになりて　おとろえたるをいふ　うへしこのとは　うへし人のといふ」（能因歌枕）、「コタリヌトハ、ハナノヤウ〳〵チリカタニナルトイフナリ。ウヱシコトハ、ウヱシ人ト云也」（和歌童蒙抄）、「こたりぬとは、花のやう〳〵ちりかたになるといふ」（松が浦嶋「疑開抄の所々」）、「花　こたりぬ〈花のちりかた也〉」（八雲御抄）

百四十八　まきのと

た①ゝくとてまきのいたとをあけたれは人もこすへのくいなゝりけり

くいなとは古歌枕云くろきとりのあるなるへしなくをとのたゝくにゝたるなるへしまきのとゝはきのな也やまさとにはかのきをもちていゐにもつくりとにもたつる也

後撰《コセム》云

やまさとのまきのいたとをさゝ②りきたのめし人をまちしよいより

【本文覚書】①「た」の右上に墨汚れあり。②「さ」脱か。

【解釈本文】

百四十八　まきのと

312たゝくとてまきのいたどをあけたれば人もこずゑのくひななりけり

くひなとは、古歌枕云、くろき鳥のあるなるべし。なく音のたゝくに似たるなるべし。まきのととは、木の名なり。山ざとには、かの木をもちて家にもつくり、とにもたつるなり。後撰云、

313山ざとのまきのいたどをさゝざりきたのめし人をまちし宵より

【注】

○まきのと…　色葉和難集「まきのとぼそと云事」（増補部分）　**○312たゝくとてまきのいたどを…**　拾遺集八二二よみ人しらず、拾遺抄二六九、六百番陳状一八一、定家八代抄一二五四、以上二句「やどのつまどを」。色葉和難集六四九、二句「まきのとぼそを」　**○くひなとは…**　「鴨《クイナ》とは　くろき鳥のをとは物をたゝくやうになくなるへし」（能因歌枕）、「おとする事には　……クヒナ」（和歌初学抄）　**○まきのととは…**　「マキノフセヤトハ、真木シテ作タル屋也。真木ノ屋トモ、真木ノ板屋トモヨメリ」（五代勅撰）、「マキノイタト……和云、マキノ板ニテシタル戸也。ツマ戸ナントヲ云ヘシ」（色葉和難集）　**○313山ざとのまきのいたどを…**　後撰集五八九よみ人も（読人不知）二句「まきのいたども」

百四十九　■《①か》るもかく《くさとも》　後拾遺《コシ②ウイ》」80ウ

かるもかきふすいのとこのいを③やすみさこそねさらめかゝらすもかな

かるもかくとはかれたるくさをかきあつめていのしゝのふす也いのしゝはいをぬものなれはかくよめ

る也へし

【本文覚書】①「あ」を墨消。②傍記「ウ」重書。③重書。

【解釈本文】

百四十九　かるもかく《くさとも》

後拾遺

314 かるもかきふすゐのとこのいをやすみさこそねざらめかゝらずもがな

かるもかくとは、枯れたる草をかきあつめて、ゐのしゝのふすなり。ゐのしゝはいをぬものなれば、かく詠めるなるべし。

【注】

○かるもかく《くさとも》…　目録は「かるもくさ」。和歌色葉。隆源口伝「かるも」、色葉和難集「かるも」「ふすゐのとこ」

○314 かるもかきふすゐのとこの…　後拾遺集八二一和泉式部、麗花集九三、和泉式部集二三三、色葉和難集三〇〇。俊頼髄脳四三〇、四句「さらばねざらめ」、隆源口伝四三次「かるもかくふすゐのとこのいをやすく」上句のみ。疑開抄一一四、和歌童蒙抄八一九、後六々撰五、和歌色葉二一六。定家八代抄一三三七、色葉和難集六五八、以上初句「かるもかく」　**○かるもかくとは…**　「かるもかくとは、かれたる草なとはかきあつめて、ゐのしゝふす也。ゐのしゝはいをぬるなれはかくよむ也」（隆源口伝）、「これはゐのしゝのあなをほりていりふしてうへにくさをとり、おほいてふしぬれは、四五日もおきあからてふせる也。かるもといふは、かのうへにおほひたる草をいふなり。されはこひする人は、いをねゝは、さこそねさらめとはよむなり」（俊頼髄脳）、「カルモトハ、カレタル草也。ソノクサヲカキアツメテ、ヰノシヽハ《フ》スナリ。ヰノナカイトテ、七日マテフフストイヘリ」（和歌童蒙抄）、「藻　かる

〈是又猪しゝのかく物也〉」（八雲御抄）、色葉和難集は「俊頼云」として俊頼髄脳とほぼ同一の説を掲げる。

①もくろくにはたゆゝめるといへりこれはかくなん

百五十　ふゝめる　　古哥云

むめのはなふゝめるそのにはれはゆかんきみかつかいをかつまちかねて

②ふゝめるとはふるき歌枕にはつほめるをいふ

【本文覚書】①この一行、細字で行間に補入。②上部余白に墨汚れあり。

【解釈本文】

目録には、たゆゝめるといへり。これはかくなむ。

百五十　ふゝめる

古歌云、

315むめの花ふゝめるそのに我はゆかむ君がつかひをかつまちかねて

ふゝめるとは、ふるき歌枕にはつぼめるをいふ。

【注】

○ふゝめる…　目録は「たゆゝめる」。この語を項目とする歌学書は、綺語抄。**○315むめの花ふゝめるそのに…**　万葉集一九〇〇、二三句「咲散苑尓《さきちるそのに》　吾将《われゆ》ㇾ去《かむ》」五句「片待香《かたまちが》花光《てり》」・四〇四一、二三句「佐伎知流曾能尓《さきちるそのに》　和礼由《われゆ》

可牟《かむ》」五句「可多麻知我氏良《かたまちがてら》」、赤人集一八三、二句以下「さきちるのべにわれゆかんいもがつかひはわれてまつらん」、能因歌枕云、二句「ふくめるそのに」下句「君がくるひをかたまちがてら」、隆源口伝四四、二三句「ふくめるそのに我ゆかむ」五句「又まちがてら」　**○ふゝめるとは…**　「花のつほめるをは　つゝめりといふ　ふくめりといふ　梅花　つほ《ふゝ》めるそのにわれはゆかん君かつかひをかたさちてら　とよめり」（能因歌枕）、「ふくめるとは古哥枕云、つほめると云ふ也」（隆源口伝）、「ふゝめり　はるさめをまつとにしあらしわがやとのわかきのむめもいまたふゝめり」（綺語抄）、「ふくめり〈含字也。梅なとの未開也〉」「梅　ふくめるはつほめる也」（八雲御抄）

百五十一　しき〳〵

はるさめのしき〳〵ふるはたかまつのやまのさくらはいかゝみるらん」81オ
しき〳〵とは古歌枕にはしきりにといふとなん

【解釈本文】

百五十一　しき〳〵

316 春雨のしき〳〵ふるはたかまつの山のさくらはいかゞ見るらむ
しき〳〵とは、古歌枕には、しきりにといふとなむ。

【注】

○しき〳〵…　隆源口伝、綺語抄。　**○316春雨のしき〳〵ふるは…**　万葉集一四四〇、二三句「敷布零尓《しくしくふるに》　高円《たかまとの》」

五句「何如有良武《いかにかあるらむ》」、家持集三二、二句「しきしきふるに」五句「いかがあるらん」、能因歌枕八、二句「しきしきふるに」下句「せきのさくらはいかがあるらん」、隆源口伝四五、二句「しきしき降れば」、綺語抄四〇五、二句「しきしきふるに」五句「いかがあるらん」、五代集歌枕二五九、二三句「しきしきふるにたかまどの」五句「いかがあるらん」、別本童蒙抄三八五、二三句「イヤシキ降ニタカマトノ」五句「イカ、アルラン」　**〇しき〳〵とは…**「しき〳〵とは　しきりといふ」（能因歌枕）、「しき〳〵とは、古哥枕云、しきりといふことゝ〈云々〉」（隆源口伝）、「しきしき　しきりといふことなり。敷布」（綺語抄）、「しき〳〵〈しきりに雪なとのふる也〉」（八雲御抄）

百五十二　たまきはる　古万云

かくてのみこいしはたらはたまきはるいのちもはれもをしけくもなし

たまきはるとは件の集には玉切《タマキル》かくかきてしかよめりたましひとか①といふなるへし四条大納言歌枕歌②枕云たまきはるとは■③いやしき人のたしをもいふしつまともいふ

【本文覚書】①判読不明文字に重書。　②「歌枕」衍。　③判読不明文字を書き止して墨消。

【解釈本文】

百五十二　たまきはる

古万云、

317かくてのみ恋ひしわたらばたまきはるいのちも我も惜しけくもなし

たまきはるとは、件の集には、玉切、かくかきてしかよめり。たましひとかといふなるべし。四条大納言歌枕云、たまきはるとは、いやしき人のたし《(ママ)》をもいふ。しつま《(ママ)》ともいふ。

【注】

○たまきはる…　袖中抄、色葉和難集。この語を項目とする歌学書は、綺語抄、和歌色葉。　**○317かくてのみ恋ひしわたらば…**　万葉集一七六九、初句「如是耳志《かくのみし》」四句「命《いのちも》毛吾波《あれは》」、続後撰集七一〇柿本人麿、人麿集Ⅳ七八、古今六帖二五五九、初〜四句「かくしなほありてとしへばたまきはるいのちもわれは」。別本童蒙抄一二六、袖中抄四〇六、以上二句「こひしわたれは」四句「いのちもわれは」、色葉和難集三八四、初句「かくのみし」四句「命もわれは」　**○たまきはるとは…**　「件の集」とは万葉集を指すか。「百二十九　うつろふ月」「百五十六　みさご」でも万葉集と想定されるものを明記せず、「かの集」と表記する。万葉集一四五五、二三七四、二五三一に「玉切《たまきはる》」の表記が見られる。「玉キハルト、ソノコロホヒトイフニヤ。イチ《ノ》ノヲハル時ヲソ玉切命《タマキハル》トヨミナラハシタル」（和歌童蒙抄）、「万葉ニハ玉切ト書テタマノ《(ママ)》ハルト読也」（別本童蒙抄）、「命　たまのを　いきのを　たまきはるは極心也。ときはるなともよめり。命に不限歟」「たまきはる〈是は命極也〉」（八雲御抄）、「たまきはる……俊頼云、タマキハルトハ、玉シヰキハマルト云也。玉シヰハ命也。サレハイノチトツヽケリ。祐云、タマキハルトハ命ヲ云ト云説アリ」（色葉和難集）　**○四条大納言歌枕云…**　「しつたまき　四条大納言哥枕には、いやしき人のたましひをいふと云々。可尋。しつたまきかすにもあらぬいのちもとなとかくはかりわかこひわたる、この心なるへし」（綺語抄）。底本存義箇所「たし」「しつま」は、綺語抄に見える四条大納言歌枕の注説に拠れば、「たましひ」「しつたまき」か。

百五十三　かくら　六帖云

かわはしやしのにをりそへほすころもいかにほせはやなぬかひ①さらん

かわはし②ろとはかわのかみをいふ也」81ウ　しのにをりはへとは人のぬのなんとほすをみてかわのかみのまねひてきぬなんとをかわの中にほすか③ゝはなれは又ひぬかされはいかにほせはかといふなるへし

ゆくみつのうへにいわゐるかわやしろかみなみたかくあそふころかな

ふきたつるにはひのまへのふへのねを心すみてやかみもきくらん

にわひとは神の楽《カク》にたくひ也かみの楽にはをひく事あるへし

としふれはしけれるさかきのもとすへにむれいてあそふくものうへ人」82オ

くものうえ人とは殿上人也　六帖云

わきもこかあなしのやまの山人と人もみるへくやまかつらせよ

やまかつく④とはふるき■⑤哥枕云あけほのゝかたにたつくもをいふ又云神まつ覧とて。い《し》■⑥しはをきりにゆく人のゆふかけたるをいふとなん

【本文覚書】①「い」に重書。②「や」の誤か。③「か〻」判読不明文字を墨消して重書。④「ら」の誤か。⑤「歌」を墨消。⑥「し」を墨消。

【解釈本文】

百五十三　かぐら

六帖云、

318 かわはしや《（ママ）》しのにをりそへほす衣いかにほせばかなぬかひざらむ

かはやしろとは、かはの神をいふなり。しのにをりはへとは、人のぬのなんどほすを見て、かはの神のまねびてきぬなんどをかはの中にほすが、かはなれば、又ひぬか。さればいかにほせばかといふなるべし。

319 ゆく水の上にいはへるかはやしろかみなみ《（ママ）》高くあそぶころかな

320 ふきたつる庭火のまへの笛のねを心すみてや神もきくらむ

庭火とは神の楽にたく火なり。神の楽には緒ひく事あるべし。

321 年ふればしげれる榊のもとすゑにむれゐてあそぶ雲の上人

雲の上人とは、殿上人なり。六帖云、

322 わぎもこがあなしの山の山人と人も見るべく山かづらせよ

山かづらとは、ふるき歌枕云、あけぼのの方に立つ雲をいふ。又云、神まつらむとて、椎柴を切りにゆく人の木綿かけたるをいふとなむ。

【注】

○かぐら…　綺語抄、和歌色葉、袖中抄。奥義抄「かはやしろ　付神楽」、色葉和難集「かはやしろ」「やまかづら」。奥義抄「まきむく　付みづがき」、和歌色葉「まきむく」　**○318かわはしやしのにをりそへ…**　新古今集一九一五貫之、貫之集四一五、綺語抄二六五、俊頼髄脳三三〇、袖中抄一九五、六百番陳状二〇八、古来風体抄一一一、僻案抄五一、別本童蒙抄三二八、八雲御抄一六九、色葉和難集二七六、以上二句「しのにをりはへ」。古今六帖二一六、二句「しのにをりかけ」、奥義抄六三五、二句「しのにをりはへて」、和歌童蒙抄五二六、二句「しのをりはへ」四句「いかにほせども」、六百番歌合一一一八判詞、和歌色葉一九二、以上二句「しのをりはへて」。以上全

て初句「かはやしろ」　**○かはやしろとは…**　「かはやしろ……或人云、かはのかみをいふと云々」（綺語抄）、「此哥（稿者注、318歌）ハ川ノ神ヲ云」（別本童蒙抄）。「かはやしろ」をめぐっては「かはやしろ　かはのうえにあるやしろをいふ。かものたゝすのやしろをいふとも」（綺語抄）のような社説、「是は夏神楽のこと也。神楽は冬することを、をのつからにはかなることにて夏なとする時には、きよき川のほとりにてする也」（奥義抄）のような夏神楽説があり、実態は不明である。　**○しのにをりはへとは…**　「しのにをりはへほすとは、人のぬのなとをゝりかけてほすをみて、かはのかみのまねひてきぬをかは中にほすか、河なれはまたた《如本》ひぬか。されはいかに〳〵ほせはにといふなるへし」（綺語抄）、「シノニヲリハヘトハ、人ノ布ナトヲカケテホス也。其ヲミマカヒテ川ノ神ノキヌヲ川中ニホスカト云也」（別本童蒙抄）。「しのにといへる事は、しけくひまなしといふことにふるき哥につねにつかへは、布をゝりてほすに、ひさしうひぬよしを、なけきたるなめりとそ、こゝろえらるゝ」（俊頼髄脳）、「しのををりかけてたなにすれは、しのをりはへてとそへたり。いかにほせはかなぬかひさらんといふは、なきことなとおひてしける神楽にこそ。又猶屛風の哥ならは、夏神楽は急事にてすれは、なき名たちたる由に思ひなしてよめるにこそ」（奥義抄）、「しのにをりはへといへるは、万葉集の詞につねにうちはへなといへることはにつねによめるなり。うち《ヲリ》はへといへる、又おなしこゝろなり。ほすころもとよめるはまことの衣にはあらす。そのぬのゝきのたきなといふやうに、たきのみつのつねにおちたるを、いかにほせはか七日ひさらんといへるなり。つねにといはんとて、ひさしきよしを七日とも八日ともいふ、又うたのならひなり」（古来風体抄）　**○319ゆく水の上にいはへる…**　貫之集四八四、俊頼髄脳三三一、和歌童蒙抄五二七、袖中抄一九六・二〇一、僻案抄五二、以上下句「川なみたかくあそぶなるかな」。古今六帖二二七、二句「うへにいのれる」下句「かみなりたかくあそぶこゑかな」、綺語抄二六六、四句「かみなびたかく」、奥義抄六三六、和歌色葉一九三、以上下句「かはなみたかくあそぶこゑかな」。六百番歌合一一一八判詞、二句「うへにいはへり」下句「かはなみたかくあそぶなるかな」、六百番陳状二〇九、古

来風体抄一一二、下句「岩浪たかくあそぶなるかな」 **○320ふきたつる庭火のまへの…** 新拾遺集一四四七小弁、六条斎院歌合永承四年一小弁。 **○庭火とは…** 「火　庭〈神楽〉」（八雲御抄）、「庭火トハ、神楽スルニ庭ニタク火ヲ云」（別本童蒙抄） **○神の楽には緒ひく事…** 320歌が笛を詠んだ歌であるため、神楽には和琴も使用することを追記したか。 **○321年ふればしげれる榊の…** 六条斎院歌合永承四年三さぬき、二句「しげるさかきの」五句「しめのうち人」 **○雲の上人とは…** 「久方雲上とは、大内也……雲の上とは殿上をもわきていふ。されば殿上人をば雲のうへ人とよむ也」（顕注密勘） **○322わぎもこがあなしの山の…** 古今集一〇七六とりもののうた、五代集歌枕二〇八、定家八代抄一七五六、色葉和難集六一六、以上初句「まきもくの」四句「人も見るがに」。古今六帖二二四、四句「人も見るがね」。袖中抄三四七、二句「あらしの山の」四句「人もしるべく」。綺語抄二六七、初句「まきもくの」四句「人の見るべく」。奥義抄五九二、袖中抄三四六、和歌色葉二九六、以上初句「まきもくの」四句「人もみるがね」。古今六帖一〇七二、初句「まきもくの」三四句「山人を人もみるがね」 **○山かづらとは…** 「山かつらとは、古哥枕云、あけほのにたつ雲をいふ。又かみまつらんとてしゐしはをりにゆくひとのゆふかけたるをいふ」（綺語抄）、「山ノカツラトハ、明ホノニ立雲ヲ云」（別本童蒙抄）、「山のみねにしろき雲のかかれるか、ゆふ■《を》かけたるにゝたるをゆふかつらといふ也。やまかつらといふかことし」（和歌色葉）、「蘰　やま〈暁ならても〉」（八雲御抄）、「又夜ノ明カタニヨコクモノ山ノ嶺ニタチワカル、ヲ、山カツラハナルト云事モアリ。ソレハ別ノ事也」（色葉和難集）

百五十四　をくるま　古哥云

をくるまのにしきのひ■[①も]のとけん時きみもはすれよわれもはすれん
　おくるまとは歌枕にはくるまをいふ又おくるまとはをとこのゝりたるく
　るまをいふ又をくるまとわこくる」82ウまをいふ

【本文覚書】①「ま」を墨消。

【解釈本文】

百五十四　をぐるま

　古歌云、

323をぐるまのにしきのひものとけむ時君もわすれよ我もわすれむ

　をぐるまとは、歌枕にはくるまをいふ。又をぐるまとは、男の乗りたる車をいふ。又をぐるまとは、こぐるまをいふ。

【注】

○をぐるま…　袖中抄「をぐるまのにしき」　**○323をぐるまのにしきのひもの…**　人麿集Ⅱ五五三、二〜五句「にしきのひもをとけんかもわれをしのはゝわれもおもはむ」、和歌童蒙抄四〇九、五句「われもわすれじ《たのまむ》」、袖中抄六〇七、下句「君もわするな我もわすれじ」　**○をぐるまとは…**　「を」を接頭語と解する理解。　**○又をぐるまとは…**　「和語抄には、男の乗りたる車ともいへり。たしかなる事見えずといへり。此義不ㇾ可ㇾ用」（袖中抄）。「をとこぐるまの前駆追ふはいふべきにもあらず」（枕草子二〇七段）　**○こぐるまを…**　「おくるまのにしき　小車錦也」（綺語抄）、「をぐるまとは小車也」（袖中抄）、「文ニチキサキ車ノカタノアル也」（色葉和難集）

百五十五　をしてるや　古万云
をしてるやなひくすけかさを①のふるしのちはたれきんかさならなくに
をしてるとはうみをいふ

【本文覚書】①「き」の誤か。

【解釈本文】
百五十五　おしてるや
古万云、
324 おしてるやなびくすげがさおきふるしのちはたれきむかさならなくに
おしてるとは、海をいふ。

【注】
○おしてるや…　袖中抄。　**○324おしてるやなびくすげがさ…**　万葉集二八一九、古今六帖三四五七、和歌童蒙抄五〇四、袖中抄一五一、以上二句「なにはすがかさ」四句「のちはたがきむ」。人麿集Ⅱ二四二・四九二、二三句「山すけかさをゝきふるし」五句「ものならなくに」　**○おしてるとは…**　「若詠海時　おしてるやと云」（喜撰式）、「わたのはらとは　しほうみをいふ　をしてるやとも」「海をは　をしてるや　わたつみといふ」（能因歌枕）、「しほ海　をしてるといふ」（俊頼髄脳）、「塩海　をしてる」（奥義抄）、「海　……ヲシテル」（和歌初学抄）、「塩海〈をしてる　わたつみ〉」（和歌色葉）、「海　をしてる」（八雲御抄）、袖中抄、顕注密勘、色葉和難集にも類似の注説が見られる。

百五十六　みさこ　万葉云

みさこいるをきのあらいそによるなみのゆくゑもしらすわかこひしさは

人〳〵みさこいぬ《ル歟》といふかの集にはみつすなこ吹居云これをみるへし

みさこいるあらいそなみ①そてぬ■②らしたかためひろういけるこひそも

【本文覚書】①「に」脱か。②「れ」を墨消。

【解釈本文】

百五十六　みさご

万葉云、

325 みさごゐる沖のあらいそによるなみのゆくへもしらず我が恋ひしさは

人々みさごゐるといふ。かの集には、みづすなご吹居いふ。これを見るべし。

326 みさごゐるあらいそなみに袖ぬらしたがためひろふいけるこ（ママ）ひそも

【注】

○みさご…　隆源口伝。**○325 みさごゐる沖のあらいそに…**　続後拾遺集七〇一よみ人しらず、隆源口伝四六。万葉集二七三九、五句「吾恋《あがこふらく》久波《は》」。人麿集Ⅱ五四二、三句「たつ浪の」**○人々…**　「みさこをは　あらいそつらに《まつなとに》。かけてよむへし」（能因歌枕）、「水砂児はうをゝとりてくふ鳥也。されはあらいそにゐぬと云ふ説もあり」（隆源口伝）、「沙　みさこ《水沙ゐると云》　」「鵙　みさこゐるは海也。みさこゐるあらいそと云は水沙也。鳥にはあらす。海鳥也（ママ）」（八雲御抄）**○かの集には…**　「かの集」は325歌の出典注記である万葉集と目される。325歌初句の万葉表記は「水

沙児居」であるため、「みづすなご吹居いふ」は、万葉歌の表記を示したものと見られる。万葉集二八三一でも「水沙児居《ミサゴヰル》」と表記されることから、口伝和歌釈抄の「吹」は「児」の誤か。　○326みさごゐるあらいそなみに…古今六帖二九五一、源氏釈（松風）一三七、以上三句「袖ぬれて」五句「いけるかひそも」

百五十七　さつを　さちをとも

大納言公実《キムサネ》《トモ》」83オ

たつかゆみやかてともしにあくるまてしかのたちとをあさるさ月よ

たつかゆみとはゆみのなゝりさつをとわかり人をいふなるへしともしとはたいまつにひをともしてはらなとをゆいてともすなるへしひをともしてしゝをいるなるへし五月《さ》やみにともしする也

さ月やみともしにいつるかり人■①わをのかをもいにみをやゝく覧

かり人とはかりする人をいふほくしといふ事ありそれもひをともすをいふやなくいのうへにたかくともしてわか身をかけにしてしゝをいる也」83ウ　しゝはそのほくしにめをかけてしたなる人をはみぬ也

よもへつゝならのはしけきなつやまにほくしをかけてあかすころか■②な

俊頼《トシヨリ》

ともしするさちをのせまにしらへたるほくしもかへ《ゑ》てあけぬこのよは

さちをとはともしするものをいふれうしをいふなるへしせなにしらへたるとはせなか③にをいたるとい
ふ也
六帖云
やまのへにさちをのね④ひはをそろしみをしかなく也つまのめをほり
やまのへにあさるさちをはおほつかな」84オ　とまやのゝきに。《さ》をしかなく也

【本文覚書】①「の」を墨消。②「の（能）」に「な（那）」を重書し墨消。③「て」に重書。④「ら」脱か。

【解釈本文】
百五十七　さつを　さちをとも
大納言公実
327 たつかゆみやがてともしにあくるまで鹿のたちどをあさる五月夜
たつかゆみとは、弓の名なり。さつをとは、かり人をいふなるべし。ともしとは、たいまつに火をともして、わらなどをゆひてともすなるべし。火をともして、しゝを射るなるべし。五月やみにともしするなり。
328 五月やみともしにいづるかり人はおのが思ひにみをややくらむ
かり人とは、かりする人をいふ。ほぐしといふ事あり。それも火をともすをいふ。やなぐひの上にたかくともして、わが身をかげにして、しゝを射るなり。しゝはそのほぐしに目をかけて、下なる人をば見ぬなり。
329 夜もへつゝならのはしげき夏山にほぐしをかけてあかすころかな
俊頼

330ともしするさちをのせま（ママ）にしらべたるほぐしもかへであけぬこのよは

さちをとは、ともしするものをいふ。猟師をいふなるべし。せなにしらべたるとは、せなかにおひたるといふなり。六帖云、

331山のべにさちをのねらひはおそろしみをしかなくなりつまのめをほり

332山のべにあさるさちをはおぼつかなとまやののきにさをしかなくなり

【注】

○さつを　さちをとも…　綺語抄「さつをのねらひ」、袖中抄「さつひとのゆつきがたけ」。色葉和難集「たづかゆみ」。この語を項目とする歌学書は、色葉和難集。**○大納言公実…**　藤原経平一男。通俊の兄、隆源の伯父。後拾遺集初出。「公」の左傍「トモ」未詳。口伝和歌釈抄で、公実の歌として掲出されるものはこの一首のみ。但し、327歌を公実詠とする資料未見。**○327たつかゆみやがてともしに…**　色葉和難集三七九、二句「あへるまで」五句「あさるさつをよ」**○たつかゆみとは…**　「たづかゆみとは、ゆみをいふ也」（隆源口伝）、「たづか（ゆみ）は手束弓と、万葉にかけり。手に取る弓といふなり」（散木集注）、「弓　たつか《万手束》〈一説、たつか弓は昔女の弓になりたりけるを云〉」（八雲御抄）**○さつをとは…**　「さつを　山のかりうと也」（能因歌枕・異本）、「サツヲトハ、シツノヲトイフコトハナリ」（和歌童蒙抄）、「人　さつほ〈山のかり人〉」（八雲御抄）**○ともしとは…**　「ともしとは、火《ヒ》ともして狩《カリ》するをいふ」「ほくしのともしをは　こしに火。《を》ともす也」（能因歌枕）、「ともしとは照射とかけり」（和歌色葉）、「ともし〈夏山なとに入て矢に火を指具てしゝをちかくよせている也〉」（八雲御抄）**○328五月やみともしにいづる…**　重之集二五〇、初二句「さ月山ともしにみだる」**○かり人とは…**　「さつ《薩》ほのねらひ〈山をあさる者也。かり人也〉」（八雲御抄）**○ほぐしといふ事あり…**　「ほくしとはそのひをともすくしなり。ちゐさきかゝりの名也」（和歌色葉）**○329夜もへつゝならのはしげき…**　夫木抄三〇八九「家集、終夜照射を　神祇伯顕仲卿」、初句

「よをへつつ」五句「いくよあかしつ」　**○330ともしするさちをのせまに…**　他出未見。　**○さちをとは…**　「さつをのに《ね歟》らひ　れうし。ともしするものをいふ」（綺語抄）、「和云、サツヲトハ、レウ師ヲ云也」（色葉和難集）　**○せなにしらべたるとは…**　「背中に火串をととのえている」の意か。　**○331山のべにさちをのねらひは…**　万葉集二一四九、初句「山辺《やまへ》庭《には》」三句「恐跡《かしこけど》」。綺語抄六四四、初句「やまべには」三句「おそらみと」。古今六帖一一六四、二三句「さを（ママ）ちのねらひ　いを（ママ）ろしみ」、和歌童蒙抄四五三、袖中抄四六四、以上初句「やまべには」三句「おそろしみ」　**○332山のべにあさるさちをは…**　他出未見。

百五十八　しきしま

いなといわは人をもしひしゝきしまのやまとのくにゝ人やたへたる
　やまとのくにゝしきしまといふかみのあるなるへしそれによそ①へてかくよめる■②か　たゝすへて日本国を
　おほや③としきしまといふなるへし

【本文覚書】①重書。②「か」を墨消。③「ま」脱か。

【解釈本文】

百五十八　しきしま

333いなといはば人をもしひじしきしまのやまとの国に人やたえたる
　やまとの国に、しきしまといふ神のあるなるべし。それによそへてかく詠めるか。たゞすべて日本国をおほ

やまと、しきしまといふなるべし。

【注】

○しきしま…　隆源口伝。この語を項目とする歌学書は、綺語抄、色葉和難集。　○333いなといはば人をもしひじ…　古今六帖二一二四、初句「いなといはん」、隆源口伝四八、上句「いまとはむ人をばしばし敷島や」、和歌童蒙抄一六二、初二句「いなといはむことをもしひじ」四句「やまとのくにの」　○やまとの国に…　「かの国にしきしまと云神あるなるへし」（隆源口伝）。「蜻嶋《あきづしま》　倭《やまとの》之国者《くには》　神柄跡《かむからと》」（万葉集三二五〇）。「蘇良美都《そらみつ》　夜麻止乃久爾《やまとのくに》波《は》　可未可良斯《かみからし》」（続日本紀二）、「若詠倭時　しきしまと云」（喜撰式）、「しきしまとは　やまとをいふ」「大和《ヤマトノ》国《クニ》……しきしま」「国をは　しきしまといふ」「このよは　しきしまといふ」（能因歌枕）、「大和　しきしまの（しきしま・顕）といふ」（俊頼髄脳）、「しきしまのやまと」（初学抄）、「本朝〈しきしま〉」（和歌色葉）、「大和〈しきしま〉」（八雲御抄）。隆源口伝以外「しきしまといふ神」に言及する資料未見。　○たゞすべて日本国を…　「廼生二大日本〈日本、此云二耶麻騰一。下皆效レ此。〉豊秋津洲一」（日本書紀神代上）、「大和国……大和〈於保夜末止〉」（倭名類聚抄）。「大日本《おほやまと》　久迩乃京《くにのみやこ》　者《は》」（万葉集四七五）

百五十九　したひも

こひしとはさらにをもはしゝたひものとくるを人はそれとしらなん

したひもとはゝかまのこしをいふなるへしまたはかまのこしにかき」84ウ　らすからきぬにはうへしたとこそひもはあれともいふ人あり人おこふるときひものとくるといふ事あり又人にこひらるゝときした

のはかまのこしとくといふ人ありよく〳〵たつぬへし①

【本文覚書】①重書。

【解釈本文】

百五十九　したひも

334恋ひしとはさらに思はじしたひものとくるを人はそれとしらなむ

したひもとは、はかまのこしをいふなるべし。また、はかまのこしにかぎらず、唐衣には上下とこそひもはあれ、ともいふ人あり。人を恋ふるとき、ひものとくるといふことあり。又人に恋ひらるゝとき、下のはかまのこしとくといふ人あり。よくよくたづぬべし。

【注】

○したひも…　色葉和難集「したひもとく」　**○334恋ひしとはさらに思はじ…**　後撰集七〇一在原元方、古今六帖三三四八、伊勢物語一九二、俊頼髄脳四一五、定家八代抄一〇三四、以上四句「とけむを人は」　**○したひもとは…**　「ひもとは、したひもなり。はかまのこしをいふ」（綺語抄）、「紐　した〈……したひもははかまのこしをもよめり……〉」（八雲御抄）、「下ヒモトハ　ハカマノコシヲ云」（別本童蒙抄）　**○また、はかまのこしにかぎらず…**　「きて帰る名をのみぞ立つ唐衣したゆふひもの心とけねば」（後撰集九四八）、「からぎぬのひもの事　からぎぬにはひもといふものあり……からぎぬのおほくびのかみに、うらうへにつけたるなり」（雅亮装束抄）　**○人を恋ふるとき…**　「シタヒモトクトハ、男女ノアフナリ」（古今集注）、「紐　した……又人のこふるにとくる也……しらぬ人のこふるにとくる也」「したひもとくる〈はかまのこし也。人のこふるにとくる事といへり。俊頼両説思歟。一人をうらむる人、一人にこひらるゝ人〉」（八雲御抄）　**○又人に恋ひらるゝとき…**　「この哥のこゝろは、人にこひら

るゝ人のしたひもは、とくるとみえたり」（俊頼髄脳）、「人に恋らるゝ人は、下紐とくといふことの有也」（奥義抄）、「人にこひらるゝ人、したひものとくといふ事あり」（顕注密勘）、「俊頼云……人ニ恋ラルヽニハコレ《（こし）》ノトクルト云」（色葉和難集）

百六十　そはきく　そ①かきくとも　拾遺云

かのみゆるいとりへたてるそわきくのしかみさ■②《ゑ》たのいろのてうこき
　そわきくとわ承平の御時にはよろつのいろをとゝめて人のきものみなきにそめられける也されは■③き
　なるきぬをそわきくと■④いふ也しかみさへたとはしたへたといふ事也」85オ

【本文覚書】①鉤点を付す。②判読不明文字を墨消。③判読不明文字を墨消、虫損あり。④「は」を墨消。

【解釈本文】

百六十　そわぎく　そがぎくとも

　拾遺云

335 かのみゆるいとり（ママ）へたてるそわぎくのしがみさえだの色のてうこき（ママ）

　そわぎくとは、承平の御時には、よろづの色をとどめて人のきものはみな黄に染められけるなり。されば、黄なるきぬをそわぎくといふなり。しがみさえだとは、下枝といふ事なり。

【注】

○そわぎく…　奥義抄、和歌色葉「そわぎく」。袖中抄、色葉和難集「そがぎく」

○335かのみゆるいとりへたてる…　拾遺集一一二〇よみ人しらず、奥義抄二六八、六百番陳状一二二、八雲御抄一六八、以上二句「池辺にたてる」四句「しげみさえだの」（八雲御抄は五句「しげ《が》みさえだの」）。拾遺抄四一八、俊頼髄脳三二〇、袖中抄五〇八、以上二句「いけ辺にたてる」四句「しがみさ枝の」。能因歌枕一五、古来風体抄一五七、別本童蒙抄二七二、色葉和難集四一七、以上二句「きしべにたてる」四句「しがみさえだの」。和歌色葉三六五、二三四句「をかべにたてるそわぎくのしがみさえだの」。以上五句「色のてこらさ」

○そわぎくとは…　表記は「そわぎく」「そがぎく」両様ある。前者は「承和」に由来し、後者については、万葉語「そがひ」に由来し、「岸におひすがひに咲く」ことから「そがぎく」とされるとの説が生まれた（六百番歌合四四五への難陳）。また、色葉和難集は祐盛説として、素娥菊の本説から「そがぎく」であるとする。口伝和歌釈抄の「黄なる衣」説は未見。「そか菊とは　きくをいふよにきなる物をはふかいろといふなり　かのみゆるきしへにたてるそか菊の　しかみさえたの色のてこらさ　とよめり」（能因歌枕）、「ソガギクハ承和菊ナリ。黄菊ナリ……又ヒトモトギクト云説アリ」（拾遺抄注）、「そがぎくとは黄菊也。そがとは承和を言ひなしたるなり。承和のみかど黄なる色を好み給ければ、黄なる色をば承和色といふ。されば黄菊をばそがぎくといふ。やがてうるはしくそわぎくと書ける本もあり」（袖中抄）、「そわきくとは黄菊也。承和の帝はきなるをあいしたまひけれは、承和菊といふ也」（和歌色葉）。また、「そわぎく」は一本菊であるとの説もある。「そかきくといへるは、承和のみかと、ひともときくをこのみて、けうせさせ給けり（ナシ・顕）。たかくおほきにひろこりたるきくを、まいらせたらむ人を、しやうせんとせんしをくたさせ給たりけれは、世中の人、われも〳〵といとみて、一本きくをつくりてまいらせけるとそ、人申し。さて、ひともときくの名を、承和きくといへる也」（俊頼髄脳）

○承平の御時には…　「承和」の誤か。承平（九三一～九三八）は、朱雀天皇の代の年号。前項でふれたように「そわぎく」は「承和（八三四～八四八）の帝」と称される仁明天皇が愛好した黄菊とされる。

○よろづの色をとどめて…　院政期から鎌倉初期頃の歌学書には、同一内容の注説未見。

○しがみさえだとは…　「しかみさえたといへるは、をのれといへるなり。みさえとは、しもしたといへるなり。そかきくは、きなるきくを申なりと、いへる人もあるにや。さてはみさえたといはむことは、いかゝときこゆ」（俊頼髄脳）、「しかみさえたのといへるは、しつえといふやうに、これはみまさかのくにの詞とそうけ給る。そかきくとは、菊を申といふいへあるにや。猶一もときくにてこそかなふやうにはおほゆれ。一もと菊は木のやうにたかき物なれは、しかみさえたもなとかなからん。むらきくのしかみさ枝は心えす。それもしたえたはあれと、うへの枝にうつもれいてみえし。又つちにつきてうへにあらん枝にはおとりなん物を。そかきくをなを。《き》きくとそいひはらは、きなるひともときくとそいふへきを、さはいはさめり」（俊頼髄脳・顕）、「しけみさえたとはしやかしたえたと云也」（奥義抄）、「みさのえだは、上の枝なり。菊歌にもしがみさえだとよめり」（散木集注）、「ミ井《サ》エタトハ、木ナトノ下枝ヲ云」（別本童蒙抄）、「しかみさえたとは、しやかしたえたなり」（和歌色葉）、「しかみさ枝はゝ（ママ）をのれか枝といへること也。みさえたは下枝也。是も俊頼説也。俊成はそかひなといふ心と云々」（八雲御抄）

百六十一　たなゝしおふね

いりへこく①たなゝしをふねこきかへりをなし人をやこいわたるらん

たなゝしをふねとはふねのたなをいふなるへしやかたなきふねにはとものかたなんとにたなゝんとのあるをせはちいさきにそのたなゝし②されはたなゝしふねといふ事也

伊勢物語云

あしまこくたなゝしをふねいくそたひゆきかへる■■③覧しる人なみに

【本文覚書】①重書。　②判読不明文字に重書。　③「たひ」を墨消。

【解釈本文】

百六十一　たなゝしをぶね

336いりえこぐたなゝしをぶねこぎかへりおなじ人をや恋ひわたるらむ

たなゝしをぶねとは、ふねのたなをいふなるべし。やかたなきふねには、とものかたなんどにたなゝんどのあるをおせば、小さきにそのたな無し。されば、たなゝしぶねと云ふ事なり。伊勢物語云、

337あしまこぐたなゝしをぶねいくそたびゆきかへるらむしる人なみに

【注】

○たなゝしをぶね…　隆源口伝、色葉和難集。この語を項目とする歌学書は、綺語抄。**○336いりえこぐたなゝしをぶね…**　古今集七三二よみ人しらず、五代集歌枕九八六、以上初句「ほり江こぐ」下句「おなじ人にやこひわたりなむ」。古今六帖一六五四、下句「おなじ人のみおもほゆるかな」、俊頼髄脳三三六、初句「ほり江こぐ」下句「おなじ人にも恋ひわたるかな」、隆源口伝四八次、初二句のみ、初句「ほり江こぐ」、源氏釈（まきばしら）二一四・同（あげまき）三四三、五句「恋ひわたるべき」、定家八代抄一一八〇、初句「ほり江こぐ」四句「同じ人にや」、別本童蒙抄一八〇、下句「ヲナシ人ノミオホヽユルカナ」、色葉和難集三六三、初句「ほりえこぐ」下句「おなじひとにやこひわたりなん」　**○たなゝしをぶねとは…**　この一文、脱落等あるか。「たなゝしをふね……舟にはたなとてあるなるへし。それうたぬ小舟を云歟」（隆源口伝）、「たなゝしをふね　ちひさき船のしりたなゝきをいふ」（綺語抄）、「タナヽシヲフネトハ、ウラウヘノフナハタニウチタルイタヲイフ。舷《フナタナ》トカケリ。ソレモナキコフ

ネトイヘルナリ」（和歌童蒙抄）、「教長卿云、タナ、シヲブネトイフハ、セバキトコロニコギイレムトテ、フナダナトイフモノヲトリステタルナリ。今案ニ、トリステネド、モトヨリチヒサキフネニハ、フナダナノナキナリ。万葉ニハ棚無小《タナヽシヲ》船《ブホ（ママ）》トカケリ」（古今集注）、「タナ、シ小舟トハ、ツクリナキ船ノ板ト云物ナキヲ云。和泉紀伊国ノ船ナリ」（別本童蒙抄）、「たなゝしをぶねとは、ちひさき舟はふな棚のなき也」（顕注密勘）、「舟　たなゝしを〈小舟也〉」（八雲御抄）、「和云、タナ、シヲフネトハ、チヰサキ舟也。小船ニハタナト云物ノナキ也。集ニハ棚無《無》小船ト云リ《（かけり）》」（色葉和難集）　**○337 あしまこぐたなゝしをぶね…**　伊勢物語一六六、万代集一八五三、以上初句「蘆辺こぐ」五句「知る人もなみ」

百六十二　よもきかそま　好忠

なけや〳〵よもきかそまのきり〳〵す」85ウ　すきゆくあきはけにそかなしき

　よもきかそまとはよもきのを■①②ほくおいてそまやまにゝたれはかくいふなるへし

わかやとのよもきかそまもしもかれてむくらのしたは~~いつも~~《風もと》とまらす

　いやしきやとにはよもきなんとしてかこいたるかきのあきたるひまをいふなるへし

【本文覚書】①不明文字を墨消。　②文字左上に点あり。

【解釈本文】

百六十二　よもぎがそま

好忠

338なけやなけよもぎがそまのきり〴〵すすぎゆく秋はげにぞかなしき

よもぎがそまとは、よもぎのおほく生ひて、杣山に似たれば、かくいふなるべし。

339わがやどのよもぎがそまも霜枯れて葎の下は風もとまらず

いやしき宿には、蓬なんどして囲ひたる垣のあきたるひまをいふなるべし。

【注】

○よもぎがそま…　目録は「よもぎがその」。この語を項目とする歌学書は色葉和難集（但し、目録掲載のみ）**○338なけやなけよもぎがそまの…**　後拾遺集二七三曾禰好忠、好忠集二四二、新撰朗詠集三一四、袋草紙一五一、和歌童蒙抄八四一、後六々撰五六、古来風体抄四二四、西行談抄二九。**○よもぎがそまとは…**　「ヨモキカソマトハ、ヨモキノムレテタテルカ、ソマ山ノキノムレタテルニヽタルナリ」（和歌童蒙抄）、「曾禰好忠の三百六十首歌に云はく……長能云はく、「狂惑のやつなり。蓬が杣と云ふ事やはある」と云々」（袋草紙）、「蓬ノムラガリオヒタル杣山ニヽタリ。但長能云、狂惑ノヤツナリ。蓬杣と云事ヤハ有云々」（後拾遺抄注）、「蓬　よもきかそまといふはよもきのそまのやうに生たる也」（八雲御抄）、「蓬ガ杣、コホリノクサビ、曾丹ガ読イデタルニセゴトヾモ也」（五代勅撰）**○339わがやどのよもぎがそまも…**　和泉式部集六五、初二句「夏のせしよもぎのかども」五句「風もたまらず」

百六十三　しき

ねさめしてひさしくなりぬ冬の夜はあけやしぬ覧しきもなく也
しきといふとりはあけほのにかならすなく也いそ①かわへ②なんとにあり

【本文覚書】①一字分空白。②一字分空白。

【解釈本文】

百六十三　しぎ

340 ねざめして久しくなりぬ冬の夜はあけやしぬらむしぎもなくなり
鴫といふ鳥は、あけぼのにかならず鳴くなり。磯、川辺なんどにあり。

【注】

○しぎ…　この語を項目とする歌学書未見。**○340 ねざめして久しくなりぬ…**　新古今集四四七源道済、道済集二〇、別本和漢兼作集四八六、以上三句「秋の夜は」五句「鹿ぞ鳴くなる」**○鴫といふ鳥は…**　鴫が明け方に鳴くことを注する歌学書は未見だが、これを詠じた歌に、「長月のあり明の月のほのぼのと羽かく鴫の声聞ゆなり」（堀河百首一二八七）、「あか月になりにけらしな我が門のかり田の鴫もなきてたつなり」（同一二九三）、「まろねする長月の夜の久しさは鴫なきぬとてたのまれもせず」（永久百首二五四）、「あはれさはをぎふくかぜのおとのみか有明の月にしぎもなくなり」（六百番歌合三九八）などがある。

百六十四　いほ　いゑともいふ」86オ

のこりなくとしくれゆけはあしひたくしつのいほりもいとなかりけり
　いやしきいゑにわあしをたくなるへしいとなしとはゐとまなしといふ也六帖云
なつなれはやとにふすふるかやりひのいつまてわか身したもへにせん
　かやりひとはあつきにいやしきいゑなんとにからうとてあくたをふすふる也いさりひといふ事ありあ
　まなんとのいほとるとてふねにともしてあるくをいふ也
　六帖云
いたつくとあまのともせるいさりひのほにやいてなんわかしたもへを　同云
なにはめのこやによふてうあまのたし①」86ウ のひにたにもあふよしもかな
　なにはめ②とはつのくにのなにはのあまをいふなるへしこやとはあまのいゑをあしにてふけるおいふ
すきのいたを《め》■③まわらにふける《ね》やうへにをとろくはかりあられふるらし
　まはらとわひまをあけてふけ《き》るたるなるへし
ひくるれはあはれなるかなはかやとのねやのいたまのあふよなけれは
とふ人もなきあしふきのわかやとはふるあられさへをとせさりけり

【本文覚書】①「く」脱か。　②「め」の右傍に汚れあるか。　③判読不明文字を墨消。

【解釈本文】

百六十四　いほ　　いへともいふ

341 残りなく年暮れゆけばあし火たくしづのいほりもいとなかりけり

いやしき家には蘆をたくなるべし。いとなしとは、いとまなしといふなり。六帖云、

342 夏なればやどにふすぶるかやり火のいつまでわが身下燃えにせむ

かやり火とは、暑きにいやしき家なんどにからうとて、あくたをふすぶるなり。いさり火といふ事あり。海人なんどの魚取るとて、ふねにともしてあるくをいふなり。六帖云、

343 いたづくとあまのともせるいさり火のほにやいでなむわが下燃えを

同云、

344 なにはめのこやによぶてふあまのたくしのびにだにもあふよしもがな

なにはめとは、津の国のなにはのあまをいふなるべし。こやとは、あまの家を蘆にてふけるをいふ。

345 杉の板をまばらにふけるねや上におどろくばかり霰ふるなり

まばらとは、ひまをあけてふきたるなるべし。

346 日暮るればあはれなるかな我が宿のねやの板間のあふよなければ

347 とふ人もなきあしぶきの我が宿はふる霰さへ音せざりけり

【注】

○いほ…　色葉和難集「かやり火」　**○341残りなく年暮れゆけば…**　永承四年六条斎院歌合一四せじ。　**○いやしき家には…**　いやしき家と葦火の関係に言及する注説未見。「火　あし〈なには也〉」（八雲御抄）　**○いとなしとは…**　「問云、いとなしとはいとまなしといふ事にはあらぬにや。後撰云、日くらしの声もいとなく聞ゆるは秋夕暮

になれはなりけり。又兼盛哥云、一とせにふたとせもこぬ春なれはいとなくけふは花をこそみれ、是等いとまなしと云とこそ見えたれ。答て云、はしめのあはれともうしとも物をと云哥は、いとまなしとも心えてん。後哥ひとへにいとまなしともよめり。如此の詞は聞は同しくて心はことなる、常の事也。いつれをひかことゝいふへからす」（奥義抄）、「ハルノイケノタマモニアソフニホトリノ　アシノイトナキコヒモスルカナ……アシノイトナキトハ、水鳥ノ水ニアルヲミルハヤスケレト、アシヲハヒマナクカク也。サレハイトナキトハ、イトマナキトヨメル也」（和歌童蒙抄）、「いとなし　イトマナシ」（和歌初学抄）、「イトナクハ無レ暇《イトマ》ト云事也」（後拾遺抄注、五代勅撰も同じ）、「イトナシトハ、イトマナシト云也」（別本童蒙抄）、「（奥義抄を引用）家説　などか涙のいとなかるらむ　無レ暇也。非二最流一。あふ事のいともたえぬる　最也、非レ暇。本節同レ之」（顕注密勘・密勘）、「あはれともうしとも物を思時などか涙のいとなかるらむ　いとなかるらむは、いとまなかるらむといへる也。最流といふは、僻案に見也。惣此集之中、最字をいとゝよめる事、不レ可レ用レ之」（僻案抄）。また「いと」を「最」の意に解するものもある。「いとなしは〈最希といふ事也〉」（和歌色葉）　**○342夏なればやどにふすぶる…**　古今集五〇〇読人しらず、色葉和難集二七九、以上五句「したもえをせむ」。古今六帖七八二、初句「夏くれば」、新撰和歌二五六、初句「ゆふされば」、俊頼髄脳三一五、初句「夏くれば」五句「した燃えをせむ」。定家八代抄九九三。色葉和難集二七九、五句「したもえをせん」　**○かやり火とは…**　「かやり火とは　夏にはにたく火をいふ」（能因歌枕）、「かやりひの心、いまた事きれす。ひとつには、かといへるむしは、けふりにえたえぬ物にてあれは、このむしを人のあたりによせしとて、かとにひをふすへていとふなり。いまひとつのせちには、もろ／＼のむしは、よるくらきをわかてひのある所へとふ也。されは人のあたりへよせしとて、やとのあたりをのけて、ひをたけは、ひのあたりにつとひいきてこの人のあたりにはこさるなり。このふたつのせちともに、事はりありていまたことはきれす。このふたつのせちにつきてこれをあむするに、けふりにたえすしてのかは、やとのうち、人のあたりにそたくへき。やとのほかにたくは、なを、

ひのあたりへやるそかなふへきときくに、かやりひは夏する物なれは、やとのうちはあつさにたえて、のけてたくなりといへは、これも事はりあり。されとなをほかへやるそ、まさりてきこゆる」（俊頼髄脳）、「蚊　かやりひは無風情　かひともいふ　ふすぶる　又をくかひとも」「火　かやり〈かひとも〉」（八雲御抄）、「基俊云、カヤリヒノ事■如上。此事ハヱシリ侍ラス。是ハシモワラハヘモミナカツミ侍ル事ナレハ無下ニアラハニ侍ル也。灯ニイル虫トモ侍リ。アヲキムシノ少キソヲホク侍メル。トンハウナトモ時々フタメキ入リ侍ルメル。虫物イハネハイヒケン事ハ知侍ラネトモ、メノワラハヘノ説ニハ、玉ムシノ、火ヲトリテ来ン虫ニアハン、トイヘハトリニクテ（とて）身ヲホロホスト中《申》メレトタハフレ事也。法文ニハヨルクラキニ火ノ光ヲミルカ、物ノハサマヨリアカキ方ヲミルヤウニ覚ユレハ、ソナタヘトヲラントスルト侍ルトカヤ申スメレハ、火ノ光ニツカンハイハレ侍ルメレト、カヤリ火ニハカツタレモ〳〵御ランスラン。イツカハヒカリ侍ルト。万ノモノ、クツヲカキアツメタレハツヽヤミニコソ侍メレハ、ケフリニフスヘラレテ虫ノニケ侍ルニコソ見玉フレ。アキラカニモユランカヤリ火ハイマタ見玉ハス」（色葉和難集）　**○からうとて…**　未詳。「はらふ」の誤写か。あるいは「あくた」の類か。　**○いさり火…**　「ほのかなる事には　イサリヒ」（和歌初学抄）、「イサリビトハ、アマノツリストテトモス火ナリ」（拾遺抄注）、「いさりびとはあまのいをとるすなとりの火なり。ほのかなるものなり」（和歌色葉）、「火　いさり〈いさりたくひとも〉」（八雲御抄）、「有云、イサリトハ漁ノ魚トルヲイフ。ソレニトモス火ヲイサリ火トハ云也。ホノカナル事ニヨム也」（色葉和難集）　**○343いたづくとあまのともせる…**　古今六帖七八四、下句「ほにかいでなんわがした思ひを」、万葉集四二一八「鮪衝等《しびつくと》　海人之《あまの》燭有《ともせる》　伊射里火之《いざりひの》　保尓可将レ出《ほにかいでなむ》　吾之《わが》下念乎《したもひを》」　**○344なにはめのこやによぶてふ…**　新勅撰集六三三よみびとしらず、初二句「なにはえのこやに夜ふけて」、古今六帖七八六、二句「こやによふけて」　**○なにはめとは…**　「ナニハメトハ、ツノクニノ女也」（和歌童蒙抄）。「ナニハメ」は万葉集の訓としては類聚古集の書き入れのみである。綺語抄は「なにはひと」、「なにはめ」（項目題を欠くが、「なにはめのあしひたくやはすゝたれ

と」詠を置く)、「なにはをとこ」を立項する。〇**こやとは…**「コヤノシノヤナド云テ別ニ家ノ名ヲモ云也」(拾遺抄注)、「又ツノクニノコヤトイフハ所名也。ソレヲ小屋ニヨセテモヨメリ」(詞花集注)、「屋　こ屋〈あやしき家。〉」(八雲御抄・歌学大系本)〇345**杉の板をまばらにふける…**後拾遺集三九九大江公資、二三句「まばらにふけるねやのうへに」〇**まばらとは…**院政期から鎌倉初期頃の歌学書には、同一内容の注説未見。〇346**日暮るればあはれなるかな…**好忠集二八四、初二句「しぐればまづぞかなしき」〇347**とふ人もなきあしぶきの…**後拾遺集四〇〇橘俊綱、初句「とふ人の」、和歌一字抄五七四。

百六十五　しのゝめ

しのゝめのしからほからとあけゆけは」87オをのかきぬ〳〵なるそはひしき

しのゝめになきこそわたれほとゝきすもの思うやとはしるくやある覧

なつの夜はふすかとすれはほとゝきすなくひとこへにあくるしのゝめ

しのゝめとはあか月のそらをいふ又すへてよるをいふともあり又ひかきなんとのはさまのまろにあきたるかめにゝたるとてしろくなるをもいふこれらいみしく人〳〵あらそいゝふ事也さともうちまかせてはあか月のそらをいふなるへしあけかたの心也

【解釈本文】

百六十五　しのゝめ

348 しの〻めのしがらほがらとあけゆけばおのがきぬぎぬなるぞわびしき
349 しの〻めに鳴きこそわたれほと〻ぎすもの思ふ宿はしるくやあるらむ
350 夏の夜はふすかとすればほと〻ぎす鳴く一声にあくるしの〻め
しの〻めとは、暁の空をいふ。又すべて夜をいふともあり。又、檜垣なんどのはざまのまろにあきたるが目に似たるとて、白くなるをもいふ。これらいみじく人々争ひいふ事なり。さとも《（ママ）》、うちまかせては暁の空をいふなるべし。あけがたの心なり。

【注】
○しの〻め…　綺語抄、色葉和難集。奥義抄、和歌色葉「ほから〳〵」、袖中抄「ほがら〳〵　しののめ　いなのめ」、色葉和難集「ほがら〳〵」　**○348しの〻めのしがらほがらと…**　古今集六三七よみ人しらず、綺語抄一三〇、奥義抄五一八、袖中抄七二八、宝物集二三七、和歌色葉二六〇、千五百番歌合二五二一判詞、色葉和難集一五一・八九三、以上二句「ほがらほがらと」　**○349しの〻めに鳴きこそわたれ…**　拾遺集八二一よみ人しらず、拾遺抄二七六。　**○350夏の夜はふすかとすれば…**　古今集一五六きのつらゆき、寛平御時后宮歌合四六貫之、新撰和歌四六、人麻呂勘文三七。新撰万葉集五一、継色紙三、古今六帖四四二五、三十人撰一五、和漢朗詠集一五五、三十六人撰一四、袖中抄七二九、定家八代抄二三六、以上初句「夏の夜の」　**○しの〻めとは…**　「暁をは　たまをしけ　あけほの　しの〻めといふ　あけはなる〻そらのしの〻めに〻たるなり」「あけは（な）る〻程をは　しの〻めといふ」（能因歌枕）、「家経はすへてよるをいふとそいひける。能因かあか月といひけるに、いみしき論にそしける。能因か注云、あけはなる〻ほとのそらのくもの、しの〻めににたるなり……なをあけゆくほとなるへし」（綺語抄）、「暁　たまたれといふ《（しの〻め・日久）》」（俊頼髄脳）、「暁、しの〻め」（奥義抄）、「シノ、メト（ハ）綾《（凌）》晨トソカキタル」（和歌童蒙抄）、「暁《アカツキ》シノ〻メ　カハタレ時」（和歌初学抄）、「古物ニ、シノ〻メ

トハアカツキヲイフトイヘリ。又万葉ニハ、イナノメトモヨメリ」（古今集注）、「しのゝめとはあか月也。ほからとはほからかなり」（和歌色葉）、「アカツキヲハシノヽメト云也」（別本童蒙抄）、「暁　しのゝめ《凌晨トカケリ》　山かつら《暁天雲也》　ありあけ　あけくれ。暁をは万に　あかとき《安可登吉》と云り」（八雲御抄）、「和云、シノヽメトハ、アカツキヲ云也」（色葉和難集）　**○檜垣なんどの…**　院政期から鎌倉初期頃の歌学書には、同一内容の注説未見。万葉集で「しののめ」を「細竹目《しののめ》」（二四七八）、「小竹之眼笑《しののめの》」（二七五四）と表記することからの理解か。

百六十六　うきくさ」87ウ

わひぬれは身をうきくさのねをたへてさそうみつあらはいなんとそ思う

なかくていかておもいけんうきくさのねなしかつらのこゝちこそすれ

うきくさとはみつのうへにうきてねをはなれてをいたるくさ也みつにしたかいてなかれゆくもの也

【解釈本文】

百六十六　うきくさ

351 わびぬれば身を浮き草の根をたえてさそふ水あらばいなむとぞ思ふ

352 なかくて《ママ》いかで思ひけむ浮き草の根なしかづらの心地こそすれ

浮き草とは、水の上に浮きて、根を離れてゐたる草なり。水にしたがひて流れ行くものなり。

【注】

○うきくさ…　この語を項目とする歌学書未見。　**○351わびぬれば身を浮き草の…**　古今集九三八小野小町、小町集三八、新撰和歌二四七、古今六帖三八三六、無名草子七九、定家八代抄一五四三、西行談抄二四、十訓抄三三、古今著聞集一四〇、女房三十六人歌合二。　**○352なかくていかで思ひけむ…**　他出未見。　**○浮き草とは…**　「うき草とは　あたにうきたることをたとふ」（能因歌枕）、「ウキクサハネモナクテウカレアリクナリ。晋司馬彪詩曰、汎々江漢萍　飄蕩永無根」（和歌童蒙抄）、「萍　さつきのうき草と云り。五月物歟。但暦には三月生と住《ママ》如何。たねなしと云り。なきものくさと云、うき草歟。可尋。ねをたえたると云り」（八雲御抄）

百六十七　そうもく

そうもかく①思ひにいかゝたとうへきこわいなつまのひかりはかりそ

そうもくとはたうの人のなゝりおほけなき心をさしてみもへ②こかれしひとなりとそいふめるくわしからすたつぬへし

【本文覚書】①「くか」の誤か。　②判読不明文字に重書。

【解釈本文】

百六十七　そうもく

353そうもくが思ひにいかがたとふべきこはいなづまの光ばかりぞ

そうもくとは、唐の人の名なり。おほけなき心をさして、身もえ、こがれし人なりとぞいふめる。くはしからず。たづぬべし。

【注】

○そうもく…　この語を項目とする歌学書未見。　○353**そうもくが思ひにいかが…**　和歌童蒙抄三五四。　**○そうもくとは…**　「ソウモクトハ、唐ノ人ナリ。ヲホケナキ心ヲコシタリシモノナリ」（和歌童蒙抄）、ソウモク、あるいは宗則が蛇に化した話は、和漢朗詠註抄、和漢朗詠集和談鈔等に見える。

百六十八　ゑしのたくい」88オ

きみこふるゑしのたくいのひるわきへよるわもへつゝものをこそ思へ

ゑしとはたいりにあるしもへなりそれかなんてんのまへにひたきのやといゝてちいさきいゑのあるによる〳〵それかやくにてひをたく也そのたくものをゑしといふ也

みつのうへにほのめくよるのほたるあらはゑしのたくいわきへぬともよし

【解釈本文】

百六十八　ゑじのたくひ

354君恋ふる衛士のたく火のひるは消え夜は燃えつゝものをこそ思へ

衛士とは、内裏にある下部なり。それが南殿の前に火焚きの屋といひて、小さき家のあるに、夜々それが役

にて火を焚くなり。その焚くものを衛士といふなり。

355水の上にほのめく夜の蛍あらば衛士の焚く火は消えぬともよし

【注】

○ゑじのたく火…　色葉和難集（草稿本）　**○354君恋ふる衛士のたく火の…**　古今六帖七八一、初句「君がもる」三句「ひるはたえ」、和歌童蒙抄五一五、初句「きみまもる」下句「よるはすがらにもえこそわたれ」、別本童蒙抄二二六、初二句「君マモルアマノタクヒノ」。詞花集二二五大中臣能宣、俊成三十六人歌合九八、定家八代抄一〇〇九、八代集秀逸五七、百人一首四九、百人秀歌四八、色葉和難集九三二、以上初句「みかきもり」三四句「よるはもえひるはきえつつ」。詞花集以下の歌は別歌か。和歌童蒙抄は出典を「六帖」とする。　**○衛士とは…**　「衛士トハ、諸陣ニアリ、ミカキヲモル物也。ヒタキヤニ・《テ》ヨルハヒヲタクヘキナリ。サレトツネニタクコトハミエス。クラキニツカセタマフ時ヒタクマネヲスルナリ」（和歌童蒙抄）、「左右衛門をばみかきもりといふ。その下部をば衛士といふ。衛士のたく火ともよめり。ひたきやにてたくなり」（散木集注）、「和云、内裏にゆふ暮になれは火焼屋と云所のうちにあやしき男の火を焼也。それをゑしと云。昼になれは焼ねは、ひるはきゆと云へり（色葉和難集・鶴見大学本）　**○火焚きの屋…**　「助鋪　弁色立成云、助鋪〈和名古夜〉一云〈比太岐夜〉如衛士屋也」（倭名類聚抄）　**○355水の上にほのめく夜の…**　他出未見。

百六十九　はなちとり

はなちとりつはさのなきをとふからにくもちをいかて思かくらん

かうとりをはなちたるをしかいふ也

【解釈本文】

百六十九　はなちどり

356 はなち鳥つばさのなきを飛ぶからに雲路をいかで思ひかくらむ

　飼ふ鳥を放ちたるをしかいふなり。

【注】

○はなちどり…　袖中抄、色葉和難集。奥義抄「はなちどり　付かげろふ」　**○356はなち鳥つばさのなきを…**　古今六帖三一一九。俊頼髄脳三一〇、奥義抄二九九、袖中抄一〇五〇、色葉和難集七二、以上四句「いかで雲居を」**○飼ふ鳥を…**　「鶏、ゆふつけどりと云、又はなちどりと云、又やこゑのとりと云」(喜撰式)、「かひてはなちたる鳥《トリ》をは　はなちとりといふ」(能因歌枕、京都女子大学本、本文存疑のため異本に拠る)、「これはかひなとしたるとりの、つはさのなきを、はなちてよめるなり(はなちなとしたるをよむなり・顕)」(俊頼髄脳)、「ハナチトリトハ、ハネヲキリテハナチタルトリヲイフナリ」(和歌童蒙抄)、「はなちとりとは、こにいれてかふとりをはなちたるをいふ也」(奥義抄)、「鳥　……ハナチ鳥飼　鳥　放　也《カヒトリヲハナツ也》」(和歌初学抄)、「ハナチ鳥トハ、日比カイナレタル鳥ヲハナチタルヲ云」(別本童蒙抄)、「私云、みな心得ず。はね切りて籠にて飼ふべからず。又籠の鳥を放たむに、はね切るべからず」(袖中抄)、「はなちとりとは、籠にいれてかふ鳥をはなちたるを云也」(和歌色葉乙本)、「鳥　はなち《万致》〈有憚〉」(八雲御抄)、「和云、ハナチ鳥トハ、籠ニ入タル鳥ヲ放チタルヲ云也」(色葉和難集)

百七十　やまあい」88ウ
あしひきのやまあいにふれはしらゆきのすれるころもの心地こそすれ
やまあいとわりんしのまつりにまい人のきるをみる①もの也
かきりなくとくとはすれとあしひきのやまあいのみつはなをそこをれる

【本文覚書】①「の」の誤か。

【解釈本文】
百七十　やまあゐ
357あしひきの山あひに降れば白雪のすれる衣の心地こそすれ
山藍とは、臨時の祭に舞人の着る小忌のものなり。
358かぎりなくとくとはすれどあしひきの山あひの水はなほぞ氷れる

【注】
○やまあゐ…　目録は「やまのい」。色葉和難集「山あゐと云事」（増補部分）**○357あしひきの山あひに降れば…**　拾遺集二四五伊勢、拾遺抄一五六、如意宝集一二、以上二句「山ゐにふれる」。色葉和難集六一九、六華集一二五八、以上二句「山あゐにふれる」**○山藍とは…**　「ヲミノ衣トハ、シスリアヲスリヲ云。広キ、ヌヲ山藍シテスリタルヲ云」（別本童蒙抄）、「コレ（稿者注、山藍）ハ臨時ノマツリノ舞人ノキタルアイスリヲ云也」（色葉和難集）**○358かぎりなくとくとはすれど…**　拾遺集一一四七東宮女蔵人左近、拾遺抄四二七、小大君集一〇、初句「かくばかり」、三十人撰一〇一、三十六人撰一二一、俊成三十六人歌合九二、初句「かくばかり」五句「なほこほりけり」

百七十一　つなて

あしまよふなにはのうらにひくふねのつ■《①な》てなかくもこいわたるかな

まかせたる春のつなてはをのつかし《ら》かすみたなひくものにはあらすや

ふねにつなをつけてひくをつなてといふなりうみのふねにもいそのまゝにつなてはひく也」89オ

【本文覚書】①「ま」を墨消。

【解釈本文】

百七十一　つなで

359 あしまよふ難波の浦にひくふねの綱手ながくも恋ひわたるかな

360 まかせたる春の綱手はおのづから霞たなびくものにはあらずや

舟に綱をつけて曳くを綱手といふなり。海の舟にも磯のまゝに綱手は曳くなり。

【注】

○つなで…　この語を項目とする歌学書未見。　**○359あしまよふ難波の浦に…**　亭子院歌合五六。　**○360まかせたる春の綱手は…**　難後拾遺に、後拾遺集四一「はるばるとやへのしほぢにおくあみをたなびく物はかすみなりけり」に対して、「もし、まかせたれ（ママ）はよるの霞はおのづからかすみたなびくものにやはあらぬ、と集にかゝれたるにやあらん」とある。　**○舟に綱をつけて曳く…**　院政期から鎌倉初期頃の歌学書には、同一内容の注説未見。

「牽紋　広韻云牽紋〈音支〉挽船繩也」（倭名類聚抄

百七十二　わすれくさ
すみよしとあまわいふともなかいすな人はすれくさきしにをふなり
　はすれくさはすみよしのきしにをいたる也又うのはなをはすれくさともあり
すみよしのきしにをふとそきゝしすみ《はす》れくさ人のこゝろにたれかうへけん
はすれくさかりほすはかりになりにけりあたなる人の《ふみし》。あとには
わすれくさなにをかたねと思しにつれなき人の心なりけり
　これらをみれはか■①ならすゝみよしのきしにのみ■②おほさす」89ウ

【本文覚書】①「の」を墨消。　②判読不明文字を墨消。

【解釈本文】
百七十二　わすれぐさ
361 すみよしとあまはいふともながゐすな人わすれ草岸に生ふなり
　忘れ草は住吉の岸に生ひたるなり。又卯花を忘れ草ともあり。
362 住吉の岸に生ふとぞきゝし忘れ草人の心に誰かうゑけむ
363 忘れ草かりほすばかりなりにけりあだなる人のふみしあとには
364 忘れ草何をか種と思ひしにつれなき人の心なりけり
　これらを見れば、かならず住吉の岸にのみ生ほさず。

【注】

○わすれぐさ…　袖中抄「わすれぐさ　しのぶぐさ」**○361すみよしとあまはいふとも…**　古今集九一七みぶのただみね、五代集歌枕八六六、以上二句「あまはつぐとも」下句「人忘草おふといふなり」。古今六帖三八五一、☆忠岑集七五、以上五句「きしにおふてふ」。疑開抄一一、新撰和歌二九九、忠岑集一六一、袖中抄六六五、以上下句「人忘草おふといふなり」。別本童蒙抄二七九、五句「岸ニヲイタリ」**○忘れ草は…**　「忘草《ワスレクサ》とは萱草《ワスレクサ》《クワンサウ》をいふ　すみよしのきしにおふ」（能因歌枕）、「わすれくさ　萱草をいふ」（綺語抄）、「わすれくさとは萱草を云也。兼名苑には忘憂草とかけり。是を見れはうれへを忘るゝ也」（奥義抄）、「萱草《クワムサウ》　ワスレクサ」（和歌初学抄）、「ワスレクサトハ、萱草也。萱草ヲハ忘憂草トイヘリ」「本草ニ、ワスレクサノ一名ヲシノフクサトイフナリ、トミエタリ。サレハノキノツマニモ、又スミヨシノキシニモヲフトヨメルワスレクサハ萱草ニハアラス。コケノタクヒナルヘシ」（和歌童蒙抄）、「ワスレ草ヲハ住吉ノ岸ニヲウト云。俊頼口伝ニ萱草ヲ忘草ト云」（別本童蒙抄）、「顕昭云、忘草とは萱《クワンザウ》草と書けり」（袖中抄）、「和云、ワスレクサトハ、萱草ヲイフ。此草ヲウヘテワスルト云也」（色葉和難集）**○卯花を…**　院政期から鎌倉初期頃の歌学書には、同一内容の注説未見。**○362住吉の岸に生ふとぞきゝし…**　古今六帖三八四八、初二句「すみのえにおふとぞききし」五句「いかでおひけん」**○363忘れ草かりほすばかり…**　他出未見。**○364忘れ草何をか種と…**　古今集八〇二そせい法し、素性集二九、定家八代抄一三九五、以上三句「思ひしは」、新撰和歌三〇四、三句「おもひしを」、袖中抄六六四、三句「たづぬれば」

百七十三　くさまくら

きみをのみこいつゝたひのくさまくらつゆしけからぬあか月そなき
　くさまくらとはたひねをいふなりたひねにはくさをゆいてまくらにする也たひのやとのしもといふ哥
くさまくらたひねのとこをくれもははらふそてこそひなかりけれ
　をなしたひを　　公経
くさまくらいくへかしものおきつん《ら》かたしくそてにさゆるよはかな

【解釈本文】
百七十三　くさまくら
365きみをのみ恋ひつゝ旅の草枕露しげからぬあかつきぞなき
　草枕とは、旅寝をいふなり。旅寝には草を結ひて枕にするなり。旅の宿の霜と云ふ事、
366草枕旅寝のとこをくれも（ママ）はらふ袖こそひなかり（ママ）けれ
　おなじ旅を　　公経
367草枕いくへか霜の置きつらむ片敷く袖にさゆる夜半かな

【注】
○くさまくら…　この語を項目とする歌学書は、綺語抄、和歌色葉。　**○365きみをのみ恋ひつゝ旅の…**　拾遺集三四六よみ人しらず、拾遺抄二二三、定家八代抄八〇九。　**○草枕とは…**　「若詠旅時　草まくらと云」（喜撰式）、「草枕《マクラ》とは　草してゆひたるまくらを云　たひをもいふ」（能因歌枕）、「くさまくら　たひといはんとて」（綺語抄）、「旅　草まくらといふ」（俊頼髄脳）、「くさまくらたひ」（和歌初学抄）、「草枕トハ、旅ノ枕ヲ云也。或ハ菖蒲ノ枕ヲ

云」（別本童蒙抄）、「草枕とはたひの異名也。しつなれ《む》とはたひにいて〻はくさなんとをひきむすひてまくらにゆへるなるへし」（和歌色葉）、「枕　草枕は山野旅宿のみにあらす。万　あおによしならのみやこへゆく人もかも、草枕たひゆく舟のとまりつけんに。笠金村か角鹿ゆくにも草枕とよめる。是うみのたひ也」（八雲御抄）○**旅の宿の霜…**「旅宿霜」という歌題は現存資料の範囲では金槐集が初見か。○366**草枕旅寝のとこを…**　他出未見。○367**草枕いくへか霜の…**　他出未見。

百七十四　あしひき」90オ

あしひきのやましたみつのこかくれてたきつ心をせきそかねつる

あしひきとはやまをいふなりそのゆへはそさ①のをのみことの山へはあしひきいらしとのた②まいけるよりかくいひそめたるへし

あしひきのやまちたつぬるかいありてうきよにあとをいと〻むるかな

【本文覚書】①重書。②不明文字を書き止して「た」を書く。

【解釈本文】

百七十四　あしひき

368あしひきの山下水のこがくれてたぎつ心をせきぞかねつる

あしひきとは、山をいふなり。そのゆゑは、そさのをのみことの、山へは足ひきいらじとのたまひけるより、

かくいひそめたるべし。

369 あしひきの山路たづぬるかひありてうき世にあとをいとゝむるかな

【注】

○あしひき…　奥義抄「あしひきの」。この語を項目とする歌学書は、綺語抄、色葉和難集。○368**あしひきの山下水の…**　古今集四九一読人しらず、後撰集八六〇、古今六帖一四五三、新撰朗詠集四六六、奥義抄一八七。○**あしひきとは…**　「若詠山時　あしびきと云」（喜撰式）、「山　あしひきといふ　しなてるやともいふ　そさの《をの》。みことのあしひきはやまへいらしといひけるをはしめていひそむ」（能因歌枕）、「山あしひき　やまをいふ　素戔嗚尊哥云、あしひきのやまへくらしとらか（山歟）しのえたもたわゝにゆきのふれゝは、悪日に山路をゆきける。大雪にあひたりけるよりやまをあしひきといふとぞ」（綺語抄）、「山　あしひきのといふ」（俊頼髄脳）、「又山をは足引と云。それは日本記に見えたり。女帝也。推古天皇かりしたまふ時足にくゐをふみてなゐきてひきけるより、山をは足引と云也」（奥義抄）、「アシヒキノヤマヘハユカシ、ラカシノ　エタモタワヽニユキノフレヽハ、此哥、素戔烏尊ノ詠也トイヘリ。但日本紀ニ不見。アシヒキトハ、ムカシアメ地サキワカレテ、泥湿イマタカハカス。仍山ニスミテユキカヘルアトオホシ。故コノクニノハシメノ名ヲヤマトヽナツケタル也。言ハ、ヤマノコトヽイフナリ。委見日本紀問答抄。サレハヤマノツチカハカスシテ、アシヲヒク義ニヨリテ、アシヒキノヤマトハイフ歟。又波羅捺国ニ一角仙人トイフ仙人アリ。ヒタヒニヒトツノツノオヒテ、カセキノアシアリ。四無量ヲ修シテ五神通ヲエタリ。雨フリテヤマノミチアシ。タフレテアシヲソコナヘリ。〈委見智度／論第十七〉。サテ、アシヲヒキシニヨリテモイヘル歟」（和歌童蒙抄）、「アシヒキトハ、山ヲ云。山路ヲ行ケルニ大雪ニアヒタリケルニ……」（別本童蒙抄）、「山をあしひきといふによろつの義あ□（り歟）。一には三方沙弥か悪日に山をこえたりけるに、大雪にあひてみちをうしなひたりける時、あしひきの山へもしらすしらかしのえたもたわにゆきのふれゝは、と詠しけれは、悪日のゆへに山をあし

ひきといふ也……二には推古天皇、山に入てかりし給に、御あしにくひをふみてなへきてひき給ひけるより、山をはあしひきといふと日本記にはみえたり。三には天笠に一角仙人といふ仙人……四には昔天地さけわれて日本土泥いまたかたまらさりし時、人みなやまにありけり。とかくありきけるにあとのいりけれは、日本を山あとゝいゝ《ひ》て、山といふ也。山へをりのほりぬれはあしをひくにゝたれはあしひきといふ也。この四か中に第四義をもちゐる也」（和歌色葉）、「あしびきは山の異名也……山をあしびきと云事、ふるき物にさま〴〵に云へり。或は悪日来、すさのを尊山に入給りけるに、深雪にあひてあしき日きたりと、のたまふなりと云へり。この万葉に悪日来とかけるに付て云へる事歟。或足引、是はすさのをの尊山に入て狩し給ふに、くひをふみて足を引給故と云。此も万葉集に足引と書るに付る歟。此等説、日本紀にこそあるべきに、不レ見者也。（密勘）あし引の事、此等説たれも申置たり。久方、足引など云て、かく云つゞけつる事、今はたどりしるべからずとぞ侍し。足ひきなどよむ人侍なれど、たゞ葦ひきとのみ申されき」（顕注密勘）、「至愚説には、たゞ山をばあしびき、そらをばひさかたとよむばかりにて、凶日来、足をひく、膝の形などいふ事はしらず。枝にも葉にも雪のふれば、山地もしらずとはよめる也とて、そのうへのことしらず」（僻案抄）、「山　あしひき」（八雲御抄）。諸説を勘案するに本文「あしひきいらし」は「あしきひいらし」か。　**○369あしひきの山路たづぬる…**　他出未見。

百七十五　しめゆふ

さきしよりわかしめゆひ■[1]しなてしこのはなのさかりを人にしらすな
風ふけはなみのしめゆふなかれあしのをきふしものををもふころかな」90ウ

しめゆふとはした丶めいふといふ事也しむるをいふ事也

【本文覚書】①「の」を墨消。

【解釈本文】

百七十五　しめゆふ

370咲きしよりわがしめゆひしなでしこの花のさかりを人にしらすな

371風ふけばなみのしめゆふながれあしのおきふしものを思ふころかな

しめゆふとは、した丶めゆふといふ事なり。しむるをいふ事なり。

【注】

○しめゆふ…　この語を項目とする歌学書未見。**○370咲きしよりわがしめゆひし…**　後撰集一八三よみ人しらず、古今六帖二六〇四、以上初句「ふた葉より」五句「人にをらるな」**○371風ふけばなみのしめゆふ…**　保憲女集一四二、下句「ふしおきこひにしづむころかな」、秋風集七五五、下句「おきふしこひにしづむころかな」**○しめゆふとは…**　「シメユフトハ物ヲ占《シム》ル義也。神ノシメニカケテヨムコトオホカリ」（後拾遺抄注）、「しめゆふ〈しむる也。万　のちみんため。といへるには標結と書り。同事也〉」（八雲御抄）

百七十六　かたそき

よやさむきころもやうすきかたそきのゆきあいのまよりしもやをくらん

これはすみよしの御哥也かたそきとは神のやしろのむねにうちたる也

【解釈本文】

百七十六　かたそぎ

372 夜やさむき衣やうすき片そぎのゆきあひのまより霜やおくらむ

これは住吉の御歌なり。片そぎとは、神のやしろの棟に打ちたるなり。

【注】

○かたそぎ…　綺語抄「かささぎのゆきあはぬはね」、奥義抄「かささきのはし」和歌色葉「かささぎ」、袖中抄「かささぎのゆきあひのま」、色葉和難集「かささぎのはし」。この語を項目とする歌学書は、色葉和難集。**○372夜やさむき衣やうすき…**　新古今集一八五五左注「住吉御歌となん」、袋草紙二〇四、定家十体九三、定家八代抄一七五〇、別本童蒙抄三三九。奥義抄四〇九、和歌童蒙抄七七、袖中抄八七三、和歌色葉一八〇、色葉和難集三〇五、以上三句「かささぎの」。古今六帖四四八九、三四句「かささぎのゆきあひのはしに」、綺語抄五九八、三四句「かささぎのゆきあはぬはねに」、俊頼髄脳六三、四句「ゆきあはぬまより」　**○これは住吉の御歌なり…**　「すみよしの神の御うた……これはみやしろのとしつもりてあはれにけれは、みかとの御ゆめにみせたてまつらせ給へるうたなり」（俊頼髄脳）、「昔住吉明神ノ天降タマヘル《ママ》リケルトキ、ツクリタリケル神殿ノ、年月多ツモリテ、アハレタリケレハ、ソノヨシヲミカトニシラセタテマツラムトテ、カノ明神ノミカトノ御ユメニミセタテマツリタマヘル哥也」（和歌童蒙抄）、「此哥ハ、住吉ノ明神ノ社余ニ破タリケレハ、其時ノ国王ノ御夢ニミ給ケル哥也」（別本童蒙抄）　**○片そぎとは…**　「かたそきといへるは、神のやしろのむねに、たかくさしいてたるきのなゝり。すみよしのみやしろは、二のやしろのさしあひてあれは、その二のやしろのくちにたるよしを、よませ給へるにや。かたそき

をかさゝきとかける本もあるか、うたろんきにたかへにあらそへることあり。かさゝきといひては心もえす」（俊頼髄脳）、「此哥歌論義と云ものには、かさゝきとはかきあやまてる也。かたそきのゆきあはぬ間よりとよむへき也。是は住吉の明神のやしろのあれたるよしみかとに申たまふとて御夢に見ゆる哥也とかけり。先達のことをうたかふは心えぬ事なれと、いかゝと聞ゆ。是はかさゝきの橋をよめるにこそ……此哥論義は是ならすあやまりおほかる。也《文》」（奥義抄）、「カサヽキトハ、アヤマテルナリ。カタソキトイフヘキナリ。神ノホクラノツマニ、カタ《（カタナ）》ノヤウニテタテタル木ヲイフナリ。ソノキヲハ、チキト云ナリ」（和歌童蒙抄）。綺語抄は372歌について「この哥事神祇部にくはしくしるせり。みるへし」とするが、現行本に該当する項目及び注文は見えない。

百七十七　つくまのまつり

あふみなるつく①まのまつりとくせなんつれなき人のなへのかすみむ

道命阿《タウメイア》闍梨《シャリ》

ちはやふるつくまのかみのやしろにてつくりならへしかすとしらすや」91オ

あふみにつく②まの明神と申かみのをはします也そのかみの祭にはそのくにの守の妻《メ》にてもむすめにてもをと《こ》したるかすにしたかひてこなへをつちにてつくりていたすなりそれによりてかくよめり

【本文覚書】①「し」に重書か。　②重書。

【解釈本文】

百七十七　つくまのまつり

373 近江なるつくまの祭とくせなむつれなき人のなべのかずみむ

道命阿闍梨

374 ちはやぶるつくまの神のやしろにてつくりならべしかずとしらずや

近江につくまの明神と申す神のおはしますなり。その神の祭には、その国の守の妻にても娘にても、男したるかずにしたがひて、こなべを土にて作りていだすなり。それによりてかく詠めり。

【注】

○つくまのまつり…　色葉和難集。奥義抄、和歌色葉、袖中抄「つくもがみ」　**○373近江なるつくまの祭…**　伊勢物語二〇二。奥義抄四一七、和歌童蒙抄五〇九、袖中抄五七一、和歌色葉二〇九、色葉和難集四三七、以上三句「はやせなむ」。俊頼髄脳二三六、別本童蒙抄二〇〇、以上二句「ちくまのまつり」　**○道命阿闍梨…**　374歌の作者を道命とする資料未見。　**○374ちはやぶるつくまの神の…**　他出未見。　**○近江につくまの明神と申す神の…**　「これはあふみのくに、つくまの明神と申神の御ちかひにて、女のおとこしたるかずにしたがひて、つちしてつくりたるなへを、その神のまつりの日たてまつるなり」(俊頼髄脳)、「そのまつりには神のちかひとて、彼国の女、おとこしたるかずにつちなへをつくりてたてまつる也」(奥義抄)、「カノツクマノヤシロノマツリニハ、ソノサトノヒト、ヲトコシタルカスニシタカヒテ、ナヘヲツクリテイタスナリ」(和歌童蒙抄)、「チクマノナヘトハ、近江ノ国ニチクマノナヘマツリトテ有也。其マツリニハ女ノ男シタル数鍋ヲ作二神ニ奉ル也」(別本童蒙抄)、「かの神のまつりには神の御ちかひとして、かの国の女のをとこしたるかずにつちなへをつくりてたてまつる也。そのかすをはいちてすくなくたてまつる女は、そのとしもの〻あしけれは、おほきなるなへをつくりて、その中にちゐさきをはいる……或云、かのところの女、おとこのかすあまりにお〻くてみくるしかりけれは、を〻きなるなへをつくりて、

その中に小なへをかすのまゝにつくりあつめていれて、ふたをしてたてまつりたりけれは、神の御前にてのとを申時、そのなへわれてかすのことくにみへにけり。なを神のちかひのをそろしきといひつたへたりと云々」（和歌色葉）。なお、色葉和難集は俊頼髄脳を、袖中抄は奥義抄を引用する。

百七八　す■①②るか
すかるなく秋のはきはらあさたちてたひゆくきみかはかれかなしも
　すかるとはしかをいふなるへし

【本文覚書】①判読不明文字を墨消。②「かる」の誤か。

【解釈本文】
百七十八　すがる
375すがるなく秋の萩原朝たちて旅ゆく君がわかれかなしも
　すがるとは鹿をいふなるべし。

【注】
○すがる…　綺語抄、奥義抄、色葉和難集。袖中抄「すがるなるの」　**○375すがるなく秋の萩原…**　古今集三六六よみ人しらず、綺語抄六四一、俊頼髄脳三〇九、奥義抄四八三、和歌童蒙抄八一七、別本童蒙抄二五三、袖中抄三七四、定家八代抄七三〇、色葉和難集九七七、以上下句「旅行く人をいつとかまたむ」。古今六帖二三八八、下句

「たびゆく人のをしくもあるかな」　**〇すがるとは…**　「若詠鹿時　すがると云」（喜撰式）、「すかなと《（ママ）》は　おさなきしかをいふ」（能因歌枕）、「すかる　わかきしか」（綺語抄）、「すかるとはしかを申なめり」（俊頼髄脳）、「鹿　……スカル」（和歌初学抄）、「すかるとは鹿を云也。或物にはわかき鹿とそ申たる。又さそか《（さそり）》と虫をもすかると云」（奥義抄）、「スカルトハ、鹿ヲイフ」（和歌童蒙抄）、「シカヲハスカルト云ナリ」（別本童蒙抄）、「このすがるをは、無名抄、綺語抄、奥義抄、童蒙抄等に、皆鹿をいふぞといへり。或は若き鹿ともいへり。確かなる証文は見えねど、かやうに申伝へつれば、和歌事はさてこそは侍れ。その中、奥義抄にぞさそりといふ虫をもすがるといふ……これはさそりなり。かの集にはすがる成野とぞ書きたると云々」（袖中抄）、「鹿　すかる」（和歌色葉）、「鹿　すかる〈異名也〉　はちをもすかるといへとも以鹿為正説」「蜂　すかると云一説、不用之。或日本紀云、すかるは人名也」（八雲御抄）、「すがるとは鹿をいふ。日本紀には蜾蠃、須我屢とよめり。すがるとは、さそりをいへり。さゝりばちなり。東国には蜂をすがると申とぞ、或人申侍し。日本紀にはかなへり。されど此歌は、すがるなく秋のはぎ原とあれば、鹿ときこえたり」（顕注密勘）、「古今受侍之時、すがるとはなにを申にかと申しかば、鹿の別名なりと侍き。此蜂事は和歌綺語と申物にも侍めり」（顕注密勘・密勘）、「すがるは、少年の昔、古今の説うけ侍し時、すがる、鹿の別名也とぞ申されし。万葉集には……春のゝになるといへる、鹿にかなはねば、さゝりばちなど申めり。この歌にとりては、秋のはぎはらになかむ鹿、無レ疑歟。綺語抄といふ物にも、わかきしか、又はちなどかきて侍めり」（僻案抄）、「有云、スカルトハ、メ鹿ヲ云也。〈解難集。〉有云、スカルトハ、鹿ヲ云也。アル物ニハワカキ鹿トソ申タル。又サソリト云ムシヲスカルトモイヘリ」（色葉和難集）

百七十九　このもかのも
はれならぬ人にやかくやつくはねのこのもかのもに思ひおくらん」91ウ
きみにはれ心つくまの山なれはこのもかのもにこひしきものを
　このもかのもとはつくはやまの■①みねといふ事也つくはやまとはすへて山のなゝりこのもかのもとはこのたをももかなたをもてといふ事也

【本文覚書】①「事」を墨消。

【解釈本文】
百七十九　このもかのも
376 我ならぬ人にやかくやつくばねのこのもかのもに思ひおくらむ
377 君に我心つくまの山なればこのもかのもに恋ひしきものを
　このもかのもとは、つくば山の峯といふ事なり。つくば山とは、すべて山の名なり。このもかのもとは、このたをもも（ママ）かなたおもてといふ事なり。

【注】
○このもかのも…　この語を項目とする歌学書は、和歌色葉、袖中抄、色葉和難集。**○376我ならぬ人にやかくや…**　他出未見。**○377君に我心つくまの…**　他出未見。**○このもかのもとは…**　「七十二　つくばね」参照。
○つくば山とは…　「ツクバ山ハ、ヒタチノイヌキニハベル山也」（古今集注）

百八十　いてゆ

よとゝもにこひになみたをはかすかなこやなゝくね①のいてゆなるらん

民部《ミムフ》卿《キヤウ》　経信《ツネノフ》

こいわひてをつるなみたはありまなるいてゆゝしけのけしきや

【本文覚書】①「り（利）」の誤か。

【解釈本文】

百八十　いでゆ

378 よとともに恋に涙をわかすかなこやなゝくりのいでゆなるらむ

民部卿経信

379 恋ひわびておつる涙は有馬なるいでゆゝしげのけしきや（ママ）

【注】

○いでゆ…　この語を項目とする歌学書未見。　**○378よとともに恋に涙を…**　後拾遺集六四三相模、相模集一三八、五代集歌枕一七三〇、以上初句「つきもせず」。別本童蒙抄二一八、初二句「ツキモセス恋ニ我身ヲ」　**○民部卿経信…**　379歌を経信の詠とする資料未見。散木奇歌集一〇四五詞書に「郁芳門院の根合に恋の心をよめる」とある。なお散木奇歌集には当該歌合詠との詞書を持つ歌が三首見えるが、代作であろう。　**○379恋ひわびておつる涙は…**　散木奇歌集一〇四五、二句「ねをのみなけば」五句「袖のしをれや」

百八十一　くものかけはし」92オ
たちろかんことをゝもうにあやまれてゐこそふみゝね①くものかけはし
このうたは一院の位にをはしませし時民部卿経信のむすめのもとへくら人をつかいにてたひ〳〵御文
をつかはしけるに御返事まいら□②さりけれはかくよみてたまわせける
ひさかたのくものかけはしかけてのみたのむる人をまつかわひしきに
この御返事のうた也

【本文覚書】①「み」を書き止して重書。②判読不明文字。「と」の字形に似る。

【解釈本文】

百八十一　くものかけはし

380 たぢろがむことを思ふにあやまれて（ママ）えこそふみゝね雲のかけはし

この歌は一院の位におはしませし時、民部卿経信の娘のもとへ、蔵人を使にてたび〳〵御文をつかはしけるに、御返事参ら□ざりければ、かく詠みてたまはせける。

381 久方の雲のかけはしかけてのみ頼むる人を待つがわびしきに

この御返事の歌なり。

【注】

○くものかけはし…　色葉和難集「雲のかけはしと云事」（増補部分）　**○380たぢろがむことを思ふに…**　他出未見。　**○一院…**　白河院（在位一〇七三～八七）を指すか。　**○民部卿経信の娘…**　口伝和歌釈抄で、経信女の歌

として掲出されるものはこの一首のみ。尊卑分脈には女子に関する記載はない。書陵部蔵大納言経信集奥書によれば、経信没後、家集をまとめたのが経信女子であるとする（「而薨卒之後、女子尋之書出、件集号帥集、流布也云々」）。また書陵部蔵経信卿家集には「なかひめぎみ」のものとする歌がある。**○381久方の雲のかけはし…**　色葉和難集五九五、五句「まつがわびしき」。当該歌は、色葉和難集の増補部分にあり、注文は以下のとおりで話柄が異なる。「一クモノカケハシト云事　コレハ日出タキ事也。国王ヲ申也。人ハハレヲウル人ナレハ、雲ニアランハシハ■《凡》夫ナトハワタリナンヤトヲホユル也。サレトモヨキ人ヲモヨムヘシ。ヒサカタノ雲ノカケハシカケテノミタノムル人ヲマツカワヒシキ」

百八十二　たまから①

たまか《っ》らは■②かきあまたになりぬ」92ウ　れはたつ心のうれしけもなし

かつらのはのはかきをたまのやうにまろま■③■たるをいふ也このうたは業平中将に女のよ■《み》てとらせるとなんそのゆへはあまたの人に心をかくるよし也かつらはよろつのきにはいかゝるものなれはよそへてよむ也

たまかつらはるにしあ■《は》ぬものならははう〱かへるみとやなりなん

④むかつらはかくるまてのたのめにはたつ心をとゝめてそゆく

【本文覚書】①「つ」脱か。②判読不明文字（「か（加）」または「わ（和）」か）を墨消。③判読不明文字二字を

墨消。④「玉」の誤か。

【解釈本文】

百八十二　たまかづら

382 玉かづらわかぎあまたになりぬればたつ《ママ》心のうれしげもなし

かづらの葉の若きを玉のやうにまろまるをいふなり。この歌は、業平中将に女の詠みて取らせるとなむ。そのゆゑは、あまたの人に心をかくるよしなり。かづらはよろづの木にはひかゝるものなれば、よそへて詠むなり。

383 玉かづら春にしあはぬものならばはふ〳〵かへる身とやなりなむ

384 玉かづらはがくるまでのためにはたつ《ママ》心をとゞめてぞゆく

【注】

○たまかづら…　この語を項目とする歌学書は、綺語抄、袖中抄。色葉和難集（草稿本）　**○382玉かづらわかぎあまたに…**　古今集七〇九よみ人しらず、伊勢物語二〇〇、定家八代抄一二四六、以上二句「はふ木あまたに」四句「たえぬ心の」。古今六帖二六三八、二三四句「はふきのあまたありといへばたえぬこころの」　**○かづらの葉の若きを…**　院政期から鎌倉初期頃の歌学書には、同一内容の注説未見。「たま」を美称の接頭辞と解する説が一般。「たまかつらとは　かくといふ　かつらなり」（能因歌枕）、「たまかつら　たゆといはむとて」「たえぬことに　たまかつら　たまかつらたえぬものからさぬるかは」「としのわたりにたゝひとよのみ」（綺語抄）、「又物をほめてたまといふことあり。たまかつら、たまかつま、たまきぬ、たまもなとのたくひなり」（奥義抄）、「なかき事にはスカノネ　山トリノヲ　タマカツラ」（和歌初学抄）、「タマカヅラハ玉葛ナリ。タマトハホムルコトバナリ。タマ藻、タマ椿ナドイフガゴトシ。」（古今集注）、「たまかづらとは玉葛也。玉とは物をほむる詞にて、よろづの物につけた

り。玉も、玉かしは、玉つばきなど云がごとし。はふきのあまたとよめるは、はひかゝる木おほかればと云也。さて人によそへて物いふ人のおほかれば、たえずとふうれしげもなしとよめり。葛は又たえぬ事にいへばそへたる也。」（顕注密勘）、袖中抄の「たまかつら」は玉楓について述べており、玉葛とは異なる。　**○この歌は…**　「むかし、男、久しく音もせで、「忘るる心もなし。まゐり来む」といへりければ」（伊勢物語百十八段）　**○かづらはよろづの木に…**　前掲顕注密勘参照。　**○383玉かづら春にしあはぬ…**　他出未見。　**○384玉かづらはがくるまでの…**　他出未見。

百八十三　かゝみやま」93オ

あふさかのせきのあなたのかゝみ山かけをたにみてこいやわたらん

かゝみやまいさたちよりてみてゆかんとしへぬるみわをいやしぬると

　　かゝみやまわあふみのくにゝあり

【解釈本文】

百八十三　かゞみやま

385あふさかの関のあなたの鏡山かげをだに見て恋ひやわたらむ

386鏡山いざたちよりて見てゆかむ年へぬる身は老いやしぬると

　　鏡山は近江の国にあり。

【注】

○かゞみやま…　この語を項目とする歌学書未見。　○385あふさかの関のあなたの…　他出未見。　○386鏡山いざたちよりて…　古今集八九九よみ人しらず、俊頼髄脳八〇、五代集歌枕三一三、尚歯会和歌二〇、人麻呂勘文三一、東関紀行七、古今著聞集一六九、新時代不同歌合三三、詠歌一体四五。　○鏡山は…　「近江のや鏡の山をたてたればかねてぞ見ゆる君が千年は　これは今上の御嘗の、近江の歌」（古今集一〇八六）、「かゝみ山　同（近江国）」（五代集歌枕）、「山　かゝみ《同（朱）鏡》〈紅葉　花　霧〉」（八雲御抄）

百八十四　すゝかやま

ものゝふのをつと①いふなるかゝみやまならむ②すゝこそみまくほしけれ

さいくうの女房のうた

よにふれは又もこへけりすゝかやまむかしのいまになるにやあるらん

すゝかやまわあ《ふ》みのくにゝあり

【本文覚書】①「し」に「いふ」を重書。

【解釈本文】

百八十四　すゞかやま

387ものゝふのおづといふなる鏡山鳴らむ鈴こそ見まくほしけれ

斎宮の女房の歌

388 世にふれば又もこえけり鈴鹿山むかしの今になるにやあるらむ

鈴鹿山は近江の国にあり。

【注】

○すゞかやま…　この語を項目とする歌学書未見。**○387もの〻ふのおづといふなる…**　古今六帖八五六「もののふのたつといふなるすずか山ならむかたこそきかまほしけれ」**○斎宮の女房の歌…**「女房」は「女御」の誤か。口伝和歌釈抄で、斎宮女御の歌として掲出されるものはこの一首のみ。**○388世にふれば又もこえけり…**　拾遺集四九五斎宮女御、斎宮女御集二六二、五代集歌枕三五一、古来風体抄三七三。拾遺抄二六二、下句「むかしやいまになりかはるらむ」**○鈴鹿山は…**　鈴鹿山を近江とする説未見。387歌の三句を「鏡山」とするところからの理解か。

百八十五　ふしのやま」93ウ

ちはやふるかみもおもいのあれはこそよもへてふしのやまも〻ゆらめ

ふしのやまわするかにありこいによせてよむへし

【解釈本文】

百八十五　ふじのやま

389ちはやぶる神もおもひのあればこそ世もへてふじの山も燃ゆらめ
富士の山は駿河にあり。恋によせて詠むべし。

【注】
○ふじのやま…　この語を項目とする歌学書未見。**○389ちはやぶる神もおもひの…**　拾遺集五九七人麿、五代集歌枕四五三、以上四句「年へてふじの」**○富士の山は…**　「するかのくに……富士山《フシノヤマ》」（能因歌枕）**○恋によせて…**　「ふじのけぶりによそへて人をこひ」（古今集仮名序）、「こかるゝ事には　……フシノ山」（和歌初学抄）

百八十六　かしらのゆき
をいはてゝかしらのゆきはいたけとしもとをみるにそみわひへにける
をもへたゝかしのらうきをうちはらいきへぬさきにといそくはか身を
このうたはある人の受領《シユリヤウ》にならんとてよみてたてまつりけりさてそのとしのはるの除目《チモク》に和泉《イツミ》になし
たひてけり　返事」94オ
はらいけんしるしありてみゆるかないわまをわけていつるいつみわ
いわまをはきてとよませ給けるはなりかたき事にてありけるにや
としつもるかしらのゆきはおほそらのひかりにあたるけふそうれしき

【解釈本文】

百八十六　かしらのゆき

390老いはててかしらの雪はいたけとしもと《（ママ）》を見るにぞ身はひえにける

391思へただかしのらう《（ママ）》きをうちはらひ消えぬさきにといそぐ我が身を

　この歌はある人の受領にならむとて詠みて奉りけり。さて、その年の春の除目に和泉になしたびてけり。

　返事、

392はらひけむしるしありて見ゆるかな岩間をわけていづるいづみは

　岩間をわきてと詠ませ給ひけるは、なりがたき事にてありけるにや。

393年つもるかしらの雪は大空の光にあたる今日ぞうれしき

【注】

○かしらのゆき…　この語を項目とする歌学書未見。**○390老いはててかしらの雪は…**　拾遺集五六四（翁）、拾遺抄五四四、俊頼髄脳九二、奥義抄九、十訓抄一八六、以上二三句「雪の山をばいただけど」。今昔物語集一四九、古本説話集八二、宇治拾遺物語二一、以上二三句「かしらに雪はつもれども」**○391思へただかしのらうきを…**　拾遺抄異本歌六〇五、二三句「かしらのゆきのつもりつつ」、赤染衛門集三二七、二三句「かたののゆきをはらひつつ」。玄々集一三八衛門、今昔物語集一三九上句「おもへきみかしらのゆきをはらひつつ」、古本説話集一二、上句「おもへきみかしらのゆきをはらひつつ」　**○この歌はある人の…**　「正月につかさめしはじまるよ、おなじ院に、ゆきいみじうふりしにまゐりて、たかちかが事けいしてまかでてまゐらせし」（赤染衛門集三二七詞書）「いづみをと申ししになりてのちのつとめてぞ、御かへしはたまはせたりし」（同三二八詞書）、「院に申すことありけるころ」（玄々集一三八詞書）、古本説話集では道長が挙周を推挙したとある。**○さて、その年の春の除目に…**　「いづみを

と申ししになりてのちのつとめてぞ、御かへしはたまはせたりし」（赤染衛門集三二八詞書）　○392**はらひけむしるしありて…**　赤染衛門集三二八、初二句「はらひけるしるしもありて」下句「ゆきまを分けていづるいづみの」　○393**年つもるかしらの雪は…**　後拾遺集一一一五伊勢大輔、伊勢大輔集五七。

百八十七　しらくも①　赤染《アカソメ》哥云

しらくものやへかさなれるをちまてにおもはんまては心へたつな

　をちとはあなたといふ事也

かくはかりをもはぬやまのしらくもにかゝりそめけんことそはひしき

【本文覚書】①重書。

【解釈本文】

百八十七　しらくも

　赤染歌云、

394白雲の八重かさなれるをちまでに思はむまでは心へだつな

　をちとは、あなたといふ事なり。

395かくばかり思はぬ山の白雲にかゝりそめけむことぞわびしき

【注】

○しらくも…　この語を項目とする歌学書未見。　**○赤染歌云…**　394歌を赤染衛門のものとする資料未見。　**○394白雲の八重かさなれる…**　古今集三八〇貫之、貫之集七二一、定家八代抄七四〇、詠歌大概七三、以上二句「やへにかさなる」四句「おもはむ人に」。古今六帖五一六、二句「やへかさならん」四句「思はん人に」　**○をちとは…**　「をちこちは万葉には遠近とかけり。をちと云ふは外也。こちと云は爰也」（奥義抄）、「おちかた　彼方《カノカタ》也」（和歌初学抄）、「おちかたは〈彼方也〉」（和歌色葉）、「ヲチカタトハ、江湖ナドヲヘダテ、アナタヲ云也」（後拾遺抄注、五代勅撰も略同）、「をち〈なへてはとをき事をいふ。拾　貫之哥　昨（ママ）よりをちをはいはすとよめり。さきといふ心にもいふへし。あなたと云心也〉」（八雲御抄）　**○395かくばかり思はぬ山の…**　村上御集四五、斎宮女御集一〇八、以上二三句「おもはぬやまにしら雲の」五句「ことぞくやしき」

百八十八　あしたづ」94ウ

人めにはくもいのよそにあそふ①[redacted]つるよるはあせへにやとりこそすれ

あさたつも②ふゆのゝはらにいるたつのなとかくもいにかへらさる③へき

　たつとはつるをいふ也なにはめはたつといふあしたつともいふあしはらすめはあしたつといふとなん

あわれともあるへきものをあしはらのおもいゝつるかなくそわひしき

【本文覚書】①「たつ」を墨消。②「の」に重書。③「らん」に「へき」を重書。

【解釈本文】

百八十八　あしたづ

396人めには雲居のよそにあそぶつる夜はあせへ（ママ）にやどりこそすれ

397朝たつも冬の野原にゐるたづのなどか雲居に帰らざるべき

たづとはつるをいふなり。難波めはたづといふ。あしたづともいふ。あしはらすめばあしたづといふとなむ。

398あはれともあるべきものをあし原の思ひいづるがなくぞわびしき

【注】

○あしたづ…　この語を項目とする歌学書は、袖中抄。　**○396人めには雲居のよそに…**　他出未見。　**○397朝たつも冬の野原に…**　新古今集一七二三藤原清正、清正集八九、三句「すむたづの」、忠見集一四三、前十五番歌合一四、三十人撰八四、和漢朗詠集四五三、三十六人撰一〇二、俊成三十六人歌合七四、定家八代抄一四七六、以上初二句「あまつ風ふけひの浦に」、或いは別歌か。　**○たづとは…**　「鶴、たづと云」（喜撰式）、「鶴　アシタツ」（和歌初学抄）、「タヅハ鶴ノ名ナリ。是常コトナリ。而ヲ順和名云、鶴ハタヅ也。鶴ト別モノナリ云々」（拾遺抄注）、「たつとは鶴也」（和歌色葉）、「鶴　四声字苑云鶴〈何各友和名豆流〉似鵠長喙高脚者也。唐韻云鸖〈音令楊氏抄云多豆。今案倭俗謂鶴為葦鶴是也〉鶴別名也」（倭名類聚抄）　**○難波めは…**　院政期から鎌倉初期頃の歌学書には、同一内容の注説未見。「なにはめのいほりえにゐるあしたづのたづねやゆかん君がまにまに」（古今六帖二九四一）による注か。　**○あしたづとも…**　「鶴　あしたつのといふ」（俊頼髄脳、他書云の項）、「靏、あしたつ」（奥義抄）、「あしたづとは、蘆の中に住めばいふ。あしがもといふ、同事なり」（袖中抄）、「あしたづとは、葦の中にたてる鶴也。つるをばたづと云也。又葦かもと云も、あしの中にすむ鴨也……池にすみ葦べにあさるおほ《水鳥》かれど、鶴と鴨とは、あしたづ、あしがもともよみたれど、他の鳥には、その詞よみならはぬ歟」（顕注密勘）　**○あしはらすめば…**

前掲袖中抄参照。　○398あはれともあるべきものを…　古今六帖二八七三、初句「わすれても」三四句「あしはらにおもひいづるの」

百八十九　すみかま

心にもあらぬうきよにすみかまのくゆるけむりをけつ人もなし

なかめつゝよにすみかまのはひとり①■②」95オ　したにもゆれとたれかしるへき

人ためにみへぬ山へにたつくもをたれすみかまのけむりといふらん

すみかまとはおほはらをのゝやまなんとにてすみやくところをいふやまにつちをほりてきをとりつみ■③をきてうつみてかたはしをあけてやく也したもへにする也《事》この心をよむへし

すみかまのみねのときはきとりくへてやくといとなむをのゝ山人」95ウ

【本文覚書】①「れ」脱か。　②「も」を墨消。　③「て」を墨消。

【解釈本文】

百八十九　すみがま

399心にもあらぬうき世にすみがまのくゆる煙をけつ人もなし

400ながめつつ世にすみがまの我ひとり下に燃ゆれとたれかしるべき

401 人ため（ママ）に見えぬ山べにたつ雲をたれすみがまの煙といふらむ

炭がまとは、大原、小野の山なんどにて炭焼くところをいふ。山に土をほりて木を取りつみおきて埋みて、かたはしをあけて焼くなり。下燃えにする事なり。この心を詠むべし。

402 すみがまのみねのときは木取りくべて焼くといとなむ小野の山人

【注】

○**すみがま…**　この語を項目とする歌学書未見。　○**399心にもあらぬうき世に…**　元良集一四七、初二句「こころからいまはひとりぞ」五句「けつひとぞなき」　○**400ながめつつ世にすみがまの…**　古今六帖一〇二四、三四句「われ人も下にもゆとも」　○**401人ために見えぬ山べに…**　後撰集一二五七北辺左大臣、初二句「人めだに見えぬ山ぢに」、古今六帖一〇二五、初句「ひとめだに」　○**炭がまとは…**　「炭ハ大原ニヤケバ、スミヤカルトハソフル也」（詞花集注）　○**山に土をほりて…**　院政期から鎌倉初期頃の歌学書には、同一内容の注説未見。　○**402すみがまのみねのときは木…**　他出未見。

百九十　みなむしろ

みなむしろかわそいやなき水ゆけはをきふしすれとおふねたへせす

みなむしろとはみつのしたにあるいしをいふ也又はとこなめといふ

時房《トキフサ》哥云

はつせ河とこな■①めはしりゆくみつのいまあら〳〵にこいやわたらん

ある説云みつのしたのいしをはたまものしたのたまつしまといふなん

【本文覚書】①「へ」を墨消。

【解釈本文】

百九十　みなむしろ

403 みなむしろ川ぞひ柳水ゆけばおきふしすれどおふねたえせず

　みなむしろとは、水の下にある石を云ふなり。又は常滑といふ。時房歌云、

404 初瀬河とこなめはしりゆく水のいまあら〳〵に恋ひやわたらむ

　ある説云、水の下の石をば、玉藻の下の玉津嶋といふなむ。

【注】

○**みなむしろ…**　「四十九　あをやぎ」参照。　○**403みなむしろ川ぞひ柳…**　127歌参照。下句、一致するもの未見。○**みなむしろとは…**　「四十九　あをやぎ」参照。綺語抄は「いなむしろ」の項目を立てた上で、「いなむしろ」ではなく、「みなむしろ」とすべきとする。　○**又は常滑といふ…**　「とこなめはしるとは、いはのうへに水のあかりあらふをいふ也」（和歌色葉）、「和云、トコナメトハ水底ナル石ヲ云ニヤ。文集云台傾滑レ石猶残砌云々」（色葉和難集）　○**時房歌云…**　生没年未詳。藤原成経男。後拾遺集初出。口伝和歌釈抄で、時房の歌として掲出されるものはこの一首のみ。但し、169歌は作者を通宗とするが、続詞花集では時房の詠とされる。　○**404初瀬河とこなめはしり…**　左近権中将藤原宗通朝臣歌合一九皇后宮大進時房、二〜五句「とこなめはしるみづならでなほさらさらにこひわたるかな」　○**ある説云…**　院政期から鎌倉初期頃の歌学書には、同一内容の注説未見。

百九十一　かけろふ①
あるとみてたのむそかき《た》■②《か》けろふの」96オ いつとはゝかぬみとはしる〳〵
あいみしはそれかあらぬかゝけろふのほのめくよりもはかなか③りけり
かけろふとはちいさきむし也かすもしらす《を》ほくとひむらかりてやのゝきなんとにありとみれはほのめ
きてうせぬはかなきによそへたり
ゆめよりもはかなきものはかけろふのほのかに人をみてしなりけり
あはれともうれしともいわしかけろふのあるかなきかにけぬるはか身を」96ウ
つれ〳〵のはるひにまかふかけろふのかけ④　　人はこひしき
かけろふはゝるのひのうらゝかなるにみゆるものなれはかくよそへたる也

【本文覚書】①判読不明文字を書き止して重書。②判読不明文字を墨消。③右下に墨汚れあり。④十文字程度空白。

【解釈本文】
百九十一　かげろふ
405 あると見てたのむぞかたきかげろふのいつとはわかぬ身とはしる〳〵
406 あひ見しはそれかあらぬかかげろふのほのめくよりもはかなかりけり
かげろふとは、小さき虫なり。数も知らずおほく飛びむらがりて、屋の軒なんどにありと見れば、ほのめき

て失せぬ。はかなきによそへたり。

407 夢よりもはかなきものはかげろふのほのかに人を見てしなりけり
408 あはれともうれしともいはじかげろふのあるかなきかに消ぬるわが身を
409 つれ〴〵の春日にまがふかげろふのかげ（ママ）人は恋ひしき

かげろふは春のひのうら〳〵かなるに見ゆるものなれば、かくよそへたるなり。

【注】

○かげろふ…　綺語抄、和歌色葉、色葉和難集。この語を項目とする歌学書は、奥義抄。**○405あると見てたのむぞかたき…**　古今六帖八二五、初句「ありと見て」四句「いつともしらぬ」**○406あひ見しはそれかあらぬか…**　古今六帖二五九二、初二句「おぼつかなゆめかうつつか」五句「はかなかりしか」**○かげろふとは…**　「かけろふくろきむしなり」（能因歌枕）、「かけろふ　はるなつのゆふくれのそらにあるやうにみゆるちひさきむしなり」（綺語抄）、「カケロフトハ、クロキトウハウノチヒサキヤウナルモノヽ、春ノ日ノウラ〳〵トアルニ、モノカケルコトノヤウニテ（「ものゝかけなとの様にて」異本）ホノメクナリ」（和歌童蒙抄）、「かげろふと云物はありともなく、なしともなく、慥にもみえぬ物なれば、それかあらぬかとたどらんとて、かげろふとはおけり。かげろふは、詩にも歌にもさま〴〵に云て、一すぢならず。遊糸は或有無とも作れり。野馬は遊糸とは同物ともいへり。又蜻蛉をかげろふといへり。又あきつむしとは、とばうを云。とばうをば、せいれいとも云。ちひさくて青色にて、はねをせなかに一所にすゑて、物にゐる虫ともみえたり。或は春夏の木の下にかげろふ虫ともいへり。されどそれは蚊と云虫也」（顕注密勘）、「草　かけろふ〈是草をいふといへるは異説也。ゆきふらめやもかけろふのもゆる春日となりにしものを、と云はかけろひもゆるといへり。虫にはあらす。たとへはひかれてもゆるといへるなり。是故人説也〉」（八雲御抄）、「祐云、カケロウトハ、虫也。トハウノチヰサキヤウナル物ノ、春日ノテラ〳〵トアルニホノメクナ

リ……又ユフヘニハ日影ノカタフクヲカケロフト云ニヤ」（色葉和難集）。口伝和歌釈抄に見られる「虫」「陽炎」説以外では、「ほのかなるをは　かけろふと云」（能因歌枕）、「夏　かけろふ（かけろふの・顕）といふ」（俊頼髄脳）といった説も見られる。　**○407夢よりもはかなきものは…**　拾遺集七三三よみ人しらず、拾遺抄二六三、定家八代抄一二二九、以上下句「ほのかに見えしかげにぞありける」　**○408あはれともうれしともいはじ…**　後撰集一一九一よみ人しらず、二句「うしともいはじ」五句「けぬるよなれば」　**○409つれ〲の春日にまがふ…**　新後拾遺集一〇〇六読人しらず、古今六帖八二七、疑開抄一三四、和歌童蒙抄八四三、以上二句「春日にまよふ」。綺語抄九九、二句「はるひにみゆる」、和歌色葉二七〇、色葉和難集三二九、二句「はるひにかがふ」。以上四句句「かげみしよりぞ」　**○かげろふは…**　前掲注参照。

百九十二　したりをひ

したりをひのかた〲わかるともゆきめくり《り》てもあはんとそ思

【解釈本文】

百九十二　しだりおび

410しだり帯のかた〲（ママ）別るともゆきめぐりてもあはむとぞ思ふ

【注】

○しだりおび…　この語を項目とする歌学書未見。　**○410しだり帯のかた〲…**　古今集四〇五友則、友則集五九、

新撰和歌二〇〇、古今六帖三三五九、奥義抄四八七、定家八代抄七六七、色葉和難集八九九、以上初二句「したのおびのみちはかたがた」、初句を「しだりおびの」とするもの未見。また、「しだり帯」を用いた和歌も未見。

百九十三　ありあけ

ありあけのつれなくみへしわかれよりあか月はかりうきものはなし素性《ソセイ》法師

いまこんといゝしはかりになか月の」97オ ありあけの月をまちいてつるかな

ありあけとは日のいつるまてもい①らぬ月をいふ

【本文覚書】①「て」を書き止して重書。

【解釈本文】

百九十三　ありあけ

411 有明のつれなく見えし別れよりあか月ばかりうきものはなし

素性法師

412 今こむといひしばかりに長月の有明の月を待ちいでつるかな

有明とは、日のいづるまでも入らぬ月をいふ。

【注】

○ありあけ…　奥義抄、色葉和難集「ありあけのつれなく」　**○411有明のつれなく見えし…**　古今集六二五壬生忠

岑、忠岑集一五四、古今六帖三六二・三〇三四、新撰朗詠集三九三、奥義抄五一三、俊成三十六人歌合五四、定家十体六、定家八代抄一〇六九、詠歌大概九三、近代秀歌八六、西行上人談抄二〇、八代集秀逸七、時代不同歌合一一九、百人一首三〇、百人秀歌二四、色葉和難集七四六。　**○412今こむといひしばかりに…**　古今集六九一素性、素性集二四、古今六帖二八二七、前十五番歌合三、三十人撰五〇、深窓秘抄六五、和漢朗詠集七八九、三十六人撰五三、和歌体十種一七、俊頼髄脳三五、奥義抄一一二、和歌童蒙抄八七〇、和歌十体八、和歌色葉五六、古来風体抄二七九、千五百歌合二四〇五判詞、俊成三十六人歌合二七、定家十体三一、定家八代抄一一〇四、詠歌大概九五、近代秀歌八九、時代不同歌合七一、百人一首二一、百人秀歌二二。金玉集四四、五句「まちいでぬるかな」　**○有明とは…**　「廿日よりは　ありあけ」（能因歌枕）、「在明ノ月ヲハツコモリノ月ヲ云」（別本童蒙抄）、「ありあけの月は十五日以後をいふよし在匡房往生伝」（八雲御抄、続本朝往生伝に「道円釈曰、西方往生之相也、十五日以後月称二晨月一、若十四日可二遷化一歟」とある）、「コレハ女ノモトヨリカヘルニ、ワレハアケヌトテイソクニ、在明ノ月ハアクルモシラスミヘシ也。其時ヨリアカツキハウクヲホユトヨメリ」（色葉和難集）。「廿一日ヨリノチヲバ有明ノ月ト云トゾ承ハリシ」（五代勅撰）。「月は、有明の、東の山ぎはにほそくて出づるほど、いとあはれなり」（枕草子二三四段）。

百九十四　むもれき

ことのはのかけたにもみへぬむもれ《も》きたのまん人はあめにぬれなん
なとりは《か》せゝのむもれきあらはれていつかは人にあふへかるらん

むもれきとはふかきやまのそこみつのした①とにむつもれてくちたるきをいふ也人しれぬくちぬる事に

よせてよむへし」97ウ

【本文覚書】①「な」脱か。

【解釈本文】

百九十四　むもれぎ

413 ことのはのかげだにも見えぬむもれ木たのまむ人は雨にぬれなむ

414 名取川せゞのむもれぎあらはれていつかは人にあふべかるらむ

むもれぎとは、深き山の底、水の下などに埋づもれて、朽ちたる木をいふなり。人しれぬ朽ちぬる事によせて詠むべし。

【注】

○むもれぎ…　色葉和難集。　**○413ことのはのかげだにも見えぬ…**　他出未見。　**○414名取川せゞのむもれぎ…**　古今集六五〇よみ人しらず、古今六帖二六六一、五代集歌枕一三七九、定家八代抄一〇八九、詠歌大概九四、近代秀歌八八、色葉和難集五一〇、以上三四五句「あらはればいかにせんとかあひみそめけん」。千五百番歌合二四五三判詞、下句「いかにせんとかあひみそめけん」　**○むもれぎとは…**　「谷《タニ》の木《キ》をは　むもれ木といふ」（能因歌枕）、「ムモレキトハ、タフレタル木ノヤマノタニ水ノシタナトニフシタルヲイフナリ」（和歌童蒙抄）、「埋木トカキテムモレギトヨメリ。谷ノムモレギナドモヨメリ。水ニモ土ニモウヅモレタル木也」（古今集注）、「埋木トハ、水ノ底ナルヲ云」（別本童蒙抄）、「むもれ木とは、たふれたる木の山のたに水のしたにふしたるをいふ也。したに思しつみたる心によせてよめり」（和歌色葉）、「むもれ木とは埋木とかきて、むもれ木とよめり。谷の埋木などよめり。水にも土にも、年久うづもれたる木也」（顕注密勘）、「和云、ムモレ木トハ、水ノ下ヤ谷ノソコナトニウツモレテア

ル木也。人ニモシラヌ事ニヨフヘ《（そ）》ヨムナリ」（色葉和難集）

百九十五　むらさめ

わかたのむ人の心はむらさめのむら〳〵しきをみつゝこそふれ

むらさめとはにはかにふりてほともなくやむあめをいふ也①あたなる事によむへし

【本文覚書】①「あたなる」以下、次の項目題の下に書く。

【解釈本文】

百九十五　むらさめ

415わがたのむ人の心はむらさめのむら〳〵しきを見つゝこそふれ

むらさめとは、にはかに降りてほどもなくやむ雨をいふなり。あだなる事に詠むべし。

【注】

○むらさめ…　この語を項目とする歌学書未見。　**○415わがたのむ人の心は…**　他出未見。　**○むらさめとは…**　院政期から鎌倉初期頃の歌学書には、同一の注説未見。「暴雨　楊氏漢語抄云、白雨〈和名無良左女〉」（倭名類聚抄）

百九十六　つゆ

わ①ひたるはか身はつゆよをなしく②きみかあたりかくさ《に》もをくらん
あさちつゆのをきてひとりあかしつるみのまたきゑぬけさのあさしさ
わかやとはくさのまくらにあらねとも」98オ くるれはつゆのやとり也けり

【本文覚書】①「わ」脱か。　②「は」脱か。

【解釈本文】

百九十六　つゆ

416 わびわたるわが身は露よおなじくは君があたりが草にもおくらむ
417 浅茅露のおきて一人（ママ）あかしつる身のまだ消えぬけさのあさしさ（ママ）
418 わが宿は草の枕にあらねども暮るれば露のやどりなりけり

【注】

○つゆ…　この語を項目とする歌学書未見。　**○416わびわたるわが身は露よ…**　後撰集六四九貫之、貫之集六四〇、以上「わびわたる我が身は露をおなじくは君がかきねの草にきえなん」。古今六帖五四四「わびわたるわが身はつゆをおなじくは君があたりの野べにきえなん」　**○417浅茅露のおきて一人…**　他出未見。　**○418わが宿は草の枕に…**　新勅撰集一一二三業平朝臣、伊勢物語一〇二、以上初二句「わがそでは草のいほりに」

百九十七[1]　おほあらきのもり
おほあらきのくさ■《もりの》[2]にや■[3]なりにけんかりにきてとふ人もなけれは
おほあらきのもりのしたくさおいぬれと人もすさめすかる人もなし
　おほあらきのもりはやましろにあり神の社《ヤシロ》まします後《コ》拾遺《シウイ》序《シヨニ》云秋の虫《ムシ》のふせるふしなくといふ或人の云秋野にさせといふ虫の」98ウあるなるへしつゝりさせてふきり〳〵すなくといふにやあらん

【本文覚書】①重書。②「の」を墨消。③判読不明文字を墨消。

【解釈本文】
百九十七　おほあらきのもり
419 おほあらきのもりの草にやなりにけむかりに来てとふ人もなければ
420 おほあらきのもりの下草おいぬれど人もすさめずかる人もなし
　おほあらきのもりは、山城にあり。神の社まします。後拾遺序に云、秋の虫のふせるふしなくといふ。或人の云、秋野にさせといふ虫のあるなるへし。つゞりさせてふきり〴〵す鳴くといふにやあらむ。

【注】
○おほあらきのもり…　目録は「をくらきのもり」。この語を項目とする歌学書未見。**○419おほあらきのもりの草にや…**　後撰集一一七八壬生忠岑、下句「かりにだにきてとふ人のなき」、☆忠岑集一一一、五句「人もなきみは」、忠岑集Ⅲ六九、五句「人シナケレハ」、古今六帖一〇六三、五句「人のなきかな」、五代集歌枕八二〇、五句「人もなき身は」、以上二句「もりの草とや」　**○420おほあらきのもりの下草…**　古今集八九二よみ人しらず、新撰

和歌三〇五、古今六帖一〇四六・三五七四、和漢朗詠集四四一、五代集歌枕八一八、定家八代抄一四九八、以上三四句「おいぬれば駒もすさめず」　**○おほあらきのもりは…**　「おほあらきのもり　同（山城）」（五代集歌枕）、「教長卿云、オホアラギノモリハ、トコロノナヽリ。ソノシタクサオイヌレバトイフハ、ワカ《不若》カラズトイフ。サレバ馬モスサメズトハヨメリ。人モカラズトナリ。又ノヤウニ、サクラアサノヲフノシタクサトイフハ、桜麻トイフ苧ノハベル、ソレガシタクサ老ヌレバトイフナリ。顕昭云、オホアラギノモリハ能因ガ坤元儀ニハ、山城国ニアリトイヘリ。フルキモノニハ、杜ヲバオホアラギトイフトイヘリ。其コト前ニ注了。モリノシタクサオイヌレバトハ、カレヌルコトヲイフ」（古今集注、この箇所現行本教長古今集注、能因歌枕に見えない）、「オホアラギノモリ、所名ナリ。古物ニハ杜ヲバオホアラギトイフトイヘリ」（拾遺抄注）、「おほあらぎの杜は、能因が歌枕には山城国に有といへり。ふるき物に、杜をばおほあらぎと云といへり……杜の下草おいぬればとは、かれぬる事を云……こまもすさめずとは、杜の下草のおいかれたる心歟。かる人もなしとは、杜の草をばおそれなして人もからぬナリ。草之おふるをばおひぬとかくべきを、人の老によせておいぬればとかける」（顕注密勘）　**○後拾遺序に云…**　「そのほかのうた、あきのむしのさせるふしなく、あしまのさはりおほかれど」（後拾遺集序）。解題は、「「神の社《ヤシロ》まします」までが「おほあらきのもり」の項……「後拾遺序云」以下は目録の最後「二百一　きり〴〵す」の項の一部と見てよい。欠脱しているのは、目録の「百九十八　わたつうみ」の項から「二百一　きり〴〵す」の項の前半までであったと考えられる」とする。　**○或人の云…**　「若詠蛬時　させと云」（喜撰式）、「蛬　させ」（奥義抄）、「又古き髄脳に、きり〴〵すのなをばさせといふといへり。そのゆゑにさせといふ。きり〴〵すとはいふを、つゞりさせとは添へたるなり。きり〴〵すのつゞりさせと鳴くにはあらざる歟。されば後拾遺の序に、秋の虫のさせるふしなくと書かれたるは、きり〴〵すをさせといへば、それに添へて続けたるなりと、通俊卿の注したる由侍り。此両説いづれにつくべしといふ事、定め難し。世俗説も事古りたり。又通俊説も心にくし」（袖中抄）　同様の説、後拾遺抄注、顕注

密勘にも見える。

【補説】

目録の「百九十八　わたつうみ」「百九十九　なみだがは」「二百　くれたけ」「二百一　きり〴〵す」の語、あるいは類似の語を立項する歌学書は以下のとおりである。「わたつみ」色葉和難集、「なみだがは」色葉和難集、「くれたけ」綺語抄。

隆源口伝・口伝和歌釈抄対照表

凡例

隆源口伝は、隆源（藤原（小野宮流）、生没年未詳、若狭守藤原通宗男）が著したとされる歌語注釈書である。解題に指摘されるように、隆源口伝のほぼ全体が口伝和歌釈抄の「四十九　あをやぎ」から「百六十一　たなゝしをぶね」に照応するため、対照表を作成した。上段には、隆源口伝の全文を順に掲げ、下段には隆源口伝に対応する口伝和歌釈抄を項目ごと掲げる。隆源口伝については以下の凡例に従って翻刻を示し、口伝和歌釈抄については、本書の解釈本文を示す。

・底本は、前田育徳会尊経閣文庫蔵本（三五四・三）（国文学研究資料館蔵マイクロフィルムに）に拠る。
・清濁は私に付す。
・項目名と和歌は二字上げで示す。
・用字は通行の字体とする。ただし、「歌」「哥」など一部の底本の表記を残したものもある。
・和歌には通番（新編国歌大観番号）を付す。ただし、上句だけの場合、国歌大観番号に36′のように示す。
・傍記は底本どおりに示す。
・踊り字は底本どおりに表記する。
・文意の通らない箇所は私に（ママ）を付す。
・小字は〈〉に入れて示す。
・底本に見られる和歌の省略記号は――と示す。

あをやぎ

1 青柳のかづらにすべくなるまでにまてどもなかぬ鶯の声

柳をこきてかづらにつくるをいふ。かづらにはあまたの義あるべし。

2 ますらおがふしゐて歎きつくりたる柳のかづらわがいもが為

霜がれの冬の柳ともよみたり。青柳とも読たり。四条大納言哥枕にかくあり。

3 霜がれの冬の柳はみる人のかづらにすべくめもはりにけり

4 わがせこがこざらん棹の青柳手折てだにもみるよしも哉

いねのほをかづらにする事あるべし。六帖哥云、

5 わぎもこがはかとつくれる秋のたのはつほのかづらみれどあかぬかも

6 我はかのわさだをおほくつくりたるかづらとみつゝしのばせ我せ

躬恒哥云、

7 青柳のはなだの糸をよりあはせたえずもなくは鶯のこゑ

これを本にして、あをやぎにははなだとよむべし。六帖哥云、

8 春雨のふりにし日より青柳の糸のはなだは色まさりけり

四十九　あをやぎ

古万云、

119 あをやぎのかづらにすべくなるまでにまてどもなかぬうぐひすの声

柳をこきて、髪につくるべし。かづらにあまたの義あるべし。

120 ますらをがふしかいな（ママ）けてつくりたるやなぎのかづらわが妹がため

霜枯れの冬の柳とも詠めり。青柳とも詠みたり。四条大納言歌枕云、

121 しもがれの冬のやなぎは見る人のかづらにすべくめもはりにけり

122 わがせこかこさらへ（ママ）ほどのあをやなぎたをりてだにも見るよしもがな

稲の穂をかづらにする事あり。六帖歌云、

123 わぎもこがゝは（ママ）るとつくる秋の田のはけ（ママ）ほのかづら見れどあかぬかも

124 はかは（ママ）るのわさだほたりてつくりたるかづらぞ見つゝしのばせわがせ

玉柳といふことあり。四条大納言歌枕には、柳に玉のやうにて露のあるをいふとぞいへる。躬恒歌云、

125 あをやぎのはなだの糸をよりあはせてたえずもなくかうぐひすの声

これを本文として、青柳には花だの糸と詠むべし。六帖云、

126 はるさめのふりにし日よりあをやぎの糸のはなだは色まさりけり

かはぞひ柳と詠めり。たづぬべし。同云、

127 みなむしろかはぞひやなぎみづゆけばおきふしまろべどその根た

好忠哥云、

9 やまがつのはてにかりほすむぎのほのくだけて物をおもふ比哉

10 なつかしくてにはなれねど山がつのかきねのうばら花さきにけり

えせず

128 みなむしろかはぞひやなぎみづゆけばとふしかくふしものをこそ思へ

　或説云、みなむしろとは、水のそこなる石の名なり。能因入道歌枕かく云へり。

五十一　やまがつ

　拾遺云、是則歌云、

132 やまがつと人はいへどもほとゝぎすまづはつねをば我のみぞきく

　山がつとは、四条大納言の歌枕に、もの思ひしらぬものをいふと。又、山ざとなるいやしき人をいふ。拾遺歌云、

133 なつかしくてにはなれじとやまがつのかきねのむばら花さきにけり

　好忠歌云、

134 やまがつのはたにかりほすむぎのほのくだけてものを思ふころかな

　古歌枕云、賤男、かくかきてしづのしづのをと詠めり。やまがつといふ、同事なり。

135 しづや〳〵しづのをだまきくりかへしむかしをいまになすよしもがな

　能因歌枕云、むかしによせて詠むべし。この歌なんどよれるか。をのをだまきとは、へそをまくをいふなり。さればくりかへしなんどそへたるべし。好忠

136 しづのをがあさけの衣めをあらみはげしき冬の風もたまらず

たまゝくずのうるさゝといふ事あるべし。くずのはのにぎりたるを云なるべし〈云々〉。くずにはくずてといふ物あるべし。かづらなるたまのやうにまひてある也〈云々〉。いと〱うるさげにあれば、うるさゝといふなるべし。

春のしも　万葉集哥

11 あざみつむ春のゆふしも置そめてしばしもみねば恋しき物を

件集〈二八〉霜露置始とかきて、露霜をきそむとよめり〈云々〉。露は冬こそあるをかくよめり。古万葉集哥云、

12 秋山に霜ふりかすみこのはちり年をゝふともわがわすれめや

秋にも霜をあらせてよめり。

ゆるぎのもりあふみにあり。

五十六　くす

黒主歌云、

146 わが思ふことのしげさにくらぶればしのだのもりのちえはものかは

信太のもりとは、和泉にあり。くすの木のおひたるなるべし。ちえとは、枝といふなり。枝のおほかるなり。わが恋にくらぶれば、ものならずと詠めり。六帖歌云、

147 いづみなるしのだのもりのくすの木のちえにわかれてものをこそ思へ

玉まく葛のうるさ〱といふことあり。葛の葉のまいたるものあり。かづらなり。玉のやうにまいてあり。いと〱うるさげなれば、うるさ〱といふなるべし。

五十七　はるしも

万葉集云、

148 あさみどり春のつゆしもおきそへてしばしも見ねば恋ひしきものを

霜は冬こふ（ママ）あるものを、かく春も詠めり。古万云、

149 秋の山にしもふりかすみこのはちりとし思ふとも我わすれめや

秋の霜は詠みてむ。

六十一　ゆるぎのもり

好忠歌云、

160 ふゆくればゆるぎのもりふる（ママ）ゆきをよるひるさぎのいるかとぞみる

13 ゆふさればかぢをとすなりかづきめのをきつもかりに出るとおもはん

かづきめとはあまをいふなるばし。

うぐひす

14 春くれば妻をもとむる鶯の木ずゑをつたひ鳴わたる哉

つまこふともよめり。

ゆるぎのもりは、近江にあり。そのもりには日くるれば、よろづのさぎのあつまりてあそぶなり。

161 ひくるればゆるぎのもりのさぎすらもひとりはねじとたちぞわづらふ

人なんども、ひとり寝むときはよそへて詠むべし。

六十二　あま

古万云、

162 ふゆさればかぢ音すなりかづきめのおきつゝもりにいりぬと思はむ

かづきめとは、あまをいふなるべし。をとめともいふ。猿丸大夫歌云、

163 風をいたみよせいるなみにあさりするあまをとめごがもすそぬらして

六十三　うぐひす

古今云、棟梁

164 うぐひすの谷よりいづる声なくは春くるほどをいかでしらまし

うぐひすは、心ある鳥なるべし。ただし、内裏には鳴かぬとかや。拾遺云、

165 をせなればいともかしこしうぐひすの宿はといはばいかがこたへむ

この歌は、人の家に紅梅のめでたきがありけるを、時の御門きこしめして、勅使をつかはしてほらせ給ひけるに、その梅の木にうぐひすの巣のありけるに、まだほらざりけるさきに

なつざくら　古今集哥　利貞哥

15 あはれてふことをあまたになさじとや春にをくれて独咲らん

あまたになさじとやといふに、あまたの義あり。或人云、あはれと云事をさくらのみにあらせて、余の花よりもこれがのこりてといふこゝろなるべし。或人云、このひとつをあはれとやいはせてんといふ心なり。ことさはみなちりうせたるゆへなるべし。或人云、よろづの春を惜《ム》人あまたにはあらじ。たゞこのみるひとのみあはれといふ心なるべし。

きゞす

16 あし引の山のきゞすぞなきとよむあさけのかすみみればかなしも

やまぶき　好忠哥云、

17 河津なく井での山吹まきしたね君まつともとおもひ立けり

家主のこの歌を詠みてとはせたりければ、ほらせ給はざりけるとなむ。つまよぶとも詠めり。竹の林に鳴くとも詠めり。

六十四　なつのさくら

古今云、

166 あはれといふことをあまたにやらじとや春をおくれてひとりさくらむ

あまたにやらじとやとは、ある人いはく、あはれといふ事を桜のみにあらせて、余の花よりもこれが残りて云ふ心なるべし。

六十六　きゞす

通宗歌云、

169 きゞすすむすその（ゝ《マ》き《マ》へ）の花すゝきかりそめにくる人なまねきそ

きゞすとは、きじをいふなり。狩するには、おほくすそ野のと詠めり。すそ野とは、山のふしどをいふなるべし。

七十　やまぶき

兼明親王歌云、

175 なゝへやへ花はさけどもやまぶきのみのひとつだになきぞあやしき

かの房に雨のふりける日、蓑申したりける返り事になむ。やまぶきには実のならぬゆゑなるべし。やまぶきに香と詠めり。

かつみ、こもなるべし。はなかつみとはこものはなゝるべし。

つくばね、みねをいふなるべし。又云、しばを云。

176 はるさめにぬれたる色もあかなくに香さへなつかしやまぶきの花

やまぶきは、よしのがはの岸にありと詠めり。又、ゐでのやまぶきとも詠めり。かはづぐして詠めり。四条大納言歌枕に、しりながれぬ水をゐでといふなりといへり。ゐでといふところもあり。拾遺云、

177 さはみづにかはづなくなりやまぶきのうつろふ色やそこにみゆらむ

七十一　ぬま

古今云、

178 みちのくのあさかの沼の花かつみかつ見る人を恋ひやわたらむ

沼とは、たまりたる水のしりの流れぬを云ふ。あさかのこほりにあるなり。花かつみとは、こもの花を云ふ。道信歌云、

179 あふみにかありといふなるみくりくる人くるしめのつくま江の沼

みくりなんどの沼におふるなるべし。あふみにあやめおふべし。

七十二　つくばね

古今云、

180 つくばねのこのもかのもにたちぞよる春のみ山のかげを恋ひつゝ

つくばねとは、みねを云ふ。山の月かげになりたるが、このおもてかのおもてと云ふか。

181 ますかゞみこのもかのもにかげはあれどみかげ（ママ）にますかげぞなき

この歌にて思ふに、このもかのもとは、このおもてかのおもてといふなるべし。よもなんどいふか。又、四面なんど云ふ

さいたづま

18
春のゝにやよひの月のはつかまでまだうらわかきさいたづま哉
よろづの草の名なり。

19
暁によはなりにけりたまくしげかた山に月かたぶきにけり
たまくしげ、あかつきをいふなるべし。

さくらのか

20
春の色はかすみにこめてみせずともかをだにぬすめ春の山風

ちどり　友則

21
夕さればさほのかはらの河霧にともまどはせるちどり鳴也

がごとなるべし。

七十六　さいたづま

186
春の野にやよひの月のはつかまでまだうらわかきさいたづまかな
やよひとは、三月をいふなり。さいたづまとは、すべて草をいふなり。うらわかしとは、又、をさなしといふなり。木にも草にもすゑとこそいへ、これはうらといへり。

七十八　たまくしげ

兼助中納言歌云、

189
ゆふづくよおぼつかなきに玉くしげふたみのうらはあけてこそ見め
玉くしげとは、あか月を云ふなるべし。ふたみの浦は伊勢にあり。また播磨にもあり。家持がいひけるは、玉くしげとは、すべて夜をいふなり。その証歌云、

190
あかつきに夜はなりにけり玉くしげかたをか山に月かたぶきぬ
ある人のいはく、あかつきをはじめといふとなむ。

八十三　さくらのか

古今云、

207
花のいろは霞にこめて見えずとも香をだにぬすめ春のやま風
さくらの香、めづらしき事なり。ぬすめといふも詠むべし。

八十五　ちどり

友則

さほのかはらとはさぬきの国にあり。賀茂河原にも、かたにも、はまにも、うらにも、あらいそにもよむべし。かは千鳥ともよむべし。

22 かはちどりすむ川のせにたつ霧のまぎれにだにも逢みてしがな

これは河千鳥とよめり。

時雨　後撰

23 神無月ふりみ降らずみさだめなき時雨ぞ冬のはじめ成ける

しぐれをばいつも〳〵よむべし。たゞし、時雨ぞ冬のはじめなりけるといふは、ふりみふらずみするをいふなり。

たかさご

24 高砂のおのへにたてる鹿のねにことのほかにもぬるゝ袖哉

高砂といふにあらそひあり。しかはあれどもうけならひたるをしるすべし。たかさごとはよろづの山をいふなるべし。そのゆへは本文云、積砂成山といへり。しかればいふなるべし。おのへとは山のおのへをいふなるべし。素性哥云、

24′ 山もりはいはゞいはなむたかさごの

たゞし、このほかにも、はりまにもたかさごのおのへとよめり。それはところの名なれは（ママ）とおどろくべからす。たゞし、おのへといふにふたつの心あり。能因哥、たかさごのおとい

209 夕さればさほのかはらのあさぎりに友まどはせるちどり鳴くなり

佐保のかはらは、讃岐の国にあり。かもがはにも、浜にも、かたにも、あらいそにも詠むべし。さよちどりとも、又、ちどりつまよぶとも詠めり。

八十八　しぐれ

後撰云、

216 神な月ふりみふらずみさだめなきしぐれぞ冬のはじめなりける

しぐれとは、いつも〳〵詠むべし。たゞし、しぐれぞ冬のはじめなりけるといふは、かれはふりみふらずゝるをいふなり。

古万云、

217 はぎの花ちらばをしまむ秋の雨しばしなふりそ色の（ママ）まで

しぐれの雨とも詠むべし。

九十一　たかさご

220 たかさごのをのへにたてるしかのねこ（ママ）とのほかにもぬるゝ袖かな

たかさごと云ふに、あまたのあらそひあり。或人の云はく、たかさごとは、播磨の国にあるところの名なり。又、或人の云はく、たかさごとはよろづの山をいふなり。をのへとは、山の上をいふなり。本文云、積砂成山といへり。されば、素性法師

221 やまもりはいまはゝ（ママ）なむたかさごのをのへの桜をりてかざゝむ

後撰云、

222 たかさごの松をみどりと見しことはもとのもみぢをしらぬなりけ

ふ也。又或人云、たかさごにをのあるを云。たかさごの尾上の鹿とよめり。はりまのたかさごにもさくらあらばよむべし。

ふせや　樹下集

25 もしほやくあまのふせやのしばの戸を明ればみだるもしてゆつ（マ
れは マ）

或人云、ふせやとは野をいふともあり。輔親哥云、

26 おひたちしあしのふせやをみるけふはなにはのことは昔成けり

27 をろかにもおもはましやはあづまぢのふせやといひし野べにねなまし

みもすそ川　経信

27′ 君が代はつきじとぞ思ふ神風や――

通明朝臣案東寺にてよみて、時の人々にわらはる。されどもゆへありとぞ申されける。

いひ　後撰哥

28 いけみづのいひいづることのかたければみごもりながら年ぞへに

り

九十二　ふせや

俊頼

223 夜もすがらふせやのひまのしらむまでをぎのかれ葉にこの葉をぞきく

ふせやとは、いやしき家をいふなるべし。あまのふせやとも詠めり。樹下云、

224 もしほやくあまのふせやのしばのとをあくればあたるもしてゆへれば

ある人云、ふせやとは、野をもいへり。

225 おろかにも思はましかばあづま路のふせやといひし野べにねなまし

九十六　みもすそがは

経信歌云、

229 君が世はつきじとぞ思ふ神風やみもすそがはのすまむかぎりは

みもすそがはとは、伊勢御神の社の前に流れたるかはなり。神風とは、御神のめぐみの事なり。通宗朝臣、筑紫の安楽寺にて北野の御前にて神風と詠みて、時の人々にわらはれけり。されども、ゆゑありとぞ申されける。

九十七　いひ

後撰云、

ける
池にはいひといふものをたてゝ、水やらむとてはさしあけて
さしなどする也。

草のとざし　後撰　兼輔
29 秋のよの草のとざしのさびしきはなげくにあかぬ《け歟》物にぞ有ける
草のとざしとは、あやしの家などは、くさして戸をあみてた
つるなるべし。それをさしたるを云。

きよみがせき　するが　兼盛
30 よこはしりきよみがせきのかよひ路はいづといふことはながく
とゞめつ
伊豆にめを〔マヽ〕かし　略之。

すぐろのすゝき　後拾遺　静円
31 あはづのゝすぐろのすゝきつのぐめは冬たちなづむいまぞいばゆ
る
やきたるすゝきよりをいゝでたるなり。

230 いけ水のいひいづる事のかたければみごもりながら年ぞへにける
池の水をやらむとて、たてたる木なり。

九十九　くさのとざし
後撰云、
232 秋の夜の草のとざしのわびしきはなげゝどあけぬものにぞありけ
る
草のとざしとは、いやしき家なんどは、草して戸をあみてた
てたるなり。それをさしたる木をいふなり。

百三　きよみがせき
236 ながめつゝかたしく袖にくらぶればきよみが関のなみはものかは
きよみが関は、駿河の国にあり。なみの高きところなるべし。
玄々集云、
237 胸はふじ袖はきよみが関なれやけむりもなみもたゝぬ日ぞなき

百四　すぐろのすゝき
後拾遺　静円僧正
238 あはづ野のすぐろのすゝきつのぐめば冬たちなづむこまぞいばゆ
る
あはづ野は、近江にあり。すぐろとは、すゑ黒しと云ふ事な
り。薄、荻、萩なんどの、春焼けてもと黒くして立てるを云
ふなり。薄のみにはかぎらず。

ころもうつ、しでうつとは、或人云、しと〳〵とうつ也。又云、つちをいふなり。

みなれざほ、ぬれたるさほをいふ。四条大納言舟さすさほをいふ《イ本云》。みづになれたる舟さほをいふ。

しかすが　古哥枕云、さすがと云也。但、しかすがのわたりとはむさしにあるべし。四条大納言云、にほひたるむまにのりたるをいふ。

たご、たごのさごろも、たごのも、ふるくよめることばなり。

百七　ころもうつ

244 月清みこゝろしてうつ声きけばいそがぬ人も寝られざりけり

月清みとは、月夜にといふことなり。心してうつとは、ある人云、しめ〳〵とうつといふなるべし、又しと〳〵とうつといふなる。又、つちをいふなるべし。

百八　みなれざを

245 みなれざをとらでぞくだす高瀬舟月の光のさすにまかせて

みなれ棹とは、水に濡れたる棹といふなり。四条大納言の歌枕には、舟をさす棹をいふ。

百十　しかすがのわたり

古歌云、

248 いへばありいはねばくるしわが心こやしかすがの渡りなるらむ

古歌枕云、しかすがには、さすがといふ事なり。ただし、しかすがの渡りとは、武蔵の国にあるなるべし。四条大納言歌枕云、負ひて馬にのりたるをいふ。

249 月よめばいまだ冬なりしかすがに霞たなびくはるたつらん（ママ）

百十八　たご

貫之

260 やまだかる田子のさごろもぬれぬれもときにあへりと思ふべらなり

田子とは、田植るものをいふと思へば、かくも詠めり。さごろもとは、みじかききぬをいふ。

はぎがはなずり　古万葉

32わがきぬはきぬにもあらずたかまのゝ野をわけしかばはぎのすれるぞ

はぎのはなをもちてころもをすると云。

たか　朝忠哥云、

33おぼつかなあはするたかのこひをのみあまぎる雪に行末しらずも

こひとは木にゐるをいふ。おほきなるたかつかふにはかならず木ある所にてつかふ也。たかにあまたのことあり。たかへる、とかへる、とやかへる、このかへるとはてにかへるを云。

長能哥云、

34みかりするすそのにたてるひとつ松たかへるたかのこゐにかもせむ

八郎蔵人といひける人のいひけるは、かゝる哥なし。是は長能がよみあつかひたりける哥なるへし。件蔵人たかへるとはしかいふにあらず。くはしからず。たづぬべしといふ。宇治殿かくぞのたまひける。但、故若狭守はてにてかへるをいふ

261さみだれは田子のもすそもくちぬらむころもほすべきひましなければ

田子のもすそ詠みふるしたる事なり。

百十九　はぎの花ずり

古万云、

262わがきぬはすれるにもあらずたかまのの野をわけしかば萩のすれるぞ

萩の花をもて衣すれるといへり。範永歌云、

263けさきつる野原の露に袖ぬれぬうつりかしぬる萩が花ずり

これを時の人笑ひけり。万葉集を知らざりけるにや。かれを本文にして詠めるなるべし。

百二十　たか

六帖云、

264やかたをのましろのたかを手にすゑてかきなで見つゝ日をくらすかな

ましろのたかといふ事、たづぬべし。朝忠歌云、

265おぼつかなあはするたかのこひなみ（マヽ）あまぎる雪にゆくへしらずも

こゐとは、木にゐるをいふ。おほきなるたかつかふには、必ずたかき木のあるところにてつかふなり。たかにあまたの事あるべし。たかへる、とかへる、とやかへる、このかへるをたかへるとは、手にてかへるをいふ。長能

266みかりするすゑのにたてるひとつまつたかへるたかのこゐにかもせむ

とぞいひし。とかへる、とゝかへる、とを山などにてかへる
をいふにや。かへるとはたかやにてかへるをいふと〈云々〉。
かへるとはけなどのかへるを云。
35 みちのくのしらふのたかの手にすへてあさぢのぬしのこれやこの
こゐ
しらふのたかとはをにしろき事あるなり。
あさぢのぬしとは、後拾遺哥云、
36 われが身はとかへるたかに成にけりとしはふれどもこゐはわすれ
ず
能因したかへるとは手にてかへるを云。

なつかり
36′ 夏かりのたまえのあしを――
なつかりとは夏かりするを云。たまえのあしとは越前国にあ
る所を云。

八郎蔵人といふ人のいひけるは、かゝる歌無し。これは
長能《（ママ）》人たかへるとは、しか云ふにはあらず。たづぬべし。宇
治殿もかくぞの給し。たゞし、故若狭守は、手にてかへるを
たかへるといふとぞある。とかゝ《（ママ）》へるとは、たかやにてかへ
るをいふ。
267 とやかへるわがたならしのはしたかのくると聞こゆるすゞむしの
声
後撰云、
268 わするなとうらみざらなむはしたかのとかへるやましかひも紅葉
も
山にてかへると聞こえたり。
269 みちのくのしらふのたかを手にすゑてあさぢのぬしやこしやこの
はる
しらふのたかとは、尾に白きがあるなり。あさぢのぬしとは、
左大臣を申すといふ。
百二十一　なつかり
六帖云、
270 なつかりのたまえのあしをふみしだきむれゐるとりのたつ空ぞな
き
なつかりとは、夏かりするをいふ。たまえとは、越前国にあ
るところあり《（ママ）》。又、水なんどのたまりたるところをいふな
るべし。ところもきらはず。たゞし、かりは山なんどにする
に、さる水のたまりたるところこそ心得ねといへり。方房も、
夏のかりいと心得ずとなむ。

たまゆら　通俊哥云、
37 おしむにはからくに人のたまきなるたまゆらだにも春のとまらぬ
或人云、たまゆらとはしばしといふことなり。康資王母云、
たまゆらとはひさしき事也。
38 ゆくほどにたまゆらさかぬ物ならば山のさくらをまちか誰こむ
有る古双紙云、具平親王此哥を四条大納言にとひ給ければ、
たまゆらとはわくらわといふやうなる事也とぞ申ける云々。
たゞ心うるにひさしきことを云給イ本云。
39 さみだれはますげの笠もほしわびぬたまゆらはるゝ時しなければ
この哥にも猶しばしとぞみえたる。

しのすゝき　古今集哥
40 わぎも子があふさか山のしのすゝきほにはいでずも恋わたる哉
しのすゝきと云に、人々やう〳〵に不同に云也。或人云、霜
がれの冬野すゝきをいふ。六帖にはなすゝき、のすゝきと各
別に書り。心うるにことなるべし。六帖哥云、
41 いもがもとわがかよひ路のしのすゝきわれしかよはゞなびけしの
はら
42 年ふとも我わすれめやあふさかのしのゝをすゝきをひはつるまで

わかな　拾遺抄
43 あすからは若菜つませむかた岡のあしたのはらはけふぞやくめる

百二十三　たまゆら
通俊歌云、
275 をしむにはからくに人のたまきなるたまゆらだにも春のとまらぬ
たまゆらとは、しばしといふ事なり。康資王母、ひさしき事
をいふといへり。
276 ゆくほどにたまゆらさかぬものならば山のさくらをまちくらしむ（マヽ）
具平親王、この歌を四条大納言にとひたまひければ、たまゆ
らとはわくらばといふやうの事なり、とぞ申し給ひける。
たゞ心得るに、ひさしき事をいふなり。歌人可尋。
業平歌云、
277 さみだれはますげのかさもぬぎわびぬたまゆらはるゝときしなけ
れば
この歌にも、同じといふとぞみえたる。
ある人云、しもがれの冬のすゝきを云ふ。しのすゝき、はな
すゝき、おの〳〵異なり。いまだ穂に出でぬを、しのすゝき
と云ふなるべし。（稿者注「百三十六　しのすゝき」にあっ
たか。「百三十　ましみづ」参照）

百四十五　わかな
306 あすからはわかなつませむかたをかのあしたの原をけふぞやくめ

あしたのはらはやまとの国にあり。こしたのこほりあるゆへにかくいふ。あしたのはらなとにて、わかなをばつむなどよむべし。わかなあまたの事あるべし。なづな、せり、すみい（ママ）れなどよむへし。

かるも　拾遺抄哥云

43′ かるもかくふすゐのとこのいをやすく――

かるもかくとは、かれたる草などはかきあつめて、ゐのしゝふす也。ゐのしゝはいをぬるなればかくよむ也。

ふくめる

44 梅のはなふくめるそのに我ゆかん君がつかひを又まちがてゝ

ふくめるとは古哥枕云、つぼめるを云ふ也。

る

あしたの原とは、大和の国に、あしたの郡にある故にしかいふ。あしたの原にてわかなつむなんど詠むなり。わかなにあまたの事あるべし。なづな、せり、すみれなんどに詠むべし。

好忠云、

307 雪きえばゑぐのわかなもつむべきに春さへはれぬみやまべのさと

ゑぐとは、ふるき歌枕に云、せりをいふなるべし。

308 たぜりつむ春のわさだにおりたちて色のもすそのぬれぬまぞなき

古万云、

309 かはかみにあらふわかなのながれきていもがあたりのせにこそありけめ

かはかみあらふと詠むべし。ふかさ（ママ）の水などにすゝぐなんどに詠むべし。

百四十九　かるもかく《くさとも》

後拾遺

314 かるもかきふすゐのとこのいをやすみさこそねざらめかゝらずもがな

かるもかくとは、枯れたる草をかきあつめて、ゐのしゝのふすなり。ゐのしゝはいをぬものなれば、かく詠めるなるべし。

百五十　ふゝめる

古歌云、

315 むめの花ふゝめるそのに我はゆかむ君がつかひをかつまちかねて

ふゝめるとは、ふるき歌枕にはつぼめるをいふ。

しき〳〵　古哥云、

45 春雨のしき〳〵ふればたかまつの山のさくらはいかゞみるらん

しき〳〵とは古歌枕云、しきりといふことゝ〈云々〉。

みさご

46 みさごゐるをきのあらいそによる波の行末もしらず我恋しさは

水砂児はうをゝとりてくふ鳥也。されば、あらいそにゐぬと云説もあり。

たつかゆみとは、ゆみをいふ也。六帖哥云、

47 たつかゆみてにとりもちてあさかりの君はたゝれぬ手枕のうし（ママ）

百五十一　しき〳〵

316 春雨のしき〳〵ふるはたかまつの山のさくらはいかゞ見るらむ

しき〳〵とは、古歌枕には、しきりにといふとなむ。

百五十六　みさご

万葉云、

325 みさごゐる沖のあらいそによるなみのゆくへもしらず我が恋ひしさは

人々みさごゐるといふ。かの集には、みづすなご吹居いふ。これを見るべし。

326 みさごゐるあらいそなみに袖ぬらしたがためひろふいけるこひそ（ママ）も

百五十七　さつを　さちをとも

大納言公実

327 たつかゆみやがてともしにあくるまで鹿のたちどをあさる五月夜

たつかゆみとは、弓の名なり。さつをとは、かり人をいふなるべし。ともしとは、たいまつに火をともして、わらなどをゆひてともすなるべし。火をともして、しゝを射るなるべし。五月やみにともしするなり。

328 五月やみともしにいづるかり人はおのが思ひにみをやくらむ

かり人とは、かりする人をいふ。ほぐしといふ事あり。それも火をともすをいふ。やなぐひの上にたかくともして、わが身をかげにして、しゝを射るなり。しゝはそのほぐしに目をかけて、下なる人をばえ見ぬなり。

しきしま　有哥云、

48 いまとくらむ人をはしばしきしまややまとの国に人やたえたる

かの国にしきしまと云神あるなるべし。彼国にひとのきの松にまじりてをいたるによりて、しゐし葉といふなるべし。イ本云以上。但《本ノマヽ》、彼国にしゐの木の松にまじりてをひたるゆへにしゐしばといふ也。

たなゝしをぶね――

48′ ほり江こくたなゝしをぶね

舟にはたなとてあるなるべし。それうたぬ小舟を云歟。

329 夜もへつゝならのはしげき夏山にほぐしをかけてあかすころかな

俊頼

330 ともしするさちをのせま《（ママ）》にしらへたるほぐしもかへであけぬこのよは

さちをとは、ともしするものをいふ。猟師をいふなるべし。せなにしらべたるとは、せなかにおひたるといふなり。六帖云、

331 山のべにさちをのねらひはおそろしみをしかなくなりつまのめをほり

332 山のべにあさるさちをはおぼつかなとまやののきにさをしかなくなり

百五十八　しきしま

333 いなといはば人をもしひじしきしまのやまとの国に人やたえたる

やまとの国に、しきしまといふ神のあるなるべし。それによそへてかく詠めるか。たゞすべて日本国をおほやまと、しきしまといふなるべし。

百六十一　たなゝしをぶね

336 いりえこぐたなゝしをぶねこぎかへりおなじ人をや恋ひわたるらむ

たなゝしをぶねとは、ふねのたなをいふなるべし。やかたなきふねには、とものかたなんどにたなゝんどのあるをおせば、小さきにそのたな無し。されば、たなゝしぶねと云ふ事なり。

しだりやなぎ　まさなりの哥〈に〉

49 はらふべき人なきやどはうへてみるしだり柳に風をこそまて

すゞのしのや　或人哥云、

50 ほとゝぎすとこめづらなることぞなきなくことかたきすゞのしのやは

すゞといふ竹のある也。それしてつくりたる家なるべし。なくことかたきことは、すゞのやは山も里も遠野中にある也。時鳥は山には常にあらむずるなれば、かゝる野中にはきくことかたしといふなるべし。郭公をは六月によむべからず。古今集哥

51 さ月はて声みな月のほとゝぎすいまはかぎりの音をや鳴らん

此哥は五月六月をそへたる也。六月の郭公をよむにはあらず。

つま　万葉集

52 なにはのにあし火たく屋のぬしたれどおのが妻こそめづらしき哉

つまとは人々あまたの事をいはると〈云々〉。或人云、めをいふと〈云々〉。彼つまこふるしかなどいふ、これらなるべし。六帖哥云、

53 さをしかのつまとふのふ（ママ）となく声のいたらむかたになびけ秋はぎ

伊勢物語云、

337 あしまこぐたなゝしをぶねいくそたびゆきかへるらむしる人なみに

四十七　すゞのしのや

116 ほとゝぎすとこめづらなることぞなきなくことかたきすゞのしのやは

すゞといふたけしてつくれるやなり。山もさとも遠き、野中なんどにつくりたるいへなれば聞くことかたしといふなるべし。ほとゝぎすは、常に山にすむものなれば、聞かずといふなり。ほとゝぎすは、六月より詠むまじきにや。古今云、

117 さつきはて声みな月のほとゝぎすいまはかぎりのねをやなくらむ

この歌は、五月、六月ふたつをよそへたるなり。六月のほとゝぎすを詠むにはあらず。うちならひたる人、いとやむごとなし。かくぞのたまひし。

これ〳〵の哥はめをいふときこえたり。

54 ともにぬるものとはなしにいなづまの秋のたのみを空にたつらん

これはおとこをいふと見えたり。万葉集には、己妻と書てつまとよみたり。これをみぬ人のおとことい ふなるべし。或人云、つまはとりからと云。これおとこをいふなるべし〈云々〉。されども、つまとはおほやうは妻をいふなるべし。

又云、おとこをいひてむ、きゞ（ママ）によめり。

55 春の野にあさるきゞすのつまこひてをのがありかを人にしれつゝ

別本童蒙抄

凡　例

底本は、宮内庁書陵部蔵「童蒙鈔」（二九五七・一・五〇一　八四六）に拠る。

本書の概要については、山田洋嗣氏「〈資料紹介〉「別本」童蒙抄」（『福岡大学総合研究所報』119、一九八九年三月）に拠られたい。

翻刻・校訂に際して、以下の処理を行った。

・漢字は通行の字体によった。
・注文には句読点を付した。
・漢字に続く「ゝ」「ヽ」等の踊り字は「々」に統一した。
・「〆」は「シテ」とした。
・割書は〈　〉に入れた。
・和歌の冒頭に歌番号を付した。詩文もこれに従う。
・誤写と考えられる場合も、（ママ）等の記号は付さない。
・底本で異なる項目が同一行に書かれている場合は、項目毎に改行した。
・同様に和歌も改行した。
・虫損等により判読できない文字は、字数分を□で示した。

童蒙抄（表紙）

童蒙抄　刑部卿範兼撰　皆本哥引

天象部第一

一空ヲハ天原ト云。

1天ノ原フリサケミレハ春日ナルミカサノ山ニ出シ月カモ

フリサケミレハトハ、アヲノキミレハト云事也。

又ハ、オホヌサトモ云。

2ワレヲキテ思トイハヽアルヘキニイテヤコヽロハオホヌサニシテ

又アマノ戸トモ云。

3出シカト明行ソラノ霞メルハ天ノ戸ヨリヤ春ハタツラン

又ワタノ原トモ云。

又カヤカノ原トモ云。

4ニコリヱノサイノカスサヱミユルカナカヤカノ原ニ月ヤスムラン

又アマノカハラトモ云。

5秋風ノ吹ニシヒヨリヒサカタノアマノ川原ニ《ナミ歟》タヽヌ日ソナキ

又ヒサカタトモ云。

6ヒサカタノアマニシミヱヌ五月雨ニミクマカスケ《シ歟》モカリホシカネツ

一日ヲハアカネサスト云。

7 コヒツヽモ今日ハクラシツアカネサスアスノ春日ヲイカニクラサン

朝日ヲハアサツクヒト云。

8 アサツクイムミフツケコンフルナレヤナニソモキカミレトアカレヌ

又アサヒコトモ云。

9 アサヒコヤ今日ハウラヽニテリツランタノムノ雁ノ空ニムレナク

夕日ヲハユウツクイト云。

10 夕ツクヒサス夕暮ニミワタセハクモリカヽレルヲハステノヤマ

一月ヲハマスカヽミト云。

11 山ノハニマスミノカヽミテリテケリトミユルム月ノイツルナリケリ

モチ月トハ、十五夜ノ月ヲ云。

12 スム月ノ光ヲ今夜ムスヒアケテイマシキ影ヲモチ月シミツ

13 逢坂ノ関ノ杉原シタワレテケウヤヒクランモチ月ノ駒

在明ノ月ヲハツコモリノ月ヲ云。

14 山ノ端モ今夜斗ハヽスラレテ水《ノ》ヲモナカニアリアケノ月

弓ハリトハ、ツイタチノ比ノ月ヲ云。

15 弓ハリノ月ノイルヲモシラスシテツレナクタテルシカノ山カナ

夕ノ月ヲハユウツクヨト云。

16 春サレハコノクレコトノタツクヨヲホツカナシヤ山カケニシテ

17 山ノ葉ニアカテ入ヌル夕ツクヨイツアリアケニナラントスラン

月ヨ丶ミトハ、月夜ニテト云。
18月ヨ丶ミ衣打テウ声聞ハイソカス人モネラレサリケリ
イサヨウ月トハ、山ノハヨリサシイツルヲ云。
19山ノハニイサヨウ月ヲイテンヤトマチツキヲルニ夜ノフケニケル
ナカル丶月トハ、空行月ヲ云。
20天川シカラミカケテト丶メテンアカスナカル丶月ヤヨトムト
ウツロウ月トハ、万葉ニハ移暦月ト書タリ。
21秋ノ夜ノ月ノウツロウ舟ナレハカツラノウエニサホヤサスラン
月人ヲトコトハ、月ノ中ノカツラ男ヲ云。
22ユウツ丶モカヨウカマチノイツレカトキテタノマン月人ヲトコ
月ヨミ男トハ、
23ミソラユク月ヨミ男ナラナクニアリトハキケトアハヌ君カナ
タチマチ月トハ、タカクナル月ト云事也。
24山ノハニイサヨフ月ノタチ行ハナカムル我ソ人ナ丶カメソ　顕季 六帖哥
月ノカツラトハ、月ノ中ノカツラノ木也。
25久方カタノ月ノカツラモ秋クレハ紅葉スレハヤテリマサルラン
一ヒチカサ雨トハ、俄ニ降雨ヲ云。
26イモカ丶ト行過カテニヒチカサノ雨モ降ナンアイヤトリセン
タナヒク雨トハ、霞テフル雨ヲ云。

27春雨ノタナヒク山ノ桜花ハヤクミマシクチリウセニケリ

アマツタフトハ、山ノフモトヲ時雨下テ降ヲ云。

28アマツタフ時雨ニソテモヌレニケリヒカサノウラヲサシテキツレハ

ウタカタトハ、雨ノタマリタルヲ云。

29降雨ノ跡タニミヱヌウタカタノアワレハカナキ世ヲタノムカナ

一東風ヲハコチ風ト云。

30コチフカハニホヒヲコセヨ梅ノ花アルシナシトテ春ヲワスルナ

嵐トハ、ニシカセヲ云。

又山風ヲモ云。

31吹風ニナヘテ草木ノシホルレハウヘ山風ヲアラシトソイフ

山下風トハ、山ノ中ニ吹風ヲ云。

32霞立春日ノ里ノ梅ノ花山下風ニチリコスキムメ

アサケノカセトハ、ツトメテ吹ヲ云。

33秋立テイクカモアラネトコノネヌルアサケノ風ハ袂サムシモ

一雪ヲハシロタヘト云。淡雪ハ春ニカキラス。淡雪トカキタリ。

34梅カ枝ニナキテウツロフ鶯ノ羽モシロタヘニアハ雪ソフル

ハタラ雪トハ、マタラニ、所々ニ降雪ヲ云。

35夜ヲサムミ朝戸ヲアケテ今朝ミレハ庭モハタラニ雪ハフリツヽ

アマクモキリアヒトハ、雪ノ降ニ曇ヲ云。又ハヤクフルヲモ云。

36ウラナヒク春ハキニケリシカスカノアマクモキリアヒ雪ハフリツヽ
アマキル雪トハ、ヨコサマニ降雪ヲ云。
37梅ノ花ソレトモミヱスヒサカタノアマキル雪ノナヘテフレヽハ
シツリトハ、奥山ナントニ雪ノ降テ落ヲ云。
38ヲク山ノシツリノ下ノ袖ナレヤ思ノ外ニヌレヌトヲモヘハ
一霧ノマカキトハ、霧ハ物ヲヘタツレハ云也。
39ミヱストモアリトタノマム紅葉ヲ霧ノマカキニ風ナモラシソ
霞ノ衣トハ、本文アリ。
40春ノキル霞ノ衣ヌキヲウスミ山風ニコソミタルヘラナレ
ヌキヲウスミトハ、ウスクヲル物ヲハヌキヲウスクスル也。霞ハ風ニミタルレハ、カクヨソヘテヨメルナリ。
ナカルヽ霞トハ、ハヤクカスミワタルヲ云。
41春霞ナカルヽトモニ青柳ノ枝クミヽチテ鶯ノナク
トヨハタ雲トハ、夕暮ニ西ノ山ノ端ニハタノ足ノ様ニ立也。
42ワタツミトヨハタ雲ニ入日サスヒヨエノ月ヨスミアカクコソ
山ノカツラトハ、明ホノニ立雲ヲ云。
ハタレ霜トハ、マタラナルヲ云。
43天雲ノヨソニカリカネキヽシヨリハタレ霜フルサムシロノヨハ
ハルノ霜トハ、万葉ノ、ツユモハヽルオキハヽム、トアルナリ。
44アサミツム春ノハツ霜ヲキソメテシハシモミネハ恋シカリケリ

秋ノ霜トハ、アキノ霜降、トヨムナリ。

45マキノヤニ霜降カスミ木ノ葉散リトモヲワレハ忘シ　万

霜ノ鐘トハ、霜フルニナル鐘ノアル也。

46タカサコノ尾上ノ鐘ノ音スナリ暁カケテ霜ヤヲクラン

アラレタハシルトハ、霰降カヽリタルヤトハシ落ヲ云。

47我袖ニアラレタハシルマキカクレキヱヌモアレヤイモカミンタメ

地儀部第二

一道ヲハタマホコト云。

48タマホコノ道行人モハツカシクコヒハチシキノシルクモアルカナ

ミチノヘトハ、道ノホトリヲ云。

49タワレニシクモミヤアトモミチノヘニトヒシユカリヲソヒキタノメナル

ヲハステ山トハ、信国ニアリ。サラシナ山ヲ云。昔男アリケリ。ツマニスカサレテ、ヲハステアリケルモノヲ、彼山ニ出行テ、帰ヌサマニシテケリ。ヨソ《字不知》カク云。

50我心ナクサメカネツサラシナヤヲハステ山ニテル月ヲミテ

一サヽ・《ナ歟》ミトハ、志賀ノ山ヲ云。又ナカラノ山ヲ云。

51サヽナミヤ志賀ノ都ハハナヽキヤ霞タナヒキミヤヽモリシテ

アシヒキトハ、山ヲ云。山路ヲ行ケルニ大雪ニアヒタリケルニ、

52アシヒキノ山路ハクラシヽラカシノエタモタハヽニ雪ノフレヽハ

藤山トハ、春日山ヲ、昔藤氏公卿アマタウチツヽヒテ失給ケル。タヽ事ニハアラシトテ、南円堂トテ作立招ケル。

関白殿ノ夢ニ鬼来テ詠曰、

53 フタラクノ南ノ岡ニイホリセリ北ノ藤波今ソサカヱン

カクテ後ニハコトナルコトナシ。イヨ〳〵サカエケルトナム。クワシキ事ハ日記ヲミヘシ。長承三年ノ中宮会ニ、

師頼、

54 春日山北ノ藤波サキシヨリサカユヘシトハ思シリニシ

山ノカヒトハ、山ノフタツカイキアイヲ云。

55 山カヒソヽコトモミヱスヒサカタノアマキル雪ノナヘテ降レハ

タカネトハ、高山ヲ云。又ハカカサコトモ云。

尾上トハ、山ノヲ《カタ歟》云。

青葉山トハ、夏山ヲ云。

シリエノ岡トハ、家ノ城ノ岡ト云。

56 ムラキヱシ雪モ外ニハミヱナクニシリヱノ岡ハ尚ソツモレル

コノモカノモトハ、山ノアナタコタナヲ云。

57 ツクハネノコノモカクモノシミテハニアキハキヌレトアカクソアリケル

コノモカクモト云事ハ、山ニモカキラス。ツクハ山ト云山ニ、コノモカノモト云山ハアル也。其故ハ、彼山ハ面

彼ハコレヲモテカノヲモテヲヨミ侍也。サレハコト山ニハ不可読歟。

一山河ヲハミ山井ト云。

又玉水トモ云

御河トハ、内裏ノ遣水ヲ云。

58アヤシクモトコロタカヱニミツル哉ミカワニサケルシモツケノ花
ミタラシ河トハ、惣シテ神ノ御前ノ川ヲ云。
59恋セシトミタラシ川ニセシミソキ神ハウケスモ成ニケルカナ
モカミ川トハ、出羽国ニミチタル川也。キワメテハヤクテ、稲ヲ船ニツミテサシノホスレハ、心ヨクモノホラレス、ヤヽモスレハ流クタル也。
60モカミ川ノホレハ下ルイナ船ノイナニハアラスシハシハカリソ
滝津瀬トハ、タキル瀬ト云也。
61音羽川セキシテナカスタキツセニ人ノ心ノミヱモスル哉
トナセトハ、川上ヲ云。
62松風ノトナセノ水ニミソキシテ千年ノ命ノヘテ帰ラン
トナセノ滝トハ、大炊川ノカミニアル滝ヲ云。川上ナル滝ヲ云。
63紅葉ハノ落タル色ノアカナクニトナセノタキニ今日ハクラシツ
一野中ノシ水トハ、野中ニアルヲ云。
64イニシエノ野中ノシ水ヌルケレト本ノコヽロヲシル人ソクム
タナ井トハ、イネノタネカシタルヲ云。
65マスラヲノヲカヤカリフク宿ニシテタナ井ノ水トスム心カナ
マシ水トハ、マコトニキヨクスミタルヲ云。
66マシミツノスメハスヽシクオホヱツヽムスハテタヽニクラシツルカナ
山ノ井トハ、山ノ中ニアル井ヲ云。

67アサカヤマ影サヘミユル山ノ井ノアサクハ人ヲ思モノカハ
ホリカネノ井トハ、武蔵ノ国ニアリ。石ノヲ丶クチホシサシタリ。
イハトトハ、石ノ中ヨリヲツルヲ、
68松陰ノイワイノ水ヲムスヒアケテ夏ナキ年トヲモヒケルカナ
イタイトハ、板ヲツ丶ニシテタルヲ云。
69我宿ノイタイノシ水里《ミ》トヲミクム人ナクテミクサヰニケリ
ヲホロノシ水トハ、ヤフナトノ下ニアルヲ云也。又大原ニ有ト申伝タリ。
70八重葎シケミカ下ニムスフテフヲホロノシ水夏モ知レス
71オヲ原ヤヲホロノシ水ヲホロケニスマ丶ホシキハ心ナリケリ
ハシリ井トハ、水ノ早ク出ヲ云。アウサカノ関ニアルヲ云也。
72ハシリ井ノカケヒノ水ハタナヒケト野中ニ　ルモチ月ノ駒
一野モセト云、野ノ面ヲ云。
73ミワタセハ野モセニタテル松原ノ若菜ツムヘキ年斗ヘテ
トフ火ノ野守トハ、昔ナラノ都ニテ有ケル時、大国ノイクサ如ク。他国ノイクサ此国ヲ打取ントスル事アリ。其ニ春日野ニ物武ヲアツメ置テ、他国ノイクサヲコル時、高山ニ火ヲアクレハ、此国ノイクサアツマリテ国ヲカタメケリ。ソレヨリ春日野ニ飛火ノ野守トテ云也。
74春日野ノ飛火ノ野守出テミヨ今幾日有テ若菜ツムヘキ
有人云、万葉ニ飛火トハ、タルヒノハタラキケルカ、鳥ノヤウニミヱケルナリ。
スソ野トハ、山ノスソナルヲ云也。

75夕日サス、ソ野、ス、キ片ヨリニ招クヤ秋ヲ送ナルラン
イケヲハカケレヌト云。
76サムシロハムヘサエケラシカケレヌノアシマノ氷一重シニケリ
一海ヲハワタツミト云。
ヨサノ海トハ、丹後国ノヨサノコヲリニアリ。此海ニアマノハシタテハアルナリ。
77ハシタテヤヨサノ浦波ヨセクルニ暁カケテ千鳥ナクナリ
ヤシヲチトハ、遥ナルウミヲ云也。
78アラシホノシホノヤシホチアラクトモワレハ老セシ老ニケルカナ
又八重ノシホチトモ云。
79ハル〳〵トヤエノシホチニヲクアミノタナヒク物ハ霞ナリケリ
シキナミトハ、シキリニハヤクウツ浪ナリ。
80恋ワフル我身ヲ浦ト思ヘハヤ恋シキ事ノシキナミニタツ
ヤヲカユクハマトハ、タウニアルナリ。万葉ニ八百日往浜ト云タリ。
81ヤヲカユクハマノマサコト我恋トイツレマサレリ奥津シラナミ
スカシマトハ、スケウヱタル嶋ヲ云。
82スカシマヲワタルナキサノ色ナレヤサ、メカシテモ世ヲスクスカナ
一クメチノ橋トハ、カツラキノ橋ヲ云。昔エンノ行者カツラキノ嶺越ケルニ、一言主明神ニ云給ケルヤウ、カツラキヨリミタケヘ石橋ヲワタセトセメケルニ、カタチノミニク、ワロキヨシヲ恥テ、夜ワタシケルホトニ、夜タ、ニ明テワタシモハテサリケリ。委細ノ事ハエンキニミヘタリ。

83カツラキノクメチノハシニアラハコソ思コヽロヲ中空ニセメ
又石橋トモ云。
84岩橋ノ夜ノ契モタエヌヘシアクルワヒシキカツラキノ神
ヤツハシトハ、ミカハノ国ニアリ。クモハ足ノ八アルニヨソヘテ読也。
85恋セシトナレル三河ノヤツ橋ノクモテニモノヲヽモウコロカナ
キソノカケハシトハ、シナノヽ国ニアリ。
トツナノ橋トハ、ミチノ国ニアル也。
鵲ノ橋トハ、七月七日天河ニ鵲アツマリテ、羽ヲクミアツメテタナハタヲワタスナリ。
86中空ニ君ハナリナン鵲ノユキアヒノハシニアカラメナセソ
柴ノクミハシトハ、柴ヲクミテ橋ニワタスナリ。
岩根トハ、万葉ニハ石本トソ書タル。
87カスカ山イワネノ松ハ君カタメ千年ノミヤハ万代ヤヘン
チヒキノ石トハ、万葉ニハチリ石ト書タリ。
88我恋ハチヒキノ石ノナヽハカリクサニカケテモ神ノマロフシ
シカラミトハ、シハナントヲカクミテ川ヲセク也。
89アスカ川シカラミワタルセカマセハナカルヽ水モノトケカラマシ
ミタニトハ、水アル谷ヲ云也。
90ヲク山ノミタニノソマノキクナレハナカレヲクミテタツヌハカリソ
トヤ〳〵トリノムヤ〳〵ノ関トハ、スヽカ山ニアル関也。古ハタヽムヤ〳〵ノ関トソ云ケル。トヤ〳〵トリト云

始タル事ハ、アニヲト丶ノ関ヲカタライテ、道アシカラン方ヘヲシヱヤレト云ケレハ、カタラワサレテヲシヘケリ。トヲルヘキトタトルナリ。サレハトヤ〳〵トリノムヤ〳〵ノ関ト云也。ソレ云ニクキ故ニ只ムヤ〳〵ノ関ト云也。

91 越ヤセンコサスヤアランコレソコノトヤ〳〵トリノムヤ〳〵ノセキ

或ハ云、トヤ〳〵鳥トハ、鷹ヲ云。ムヤ〳〵ノ関トハ、ス丶カノ山ヲ云也。又トヤ〳〵トリトハ、鳩ヲ云。其故ハ、鷹ヲトラントテ鳩ヲツナキテ鷹ニミセテトル也。サレハトヤ〳〵ノ鳥トハ、鳩ヲ云儀アリ。其ムヤ〳〵ノ関ニハ鳩ノアツマリテ多キ也。

キヨミカ関トハ、スルカノ国ニアリ。又波ノ関トモイフ。

92 ムネハ富士袖ハ清見カ関ナレヤ煙モ波モタ丶ヌ日ソナキ

ソフトハ、カリタル田ニタマリタル水ヲ云。

93 君カタメ山田ノヱクツムト雪ケノ水ニモスソヌラシツ

煙ノヌマトハ、ミチノ国ニ有。アサカノヌマヲ云也。

94 イツトテカワレコイサランミチノクノアサカノヌマハ煙タユトモ

一　人倫第三

父母ヲハカソイロト云。チ丶ヲハカソト云。ハワヲハイロト云也。

95 カソイロハイカニアワレトヲホスランミトセニナリヌ足タ丶スシテ

又父ヲタラチヲトモ云。

96 タラチヲノナカル丶水ノ淡ニコソ《ハ》イカニシテカハシツムナルラン

又母ヲタラチメト云。

97 タラチメノイサメシ物ヲツレ〳〵トナカレイタレト向《問》人モナシ
此哥ハ泉式部カ母ニヲクレテ読也。
女ヲハイモト云。又ハ妻ヲモ云。又ハタワレヲトモ云。
98 ウツクシキイモヲ、モヘト霞立春日モクレテ《ニ》コイワタル哉
99 タワレヲソ袂ニカクルアヤメ草ネヨケナリトヤヒトナミニミン　顕仲
又ワキモコト云。
100 ワキモコニマタモアウミノヤス川ノヤスクモネヌニコイヲスル哉
又ハシケカシト云。
101 ハシケカシアワヌコユヘイタツラニ此川ノ瀬ニスソ、ヌラシツ
又ヲハツマト云。万葉ニハ己妻ト書テヲハツマトヨムナリ。
102 ムサシ野ハ今日ハナヤキソ若草ノツマモコモレリ我モコモレリ
又ワカヒコト云。
103 ワカヒコヤキマサヌヨヒノ秋風ハ待人ヨリハ恨メシキカナ
又ムトナミト云。
104 ナニコトニコノムトナミトアヤカリテイトウ涙ノシキニテルナカ
若キ妻ヲハ若草ト云。
105 ワカ草ノイモカキナレノ夏衣重モアヱスアクルシノ、メ
106 ウラワカミネヨケニミユル若草ヲ人ノムスハムコトヲシソ思
トヲキトコロノメヲハトヲツカハト云。

107トヲツカハ野辺ノハツ草カリソメテ夢ノウチニモ逢ソウレシキ
ヲトメトハ、カミマクラスルランナヲ云。
108庭火タク煙モソラニ立マイテヲトメカ袖ニミマカウ哉
万葉ニハ母女ト書テ、ヤヨトネト読也。舞姫ト五節ニマイスル女ヲ云。
ハウリコトハ、神ニツカウマツルヲ云。マタネキトモ云。
109ハウリコカイワノ社ノ榊葉モシメヲハコエテ散ト云物ヲ
キネトハ、カンナキト云物ヲ云。又ミコトモ云。
110シメノウチニキネノコヱコソキコユナレイカナル神ノツクニアルラン
タヲヤメトハ、婦人ヲ云。万葉ニハ手弱女人ト書タリ。
111マスラヲノカクコヒケルヲタヲヤメノ思心ニナサメサラメヤ
サクサメトハ、年老タルシウトメヲ云。
112今コントイヽシ斗ヲ命ニテマツニケヌヘシサクサメノ年
此哥ハ、ムコノコントタノメタリケルカ、マテトモコサリケレハ、年老タルシウトメノオホツカナカリテ、ムコノモトヘツカハシケルナリ。アル人云、ソウシテアマツ《ツマ歟》ノクニヽハ年ヨリタル物ヲハサイサメト云。サイサメトシトハ、赤集若《セキシユシヤク》ト書也。
ハトフク秋トハ、イロコノミヲ云也。
113マツシサスサツヲノ身ニモタヱカネテ鳩フク秋ノ音タテツ也
或云、イロコノミヲハコタカシトモ云也。又ハ鳩吹秋トハ、只秋ヲ云也。
114アサマタキタモトニ風ノスヽシキハ鳩吹秋ニ成ヤシヌラン

此哥ハ鳥羽殿ニテハシタ物トモシテ田植サセ給ケルニヨミタル也。
物武トハ、タケキ物ヲ云。
タコトハ、田ウヱル女ヲ云ナリ。
115サナヱ取タコノサ衣ヌキアラミトキニアヘリテ思ヘラナリ
ヲシヘヤシトハ、ヲトコヲ云也。
116ヲシヘヤシ恋シクヲモヘト秋風ノサムクソヨクハ君ヲシソ思
山カツトハ、イヤシキ物ヲ云。
117山カツノカキネニサケル卯ノ花ハタカ白妙ニ衣カケシソ
又シツノヲトモ云。万葉ニハ賤男トソ書タル。
又マスラヲトモ云。
118マスラヲノウシ心モワレハナシヨルヒルワカスコヒシワタレハ
ヤツコトハ、ケスノコヲ云。
119庭ニヲリアサヲヽリハキ布サラスヒタチヤツコヲ忘ルナヨ君
セコトハ、夫ヲ云。
120我セコカクヘキヨイナリサヽカニノヽキノフルマイヽトモカシコシ
セナトハ、マチスル物ヲ云
121五月ヤミ嶺タツ鹿ハ心セヨトモシノセナトモミタレクルカリ
サヲトハ、トモスル物ヲ云。
ミモリトハ、田ニ水マカスル物ヲ云。

122里トヲミクルハワサ田ノミモリスルヲホトニ身ヲソナシツル
ソウツトハ、田中ニヲトロカシニタテタル人形ヲ云。
123山田モルソウツノ身コソアハレナレ秋ハテヌレハトウ人モナシ
野守トハ、野ノアツカリヲ云。
124紫ニテモコソカクレ春日野ノ野守ヨ人ニ若ナツマスナ
山守、嶋守、同事也。
ミタヤ守、ミタシルモノヲ云。
125ミタヤモル今日ハ五月ニ成ニケリイソケヤサナヘ老モコソスレ
コモリトハ、畠ヲマモル物ヲ云。
セツトハ、ミソカヲトコヲ云。
ヨツマトハ、アラワレタル男ヲ云。
モクツトハ、マキノ馬取ヲ云。
又ハヌルタマトモ云。
タマキトハ、タマシヒヲ云。
126カクテノミコヒシワタレハタマキハル命モワレハヲシケクモナシ
万葉ニハ玉切ト書テタマノハルト読也。
アサネカミトハ、ツトメテノカミヲ云。
127アサネカミワレハキツラシウツクシキ君カ手枕イレテシモノヲ
ネクタリカミトハ、夜ネテミタルヽヲ云。

ヲトロノカミトハ、イヤシキ物ノカミヲ云。

128ケサミレハシトロニミユル山カツノヲトロノカミモアフヒカヽレリ

ケヽラナクトハ、心ナクト云事也。

129カヒカネヲサヤカニミシカケヽレナクヨコヲリフセルサヤノ中山

サヤノ中山トハ、トウタウミトスルカノ中ニアルナリ。其山ヲ人ニモミセヌ也。其心ナシト云ナリ。

時守トハ、唐ニハ時守テ何時ニ成ヌトツヽミヲ打也。コレハタリ三昧ノトキハシタカヒテホラヲフク、同事也。

130時守ノ打マスツヽミ数聞ハトキニナリヌニアハサラメヤハ

翁サヒトハ、年ヨリテ久シク成タルヲ云也。

131翁サヒ人ナトカメソカリ衣今日斗トソタツモナキケル

トモツ人トハ、トモタチナントヲ云。

132トモツ人アカテ帰リヌヨフコトリナヲヨヒカヘセナカマタノマン

ナカナトハ、ナチカナト云事也。

アヒテアハヌ人ヲハ山シタミツト云。

ソミカクタクトハ、山川ヲ云。修業者ヲモ云。

133シラカシノシラヌ山路ニソミカクタツカネノツヽシフミヤナラセル

トシキハルトハ、人ノ命ノヲワルヲ云。

134トシキハルシリヤトイモテケナマシラワカマツサケモシコソマサネハ

135七夕ニカシツル糸ノウチニヘテ年ノヲナカクコヒヤワタラン

大宮人トハ、御カトニミヤツカヘル人ヲ云也。

136春クレハオホ宮人ハソレナカラアラタマリテモメツラシキカナ

カコトハ、船漕人ヲ云。

137タカセ舟入江ノ蘆ノヒマナサニ共ヨフカコノ声ノミソスル

カハウチ人トハ、八千人ノウチノ人ト云。

138ユキカヘレカハウチ人ノ玉カツラカケテソタノムアフヒテフナヲ

イネノアマヒトヽハ、海人船ニ乗テ夜ルモ海ノ上ニアル物ナレハ、ソレカネフリタルヲイネアマ人ト云。

一　官位部第四

スヘラキトハ、御門ヲ申。

139スヘラキノミ門ノスヱモキヘサネハケフモヒムロニオモノタツナリ

ムナシキ舟トハ、ヲリヰノ御門ヲ申。

140住吉ノ神モアワレトヲホスランムナシキ舟ヲサシテキツレハ

ハルノミヤトハ、春宮ヲ申。

秋ノ宮トハ、大宮ヲ申。

ヤスミシルトハ、コレモ御門ヲ申。オホケハ四方四角ニ自在ヲ明給故也。

トモノミヤツコトハ、オホヤケノ庭ハキヲ云也。

141トリモリノトモノミヤツコ心アラハ此春斗アサキヨメスナ

一　衣服部第五

天ノハコロモトハ、天人ノ衣ヲ云。其ニヨソヘテ殿上人ノ衣ヲハ天ハ衣ト云ナリ。

142七夕ノ天ノハ衣ウチカサネヌルホトモナクアクル秋ノ夜

雲ノ衣トハ、コレモ天人ノ衣ヲ云。

143七夕ノ雲ノ衣ヲヒキカサネカヘサテヌルヤ今夜ナルラン

弓《ユ》タケノ衣トハ、七尺五寸ニタツ衣也。神ノ御衣也。

144アメノ下ハクヽム神ノタミナレヤ弓《ユ》タケニタチツミワノヒロマキ

ミソトハ、御衣ト云事也。

タチヌハヌキヌトハ、仙人ノ衣ヲ云。ヌイメナキ也。

145タチヌハヌキヌキル人モナキ物ヲナト山姫ノ布サラスラン

サタカキヌトハ、

146ワレカミハタケノ衣ニアラネトモサタカキヌヲモヌキカクル哉

尺迦仏薩埵王子ト申ケル時、虎ニ身ヲホトコストテ、衣ヲヌキテ竹ニカケ給也。此哥ハ肥後守タセラレテ国下女ノ捨ラレテ、国ノ郡ニトヽマリテ、アヤシカリケル物ヲ《ノ》モトニスミテアリケル程ニ、次ノ守ノ時、件ノコホリニ検田ニ佐汰ト云ケル物ノ下テ有ケルカ、ヲモヒカケスツカイニツケテカリキヌノホコロヒヌハセケレハ、ヌイテヤルトテ此哥ヲ付テケリ。

キソノアサキヌトハ、シナ〳〵《ノ、》国ニイナノ郡ニキソト云所ニ織《ヲル》布也。

ツルハミノ衣トハ、四位已上ノ衣也。

アケノ衣トハ、五位以上人ノ衣也。

ミトリノ衣トハ、六位ノキヌナリ。

桜色ノ衣トハ、春ノキヌヲイウ。

147桜色ニ衣ハフカクソメテキン花ノチリナン後ノカタミニ

ヲミノ衣トハ、シスリアヲスリヲ云。広キ、ヌヲ山藍シテスリタルヲ云。
ミノシロ衣トハ、雨雪ナントノ降時、蓑タヨリニキヌナトヲウチカツキタルヲ云也。
148フル雪ニ蓑代衣ウチキツヽ春キニケリトヲトロカレヌル
或ニハ、我身ノカハリニキヌヲヌキテヤリタリケレハ、キシトテカヘシケルニヨム哥、
149人シレヌヨソノ思ハカ《ハ》イモナシ蓑代衣トヽメテモキン
ヤシホノ衣トハ、紅ノキヌ《ミ》メテ色コキヲ云。
150カラカヒノヤシホノ衣アサナ〳〵キルトハキケトアワヌツラシモ
ヤシホニカキルヘカラス。チシホトモ百入トモ云。
コソメノ衣トハ、紅ニコソメト云色アル也。
151紅ノコソメノ衣下ニキテウヘニトリキハシルカランモノヲ
ネスリノ衣トハ、紫ノキヌヲキテ人ノフタリ臥タリケルカ、アセニヌレテスリシタルカヤウニカヘリタリケルヲ
云。伝テネスリノ衣ヲハ下ニキルナリ。
152思トモ下ニヤイワン紫ノネスリノ衣色ニ出ナト
或ハ、紫紅ハイカニスレトモカヘル物ニハアラス。ネスリノ衣トハ、アセニヌレテカヘルヲ云ト云伝タル、イト
心得ス。只紫ノネシテスル也。是ヲ紫ノネスリノ衣トハ云也、ト四条大納言ハイワレケリ。
153春日野ノ若紫ノスリ衣忍ノミタレ限リシラレス　証哥云。
蟬羽衣トハ、ヒトヱキヌヲ云。
シラカサネトハ、一重カサネヲ云。
154夏衣タチキル今日ノ白カサネシラスナ人ニウラモナシトハ　俊頼

コケ衣トハ、僧衣ヲ云。
155コケ衣気ノ水ニス丶キツ丶ヲコナイ身ニモ恋ハタヘセス
156皆人ハ花ノ袂ニ成ヌナリ苔ノ衣ハホセトヒマナク
墨染衣トハ、是モ僧衣也。
藤衣トハ、フクヲ云。
157限アレハ今日ヌキステツ藤衣ハテナキ物ハ涙ナリケリ
マタ海人ナントノ衣ヲモ藤衣ト云。藤ノ皮ヲハキテアミテキルヲ云也。
158須磨ノ浦塩ヤク海士ノ藤衣間遠ニナレハ未キナレス
シヰシハノ袖トハ、是モヤキリヲ云也。
159是ヲタニ形見ト思ミヤコニハキカヘヤシツルシイシハノ袖
タモトユタカトハ、袖ナトヒロクタチタルヲ云也。
160タノシキヲナニ丶ツ丶マンカラ衣袂ユタカニタ丶マシ物ヲ
下ヒモトハ、ハカマノコシヲ云。
イレヒモトハ、カリキヌノヒモヲ云。
161ヨソニシテコウレハクルシイレヒモノ同心ニイサムヌヒテン
クレハトリトハ、アヤヲ云。
162クレハトリトアヤニコシク成ヌレハ二村山モコエスナリニキ
ヲクルマノニシキトハ、メテタキニシキヲ云也。
163ヲクルマノニシキノヒモヲトキタレテアマタニモセス君ヒトリナリ

コマニシキトハ、カラニシキヲ云。

錦ヲキテ帰トハ、

カタシク袖トハ、人ノネテキヌノ袖ヲ敷也。

164サムシロニ衣片シキ今夜モヤ恋シキ人ニアワテネナマシ

ケウノホソ布トハ、セハキ布也。ミチノ国ノケフノ郡ヨリ出タリトナンカケリ。

165ミチノクノケフノホソ布ホトセハミムネアイカタキ恋モスルカナ

イツクノヌノナリトモ、セハカランヲハケフノホソヌノナリト云ヘシ。万葉ニハ狭布トソカキタル。

マソヲノ糸トハ、マヲノ糸ト云也。

166花スヽキマソヲノ糸ヲクリカケテタヱスモ人ヲマネキツル哉

シツハタヲヒトハ、クスノヌノヲヒヲ云。

167アシヤ野ヽシツハタヲヒノカタムスヒコヽロヤスクモウチトクル哉

ミチシノアヤトハ、

168ヒコホシノミチシノアヤヲイソクトヤハタヲル虫ノ今夜モソ鳴

一　居所部第六

九重トハ、内裏ヲ云。

169九重ノウチマテヽラス月影ニアレタル宿ヲ思コソヤレ

アシノヤトハ、オホヤケノヲホムヘニ火タクヤノアル也。

フセヤトハ、イヤシキヲ云。

170モシヲヤク海士ノ柴戸ヲ明レハミタルモシテユヘレハ

木ノマルトノトハ、チクセンノ国ニアル也。木ヲマルニシテ作タルイエ也。人物問ナトスレハ答ナトスル也。
171 アサクラヤ木ノマロトノニワレヲレハナノリヲシツヽイクハタカコソ
スヽノシノヤトハ、スヽト云竹ニテ作タル家也。
172 雨降ハ海士ノヤクミニ葺トマヤモロコヽロニモ逢ヌキミカナ
鳥ノ網トハ、モロコシニ世ニサカヘタル人ノツカサタテマツリテコモリヰニケリ。其後家ニモコス成ニケレハ、門モアケスサシコメタリケレハ、スヽメノ巣ナト作ケレハ、其ヲ取テ網ト云ナリト人申ケリ。
173 夜トモニ鳥ノ網ハル宿ナレハミヱカクレニモクル人モナシ
イハカキトハ、石ナトヲ垣ニシテアル。山中ナトニ賤キモノヽアルイエ也。
174 ヲク山ノイワカキ紅葉散ヌヘシテル日ノ光ミル事ナクテ
ミヤキトハ、オホヤケノメクリノ垣ヲ云。
カコミトハ、垣カコウヲ云。
カキツトハ、カキウチト云事也。
ソトモトハ、能因ノイヘノウシロ庭ヲ云。
175 山カツノソトモカクレニコリツメル冬木モミヱス雪降ニケリ
或ハ惣シテ我家ノ外ヲソトモト云ナリ。
玉台トハ、オホヤケノ室ナリ。
176 曇ナキ玉ノウテナニテル月ハイトヽ光ノミカクナリケリ
ソキヤトハ、ヒソト云イタニテ葺タルヲ云也。
177 ソキタモテカケルイタマハアハサラハイカニセントカ我ネソメケン

イシフミトハ、ミチノ国ノハテヒクシフミト云所ニアルナリ。ソコニヲル布ハセハキナリ。

178石フミヤケフノホソ布ハル〳〵トアヒミテモナヲアハヌケサ哉

アマノシホ衣トハ、越前賀ゝノ堺ニ四五丁斗、樋ヲカケテシホクミナカシテ、アナタニ海士ノヰテウクルナリ。

ハニフノコヤトハ、ハニ土ニテ作タル家ヲ云。イヤシキ家也。

179ヒサカタノハニフノコヤニ小雨降トコサヘヌレヌミニヘワキモコ

一　器物部第七

タナ、シ小舟トハ、ツクリナキ船ノ板ト云物ナキヲ云。和泉紀伊国ノ船ナリ。

180入江漕タナ、シ小舟コキカヘリヲナシ人ノミオホ、ユルカナ

モカリフネトハ、海士ノ海ニアルモト云草ヲカリ入タルヲ云也。

イワ船トハ、船ノカロケレハ石ヲ取入タルヲ云也。海士ノ魚ヲツリテ其魚ヲ入ル時ハ、サキノ石ヲハ取スツル也。

181ヒコ星ノアマノイワ船ツナテシテ今夜ヤ磯ニ石枕スル

板舟トハ、田ウユル時カキタル田ニ板ヲウケテ苗ヲ引也。

182サナエ取深田ニワタス板舟ノヲリタツタコノサモツラキカナ

イナ船トハ、稲ヲツミタル船ヲ云。或ハ出羽国ニモカミ川ト云川ニ、稲ヲツミテコホリヨリ漕出スニ、其川アマリニハヤクシテ、船ノ頭ヲトフリカウフル《リ》スレハソレヲイナ船ト云也。又人ノウケヌ事ヲハ頭ヲ振様ナルコトク

アマノツリ船トハ、海士ノ魚トル船ナリ。

183春霞シカマノ海ヲコメツレハヲホツカナシヤアマノツリ船

ホ船トハ、サキニコソ《ノ》船ヲ云。

シハ船トハ、跡ニユク船ヲ云。

ヤホノホコモトハ、大ナル船ニハコモヲ八枚ホコアクルナリ。七枚ヲハ七ホト云。
ナミホトハ、ヤワラカナル風ニアタルヲ云。
ホツキシメナワトハ、船ノホアクルニ、ホツキト云木ニヨクムスヒ付ルナワヲ云。
184モカリフネホツキシメナワ心セヨ川ソイ柳風ニ浪ヨル　堀川百首
ミナレサホトハ、船漕サホヲ云。
185ミナレサホトクテソクタスク《タ》カセ船月ノ光ノサスニマカセテ
ヲコツリサホトハ、網ノメクリニヤワラツキ船ノ網ニサシアテシトテ、コシラヘテコクサホヲヲコツリサホト云也。
186アマ船ノヲコツリサホノアフナサニウクヒク網ノカタクモアル哉
シツハタトハ、ケスノ布ヲルハタナリ。
187シツハタニヲルテウ布ノセハケレハツネニモアワヌムネソ恋シキ
イヲハタトハ、五百ノハタト云事也。
188七夕ノイヲハタヽテヽヲル布ノ秋サリ衣誰カトリキン
サムシロトハ、セハキ《ク》チヰサキ莚也。
草莚トハ、草ヲ莚ノヤウニシキテ臥ヲ云也。
189玉ホコノミチユキツカレ草莚ユキテモユキテモ君カコヒラルヽカナ
イナ莚トハ、水ノソコニカキノヤウキル物ノ莚ノ様ニヲヒタルヲ云。
190イナムシロ川ソイ柳水ユケハナヒキヲキフシソノ根ハタエス
トフノスカコモトハ、ミチノ国ニトフノ郡ト云所ニアルコモヲ云也。

191ミチノクノトフノスカコモ七フニハキミヲネサセテミフニワレネン
マクラモトハ、シキタヱト云事也。
192シキタエノマクラモイカニ思ランヨナ〳〵恋ノ数モマサレハ
草枕トハ、旅ノ枕ヲ云也。或ハ菖蒲ノ枕ヲ云。
193草枕コタヒネニソ思シル月ヨリ外ノ友ナカリケリ
スカマクラトハ、スケノマクラヲ云也。
ツケノ枕トハ、
194ヒトリヌル心ハ今モワスラレヌツケノ枕ヨ君ニシラセヨ
コモ枕トハ、イヤシキ物ナトノコモヲマキテスルヲ云也。
195コモマクラマクツニナミノ秋ノ夜ハ鳴鴫ノ音ノヨソニハヤキク
野守ノ鏡トハ、昔野マモル鬼有ケリ。鏡ヲ以テ万ノ事ヲシルシテミル。其時ノ王此由ヲキコシメシテ其鬼ノ鏡メサレケルニ、惜ミテマイラセサリケレハ、重テセメラレケルニ、チカラナクテタテマツリケリ。ソレヲ野守ノ鏡ト云ツタエタル也。秦始皇之照之鏡。
196スヘラキノスヘテヨヒマモカケテミル野守ノ鏡クモリナケレハ
或ハ、野守ノ鏡トハ、鷹ヲツカイケルニ、ソノ鷹ヲ失テモトメアリキケルホトニ、野中ニ大ナル木アリ。ソノ木ノ下ニタマリ水ノアリケルヲ、ノマントテウツフキタリケル程ニ、鷹ノソノ梢ニ居タルカ水ニウツリテミエケルホトニ、ソレヨリソノ水ヲ野守ノ鏡ト云伝タルナリ。
197箸鷹ノ野守ノ鏡エテシカナ思ヒ思ハスヨソナカラミン
マスカヽミトハ、クマナク明ナル鏡ヲ云也。

198マスカヽミ手ニ取モチテアサナ〳〵ミレトモ君カアク事モナシ

シハ車トハ、柴ヲアミテ其ニ乗テ高山ノ上ヨリヲツルヲ云也。

199柴車ヲチクル跡ニアシヒキノ山ノ高サヲソラニシルカナ

チクマノナヘトハ、近江ノ国ニチクマノナヘマツリトテ有也。其マツリニハ女ノ男シタル数鍋ヲ作二神ニ奉ル也。

200近江ナルチクマノマツリトクセナンツレナキ人ノナヘノ数ミン

ミツクキトハ、筆ヲ云也。

玉タレトハ、コカメヲ云也。

201タマタレノコカメヤイツク《ラ》コユル《ヨロ》キノ磯ノ浪ワケ奥ニ出ニケリ

又ハスタレヲモ云。

202玉タレノミスノカケヲキカキアケテネニハネストモ君ハカヨワセ

ミツノエノカタミトハ、昔ミツノエノウラシマト云男アリ。カメヲツリ上テアリケルカ、俄ニ女ニ成テケルヲメニシテ、ホウライニ至テ年比有ケル程ニ、男ノ云ヤウ、古郷ノ恋シク成タルナリト云ケレハ、ケニモイワレタリ、コノ程ノムツヒ是ヲ形見ニセヨトテ、箱ヲトラセタリケルヲ、男アマリニヲホツカナク思テ明テミタリケレハ、箱ノ中ヨリ紫ノ雲一村立テ空ヘアカリニケリ。ソレヨリ老カ、マリテイトアヤウシク成テ、ハヤク年比ノムツヒニカメノヨワイヲユツリテ箱ニ入タリケレハナリ。

203ミツノ江ノウラシマカコノ玉クシケ明サラマセハイモニアイナマシ

玉章トハ、文ヲ云。

204ウス墨ニ書玉章トミユルカナカスメル空ニ帰ル雁カネ

烏羽ニカクトハ、烏羽ニ文ヲ書テ人ノモトヱヤル国アリ。是ヲミント思時ハ物ニウツシテミルナリ。

205我恋ハ鳥羽ニカクコトノハノウツサヌ程ハシル人モナシ
タクナハトハ、網ニ付タルヲ云也。
206伊勢ノ海チイロタクナワクリカエシミテコソヤマメ人ノ心ヲ
ウケトハ、板ヲマロニツクリテ網ニツケタルナリ。
207ウク網ノウケモヒカレヌモノ故ニナニカハ海士ノソテニ立ラン
ヒタトハ、山田ナトニナルコト云テ、鳥ナトヲトロカス物ヲ云。
208ムレテクル田中ノ山ノイナスヽメ我引ヒタニサワクナリケリ
ハテトハ、稲ヲカクル木ヲ云。
209カタモセニアサコト稲ヲホスヨリハハテヲユヒテソカクヘカリケル
ソメトハ、春種蒔タル田上ニ、鳥スエシトテ糸ヲ網ノ様ニ引タル也。
玉カツラトハ、天人ノカツラヲ云也。
イヰトハ、イケノシリハナツ所ニ、トリイノヤウニ立タル木ヲ云也。
210アイツ山スソ〳〵ハラニトモシストホクシニ火ヲソカキアカシツル
211五月ヤミホクシニカクル焼燈火ノウシロメタサヲシヽヤミルラン
ミヲツクシトハ、海ノ標《深》所ニシルシニ立タル木ヲ云。
212難波方テニシモアラスミヲツクシフカキ所ノシルシハカリソ
カトツヽミトハ、古ノ御門ハ鼓ヲ門ニカケテ愁スル人ニウタスセケルナリ。ソレヲキヽテ沙汰シケルナリ。
213打ナラス人シナケレハ君カ代ニカケシツヽミモ苔ヲイニケリ
都ノテフリトハ、イナカナトヘ人ニ、馬ノハナムケニトラスルモノヲイウ。

214 山里ハ人ニイツトセスマヒツヽ都ノテフリワスレセニケリ
マカネトハ、クロカネヲ云。
215 マカネフクキヒノ中山ヲヒニセルホソ谷川ノ音ノサヤケキ
スカヽサトハ、スケニテヌイタル笠ヲ云也。
216 我袖ヲタノミテミマク池水ノコスケノ笠ヲトラテキニケリ
ヲノヽエトハ、テウノヤヨキヤナトノエヲ云ナリ。
217 ヲノヽエハ木ノ本ニテヤクチナマシ春ヲカキラヌ桜ナリセハ
カメノマスラヲトハ、カメノコウヲ云ナリ。
218 カナウヤトカメノコウラニトハヽヤナ恋シキ人ヲ夢ニミツルヲ
琴ヲハナキクト云。又ハシラムト云。
219 琴ノネニ嶺ノ松風通ラシイツレノヲヨリシラヘソメケン
爪木トハ、童部ナトノヒロイテタク木ヲ云也。
220 住ワヒヌ今ハ限ノ山里ニツマ木コルヘキ人モトヽメン
ソリノツナテトハ、雪ノ降タル時、板ヲ船ノヤウニシテ雪ノ上ヲ乗テ人ニヒカルヽナリ。ツナテトハ、其ニ付タルツナヲ云。
221 跡タユルアタチノ山ノ雪ユヘニソリノツナテヲ引ソワツラウ
童蒙抄上終

童蒙抄下第一

水火部

一山シロノ出ノ玉河トハ、ナラヘ行道ニアルナリ。

ワスレ水トハ、野中ナトニ末モトヲラヌ水ヲ云。又ハ細ク流ヽヲモ云。
222 ハル〳〵ト野中ニミユル忘水タヱマ〳〵ヲナケクコロカナ
タルヒトハ、水ノコヲリテサカリタルヲ云也。
223 石ソヽクタルヒノ上ノサワラヒノモヱイツル春ニ成ニケル哉
スカルタルヒトハ、木ノ葉ナトニサカリタルヲ云。
224 真木ノ葉ニスカルタルヒノ春風ニウチトケテ鳴谷ノ鶯
コホリノクサヒトハ、石ノ中ヨリ出水ノ氷タルヲ云。
225 三吉野ノ岩キリトヲシ行水ノ音ニ・《ハ》タテシ恋ハシヌトモ
硯水トハ、備後国ニ岩クラ山ト云山ナル石ノ上ニタマリタル水ナリ。イカナル日テリニモタエサルナリ。

庭タツミトハ、雨ノ降タル時庭ニタマリタル水ヲ云也。

アマノタクヒトハ、昼斗タキテ夜ハタカヌ火ナリ。
226 君マモルアマノタクヒノ昼ハモエ夜ハ消ツヽ物ヲコソ思エ
スクモ火トハ、野ニ枯タル草ヲキノシヽノカキ集タルニ火ヲ付ヲ云。

カヽリ火トハ、鵜カイノ魚取時舟ニトモシタル火ヲ云ナリ。
227 アリナントアマノイサリ火ホノメカセイソヘノ波ノヲリモカヽラハ
ナヽクリノユトハ、
228 ツキモセス恋ニ我身ヲワカス哉コヤナヽクリノ出ユナルラン

庭火トハ、神楽スルニ庭ニタク火ヲ云。

229 庭ニタク煙モ空ニタチマイテヲトメカ袖ニミヱマカウナリ

一 鳥獣部第二 俊頼口伝云

イナホセ鳥トハ、庭タヽキト云鳥ヲ云也。

郭公トハ、ウナイコト云。其故ハ、時鳥ハシテノ山ヲ越テクル鳥也。其山ヲ越体ハ童ニテ有ト云也。ワラハヲハウナヒコト申セハ其ニヨセテ云也。

230 時鳥立帰リナケウナヒコカウチタレカミノ五月雨ノ空

郭公ヲハ鶯ノ子ト読リ。

231 鶯ノカイ子ノ中ノ時鳥ヒトリムマレテイカニチヽミス

タノムノタツトハ、アマタツレテ一ツ所ニ飛アソフヲ云。又ハタノムノヲモノタツトモ云。

232 アサヒコカヽケサハヽラニサシツクムタノムノタツノ空ニムレナク

マツルトハ、白キタツヲ云。

タノムノカリトハ、是モタノムノタツトヨムナリ。

233 三吉野ノタノムノカリモヒタフルニ君カ方ニソヨルト鳴ナル

カリノツカヒトハ、本文アリ。昔コシチヘ流サレタリケル人ノ、雁ノ足ニ文ヲムスヒ付テ遣シタリケル事ヲ云。

234 秋風ニ初雁カネソキコユナル誰カ玉章ヲカケテキツラン

235 聞タヒニナツカシキ哉雁カネノ誰ツマ人ノツカイナラネト

友千鳥トハ、アマタアルヲ云。

川千鳥トハ、川ニ有ヲ云。

サヨ千鳥トハ、夜ルナクヲ云。
ウラ千鳥トハ、浦ニ鳴ヲ云。
ハマ千鳥トハ、浜ニアルヲ云。
ハナチ鳥トハ、日比カイナレタル鳥ヲハナチタルヲ云。
236 モロ友ニナレニシ物ヲハナチ鳥行エモシラヌ中ソ悲シキ
ツハメトハ、ツハクラメヲ云。
アキヒトハ、アクヒト云鳥ナリ。キタナキ水ニハヰヌト云。
237 アキヒサルソノソカ川ノ清ケレハナカレテ月ノスミワタル哉
アチムラトハ、チヰサキ鳥ノムラナリタルヲ云。
238 鳴海方磯ニ飛イルアチムラノスクル川セノサハクナルカナ
スカノムラ鳥トハ、数ヲオクムレタルナリ。
239 世ノ中ハウキヘノ浦ニツラヽヰテスカノムラ鳥アクカレヌヘシ
八声ノ鳥トハ、庭鳥ヲ云。
240 サシクシノ暁カタニ成ヌトヤ夜越ノ鳥ノヲトロカスラン
又ハユフツケ鳥トモ云。其故ハオホヤケノマツリニハ逢坂ノ関ニハナツナリ。
ヤマ鳥トハ、ナカキ事ニヨセテ読ヘシ。
241 アシヒキノ山鳥ノヲノシタリヲノナカ〳〵シキヨニヒトリカモネン
キヽストハ、雉ヲ云也。
モヽチ鳥トハ、鶯ヲ云也。

242モヽチ鳥暮行春ニサソワレテヤヽ雲路ニヤ思立ラン
一鷹ヲハ箸鷹ト云也。
243ハシタカノシルシノスヽノチカツケハカクレカネテヤキヽスナ・《ク》ラン
ト帰ル鷹トハ、トヤノウチニテ年ヲヘテ毛ノカワルヲ云。
ナ《ヤ歟》カタヲトハ、尾ニサカリフト云物アル也。
244モカミカハスヲカケシヨリコヽロシテナニノシタルヤカタ心シテ
タカエルタカトハ、手ニカヘルト云。
245ミカリスルスソ野ニタテル一松タカヘル鷹ノ声ニカモセン
マシロトハ、メノ毛ノ白キナリ。
246トヤカエルマシロノタカヲヒキスエテキミカヽリテニアワセツル哉
シラフトハ、尾ニシロキトコロノアルナリ。万葉ニハ白尾ト書タリ。
247カキクラシウハキノ雪ヲハラハネハシラフノ鷹ト人ヤミルラン
コヰトハ、鷹ノ木ニ居タルヲ云。
248オホツカナアワスル鷹ノ木居ヲナミアマキル雪ニユクモシラレス
ソラトル鷹トハ、空ヲトフ鳥ヲ取ヲ云。
249ミカリスルナカノヽフヰノシケシハ空取鷹ヲカヘリモセス
オキユク鷹トハ、末野辺ニシレヌアラ鷹ヲ云。
250ヘヲツケテ山ニ入ニシアラタカノイトヲキニクキコイヲスル哉
ニホトリトハ、ニホト云トリ也。

251ニホ鳥ノスタク入江ノカキツハタコレコソ夏ノヘタテナリケル

一サイトハ、チヰサキイネヲ云。

252山人ハタナ井ノサイモシクヘキニヲシネホストテケウモクラシツ

タナ井トハ、田ノアセナトニタマリタル水ヲ云。

シカヲハスカルト云ナリ。

253スカルナク秋ノ萩原アサタチテタヒユク人ヲイツトカマタン

サホ鹿トハ、チヰサキ鹿ヲ云。

254サホ鹿ノツメタニヒチヌ山川ノアサマシキマテトワヌ君哉

シナカトリトハ、ツノ国ノヰナ野ト云野ニテスイコテン王ノ狩シタマヒケルニ、白鹿ノトラレタリケルニ、其ヲシナカ鳥ト云ナルヘシ。或ハヰノ鹿ノ白ヲ云。又カリキヌノシリトルヲ云。公任ノ云ク、六位ノシタカサネ取ヲ云。

255シナカ鳥イナ野ヲユケハアリマ山霧立ワタルムコカ崎マテ

又ハ惣シテスソ取ヲ云。

鹿ノムナワケトハ、鹿ハムネマテフカキ草ナトヲワケテ行ナリ。

256マスラヲノヨヒタチシカハサホ鹿ノムナワ《ケ歟》・ソ行秋ノ萩原

タカヌイ鹿トハ、鹿ノ《ハ》カタヨリ毛ノカワルナリ。

257カコヤマノハワカヽシタニウラトケテカタヌイ鹿ハツマフシナセソ

夢野ノ鹿トハ、人ツケ野ト云野ヲ行ケル程ニ、余リ日ノ暮テ其野ニトマリタリケリ。夜明カタニ成テ頭ヲモチアケテミケレハ、カタワラニ鹿一ツカイ頭ヲ一ツニ臥テアリケリ。ヲ鹿ノ云ヤウ、我コソ今夜夢ニ背ニ霜ノ降カヽ

ルト見ツレト云ケレハ、妻鹿ノ云ヤウ、ヨカラヌ夢ニコソアレ。ヨツヽシメ、若狩人ナトニ逢テコロサレテ、霜ノ降タルヤウニシホ付ラレタマウキヤアランスラント云テ行。サル程ニ野ヲミエカクレニ行程ニ、朝立スル狩人ニ行逢テコロサレテ、メシカノ云ツルヤウニセラレケリ。其時ヨリツケ野ヲ夢野トハ云ケリ。委クハ日本紀ニ見タリ。

258 ソノカミニ霜フリ夢ヤミエツラン心ホソケニ鹿ノ鳴哉

クモノハタテトハ、クモノスツクル事ヲハタテカキタルニタトウ。

259 夕暮ハクモノハタテニ物ソ思アマツソラナル人コウルトテ

我レカラトハ、海ニモト云草ニ付タル虫也。ヲノカツカラ草ニツキテトラルレハ、ワレカラト云ナリ。

260 アマノカルモニスムヽシノワレカラト思コソセメ人ハ恨ミン

ウツセミトハ、万葉、空蟬トソ書タリ。

261 ウツセミノ命ヲヽシミナミマワケクラコカシマニタマモカリ行

月ノネスミトハ、タトヘハ罪アル人ノ人ニヲハレテニクルカ、カクルヘキヤウナクテ、道ナル井ニ入テ、中ニ草生タリ、其草トラヘテカクレタリケルホトニ、白ネスミトクロキネスミト二出キタリテ、トラヘタル草ノ根ヲカフリケリ。若クイキリツル物ナラハ、其井ノソコノヲソロシケナルニ落入テ死ナンスルナリ。サレハ草ヲ人ノ命ニタトヘ、ネスミヲ月日ニタトフル也。瓔珞経ニ見タリ。

262 露ノ命草ノ根ニコソカヽレルヲ月ノネスミノサハカシキ哉

其トラヘタル草ヲハ月ノネ草ト云。万葉ニハ為已ト書テ月ネ草ト読也。

コヒノハマユフトハ、マエト云虫ノ木ニ巣ヲ作テ中ニ入コモリタル也。マユノ作コモリトハ是也。

263 シラセハヤコヒノハマユフヤヘコモリイフセキマテニ忍心ヲ

スタクトハ、イキ物ノハタラクヲ云也。虫ノ鳴ヲモ云也。
声ヲホニアケテトハ、声ヲハナチテタカク鳴ヲ云。
264 秋風ノ声ホニアケテクル船ハ天ノ戸ワタル雁ニソアリケル
夏カリトハ、雁ト云鳥、是ハ夏アル鳥也。
265 夏カリノタマ江ノアシヲフミシタキムレヰル鳥ノタツ空ソナキ
雁ハ夏羽ナトノナクテ山ノハサマナトニアル也。ソレヲ夏カリト云也。解難集ニミヱタリ。
ウツリトハ、ツクミト云鳥也。
知レヌ鳥也。ソノ鳥六月晦七月ニナル程ニ、雲ノ中ニ巣ヲ作テ子ヲウム。風ニフカレテサワキナトシテソノ巣ヤ
フレケレハ、ワヒテ鳴也。其時斗ソ人モ声ヲキクト云。
266 アマタユヒタレヲユタフ雲マヨリキコエヤスラン天鳥ノ声
モトコシ駒トハ、老馬ノシルシトソ書タル。
ハママトハ、ハニ土ニテ作タル馬也。
267 ノリカヘルハマナラネト世中ヨネタリトノミニイワレヌル哉
セヰトハ、カヰノ名也。
268 アライソニセケツルセヰノユルキナクツメタテラレテ世ニモアル哉
サルヲハマシラト云。
又ハタカヒコトモ云。
蛍ヲアツムルトハ、古蛍ヲアツメテ其光ニテ文ヲヨミタル也。
269 灯ニミユル蛍ノ光哉ウキ玉章ヲカケテヨミケリ

クチタル草蛍ト成ト云事アル也。
270五月雨ニ草ノ庵ハクツレトモ蛍ト成ソウレシカリケル
ホト、キスヲハトキツ鳥トモ云。時鳥ト書故也。
271トキツ鳥鳴音モ雲ニト、ワヘテモシノハヤシハウツモレヌラン
一　草木部第三
ソカ菊トハ、黄ナルキクヲ云。其故ハ承和ノ御門ノ黄ナル菊ヲ好給ケルヨリ承和ノコトクト云。
272彼ミユル岸ヘニタテルソカ菊ノシカミサエタノ色ノテコラサ
ナテシコヲハトコナツト云。
273芳藪契千年故之常夏鍾愛勝泉草、仍名撫子云。
リンタウヲハシタ草ト云。
或ハヱカミ草ト云。
萩ヲハ鹿鳴草ト云。漢語抄ニハ鹿鳴草トソ書タル。萩ノ花サキテ鹿鳴ト云。
274秋萩ノ花サキニケリタカサコノ尾上ノ鹿ハイマヤナクラン
スクロノス、キトハ、ヤキタルス、キノ春生出ニ、スト云物カハノヤウナルカカレテクロキ也。其カ中ヨリ生出タルヲスクロノス、キトハ云也。春ヤキタルカ末ノ黒テヲウル也。サレハ末黒薄トソ書タル。
275アワツ野ノ末黒薄ツノクメハ冬タテナツム駒ソイハユル
或ハスクロノス、キト云。薄ニ限ラス萩ニモカルカヤニモ草ナトニモヨム也。
276ヲカサハラスクロニヤクル下草ニナツムソアル、ツルフチノ駒
花ス、キトハ、ホニ出タルヲ云也。

277キ、ス、ム其野ノ野辺ノ花ス、キカリソメニクル人ナマネキソ

シノ薄トハ、信ノ国ニホヤ野ト云所ニ有也。チヒヤマサカナル薄也。

278シナノナルホヤノス、キモ風吹ハソヨ〳〵サコソイハマホシケレ

ミツカケ草トハ、稲ヲ云。

ヲカヤトハ、チイサキ薄ヲ云。カルカヤヲモ云。

ワスレ草ヲハ住吉ノ岸ニヲウト云。俊頼口伝ニ萱草ヲ忘草ト云。

279住吉ト海士ハ云トモ長居スナ人忘草岸ニヲヰタリ

ヲミナヘシトハ、シナウノスカタト云。

280草キミニイマモマタミンヲミナヘシシナウノスカタアリトノモアラシ

クサナトヲハホトモナクト云事也。

菖蒲ヲハアヤメクサト云。アヤメトハ、クチナハ云。菖蒲根ノクチナワニ似タルハ、ソレニヨソエテアヤメト云也。

イワカキヌマトハ、奥山ニ石ナトヲカキノツキタルカヤウニシテメテヲイタルヲ云。

281タツノヰル岩カキヌマノアヤメ草千代マテヒカセ君カタメニハ　師頼

蘭ヲハフチハカマト云。

サイタツマトハ、草ヲ云。

282ノヘミレハヤヨヒノ月ノハツカマテ七《マ》《ミ》タウラワカキサイタツマ哉

フカミ草トハ、ホウタンヲ云。

283フカミ草庭ニシケレル花ノカヲイクヨノイツヨウケモチノカミ

スカノネトハ、山スケノネヲ云。

284スカノネノナカ〳〵シクテ秋ノ夜ハ月ミヌ人ノ云ニアリケリ

ソロヰトハ、ヰト草ノ円《同歟》ヤウニウツクシク・《ヲ》イソロイタルヲ云。

285ソロヰヲウル野中ノアラ田ウチカエシイソケルシロハムロノタネカモ

翁草トハ、末ノ白草也。人ハ年ヨレハ髪白ナル、其ニヨソヘテカク云也。

末ツム花トハ、クレナイヲ云也。

286人シレヌ思ハクルシ紅ノ末ツム花ノイロニイテナン

波下草トハ、海ニモト云草ヲ云。

カツトハ、コモヲ云也。

ウルサカツラトハ、クスノムツカシケニ巻ヲイタルヲ云。俊頼口伝ニミヱタリ。

花カツミトハ、コモノ花ヲ云。

ムロノヲシネトハ、苗ニモミ蒔トキ御幣ヲハサミテ水口ノ神ヲマツルヲ云。サレハヲシネトハ云也。

287ミチノクノアサカノヌマノ花カツミカツミシ人ノ恋シササソマス

オモヒ草トハ、

288ヒトミレハ小花カモトノヲモヒ草カレ〳〵ニユク冬ハキニケリ

アシノシタ草トハ、アシノ根ハ上根下根トテアリ。

289タツノイルサハヘノアシノシタ根トケミキハモエイツル春ハキニケリ

シメシイロトハ、草花ヲ云。

コケムストハ、コケムスト云事也。又コケヲウト云。

ツキ草トハ、首ニモ読タリ。

290昔ヨリウチミル人ハツキ草ノ花心トハ、君ヲコソミレ

タツネツモノトハ、物ノタネヲ云。

291タツネツモノミソノミキツルクサコトモオモトノヲタニクワイヒロハン

ヲシネトハ、ヲソクイテクルイネヲ云。又御稲ト云ナルヘシ。

コトナシ草トハ、屋ノ軒ニヲフル草也。

292君ナクテ程ヲフル屋ノヒサシニハ逢コトナシノ草ヲイニケリ

イツマテ草トハ、壁ニヲヒタルヲ云。又ハキシニヲイタルヲ云。

サヽメ草トハ、蓑ニ作草ヲ云。

293月キヨミアケノヽハラノ夕露ニサヽメワケクル衣サエヌレメ

アリマスケトハ、笠ニヌウスケナリ。

294ミナ人ノ笠ニヌウテウアリマスケアリテウヽチ《チ》《ミ》モアワレトソ思

サクラアサトハ、アサヲト云物ノ中ニ、桜ニ似タル草ヲアルナリ。

295桜アサヲウノ下草露シアレハアカシテユカンヲヤヲシルトモ

タムケ草トハ、スマヒ草ヲ云。万葉ニハ手向草トヲ書タル。

一花橘ヲ昔ニヨソヘタル事ハ、昔女アリケリ。人ニ付テ国ヘ下ケリ。本ノ男ウサノ使ニテ下タリケル程ニ、彼女其国ノヤウ官ノメニテ有ト聞テ、彼家ニ至ニ酒ナト呑セタリケルニ云ケル様ハ、女アルシニカハラケトラセマイラセン、ソレカシ候ハスンハノマシト申ケレハ、イワレタリトテ、カノ女ニカワラケトリテ、サカナニ橘ノ有ケルヲ取テ此哥ヲ読テトラセケルニヤ。

296 五月待花タチハナノ香ヲカケハ昔ノ人ノ袖ノ香ソスル

松ノ紅葉トハ、本文アリ。

297 下モミチスルヲハシラテ松ノ葉ノ上ノミトリヲ契ケル哉

岩代ノ松トハ、ツカナトノ上ニシルシニウヘタル松也。

298 岩代ノ野中ニタテルムスヒ松コヽロシトケスムカシ思ハ

カサノ松トハ、カサシタル様ニ生タル松也。ワタト云所ニアル也。

ミチトセノ桃トハ、三年ニ一度ナル桃也。西王母ト云仙人ノ桃也。

ハヽキヽトハ、信ノ国ニソノハラトテ云所ニ有ナリ。

梅花ヲハコノ花ト云。

299 難波津ニサクヤコノ花冬コモリ今ハ春ヘトサクヤ此花

梅ノ花笠トハ、梅ノ花笠ト云物有也。

300 チルトテハキテモミルヘキ春雨ニ我ヌラスナ梅ノ花笠

301 鶯ノ梅ノ花笠ヌイヲレハテツタイシケリサヽラヲトク守

玉柳トハ、四条大納言書シ玉様ニ、露ノ有柳ヲコキテカツ作也。

302 マスラヲノフシヰテコキテ作タル柳ノカツラハタヽイモカタメ

柳ノイトヽ云ハ、柳ニ糸ト云物有也。柳シタリタルカ糸ニ似タルヲ云。

303 古郷ノミヤキノ柳ハルヽトタカ・《タ》メカケシカサミトリソモ

本アラトハ、萩ニソウチマカセテ云トモ、木ニモ云ヘキ也。

304 我ヤトノ本アラノ桜サカネトモ心ヲカケテミルハタノモシ

紅ノ桜トハ、高陽院哥合云、
305 紅ノウツル桜ノニホハヌハ皆白雲トミテヤスキマシ
火桜トハ、
306 アツサ弓春ノ山辺ニ煙タチモユトミユルハヒ桜哉
白玉椿トハ、キハメテ久シキ椿ナリ。
307 君代ハ白椿八チヨトモナニ限アラン限ナケレハ
ヤツヲノ椿トハ、八千年ニ一度葉カワルナリ。
308 奥山ノヤツヲノ椿君カ代ニイクタヒ・《色歟》カエントラ《ス歟》ラン
椿ニ三度色カワルト云事、本文アリ。
309 君代ハカキリモアラシハマツハキ二度色ハアラタマルトモ
木ノクレトハ、木ノシケリテクラキヲ云。
木ノウレトハ、木ノ末ヲ云。
310 ミ山木ノコノウレコトニ染ワタル時雨トミレハ霰ナリケリ
コノメトハ、木ノ目クミイツルヲ云。
ネコシテフトハ、根ホリテウヘ《フ》ト云也。
311 カキコシニ散イル花ヲミルヨリハネコシニ風ハ吹モコサナン
サエタトハ、チイサキ枝ヲ云。又ハ若枝ヲ云也。
ミツエトハ、下枝ヲ云也。
312 奥津風フキニケラシナ住吉ノ松ノシツ枝ニカヽル藤浪

チキトハ、シケキ枝ヲ云。千枝ト云事也。
313五月コハシノタノ森ノ時鳥木ツタフ枝ノ数コトニナケ
卯花ノ匂ト云事、
314今日モマタ後モ忘レシ白妙ノ卯花匂宿トミユレハ
315アシヒキノ山路モシラス白波ノ枝モトヲヽニ雪ノ降レハ
又タワムニトハ、タワヽニト云。
316ヨソニミハチリモシヌヘシ秋萩ノ枝モタワヽニヲケル白露
ハカヘセストハ、紅葉セスト云。
317葉カヘセスナケキノ森ノ冬クレハツネニカモナトコシナヘナク
埋木トハ、水ノ底ナルヲ云。
318年フレト人モスサメス我恋ヤクチ木ノ杣ノ谷ノ埋木
竹裏トハ、竹裏川ト云川ノハタニ生タル竹也。此竹ヲ笛ニ切テ吹ハ、我聞セハヤト思人ハ早ク聞テヨソノ人ハ聞ヌ也。
319チクリ川チクリノイセニフク笛ハ恋敷人ニ音ヲシラセハヤ
シノヒクサトハ、奥儀抄ニハ、忘草同名也。又ハ家ノ軒ニ生ル草ヲ云。又ハ萱草ノ名也。
コノテカシハトハ、奥儀抄ニハ、女郎花ノ異名也。
320ナラサカノコノテカシハノ二面トニモカクニモネチケ人カナ

一　仏神部第四

ネクトハ、神仏ニイノリスルヲ云。

321身ノウサヲアマツヤシロニ我ネケハノ、シリカホニ鷺ノナク
タムケトハ、神物ヲ手ニ持テマヒラスルヲ云。小式部カ男、伊勢守ニ成テ有ケルニ、神奉物ヤ有トコヒニヲコセ
タリケレハ、クシヲ十枝斗、是ヲヌサニセヨトテツカワシケルニヨメル哥、
322ヌサハナシ是ヲ手向ノツトニセヨケツレハ神モナヒクナリケリ《トソキク》
又ハヌサト云物ハ、紅葉ニ似タル也。
323秋ノ山紅葉ヲヌサト手向レハ住我レサヘソタヒ心地スル
又何ニテモ神ニ奉、ヌサト云。
ミソキトハ、タヽ氏アル人ノハライヲ云。
324ミソキシテ思事ヲソイノリツルヤヲヨロツヨノ神ノマニ〳〵
ナコシノハライトハ、六月ノハライヲ云。
325サハヘナルアヒフル神モヲシナヘテ今日ハ名越ノハラヘヲソスル
アラフル神トハ、ヨロツノ神ヲ云。或ハアシキ神ヲモ云。此神ノ心ヲナコムルカ故ニ、ナコシノハラヘト云。六
月ハラヘヲ云。夏ハラヘト云。
326夏ハラヘアマツヤシロノコトウケハ我思事ヲ空ニカナヘヨ
神風トハ、神ノ御メクミヲ云。神風ト云事ハ、伊勢大神宮御前ニテミモソ川ニテ読事也。
327君カ代ハツキシトソ思フ神風ヤミモスソ川ノスマンカキリハ
ミキトハ、神ニマイラスル酒ヲ云。
チハヤフルトハ、チト云草ニテヤシロヲ葺也。ソレカイト久シククチセヌ也。ソレ年ヲフルハチハヤフルト云也。
アケノ玉カキトハ、キハメテ久シククチセテ損セサスルヲ云。

川ヤシロトハ、川ノ上ニ作カケタルヲ云。

328川ヤシロシノニヲリハヘホス衣イカニホセハカ七日ヒサラン

此哥ハ川ノ神ヲ云。シノニヲリハヘトハ、人ノ布ナトヲカケテホス也。其ヲミマカヒテ川ノ神ノキヌヲ川中ニホスカト云也。

ユフタスキトハ、ユフキトハレキトハレキヲ云。ミチハカ《ク》ル物ナレハ、ケスナトノタスキト云ニヨソヘテ云也。

329チハヤフル神ノ社ノユフタスキ一日シ君ヲカケヌ日ソナキ

イハサク神トハ、天川ノホニ有神也。

330天川ナカルヽ水ニスム月ノイクヨカミツルイワサクノ神

基俊ノ云、イハサク神月ミルト云事ヤハアル。古哥ナトニミエタル事アラハキカマホシキ也。

イソノ神トハ、大和国フルノ郡ニマシマス神也。フルキ事ニヨソエテヨムヘシ。彼社ニハ杉ノホ《ヲ》ヒタリ。

331イソノ神フルノ社ヲキテミレハ昔カサシヽ花サキニケリ

ハモリノ神トハ、

332カシハ木ニハモリノ神ノマシマスヲシラテソヲリシタヽリナサルナ

基俊云、ハモリノ神トハ、タヽカシハ木ヲ守神也。コト木ニハヨマス。

ウケモチ神トハ、宅神ヲ云。

333タムケシテイノルカイニハモロトモニ我云事ヲウケモチノ神　俊頼

サヲヒメトハ、春ノ神ヲ云。

334アサミトリ春ノスカタニサホヒメノミタレ柳ノカツラシテケリ

ツキヒメトハ、夏ノ神ヲ云也。

タツタヒメトハ、秋ノ神ヲ云也。
335ウスクコク染カケテケリ立田姫紅葉ノ錦ムラ〳〵ニミユ
ウツタ姫トハ、冬ノ神ヲ云也。
アラミサキトハ、人ノ中サクル神ヲ云也。
ホタキトハ、神楽スル時タクタヒマツヲ云也。
チハヤヒメトハ、ヲンナ神ヲ云也。
マヤヒメトハ〈山姫千重ノ錦ヲ／手向テトヨム也〉、山ノ神ヲ云也。
ミコモリノ神トハ、水神ヲ云也。
336我恋ハクルシキ物トミコモリノ神ニウレヘテシウセテシ哉　堀川
ウスノタマカストハ、田殖時田中ニ立ル物ヲ云。
337神苗ニウスノタマカストリソヘテイクシマツラントシツヽクヘニ　俊頼
トヨノアカリトハ、五節ヲ云。オホヤケノ神マツル事也。
ネキコトヽハ、イノリト云事也。
338ネキコトヲサヽミキキケルヤシロコソハテハナケキノ森トナリケン
チキノカタソキトハ、社ノ棟ニカタナノヤウナル木ヲウチヽカエタルヲ云。
339夜ヤ寒キ衣ヤ薄キカタソキノユキアイノマヨリ霜ヤ置ラン
此哥ハ、住吉ノ明神ノ社余ニ破タリケレハ、其時ノ国王ノ御夢ニミ給ケル哥也。
山ヒコトハ、木ノ神ヲ云。人ノ物イヘハ口マネスル神也。セルフニハコタマト云也。
340鶯ノ鳴音ヲマナフ山ヒコノコトアリカヲニ尋ツル哉

ミツノヒロマヘトハ、神ヲ云也。
341アメカ下イツクモ神ノミソナレハ弓タケニソタツミツノヒロマヘ

一　人行部第五
マクリテトハ、袖マクリト云事也。
342カサコシノ峯ヨリヲル、シツノヲノキソノアサキヌマクリテニシテ
カサコシノ嶺トハ、信乃国ニアリ。国基ノ云、マクリテニシテト云事ヤアル、マフリテトコソ云事ハアレ。シカル故ハ紅ニマフリテト云事有也。ソレヲイカクサントコソハ古哥ニハ読タレトテ其哥ヲ出シケリ。
343我恋ヲイカテカクサン紅ノヤシホノ色モマフリテニシテ
国基カマクリテト云事ナレト云、イトワロシ。
344袖フレハ露シホレケリ秋ノ野ハマクリテシテソ行ヘカリケル
ヲタマキトハ、ケスナトノヲ、ヘソト云物ニマキナスヲ云也。
345シツヤシツシツノヲタマキクリカヘシ昔ヲ今ニナスヨシモカナ
ツモリアヒキトハ、アミヒクヲ云也。
346住吉ノツモリアヒキノウケノヲ、ウラカヒユカンコヒツ、アラン
347アヒキスルシツ、ウラノ海士人ハ霞ヲ分テコエカハスナリ
アサケユフケトハ、ツトメテユフサリノイヒスルヲ云也。
テタニコラトハ、テモタユクト云也。
348テタマユラシツハタヌキヲヲリカケテサラシエタリトユル列花
スサヒトハ、ヲサナキ物ノユクエモシラヌ事スルヲ云。

349ミトリコノアソフスサヒニクラス日ニムナシキ夜ハヲアリトタノマシ
モラヒタルトハ、モチタルト云事也。
350モラヒスルミツノヲノコノシラヘタルイヤシク物ヲ思フ比哉
シホリトハ、柴ヲリカサシナトスルヲ云。
351シホリシテ行人モナキ秋萩ニハキノミタレテ道モ覚ヘス
コ、ロアテトハ、心ニ思アテカヒナトスル事ヲ云。
352心アテニ浦漕海士ヤ通ランヲノカトマヤハ霞ヘタテツ

一　時分部第六

アカツキヲハシノ、メト云也。
353シノ、メニ別ヲ、シミ我ソ先鳥ヨリサキニ鳴始ツル
タマクシケトハ、暁ヲ云。コレタマクシケト云ハ、アカツキトツ、クル也。アクルトモツ、クヘシ。
354タツクヨヲホツカナキニタマクシケ二村山ハ越テコソミメ
夕暮ヲハスミソメト云。又夕トモ云。
355墨染ノタソカレ時ニヲホロケニアイミシ君ヲアヤニアヒミテ
タソカレ時トハ、クラクナルホトヲ云。
356ア・《シ》ヒキノ山時鳥里ナレテタソカレ時ニナノリスクシモ
イト久シキ事ヲハヲノ、エクタスト云。其故ハ、木コリニ山ヘ入タリケル物ノ、思カケス仙洞ニ至テ、ワラハノ二人コヲウツヲシハシト思ツルニ、コハイカニ久シケレハコソ朽タルヤトテ、古郷ヘ帰タリケレハ、年比シリタリケル人モナク成テ、イカニスヘキ様モナクテ、アリシ仙洞ヘシユカハヤト思ケレトモ、ソレモカイナクテソア

リケル。
357古郷ハミシ人モナクオノヽエノ朽シ所ソコヒシカリケル
ウハタマトハ、夜ヲ云。
358ウハタマノ夜ハフケニケリタマクシケフタカミ山ニ月カタフキヌ
ツカノマトハ、時ノホトヽ云事也。
359紅ノアサハノ野ラニカルカヤノツカノマタニモワレヲワスルナ
ミソカトハ、ツコモリノ日ヲ云。
360長月ノミソカニ今日ハ成ヌレト秋ハ限ト鹿ソ鳴ケル
春ヲハウラナヒクト云。
361ウラナヒキ春ハキヌレトシカスカニアシクモアヒ雪ハ降ツヽ
スカノネトハ、春ノ日ノ永キヲ云。スカト云草ノ根ノ長ニ、春ノ日ノ永キニタトフル也。
362チリヌヘキ花ミン時ハスカノネノ永キ春日モミシカヽリケリ
又スカノネトハ、四条ノ大納言ノ哥枕ニハ、山スケノ根ヲ云。イト長シト云事ニヨムヘシ。春夏秋冬ニヨム也。
アラタマトハ、年ヲ云。
363鶯ノ冬コモリシテウメル子ノハツルム月ノナカニコソ鳴
ツキヨメハトハ、月ヲカソフルト云事也。
364月ヨメハマタフユナレシカスカニ霞タナヒク春タチヌトヤ
コトタマトハ、アクル年ヲ云。
365コトタマノオホツカナサニ霞行梢ナカラモ年ヲコスカナ

コノ哥ハ深夜ノ哥也。節分ノ夜ヲカニノホリテ、明ル年ノアリサマヲミル事アリ。
ヒヲリノ日トハ、五月四日ヲ云。
ミトセトハ、三年ヲ云。

366 カソイロハイカニアワレトヲモウラン三年ニ成ヌ足タヽスシテ

ミツモヽチトハ、三百日ヲ云。

367 ミツモヽチムソツキヌルコノヨハノ思ヘハ年ノツモリナリケリ

一　恋部第七

ニシキヽトハ、萩ノ枝ヲ一尺斗ニ切テ五色ニ染テ、女ノ家ノ戸ニ立ル也。其ヲ逢ント思ニハ取入ル也。必シモ萩ニカキラス。只木ヲモスル也。

368 ニシキ木ハ立ナカラコソ朽ニケレケフノホソヌノムネアワシトヤ

或ハニシキ木トハ、薪ヲ女ノ門ニ日ニ一束ツヽタク也。ソレカ千束ニミタヌ限ハアワン事ヲ云ヌ也。

369 ニシキ木ノ数ハチツカニ成ヌラシイツカミタチノ内ハミルヘキ

ヒタヒノカミシヽクトハ、恋スル人ハヒタヒノカミシヽクル也。袖ニ墨付トハ、人ニ恋ラルヽ人ハ袖ニ墨ツク也。

370 ワキモコカヒタヒノカミヤシヽクランア《ヤ》シク袖ニ墨ノツク哉

スキノシルシトハ、大和ニ三輪ノ山ト云所ニ有ケル人ニ恋ラレテ、此哥ヲヨミタルヨリ事ヲコリタル也。

371 恋シクハトフライキマセ大和ナル三輪ノ山本杉タテル門

ヌレキヌトハ、ナキ名ヲ云也。

372 ヌレキヌト人ハ云ラン紫ノ根スリノ衣上キナラスモ

マユネカクトハ、恋シキ人ニアワントテハ眉ノカユキ也。万葉ニハ眉根搔トソ書タル。

373マユネカキシタイソカシク思イツル古人ヲアヒミツルカナ

アヒテアハヌ人ヲハ山下露ト云。

思ヲハワクナミト云也。

セリツミシトハ、昔賤ケス男ノ、ヒメキミノミスノ内ニテセリヲクヒケルヲホノカニミタリケルニ、イカニシテカ彼姫君ニアワント思テ、心ノワヒシタヽナラヌマヽニ、姫君ノクヒツルセリヲ日コトニツミテマヒラセシヨリ事ヲコリ、ツヒニカナハサリケリ。

374セリツミシ昔ノ人モ我カコトク心ニ物ヤカナハサリケン

シチノハシカキトハ、古ヤンコトナカリケル人ノ、人ニアワントテ車ニ乗テ七度マテハ内ヘモ入ラシ、八度ト云ハンニ云ケレハ、シチノハシニ其数ヲカキ付シナリ。其人八度ト云ニモアワスシテウセニケリトソ云ケル。

375アカツキノシチノハシカキモヽヨカキカキアツメテハ我レソ物思

或ハ八度トハヒカコト也。此哥ニハモヽヨトコソ聞エタレ。又ハシキノハネカキト云事也トモ、如何。

376思キヤシキノハネカキカキツメテモヽ夜モヒトリマロネセントハ

夜ノ衣ヲカヘストハ、恋スル人ハ夜ル衣ヲカヘシテキツレハ、其人カナラス夢ニ逢トミユル也。

377イトセメテ恋シキ時ハウハタマノ夜ノ衣ヲカヘシテソキル

一　色部第八

クロキモノヲハウハタマト云。

白モノヲハシラヽト云。

378卯花ノシラヽニサケル夕暮ハウツノカキネソ月夜ナリケリ

シロホヒトハ、コレモ白キ物ヲ云。

379 シロホヒノコロツナヽミニ成ヌレハマタサタマラヌ恋ヲコソスレ

白キ物ハサタマラヌト云。其故ハ、トモカクモ染ナセハナリ。

フリ出テトハ、紅ニハキハメテ色ノコキカアル也。

380 紅ノフリ出テナク涙ニハタモトモミコソ色マサリケレ

シノフモチ《ス歟》・リトハ、ミチノ国ニシノフノ郡ニスル也。モチスリトハ、根スリナトノヤウニウチヽラシタル也。

381 ミチノクノシノフモチスリ誰ユヘニミタレソメニシ我ナラナクニ

一　雑部第九

サトハ、セハクチヰサキモノヲ云也。

382 サムシロニ衣カタシキ今夜モヤ我レヲ待ラン宇治ノ橋姫

テフノ夢トハ、本文ニアリ。和ノ初学抄ヲミヘシ。穴賢々々。

イサヽメトハ、カリソメニアルヲ云。

383 イサヽメニトキマツ間ニソ日ハヘヌルコヽロハセヲハ人ニミエツヽ

ウタヽネトハ、タヽシハシト云事也。露ノマトモ云。

384 ヌレテホス山路ノ菊ノ露ノマニイカテカ千代ヲ我ハヘヌラン

弥《イヤ》シキトハ、イヨ〳〵シキリト云。

385 春雨ノイヤシキ降ニタカマトノ山ノ桜ハイカヽアルラン

キコハムトハ、キコノハムト云事也。

386 アツサ弓春ヤマチカクヰエイシテタエスキヽツル鶯ノ声

ワクラハトハ、マレナル物ヲ云。

シカスカトハ、カスカニト云事也。

387イヘハアリイハネハクルシ我カ心コヤシカスカノワタリナルラン

四条《ノ》大納言、シカスカトハ、ニヲイテムマノリタルヲ云。

トコナツトハ、ツネニト云事也。

388トコナツニ吹夕暮ノ風ナレト秋ト立日ソス、シカリケル

イツハリトハ、ソラコトヲ云。

ヨケトハ、ノソケト云事ナリ。ノケヨト云事歟。

コ、ロツカラトハ、ヲノツカラト云事也。心カラト云ニヤ。

ナミトハ、ナシト云事也。

ナヘニトハ、ヤ《カ歟》ラニト云事也。

389ハリヲリヌネヲタテヌヘキナクナヘニアヤニコヒシキヒ、リナルラン

テフトハ、イフト云事也。

ウラフレテトハ、思イレテクルシケナルヲ云。

390ウラフレテ物ナ思ソアマ雲ノタマユラ心ワカヲモハナクニ

ヒマヲアラミトハ、アハラナルヲ云。

タヒヤトハ、魚取ムトテ木ノ枝ナトヲ折ヒテタルヲ云。

アヤトハ、アチキナシト云事也。

タワフレトハ、タフルト云事也。

ワホチツ、トハ、ヌレツ、ト云事也。

ユキスリトハ、ユキスクルト云事也。

ヲチカヘルトハ、クリカヘシト云事也。

ヨキルトハ、依ムト云事也。
391 カヘリヌルコトソワヒシキイツカマタ花ノ林ニ立ヨキルヘキ
或云、物過ト書テヨキルトヨメリ。

アサレトハ、モトムト云。万葉ニハ求食トソ書タル。

トムトハ、君ト云事也。

ユラヽトハ、ユラ〳〵ト云事也。

タハルトハ、モノアルト云。

オホヌクトハ、オホツカナキソト云。

ヰモリノシルシトハ、蚚蛤ノ血ヲ穴人ノヒチニ付ハ、ヲトスル時ハヲツルト云事アリ。此虫ノスカタ俊頼口伝ヲミルヘシ。
392 ヌクヽツノカサナル事ノ重レハヰ守ノシルシシアラワレニケリ
ヌクヽツノ重トハ、女ノミソカ男シタルニハ、ヌキテノキタル沓ノ重ル也。

ツネニモカクトハ、ツネニカクアルト云也。
393 葉カエセヌナケキノ森ノ冬クレハツネニモカモナトコシナヘセリ
イトナシトハ、イトマナシト云也。

イソナクトハ、イソク事ナクト云。

ナツサフトハ、ナレキト云也。

シキニヲシナミトハ、シケシト云也。

394白玉ヲミテハシケレルミチシハノシキニヲシナミアサヲケル露　堀川百首
モトユイノシモトハ、シラカヲ云。又ハカシラノ雪トモ云。

サホストハ、サラシホスト云。

イナムシロトハ、稲ノ穂ノ出ソロイテナミヨルヲ云。

ヒタチヲヒトハ、国ニカシマノ明神ト申神ノマツリノ日、ケシヤウ人ノ名ヲカキテ其人ノ数ニシタカイテ神ノ御前ニ置ナリ。ソノカ多有物ノ中ニ、男ニスヘキモノヽ名カキタルヲヒノヲノツカラカヘル也。女ソレヲミテサモト思男ノヲヒナレハ、ヤカテ御前ニテヲヒニシツル。後思カヘシテセシトスレトモカナワヌ也。

天川ニ鵲ノ橋トハ、鵲アツマリテ羽ヲ
395笠鷺ノチカヘル橋ノマトヲニテヘタツル波ニ霜ヤ置ラン
キナクトハ、来鳴ト云也。

トヨムトハ、ヒヽクト云也。

コトツテトハ、人ノ言ヲ伝ト云也。

シノクトハ、サワラスト云也。

コヽロアテトハ、心ヲシハカル也。

ヲニコモルトハ、心ニクキ事也。

キエカタニスルトハ、雪ナトノ消難キヲ云也。

ミ井《サ》エタトハ、木ナトノ下枝ヲ云。

ミカクレテトハ、水ニカクレタルト云也。

一クサヒトハ、海ノ船ニカケタルト云也。
水鳥ノ下ヤスカラスト云ハ、鳥ハ水ノ下ニテ足ヲカク事ヒマナキ也。
タヽスムトハ、木ノモトナトニ立ヤスラウナリ。
ヲカミトハ、極月節分ノ夜蓑サカサマニキテ明年ノ事ヲシル事アル也。
ヒツチトハ、田ヲカリタル跡ヨリ又ハエタルヲ云。
396 ヨシサラハヲフルヒツチノヤ《カ歟》シケツヽモノニモナラテ霜枯ヌトヤ
ヲトロノヲカワトハ、カキ根ナトニサネカツラナトノ様ニモノムツカシケニテハヒカヽリタルヲ云也。

カワトヽハ、川ノホトリニ水クム所ヲカハトヽ云也。
397 夜ヲサムミ川トノ氷アツケレハアサケノ水ヲクミソワツラウ

童蒙抄第廿上下

本云

明徳元年四月　日書

あとがき

本書が成るに至った経緯を記しておきたい。

二〇〇五年八月に、冷泉家時雨亭叢書第三十八巻『和歌初学抄　口伝和歌釈抄』が刊行された。口伝和歌釈抄は新出の平安中期歌学書で、赤瀬信吾氏による詳細な解題が付されている。現在のところ、他に類本を見ないもので、四条大納言歌枕、能因歌枕を受け、綺語抄へと続く、平安中期歌学の貴重な資料である。ただ、赤瀬氏も指摘されるように、「筆跡はやや乱雑」、誤写や表記の混乱もあり、難読の書である。そこで二〇〇六年四月より、増田孝、増田のもとで書を学ぶ学生、及び黒田が、本書の解読をスタートさせた。この作業が終了した二〇〇九年から、黒田の演習で内容を検討する作業に入り、受講生の他、日比野浩信、濵中祐子が加わった。その成果を「口伝和歌釈抄注釈一」として二〇一〇年に刊行し、その後、メンバーの変化はあったが、最終的に廣森美枝子、柴田緑、濵中、黒田によって、「注釈」四までを刊行した。その後、黒田の退職等により「注釈五」は未刊のまま、長らく素稿は放置されていたが、今回その部分を含め、全体を一書にまとめることとした。併せて「注釈」一から四については、全面的な見直しをしたが、その作業は濵中と黒田が行った。

本書には口伝和歌釈抄の他に、「『口伝和歌釈抄』と『隆源口伝』とに共通する、なんらかの歌学書が先行して存在していたことは想定されてよい」（赤瀬氏解題）とされ、口伝和歌釈抄と密接な関係にある隆源口伝（尊経閣文庫蔵本）との本文対照表、また、平安後期になったかと思われ、口伝和歌釈抄享受の観点から注目すべき別本童蒙抄（宮内庁書陵部蔵『童蒙鈔』）を併せて収録し、巻末に三書の和歌索引を付した。

本書を成すにあたり、「注解」刊行時から本文の使用を快諾された冷泉家時雨亭文庫、隆源口伝、別本童蒙抄の翻刻を許可された前田育徳会尊経閣文庫、宮内庁書陵部には深甚の謝意を表したい。また、万葉歌について助言くださった景井詳雅氏、とりわけ長期にわたる注釈作業であったため様々の不統一があった素稿を通観し、全体の統一に配慮した編集を進めてくださった和泉書院に感謝申し上げる。

令和六年五月

黒田彰子　識

口伝和歌釈抄・隆源口伝和歌索引

隆源口伝の歌番号には*を付す。

別本童蒙抄和歌索引

・漢字は片仮名に開いた。清濁はつけない。漢字に開いた箇所以外は、仮名遣いも底本のままとした。
・誤記と思われる箇所も底本のままとした。
・踊り字は仮名に開いた。

■**編著者紹介**

黒田　彰子（くろだ　あきこ）

神戸女子大学大学院文学研究科博士課程満期退学。博士（日本文学）、元愛知文教大学教授。著書に、『中世和歌論攷―和歌と説話と―』（和泉書院、一九九七年）、『俊成論のために』（和泉書院、二〇〇三年）、『仏教文学概説』（共著、和泉書院、二〇〇四年）、『五代集歌枕』（みずほ出版、二〇〇六年）、『和歌童蒙抄注解』（青簡舎、二〇一九年）、『奥義抄古鈔本集成』（共著、和泉書院、二〇二〇年）など。

濵中　祐子（はまなか　ゆうこ）

京都府立大学大学院文学研究科博士後期課程満期退学、博士（文学）、京都先端科学大学・摂南大学非常勤講師。主要論文に「『口伝和歌釈集』から『綺語抄』へ―初期歌語注釈書の生成」（『和歌文学研究』九四、二〇〇七年六月）、「『毘沙門堂本古今集注』における平安末期歌語注」（『中世古今和歌集注釈の世界―毘沙門堂本古今集注をひもとく』勉誠出版、二〇一八年三月）等。

研究叢書573

口伝和歌釈抄注解

二〇二四年九月二〇日初版第一刷発行
（検印省略）

著　者　口伝和歌釈抄研究会
編著者　黒田　彰子
　　　　濵中　祐子
発行者　廣橋　研三
印刷所　亜細亜印刷
製本所　渋谷文泉閣
発行所　有限会社 和泉書院

大阪市天王寺区上之宮町七-六
〒五四三-〇〇三七
電話　〇六-六七七一-一四六七
振替　〇〇九七〇-八-一五〇四三

ISBN978-4-7576-1104-7　C3395

——研究叢書——

東アジア漢文世界の地政学と日本史書	渡瀬　茂 著	561	六六〇〇円
私聚百因縁集の研究　本朝篇(下)	北海道説話文学研究会 編	562	一一〇〇〇円
近世文芸とその周縁　上方編	神谷勝広 著	563	九三五〇円
中世前期説話文学の研究	鈴木和大 著	564	一〇四五〇円
愚管抄の周縁と行間	尾崎　勇 著	565	一五四〇〇円
『歌枕名寄』継承と変遷　研究編　資料編	樋口百合子 著	566	一九八〇〇円
石水博物館所蔵　岡田屋嘉七・城戸市右衛門他書肆書簡集	青山英正 編	567	一一〇〇〇円
山部赤人論	鈴木崇大 著	568	九九〇〇円
神道と和歌	深津睦夫 著	569	八八〇〇円
談話・文章・テクストの一まとまり性	斎藤倫明・修徳健 編	570	九三五〇円

（価格は 10％税込）